BASTEI LÜBBE TASCHENBUCH

Weitere Titel des Autors:

NIMUE ALBAN

Bd. 1 :Operation Arche
Bd. 2: Der Krieg der Ketzer
Bd. 3: Codename: Merlin
Bd. 4: Die Flotte von Charis
Bd. 5: Die Invasion
Bd. 6: Caylebs Plan
Bd. 7: Die Eiserne Festung
Bd. 8: Haus der Lügen
Bd. 9: Die Übermacht
Bd. 10: Der Verrat
Bd. 11: Kampf um die Siddarmark
Bd. 12: Der Kriegsmönch
Bd. 13: Die Streitmacht
Bd. 14: Mit Dampf und Donner

HONOR HARRINGTON:

Bd. 1: Auf verlorenem Posten
Bd. 2: Die Ehre der Königin
Bd. 3: Ein schneller Sieg
Bd. 4: Mit Schimpf und Schande
Bd. 5: Im Exil
Bd. 6: Ehre unter Feinden
Bd. 7: In Feindes Hand
Bd. 8: Die Siedler von Sphinx (D. Weber u. a.)
Bd. 9: Der Stolz der Flotte
Bd. 10: Die Baumkatzen von Sphinx (D. Weber u. a.)
Bd. 11: Wie Phönix aus der Asche
Bd. 12: Die Raumkadettin von Sphinx (D. Weber u. a.)
Bd. 13: Ein neuer Krieg
Bd. 14: Honors Krieg (zweiter und abschließender Teil von »Ein neuer Krieg«)
Bd. 15: Die Spione von Sphinx (D. Weber u. a.)
Bd. 16: Der Sklavenplanet (D. Weber u. a.)
Bd. 17: Um jeden Preis
Bd. 18: Auf Biegen und Brechen
Bd. 19: Der Schatten von Saganami
Bd. 20: An Bord der Hexapuma
Bd. 21: Die Achte Flotte
Bd. 22: Sturm der Schatten
Bd. 23: Jeremy X
Bd. 24: Die Fackel der Freiheit
Bd. 25: Honors Mission
Bd. 26: Der letzte Befehl
Bd. 27: Die Feuertaufe
Bd. 28: Im Donner der Schlacht
Bd. 29: Das Mesa-Komplott
Bd. 30: Superdreadnought
Bd. 31: Schatten der Freiheit

STEPHANIE HARRINGTON:

Bd. 1: Begegnung auf Sphinx
Bd. 2: Flammenzeit

David Weber
Jane Lindskold

FLAMMEN-
ZEIT

Roman

Aus dem amerikanischen Englisch von
Dr. Ulf Ritgen

BASTEI
LÜBBE
TASCHENBUCH

BASTEI LÜBBE TASCHENBUCH
Band 20802

Dieser Titel ist auch als E-Book erschienen

MIX
Papier aus verantwortungsvollen Quellen
FSC® C083411

Vollständige Taschenbuchausgabe

Deutsche Erstausgabe

Titel der amerikanischen Originalausgabe: »Fire Season«
Originalverlag: Baen Books
Published by Arrangement with Baen Books, Wake Forest, NC, USA
Dieses Werk wurde vermittelt durch die Literarische Agentur
Thomas Schlück GmbH, 30827 Garbsen

Textredaktion: Beke Ritgen
Titelillustration: Arndt Drechsler, Regensburg
Umschlaggestaltung: Guter Punkt, München
Satz: Urban SatzKonzept, Düsseldorf
Gesetzt aus der Baskerville
Druck und Verarbeitung: CPI books GmbH, Leck – Germany
Printed in Germany
ISBN 978-3-404-20802-9

5 4 3 2 1

1

Klettert-flinks Zwei-Bein tat es schon wieder: Sie heckte etwas aus – etwas, was sie nicht tun sollte.

Zumindest daran ließen die Gefühle, die sich in ihrem Geistesleuchten wie Wellen an einem Strand brachen, keinen Zweifel. Ebenso zweifelsfrei war sie sich bewusst, dass Vater und Mutter, die zugleich auch die Ältesten ihres Clans waren, alles andere als gutheißen würden, was sie vorhatte. Aber Todesrachen-Verderb besaß großes Talent darin, Regeln zu beugen, und sie war sich sicher: Auf sie wartete jede Menge Spaß.

Ihr Freund Licht-im-Schatten war weniger begeistert. (Möglich, dass er in der Zwei-Bein-Sprache ›Karl‹ hieß – falls tatsächlich diese einzelne Silbe, also nichts als diese eine kurze Lautfolge, mit der man sich in der Regel an ihn wandte, ein echter Name war, nicht etwa eine andere Art von Anrede.) Licht-im-Schattens Geistesleuchten zu deuten fiel Klettert-flink nicht so leicht wie bei Todesrachen-Verderb, aber Grundlegendes war auch bei ihm gut zu spüren: Im Augenblick herrschten Entschlossenheit, wache Aufmerksamkeit und Besorgnis vor.

Angespannt beugte sich Klettert-flink vor, um von seinem Platz aus zu beobachten, wie das Flugding – der ›Flugwagen‹ – mit hoher Geschwindigkeit durch die Luft schoss. (›Flugwagen‹ war wieder so eine Zwei-Bein-Bezeichnung, die Klettert-flink verwirrte: Eigentlich bezeichnete die erste Silbe doch wohl eine Gerätschaft, mit der auf den Feldern gearbeitet wurde, und die beiden letzten Silben kamen auch in vielen anderen Lautverbindungen vor.) Der offenkundig mit Bedacht gewählte Pfad, mit dem sich das fliegende Zwei-Bein-Gefährt durch das Gewirr der Baumstämme im Wald schlängelte, war nur schwer vorherzusagen.

Was die Quelle für Todesrachen-Verderbs Erregung war, hätte Klettert-flink nicht zu erklären vermocht. Richtig, die Geschwindigkeit, mit der sie in dem Flugwagen ihrem Ziel entgegenrasten, war hoch, und das machte die plötzlichen Richtungswechsel, das rasche Auf und Ab, gerade deshalb zu einem Vergnügen. Dennoch schien der Flug allein Klettert-flink nicht Grund genug für Todesrachen-Verderbs Aufgeregtheit – jene Aufgeregtheit, die er über die Bande, die sie zueinander geknüpft hatten, in sich selbst verspürte.

Ehe sein Zwei-Bein diese neue Leidenschaft zu fliegen gepackt hatte, hatten sie sich üblicherweise mit einem zusammenklappbaren Flugding in die Lüfte begeben. Abhängig vom Wind hatte sich dieses Gefährt noch sehr viel sprunghafter bewegt. Und trotzdem war Todesrachen-Verderb nie derart aufgeregt gewesen, wenn sie das Windgefährt steuerte, außer vielleicht, wenn das Wetter ganz besonders schlecht gewesen war.

Mit einer gewissen Wehmut dachte der Baumkater an das Windgefährt zurück. Er zog es dem Flugwagen, mit dem sie sich jetzt fortbewegten, tatsächlich vor. Zu spüren, wie ihm der Wind durchs Fell fuhr, war ein Vergnügen, und jeder Luftzug trug aufschlussreiche und anregende Duftspuren mit sich. Außerdem kam Klettert-flink das Windgefährt irgendwie schneller vor; das allerdings war nur ein Gefühl. Denn die Erfahrung hatte bereits gezeigt, dass der Flugwagen Entfernungen schneller überwand als das Windgefährt. Aber wenn man den Wind nicht spürte, war das Erleben von Geschwindigkeit nur noch halb so intensiv.

Mit dieser Sehnsucht im Herzen legte Klettert-flink die ihm verbliebene Echthand auf Todesrachen-Verderbs Schulter und deutete mit der linken Handpfote auf die durchsichtigen Seitenteile des ansonsten geschlossenen Flugwagendachs. Die

Erfahrung hatte ihn gelehrt, dass sich diese durchsichtigen Partien öffnen ließen. Allerdings hatte er bislang noch nicht herausgefunden, wie er das selbst bewerkstelligen könnte.

Um seiner Bitte Nachdruck zu verleihen, stieß er einen leisen Laut aus, halb Flehen, halb Unmutsäußerung. Mit der Zeit hatte ihm der Umgang mit Todesrachen-Verderb und ihrer Sippe gezeigt, wie viel Wert die Zwei-Beine Mundlauten zumaßen. Die Leute verließen sich ja ganz auf die Geistesstimme und nutzten Laute und Gesten nur, um zu unterstreichen, was sie andere auf diesem Wege wissen lassen wollten. Bei den Zwei-Beinen, fremd auf der Welt der Leute, war es genau anders herum: Sie verständigten sich mit vielschichtigen, beziehungsreichen Mundlauten, ergänzt von einer verwirrenden Mannigfaltigkeit an Gesten. Gestik und Mimik schienen, obwohl gleich, je nach Umstand oder Lage etwas völlig anderes zu bedeuten und durften beziehungsweise mussten daher vernachlässigt werden.

Klettert-flink bemitleidete die Zwei-Beine deswegen, denn an sich war ihr Geistesleuchten warm und hell. Dass selbst enge Freunde wie Todesrachen-Verderb und Licht-im-Schatten es nicht miteinander zu teilen vermochten, fand er schade.

»Bliek!«, wiederholte er. Als Todesrachen-Verderb ihm keinerlei Aufmerksamkeit schenkte, fuhr er die Krallen aus und schlug mit ihnen gegen den hinteren, durchsichtigen Teil des Flugwagendachs – es klang wie Hagel, der auf Fels traf. »Bliek, bliek!«

Er spürte, wie Todesrachen-Verderb erst den Atem ausstieß und dann kicherte. Daraufhin tippte er erneut gegen die durchsichtige Partie – nur für den Fall, dass sein Zwei-Bein nicht mitbekommen haben sollte, worum es ihm ging.

»Bliek!«

»Bliek!« Tapptapp. »Bliek, bliek!«

Behutsam löste Stephanie eine Hand vom Steuerknüppel. Sofort geriet der Flugwagen bedenklich ins Schlingern.

»Die Hände bleiben am Steuer!«, blaffte Karl Zivonik sie an. »Stephanie, verdammt, ich gehe wirklich schon genug Risiken ein, wo ich dich ohne Flugschein an den Steuerknüppel lasse! Willst du, dass wir abstürzen und meine Fluglizenz einkassiert wird?«

»'tschuldigung«, antwortete Stephanie ungewöhnlich kleinlaut. Sie wusste sehr genau, welches Risiko Karl gerade einging. Wenn man herausfände, dass er sie hatte fliegen lassen, wäre der Einzug seines Flugscheins noch die geringste seiner Strafen. »Löwenherz möchte, dass ich das Fenster öffne. Und da wir ziemlich niedrig fliegen und auch nicht sonderlich schnell sind, dachte ich, das wäre okay.«

Sie konnte nicht sehen, ob Karl die Augen verdrehte, vermutete es aber wegen des genervten Seufzers, den er von sich gab, ehe er sich direkt an die Baumkatze wandte.

»Das Rückfenster«, sagte er zu Löwenherz und deutete darauf, um keine Zweifel aufkommen zu lassen. »Stephanie wird schon genug abgelenkt. Da kann sie es wirklich nicht gebrauchen, wenn du ihr ständig über die Schulter schaust oder der Wind ihr die Haare ins Gesicht bläst!«

Was Stephanie – unter anderem – besonders für Karl einnahm war, dass er zu den wenigen Menschen gehörte, die Löwenherz direkt ansprachen, ganz so, als wäre der Baumkater intelligent genug, alles zu verstehen. Die meisten Menschen nämlich machten sich diese Mühe erst gar nicht oder schlugen jenen zuckersüßen Ton an, der üblicherweise für Kleinkinder reserviert war – oder für Schoßtierchen. Noch unangenehmer waren ihr die Hand voll Zeitgenossen, die zu glauben schienen, wenn sie nur besonders langsam sprächen und einfache Wörter und Sätze benutzten, würde die Baumkatze das Gesagte schon begreifen.

Möglicherweise war das sogar tatsächlich die beste Vorgehensweise. Dass Stephanie dieses Verhalten dennoch so viel nerviger fand als Babysprache lag – so vermutete sie selbst – einfach nur daran, dass den Langsam- und Einfachsprechern in Wirklichkeit gar nicht an einer konsequenten und wissenschaftlichen Herangehensweise gelegen war.

Karl betätigte eine Taste, und das linke hintere Fenster glitt nach unten. Wieder schlingerte der Flugwagen leicht. Stephanie wollte die unerwünschte Bewegung mit einer leichten Steuerknüppeljustierung abfangen, tat aber zu viel des Guten. Löwenherz war daran nicht ganz unschuldig, denn er war von ihrer Schulter geglitten, und das plötzliche Fehlen des Gewichts hatte Stephanie aus der Balance gebracht.

»Steph!« Karl brauchte nur diese einzelne Silbe, um gleichzeitig zu protestieren und seiner ›Schülerin‹ einen Rüffel zu verpassen.

»'tschuldigung«, wiederholte Stephanie.

Mit einem raschen Blick erfasste sie die Kontrollanzeigen auf der Steuerkonsole: Richtungs- und Kraftstofffüllanzeiger, Höhen- und Motortemperaturmesser. Es gab so viel, worüber man als Pilotin den Überblick behalten musste. Wenn sie mit dem Drachenflieger einen Unfall baute, bedeutete das verbogene oder gebrochene Verstrebungen und zerrissene Bespannung (und wenn sie nicht sehr aufpasste, auch eine Stephanie mit gebrochenen Armen, Beinen oder Rippen – daran erinnerte sie sich noch lebhaft). Beim Flugwagen hingegen hatten Fehler deutlich unschönere Folgen, denn hier wurde teure Technik verbeult oder sogar geschrottet.

Was es noch schlimmer machte: Der Flugwagen gehörte Karl nicht einmal. Mit sechzehn T-Jahren träumte er natürlich davon, bald seinen ersten eigenen Wagen zu besitzen. Bereitwillig hätte er auch jederzeit eingestanden, bereits auf einen kleinen Gebrauchten zu sparen. Aber dieser Wagen hier war nur ›sein‹ Wagen, weil er als Ranger auf Probe im Sphinxianischen Forstdienst seinen Arbeitsplatz erreichen musste. Seine Eltern erlaubten ihm die Flugwagennutzung, weil sie auf diese Weise viel Zeit sparten, die sie ansonsten damit verbracht hätten, Karl von Thunder River aus hin- und herzufliegen. Immerhin lag Thunder River fast eintausend Kilometer weit entfernt, und jeder Hin- wie Rückflug beanspruchte selbst bei dem Tempo, das ein Flugwagen vorlegen konnte, mehrere Stunden. Von dieser Abmachung profitierten also beide Seiten gleichermaßen.

Da Stephanie und Karl die einzigen Ranger auf Probe im Forstdienst waren, wurden sie regelmäßig als Team zur Arbeit eingeteilt. Auf diese Weise brauchte nur ein Ranger Zeit in ihre Ausbildung und Beaufsichtigung zu stecken. Nun durfte Stephanie aber noch nicht selbst fliegen. Deswegen wurden Karl und sie normalerweise in der Umgebung von Twin Forks eingesetzt, der Stadt, der dem Besitz Harrington am nächsten lag. Dort betrieb Richard Harrington, Stephanies Vater, seine Tierarztpraxis. Das Anwesen der Familie, ein großzügig bemessenes Haus aus massivem Stein, bot reichlich Platz: Die Harringtons hatten von Anfang an für mehr als ein Kind geplant. Ihr Kinderwunsch war sogar einer der Gründe dafür gewesen, ihre dicht bevölkerte Heimatwelt Meyerdahl zu verlassen und nach Sphinx auszuwandern, und Stephanie sah der neuen Erfahrung, Geschwister zu haben, (vorsichtig) optimistisch entgegen. Vorerst aber konnte Karl den zur Verfügung stehenden Platz nutzen und sich, wann immer es sich ergab, bei den Harringtons einquartieren. Manchmal allerdings übernachtete er auch bei Freunden in Twin Forks.

Soeben erreichten die beiden Ranger auf Probe mit ihrem Flugwagen eine Gegend, in der die Baumriesen der Wälder von Sphinx lichter standen als anderswo. Daher wagte sich Stephanie sogar an ein Gespräch, während sie den Flugwagen steuerte.

»Ich glaube, ich werde allmählich besser«, sagte sie. »Aber ich gebe zu, dass ich es mir leichter vorgestellt habe, eines der neuen Flugwagenmodelle manuell zu steuern. Na ja, mittlerweile räume ich im Simulator immerhin Höchstpunktzahlen ab, selbst wenn der Autopilot ausgeschaltet ist.«

»Du Wunderkind!«, gab Karl mit einem Grinsen zurück. »Du bekommst immer und überall Bestnoten. Wenn's nicht so wäre, würde ich dich auch gar nicht erst ans Steuer lassen. Aber die Wirklichkeit ist nun mal was ganz anderes als der Simulator. Mir will nur nicht in den Kopf, warum du nicht warten kannst, bis du deinen Flugschülerschein bekommst, wie alle anderen auch. So lange dauert es doch gar nicht mehr, bis du fünfzehn wirst.«

Stephanie war froh, dass ihr die Notwendigkeit, sich aufs Fliegen zu konzentrieren, eine Entschuldigung dafür bot, sich mit der Antwort Zeit zu lassen. Sie wusste selbst, dass sie dazu neigte, ungeduldig zu drängeln – egal, worum es ging. Der Grund war nicht etwa fehlende Elternliebe. Ihre Eltern erwarteten auch nicht von ihr, dass sie sich immer und überall um elterliche Anerkennung und ebensolchen Beifall bemühte. Wenn überhaupt, waren Marjorie und Richard Harrington eher zu sehr im Einvernehmen mit ihr, unterstützten sie *zu* sehr, waren *zu* fair, *zu* langmütig.

Stets, aber immer sanft und in erträglichen Abständen, wiesen sie Stephanie darauf hin, dass sie Vorteile besaß, die andere nicht hatten. Zum einen wusste sie selbst, dass ihr IQ beinahe die übliche Skala sprengte – obwohl die Harringtons diese Tatsache vor ihrer Tochter zu verbergen versucht hatten, damit sie weder faul noch selbstgefällig würde. Karls Bemerkung, Stephanie erringe, egal wo, Bestnoten, war nur ein kleines bisschen übertrieben gewesen.

Zum anderen wusste Stephanie, dass sie ein Dschinn war, ein genetisch modifizierter Mensch, dessen Modifikationen ihn stärker und überlebensfähiger als den Durchschnitt machten. Der Preis für diese Verbesserungen war ein erhöhter Stoffwechsel. Ihre Eltern, die ebenso wie ihre Tochter diesen Preis zahlen mussten, hatten immer für reichlich Nahrungsmittel gesorgt, die Stephanie auch gern genug aß. Also hatte sie nie unter ihrem erhöhten Metabolismus zu leiden gehabt. Worunter sie allerdings litt waren ihre Temperamentsausbrüche, die ebenfalls eine Folge der Genmanipulation waren. Mit den meisten Menschen kam Stephanie nicht sonderlich gut aus, vor allem nicht mit Gleichaltrigen. Sie erschienen ihr geistig schwerfällig und nur von Dingen fasziniert, die Stephanie selbst nicht die Bohne interessierten.

Karl, der anderthalb T-Jahre älter war als sie, war derjenige, der einem gleichaltrigen Freund am nächsten kam. Er war der erste (und bislang einzige) Freund, den sie gefunden hatte, seit sie vor vier T-Jahren mit ihrer Familie von Meyerdahl nach Sphinx ausgewandert war. Selbst Karl war für sie eher ein großer Bruder, kein richtiger Freund: jemand, der ein Auge auf sie hatte und sie beschützte, sie neckte und ausschimpfte. Er ging mit ihr auf den Schießstand, um zu üben, und nun ließ er sie zum ersten Mal seinen Flugwagen fliegen – auch wenn das gegen alle Regeln verstieß.

Trotz der vielen Zeit, die sie miteinander verbrachten, spürte Stephanie stets, dass es so manches gab, was sie von Karl nicht wusste. Gelegentlich kam es vor, dass er in brütendes Schweigen verfiel oder sie unvermittelt für, wie sie fand, Nichtigkeiten anfuhr. Von Karls Tante Irina Kisaevna hatte sie erfahren, dass Karl während der Seuche viele Familienangehörige und Freunde verloren hatte. Stephanie vermutete, dies könnte durchaus etwas mit seinen Stimmungsschwankungen zu tun haben, aber sie spürte, dass noch mehr dahintersteckte. Zuweilen fiel der Name Sumiko – normalerweise rutschte dieser Name einem von Karls jüngeren Geschwistern heraus –, und darauf folgte dann immer unbehagliches Schweigen.

Aber egal, wie viel Zeit Stephanie mit Karl verbrachte: Ihr bester Freund war ohnehin Löwenherz.

Da, man muss ihn doch nur anschauen, gerade jetzt!, dachte sie voller Zärtlichkeit und blickte in den Rückspiegel, um genau das zu tun. *Wie er sich aus dem Fenster hängt! Wie eine Kreuzung aus einem grauweißen weichen Kuscheltier und einem sechsbeinigen Wiesel. Niemand käme da auf die Idee, wie klug er doch ist ...*

Endlich antwortete Stephanie auf Karls Frage: »Ich möchte nicht nur einen Flug*schüler*schein. Du weißt genauso gut wie ich, dass man sich mit fünfzehn schon für einen echten Flugschein auf Probe qualifizieren kann.«

»Im absoluten Bedarfsfall«, entgegnete Karl. »Nur unter Notfallbedingungen kann man das beantragen.«

»Wir wohnen ziemlich weit draußen, weit weg von Twin Forks«, setzte Stephanie an, Argumente aufzuzählen. Aber in diesem Moment wurde sie mit überwältigender Wucht von einer Welle aus Angst und anderen Gefühlen erfasst, die von Löwenherz ausgingen. Normalerweise waren die Gefühle, die sie von ihm empfing, schwach und nur schwer zu fassen. Dieses Mal aber war es gerade die schiere Gewalt der Emotion, die es schwierig machte, sie zu deuten: Furcht, Besorgnis und dazu noch etwas anderes, was sich noch schwerer benennen ließ.

»Bliek!« Mit einem einzigen Satz beförderte Löwenherz seine anderthalb Meter Gesamtkörperlänge über die Lehnen hinweg auf die Vordersitze. Er landete in Karls Schoß statt in Stephanies, wohin er normalerweise gesprungen wäre. »Bliek!«

Was wieder mal zeigt, dass Löwenherz mehr von technologischem Gerät und wie man es steuert versteht, als die meisten einer Baumkatze zutrauen würden, dachte Stephanie. Doch es blieb ein flüchtiger Gedanke. Löwenherz deutete nach Südwesten. Jeder Muskel in seinem Körper war angespannt, so dringlich war, was ihn beschäftigte.

Sofort änderte Stephanie den Kurs. Karl protestierte nicht.

»Was beunruhigt Löwenherz denn so?«, fragte er stattdessen und strich der Baumkatze einmal über den pelzigen Rücken, um sie zu beruhigen.

»Keine Ahnung«, gestand Stephanie, »aber was es auch sein mag, es passiert da drüben, im Südwesten. Finden wir's raus!«

Hochzufrieden, weil nun endlich die hintere der durchsichtigen Seitenpartien des Flugwagens geöffnet wurde, steckte Klettert-flink den Kopf hinaus. Erneut wurde er daran erinnert, dass sich der Flugwagen schneller bewegte als das zusammenklappbare Windgefährt. Fellhaare wurden ihm in die Augen geweht, und rasch schlossen sich seine inneren Augenlider. Doch selbst mit geschlossenen Lidern war der Flug so, den Kopf im Wind, gleich viel schöner.

Während der Spannen, die er bei Todesrachen-Verderb und ihren Eltern verbracht hatte, war er zu dem Schluss gekommen, dass die Zwei-Beine und die Leute ihre Sinne ganz unterschiedlich einsetzten und nutzten. Zwei-Beine verließen sich so sehr auf die Wahrnehmung mit ihren Augen, dass sie, so wie in diesem herrlich schnellen Gefährt, tatsächlich andere Sinne wie Geruch und Gehör ausschalteten. Was sie mit der Zunge schmeckten, gehörte nicht zu ihrer Umgebungswahrnehmung –

außer wenn sie aßen. Welche Rolle ihr Tastsinn spielte, war für Klettert-flink schwer zu beurteilen.

Im Gegensatz dazu verließen sich die Leute stets auf die Dreiheit von Sehen, Riechen und Hören, bei der alle drei Sinne gleich wichtig waren. Als Jäger, besonders wenn sie sich in den Baumwipfeln bewegten, waren sie sich zudem sehr bewusst, von welcher Bedeutung auch der Tastsinn war – sie wussten, wie wichtig das Erspüren von Erschütterungen und von anderen Schwingungen sein mochte. Und wie Zwei-Beine ohne Schnurrhaare auskommen konnten, wusste sich Klettert-flink nicht einmal vorzustellen! Auch dem Geschmackssinn kam ein herausragender Platz zu, besonders natürlich, weil er dem Geruchssinn mehr Tiefe und Vielschichtigkeit zu geben vermochte. Und zu welchem Vergnügen damit jede Nahrungsaufnahme wurde ...!

Wegen der hohen Geschwindigkeit musste sich Klettert-flink für seine Lageeinschätzung vornehmlich auf den Geruchssinn verlassen. Er nahm eine Vielzahl unterschiedlichster, aufreizender Düfte und Aromen wahr: den Geruch eines Borkenkauers, vermischt mit dem Saft von Goldblatt, von dem das kleine Beuteltier gerade kostete; den würzigen Geruch von Purpurhorn; den Moschusduft von Zungenblatt in voller Sommerblüte. Als eine Windböe den widerlichen Gestank eines Todesrachens, eng verwebt mit dem Blutgeruch irgendeines unglücklichen Bodenhuschers, zu ihm hinauftrug, sträubte sich Klettert-flinks Fell.

Eines fragte er sich nicht zum ersten Mal: Wie konnten die Zwei-Beine glauben, etwas über eine Welt zu wissen, über die sie schneller als der Wind hinwegfegten? Was glaubten sie denn wahrzunehmen? Sie sahen doch kaum mehr als einen verschwommenen Fleck in Grün und Braun! Vielleicht besaßen die Zwei-Beine ja Sinne, die er sich nicht einmal vorzustellen vermochte, so wie die Mehrheit von ihnen keine Ahnung hatte, wie die Leute ihre Geistesstimmen einsetzten.

Auf jeden Fall flogen Todesrachen-Verderb und Licht-im-Schatten unterhalb des Blätterdachs – und das in gemäßigter Geschwindigkeit. Klettert-flink für seinen Teil würde das nach Kräften genießen.

Er holte tief Atem und sog die warme Spätsommerluft ein. Ein neue Geruchsspur erregte seine Aufmerksamkeit. Dieser Geruch erschreckte, ja, entsetzte ihn in einem Maße, wie es nicht einmal der des Todesrachens vermocht hatte. Es roch nach Rauch, und dann spürte er auch schon die Hitze eines gerade erst ausgebrochenen Feuers, das Hirne zum Kochen brächte und Schädel platzen ließe.

Baumbewohner wie die Leute waren sich der Gefahren eines Waldbrandes nur allzu bewusst. Ein Waldbrand war eine größere Gefahr, als Todesrachen oder Schneejäger es je sein könnten. Vor jenen Räubern konnte man in die höheren Äste flüchten, oder man konnte sich ihnen sogar – mit etwas Unterstützung – zum Kampf stellen und sie töten. Meist ging Letzteres nicht ohne Verletzungen ab, wie seine eigenen Narben bewiesen. Doch selbst mit noch so viel Unterstützung ließ sich ein Waldbrand nun einmal nicht bekämpfen. Nur mit vereinten Kräften konnte ein ganzer Clan hoffen, das Feuer wenigstens so lange aufzuhalten, bis Schwache und Junge aus der Gefahrenzone geflüchtet wären.

Klettert-flink schauderte und sog erneut den charakteristischen Geruch ein. Wind aus viel zu vielen unterschiedlichen Richtungen machte es schwierig, zielgenau zu bestimmen, woher der Brandgeruch kam. Aber Klettert-flink war ein erfahrener Kundschafter.

Todesrachen-Verderb steuerte den Flugwagen zwar auf einem eher unberechenbaren Pfad durch die Luft, doch sie schien nicht geradewegs auf das Feuer oder den Rauch zuzuhalten, den die Flammen gen Himmel schickten. Beinahe hätte sich Klettert-flink der ersten inneren Regung hingegeben, den Geruch nicht weiter zu beachten. Immerhin war er selbst weit entfernt von der Gefahrenzone, in der das Feuer wütete; auch dem Revier seines Clans, des Clans vom Hellen Wasser, würde es nicht einmal nahe kommen.

Aber die Neugier, die nun einmal zu Klettert-flinks Natur gehörte, war auch durch die vielen Spannen bei den Zwei-Beinen nicht abgestumpft oder eingeschlafen. Darüber hinaus knüpften die Lieder der Sagen-Künderinnen ein Band selbst zwischen Clans, die einander nie begegneten, auch wenn große Entfernungen es in seiner Festigkeit und Unverbrüchlichkeit schwächten.

Normalerweise wäre es Klettert-flinks Antrieb gewesen, Todesrachen-Verderbs Aufmerksamkeit zu erlangen. Aber er wusste, dass sie für die Flugbewegungen des Luftgefährts verantwortlich war und dass sie diese Aufgabe nicht mit der sonst gewohnten Leichtigkeit bewältigte. Obwohl Besorgnis und Furcht wuchsen, als der Brandgeruch immer deutlicher wurde, sprang er über die Sitzlehne hinweg Licht-im-Schatten auf den Schoß.

»Bliek!«, stieß er hervor und deutete in die Richtung, aus der ihm der Geruch am intensivsten schien. »Bliek, bliek!«

Sein Vertrauen in die beiden Zwei-Beine zu setzen erwies sich als richtig. Mit kaum erwähnenswerter Verzögerung änderte der Flugwagen seine Richtung. Es war nicht allein Todesrachen-Verderb, die das so wollte: Schatten-im-Lichts Geistesleuchten war für Klettert-flink zwar nicht so leicht zu lesen, aber er spürte dort die Gewissheit, dass er, der sechsbeinige Freund, schon einen guten Grund für die Dringlichkeit haben würde, mit der er handelte – selbst wenn jener Grund den beiden Zwei-Beinen noch ein Rätsel sein mochte.

»Was liegt denn in dieser Richtung?«, fragte Stephanie und versuchte die Geschwindigkeit zu steigern, ohne die Kontrolle über den Flugwagen zu verlieren. »Lass mich bitte wissen, wenn Löwenherz meint, wir wären auf dem falschen Kurs.«

»Er deutet immer noch nach Südwesten«, erklärte Karl. »Ich rufe die Umgebungskarte auf. Wir befinden uns hier in einem Forstdienstdistrikt, aber ich bin mir ziemlich sicher, dass der Distrikt unmittelbar an Privatbesitz grenzt.«

Stephanie wusste genau, dass Karl nun wirklich nicht von der langsamen Truppe war, dennoch platzte sie fast vor Ungeduld. Oder besser: Sie hatte das ungute Gefühl, es sei besondere Eile geboten. Nicht zum ersten Mal fragte sie sich, ob die Emotionen, die in ihr aufwallten, wirklich ihre eigenen waren. So konnte sie beispielsweise jederzeit Löwenherz lokalisieren, ganz egal, wie weit er von ihr entfernt war. Sie wusste auch, dass das auf Gegenseitigkeit beruhte. Sie war sich sogar sicher, dass Löwenherz manchmal sogar noch vor ihr selbst wusste, wie sie sich gerade fühlte. Also: Stammte diese Dringlichkeit, die sie verspürte, vielleicht von Löwenherz? War es seine und nicht etwa ihre Ungeduld, die sich kaum bezähmen ließ?

»Oha!«, gluckste Karl. »Das wird dir gefallen, Steph: Das Privatgrundstück, auf das wir zuhalten, gehört den Franchittis.«

Stephanie stieß einen Laut aus, den man nur als rüde oder unflätig bezeichnen konnte. Die Franchittis gehörten nicht gerade zu den Mitmenschen auf Sphinx, mit denen sie sich am liebsten abgab. Im Gegenteil: Sie waren ihr ein rotes Tuch. Trudy Franchitti war nur ungefähr ein Jahr älter als Stephanie, doch sie stand ganz oben auf Stephs Liste mit dem schönen Titel *Um diese Zeitgenossen einen großen Bogen machen.*

»Tja«, meinte Stephanie, »vielleicht müssen wir ja gar nicht so weit. Ich frage mich, was Löwenherz wohl so aufregt. Wenn es etwas unter uns am Boden wäre, hätten wir es doch bereits überflogen und entdeckt. Und so schnell, dass wir es beim Überflug nicht bemerkt hätten, sind wir wirklich nicht.«

»Darüber habe ich mir auch schon Gedanken gemacht«, gestand Karl. »Dann geht's wohl um etwas, das er nicht gesehen, sondern gerochen hat, und das über eine größere Entfernung hinweg. Zieh den Flugwagen hoch, Steph! Vielleicht können wir dann sehen, was ihm so in die Nase sticht.«

Unausgesprochen blieb, dass sie beide dasselbe befürchteten: eine Gefahr nämlich, die die Jahreszeit mit sich brachte. Es war Spätsommer, und der Sommer, der auf Sphinx wie jede Jahreszeit annähernd fünfzehn T-Monate dauerte, hatte dieses Mal ganz normal begonnen. Dann aber hatte er sich als ausgesprochen trocken erwiesen und war schließlich als Dürresommer mit höchster Waldbrandgefährdung eingestuft worden. Überall waren entsprechende Warntafeln aufgestellt worden.

Hoch konzentriert ließ Stephanie den Flugwagen allmählich über die Baumkronen hinaus aufsteigen. Die riesigen Kroneneichen und Fastkiefern standen in diesem Gebiet so weit auseinander, dass sich ihre Kronen nicht berührten und damit möglich wurde, zwischen ihnen hindurch nach oben zu steigen. Bisher war Stephanie in Bodennähe geblieben, damit sie das Fliegen ohne Autopilot und Radarunterstützung üben konnte. Dass die Wahl auf diese Flughöhe gefallen war, hatte einen zusätzlichen Vorteil: So würden Stephanies eher unbeholfene Flugmanöver wohl kaum beobachtet werden.

»Steph!« Aufgeregt zeigte Karl nach Südwesten. Ihm war nicht bewusst, dass er damit exakt die Geste der Baumkatze nachahmte, die immer noch in seinem Schoß saß. »Rauch!«

Als Stephanie in die angegebene Richtung blickte, erkannte sie einen dünnen Schleier aus weißgrauen Rauchschwaden, der dort aus dem dichten Blätterdach aufstieg.

Karl hing schon am UniLink und wählte die Nummer der

forstdienstlichen Feuerwache. »Hier spricht Karl Zivonik. Wir befinden uns auf den Koordinaten ...« Er ratterte die Zahlen herunter. »In einiger Entfernung haben wir Rauch entdeckt. Die Rauchentwicklung ist noch sehr schwach und könnte von Privatgrund ausgehen. Trotzdem halten wir es für besser, Meldung zu machen.«

Die Stimme von Ranger Ainsley Jedrusinski kam aus dem Com. »Meldung verstanden, Karl. Einer der Wettersats kommt gerade in unseren Dunstkreis. Gib mir 'nen Moment.«

Es gab eine kurze Pause, in der Jedrusinski eine Anfrage für satellitengestützte Bodenbeobachtung eingab. Dann hörten Stephanie und Karl sie sagen: »Definitiv ein Gefahrenherd mit Hitzeentwicklung über den erlaubten Grenzwerten, besonders wenn man die Windrichtung bedenkt. Wir schicken einen Trupp hin. Gute Arbeit, Leute! Ende.«

Stephanie hatte den Flugwagen in den Schwebemodus gehen lassen und blickte nun zu Karl hinüber. »Und, fliegen wir rüber und helfen?«

Karl dachte nach. »Tja, Ainsley hat nicht gesagt, wir sollen es lassen. Und es ist unser Feuer, sozusagen. Aber wenn wir rüberfliegen, steuere *ich* den Vogel.«

»Kein Problem«, erwiderte Stephanie, ging auf Autopilot, damit der Schwebemodus auch ohne manuelle Steuerbefehle beibehalten würde. Jetzt konnten Karl und sie gefahrlos die Plätze tauschen. »Überhaupt kein Problem.«

Obwohl sie es selbstverständlich nie offen zugegeben hätte, war Stephanie froh, das Steuer abgeben zu dürfen: Die Rolle der Pilotin war überraschend anspruchsvoll und verlangte viel Konzentration – zumindest bei ausgeschaltetem Autopiloten. Befreit von der Verantwortung für den Flugwagen, aktivierte sie ihr UniLink und startete einen Download über die Bedingungen am Brandort.

»Der Wind frischt auf«, berichtete sie Karl. »Wenn kein Wunder geschieht, breitet sich das Feuer aus, und zwar rasch. Was wohl die Brandursache war?«

Karl antwortete mit einem Schulterzucken, ehe er sagte: »Blitzschlag können wir wohl ausschließen. Die üblichen Sommergewitter lassen dieses Mal ja sehr auf sich warten. Vielleicht hat sich ein Feuer unbemerkt durch die Humusschicht gefressen, ist dann zum Lauffeuer geworden und wächst sich jetzt gerade zu einem richtigen Waldbrand aus. Ein Bodenfeuer, kein Wipfelfeuer, daher sehen wir bisher nur Rauch, keine Flammen. Das ganze Waldgebiet hier ist so trocken, dass der kleinste Funke genügt.«

Stephanie nickte. Sie wusste auch, was Karl unausgesprochen ließ: Auf Meyerdahl waren achtzig bis neunzig Prozent aller Waldbrände auf menschliches Fehlverhalten oder gar vorsätzliche Brandstiftung zurückzuführen. So hoch waren die Prozentzahlen auf Sphinx nicht – allerdings wohl nur, weil die Bevölkerungsdichte dieser Welt nicht sonderlich hoch war. Aber das spielte momentan keine Rolle. Wenn die Trockenheit so groß war wie diesen Sommer, stimmte, was Karl gesagt hatte: Selbst ein einzelner Funke fand genug natürlichen Zunder und konnte einen Großbrand auslösen.

Aber egal, was die Ursache war: Waldbrände waren kein Zuckerschlecken. Wissen und Verstand sagten Stephanie, dass Waldbrände für die Ökologie eines Waldes notwendig waren: Sie säuberten den Wald von Totholz und Unterholz und dazu auch von Mulm, dem sogenannten Lockersediment, das aus verfallendem und zum Verfall beitragendem organischem Material bestand. Manche Pflanzen waren auf Feuerhitze sogar angewiesen: Nur so konnten ihre Samen überhaupt aufgehen und keimen. Auch alle weidenden Tierarten zogen ihren Nutzen aus den Feuerschäden, da Neubewuchs einen höheren Nährstoffgehalt besaß. Das wiederum kam indirekt auch allen fleischfressenden Räubern zugute.

Obwohl Stephanie das alles wusste, fiel es ihr schwer, Waldbrände für etwas Gutes zu halten. Die Stümpfe verbrannter Bäume, die Kadaver der Tiere, denen es nicht gelungen war, schneller als die sich ausbreitenden Flammen zu sein, die Vögel, die vom Himmel fielen, weil sie im Rauch erstickt waren, obwohl sie dem Feuer nicht einmal nahe gewesen waren: Das alles schien Beleg genug, um Feuer als etwas Böses anzusehen, das bekämpft gehörte.

Trotzdem traf auf Sphinx umso mehr zu, was schon auf anderen bewaldeten Planeten galt. Achtzig Prozent der sphinxianischen Landflächen waren von Wald bedeckt. Aber einige Arten der auf Sphinx heimischen Flora wirkten nur auf den ersten Blick wie Waldbewuchs: Ein besonders schönes Beispiel war der Pfostenbaum, von dem die Baumkatzen in hohem Maße abhängig waren. Die Bezeichnung ›Pfostenbaumhain‹ war eigentlich nicht korrekt, denn es handelte sich keineswegs um eine Gruppe individueller Bäume, die recht dicht zusammenstanden und Wäldchen oder ganze Wälder bildeten, sondern um jeweils eine einzelne große Pflanze. Was wie die Stämme verschiedener Bäume derselben Art aussah, waren in Wahrheit Ausläufer, die der Mutterbaum von den Sprossknoten seiner Äste in den Boden hatte wachsen lassen, um neue Pfostenbaumstämme zu bilden. Diese hatten dann ihrerseits Ausläufer ausgeschickt und sich so vermehrt. Kam es in einem Waldstück zu Schäden an Pfostenbäumen, konnte sich dies über die Ausläufer auch auf kilometerweit entfernte Waldstücke auswirken – wenn auch zumeist nur kurzfristig.

Der SFD, der Sphinxianische Forstdienst, hatte sich die Strategie zu eigen gemacht, Waldbrände natürlichen Ursprungs eher einzudämmen und unter Kontrolle zu halten, als sie zu löschen. Das brachte dem SFD unter menschlichen Siedlern wenig Sympathien ein. Sie meinten, ihr Eigentum und Leben zu schützen müsse immer vorrangig sein – selbst wenn sich dieses Eigentum befand, wo es dem Gesetz nach nicht hätte sein dürfen. War ein Feuer auf Menschen zurückzuführen und sprach der SFD dann Verwarnungen aus oder verhängte gar Bußgelder … nun, dann musste der SFD in der Regel feststellen, dass er sogar noch unpopulärer war als gedacht.

Karl hatte das Com auf die Frequenz eingestellt, auf der man die Gespräche zwischen SFD-Zentrale und dem Löschtrupp mithören konnte, der zusammengerufen und zum Brandort ausgeschickt wurde. Viele Siedler hielten den SFD für personell mehr als gut bestückt, aber in Wahrheit war die Personaldecke für die zu bewältigenden Aufgaben eher dünn. Ranger Jedrusinskis Rundruf hatte alle Kollegen alarmiert, die sich in unmittelbarer Nähe zum Brandort befanden, ob sie nun im Dienst waren oder dienstfrei hatten. Einige würden nun erst noch Flugwagen bemannen müssen, die über spezielle Ausrüstung zur Brandbekämpfung verfügten.

In den Sommermonaten führten sämtliche Ranger – und das schloss auch Stephanie und Karl ein, die ja nur Ranger auf Probe waren – stets grundlegende Feuerbekämpfungsmittel mit sich. Dazu gehörten ein Schutzanzug ebenso wie ein Einmann-Schutzzelt und ein Kanisterrucksack, eine Schaufel und eine Pulaski-Axt: Letztere, ein Werkzeug halb Axt, halb Querbeil, war schon Jahrhunderte in Gebrauch gewesen, ehe die Menschheit nach den Sternen gegriffen hatte. Schon dreizehnhundert Jahre früher wäre ein Großteil der Grundausrüstung allen in der Waldbrandbekämpfung eingesetzten Männern und Frauen vertraut gewesen. Darüber hinaus gehörten zur Waldbrandbekämpfung nun standardmäßig eine Vibroklinge zum Schärfen der Pulaski-Axt und brandhemmende Mittel, die dem Wasser im Kanisterrucksack zugesetzt wurden – beides hätte frühere Generationen von Wehrleuten seiner Wirksamkeit wegen gewiss positiv überrascht, ja, regelrecht begeistert.

Kaum dass Karl den Steuerknüppel wieder übernommen hatte, schloss er das Rückfenster, das er vorhin für Löwenherz geöffnet hatte. Der Baumkater war während des Pilotenwechsels im Fußraum des Beifahrersitzes geblieben und hatte sich dann Stephanie auf den Schoß gesetzt. Er wies nicht mehr in die Gefahrenrichtung, seit der Flugwagen Kurs dorthin genommen hatte, und schien im Ganzen nicht mehr so angespannt. Über ihre emotionale Verbindung zu ihm spürte Stephanie allerdings noch deutlich, dass er unverkennbar hin- und hergerissen war, ob es wirklich eine gute Idee war, auf ein Feuer zuzuhalten, statt vor ihm zu flüchten.

Sie streichelte ihn, rollte ihn sogar auf den Rücken, um ihm das cremeweiße, weiche Bauchfell zu zerzausen und ihn unter dem Kinn zu kraueln. Normalerweise entspannte ihn das ganz wunderbar. Aber schon bald umschloss Löwenherz mit beiden Handpfoten und der einen Echthand, die er noch hatte, Stephanies Unterarm und schob Arm und Hand sanft, aber bestimmt von sich.

Stephanie bot ihm an, auf der Rückenlehne ihres Sitzes Platz zu nehmen. Geschmeidig sprang Löwenherz hinauf und setzte sich so, dass er Stephanie seine Echthand auf den Kopf legen konnte, während er aus dem Fenster schaute.

Anders als ihre Bezeichnung vermuten ließ, waren Baumkatzen keine Feliden. Beispielsweise besaß keine terranische Katzenart sechs Gliedmaßen oder hatte einen Greifschwanz. Der Körperbau der Baumkatzen mit ihrem weichen, dicken

Fell war länger, schmaler und schlanker, zudem waren sie größer als terranische Hauskatzen: Im Mittel maß der Rumpf einer Baumkatze mit Kopf sechzig bis siebzig Zentimeter, mit Schwanz das Doppelte. Natürlich besaß auch keine terranische Hauskatze Hände mit drei Fingern und opponierbaren Daumen.

Die Fellfärbung allerdings ähnelte bei Baumkatern wie Löwenherz derjenigen terranischer Hauskatzen: grau getigert das Rückenfell, cremeweiß das Bauchfell. Hier wie da war der Schwanz grau gebändert, die Anzahl der dunkleren Bänder unterschiedlich. Die Ähnlichkeit zur terranischen Hauskatze erstreckte sich auch noch auf andere Merkmale: schlitzförmig verengte Pupillen (die Augenfarbe in der Regel grün), scharfe, gebogene Krallen, die ein- und ausgefahren werden konnten (die der Baumkatzen waren allerdings um einiges schärfer), spitz zulaufende Ohren und lange Schnurrhaare. Wie ihren Namensgebern von Terra sträubte sich Baumkatzen bei Anspannung das Fell. Als Karl den Flugwagen immer näher an den Brandort heransteuerte, kitzelte Löwenherz' gesträubtes Fell Stephanie im Nacken.

Sie überlegte, was Baumkatzenclans wohl taten, wenn sie sich einem Feuer gegenübersahen, schließlich besaßen sie keine feuerhemmenden Chemikalien. Sie nutzten Werkzeuge, ja, aber was Stephanie bei ihnen bislang an Werkzeugen gesehen hatte, beschränkte sich auf Seile, Netze, Steinmesser und Steinäxte mit kleinem Kopf und schmaler Schneide. Messer und Äxte waren gewiss praktische Helfer beim Herunterschneiden von Ästen und Zweigen, die die Baumkatzen für den Bau ihrer Schlafplätze hoch droben in den Gabelungen dickerer Äste benötigten. Damit ließ sich aber keineswegs ein brennender Baum fällen, um zu verhindern, dass die Flammen, die sich durch sein Holz fraßen, auch auf die Krone und von dort auf andere Bäume übersprängen.

Vermutlich blieb Baumkatzen bei einem Brand nur die Flucht. Sie konnten lediglich darauf hoffen, ihre Jungen, Schwachen und Alten rasch genug aus der Gefahrenzone fortzubringen, um nicht mit anzusehen, schlimmer noch: mitzu*fühlen*, wie sie verbrannten, wenn Flammen mit gierigen Zungen an allem leckten und alles und jeden so blindwütig wie hungrig verschlangen.

Der Gedanke ließ Stephanie schaudern. Rasch rief sie eine Suchmaske auf und überlagerte damit die Karte ihres derzeitigen Standorts. In dieser Maske waren vom SFD alle Angaben über bekannte Clanreviere der Baumkatzen zusammengetragen worden. Ungeheuer erleichtert stellte sie fest: Für das betreffende Gebiet gab es keine Übereinstimmung. Die Revierkarte war zwar bei weitem nicht vollständig, aber so nah an von Menschen besiedeltem Land glaubte Stephanie diese Angabe für korrekt halten zu dürfen.

Natürlich wusste sie, dass sie als angehender Ranger eigentlich keine Lieblingsspezies unter den auf Sphinx lebenden Arten haben sollte. Ainsley Jedrusinski und Frank Lethbridge wurden nicht müde, Stephanie einzuimpfen, dass jede Kreatur, selbst ein Hexapuma, eine Rolle im komplexen Ökosystem des Planeten spiele. Aber Stephanie konnte nun einmal nicht anders. Sie mochte Hexapumas einfach nicht. Dafür mochte sie Baumkatzen, sehr sogar – tatsächlich sogar mehr, als sie die meisten Menschen mochte.

Um sich abzulenken, dachte Stephanie an einen ganz bestimmten Wurf Hexapumas: an die Jungen einer von Löwenherz und ihr getöteten Mutter; das war vor knapp drei T-Jahren gewesen. Als Stephanie Ranger auf Probe geworden war, hatte sie zu ihrer großen Überraschung erfahren, dass SFD-Ranger die Jungen gerettet und mit der Hand aufgezogen hatten. Wie der Nachwuchs vieler terranischer Großraubtiere bedurften auch kleine Hexapumas während ihrer ersten Lebensjahre elterlicher Fürsorge, um zu überleben.

Als Ranger auf Probe war auch Stephanie nicht darum herumgekommen, die Gehege der kleinen Biester zu säubern und ihnen Futter zu bringen. Später hatten Karl und sie der Diskussion beigewohnt, wo man die Jungtiere am besten auswildern sollte. Sorgfältig war darauf geachtet worden, dass der Hexapumanachwuchs keine Bindung zu seinen menschlichen Pflegern und Pflegerinnen aufbaute. Dass sich jedoch eine gewisse Vertrautheit mit Menschen einstellte, ließ sich natürlich trotzdem nicht vermeiden – und sei es nur, dass diese Hexapumas an Menschengeruch gewöhnt waren und ihn möglicherweise mit Nahrung und Nahrungsaufnahme in Verbindung brachten.

Wut kochte in Stephanie hoch, als sie sich daran erinnerte, wie schwer es ihr gefallen war, nicht jeden der Anwesenden ausdrücklich auf Löwenherz' schreckliche Narben und seine fehlende Echthand hinzuweisen. Eiltherapie und umfangreiche medizinische Hilfen hatten dafür gesorgt, dass ihre eigenen Narben nicht zu sehen waren – trotzdem gab es sie. Stephanie hatte es laut herausbrüllen wollen: »Hexapumas sind gefährliche Bestien!« Doch mit dieser Einstellung wäre sie in der Minderheit gewesen – und vermutlich war diese Einstellung sogar falsch. Also hatte sie ihre Meinung für sich behalten.

Löwenherz verspannte sich, und nicht zum ersten Mal dachte Stephanie zunächst, er habe nur auf ihren inneren Aufruhr reagiert. Aber anders als sonst in einem solchen Fall legte er ihr nicht die Echthand an die Wange, um sie zu beruhigen. Stattdessen sprang Löwenherz auf und ab und wies abwechselnd in Richtung Brandherd und nach unten. Stephanie spürte seine Frustration, sich den Menschen gegenüber nicht klarer ausdrücken zu können.

»Was hast du, Löwenherz? Was ist denn los?«

Richtig entspannen konnte sich Klettert-flink nicht einmal, als ihm Licht-im-Schatten und Todesrachen-Verderb bewiesen, dass sie seine Warnung wegen des Feuers verstanden hatten. Immerhin wusste er aus früheren Erfahrungen, dass Zwei-Beine Waldbrände ebenso ernst nahmen wie die Leute. Mehr noch: Da die Zwei-Beine nun einmal Zwei-Beine waren, würden sie es, auf welche Weise auch immer, mit den Flammen aufnehmen, statt vor ihnen zu flüchten. Klettert-flink hatte selbst schon Feuereinsätze beobachtet und obendrein dabei zugesehen, wie Todesrachen-Verderb und Licht-im-Schatten in der Brandbekämpfung ausgebildet worden waren. Ihm hatte dabei nicht unmittelbar eingeleuchtet, warum manche Feuer gleich gelöscht wurden, anderen wiederum erlaubt war, in einem eingegrenzten Bereich zu wüten. Nichtsdestotrotz wusste er, dass er auf eines vertrauen durfte: Die Zwei-Beine würden einem Feuer immer Beachtung schenken.

Jetzt, wo er es sich auf der Rückenlehne von Todesrachen-Verderbs Sitz bequem gemacht hatte, entschied er, es könnte nicht schaden, seine Warnung auch auf die Leute auszudehnen. Nun war er keine Sagen-Künderin, die ihre Geistesstimme hinaus zu den Clans zu schicken vermochte. Aber seine Geistesstimme, besonders seit er die Bindung zu Todesrachen-Verderb eingegangen war, besaß wesentlich mehr Kraft als die der meisten Männchen. Obendrein war seine Schwester Singt-wahrhaftig eine der bemerkenswertesten Sagen-Künderinnen ihrer Generation. Selbst aus dieser Entfernung wäre er wohl in der Lage, sie zu erreichen. Sie könnte dann ihrerseits die Warnung an die Sagen-Künderinnen anderer Clans weitergeben. Und selbst wenn er nicht bis zu seiner Schwester durchkäme, bestand immerhin die Hoffnung, mit dem Warnruf Jäger oder Kundschafter zu erreichen, die diesen dann weitertrügen.

Mit seiner Geistesstimme setzte Klettert-flink den Ruf ab, dann lauschte er auf Antworten. Eine kam fast unmittelbar, aber es war nicht seine Schwester, deren Geistesstimme er hörte. Es war eine ihm nicht vertraute Stimme, die einem Männchen gehörte, das sich ganz in Klettert-flinks Nähe befand.

Hilfe!, rief er. *Mein Bruder und ich sind im Feuer gefangen. Hilfe!*

Es lag so viel Verzweiflung, ja, Hoffnungslosigkeit in dem Schrei, als wäre er bereits eine geraume Weile hinaus in den Wald gegangen, ohne Gehör gefunden zu haben. Die Geistesstimme enthielt mehr an Botschaft, als die bloßen im Geiste gebildeten Worte sagten: Die beiden Leute saßen in einem Grünnadelhain hoch droben in einem der Bäume.

Das war aus verschiedenen Gründen nicht gut. Anders als in Netzholzwäldern, in denen die Clans bevorzugt ihre gemeinsamen Nester anlegten, waren die einzelnen Grünnadeln nicht über gemeinsame Zweige miteinander verbunden. Stattdessen verjüngten sich Äste und Zweige nach außen und wurden schließlich so dünn, dass sie nicht einmal mehr ein Borkenkauerjunges zu tragen vermochten, geschweige denn einen von den Leuten, der bereits ausgewachsen war. Schlimmer noch war, dass Grünnadeln, einmal Feuer gefangen, schnell und sehr heiß brannten. Die beiden Brüder mussten sehr in Bedrängnis gewesen sein, wenn sie in einem Grünnadelhain Zuflucht gesucht hatten.

Immerhin hatte das Feuer ihren Zufluchtsort noch nicht erreicht.

Könnt ihr von dem Baum hinunter? Gibt es eine andere Baumart, auf die ihr euch flüchten könnt?, wollte Klettert-flink wissen.

Nein, erwiderte der Sprecher, der sich in seinen Gedanken selbst Linksgestreift nannte. *Der Boden ist zu heiß. Wir haben es versucht. Mein Bruder meinte, er könne ganz bestimmt schnell genug rennen. Aber er hat sich die Ballen seiner Handpfoten und Echtpfoten schlimm verbrannt. Wir haben es zwar hoch hinauf in die Grünnadel geschafft und gehofft, der Wind würde das Feuer in eine andere Richtung tragen, aber ...*

Klettert-flink verstand nun, was der Verzweiflungsschrei tatsächlich zu bedeuten hatte. Es war kein Ruf um Hilfe gewesen – was für Hilfe sollte es denn in einer hoffnungslosen Lage wie dieser noch geben? Mit seinem Ruf hatte Linksgestreift sicherstellen wollen, dass der Clan, dem sein Bruder und er angehörten, von ihrem Tod erführe. Nur so könnten die Clanbrüder und -schwestern um sie trauern – ohne falsche Hoffnungen und nagende Ungewissheit, was ihnen wohl zugestoßen wäre.

So war es in all den Spannen gewesen, ehe die Zwei-Beine gekommen waren: Man nahm Tragödien als Geschehnisse hin, über die Lieder voller Kummer und Gram gesungen wurden. Aber jetzt ...

Klettert-flinks Austausch mit den beiden vom Feuer eingeschlossenen Leuten hatte nur wenigen Atemzüge gedauert. Nun stellte er sich auf die Echtpfoten, hüpfte auf und ab und gestikulierte entschlossen. Er versuchte, eine bestimmte Region in dem vom Feuer heimgesuchten Gebiet anzuzeigen, indem er mit den Armen immer in genau die Richtung wies, aus der er das Geistesleuchten der beiden Brüder spürte.

Todesrachen-Verderb gab einige an ihn gerichtete Mundlaute von sich. Drei Silben bildeten den Namen, mit dem sie ihn immer ansprach. Die restlichen aber ergaben für ihn keinerlei Sinn. Wenigstens spürte Klettert-flink im Geistesleuchten seines Zwei-Beins die Besorgnis und den Wunsch, ihn zu beruhigen.

Sie gab noch mehr Mundlaute von sich. Klettert-flink war sich einigermaßen sicher, dass sie eines sehr wohl verstanden hatte: Er hatte nicht einfach nur seine Warnung vor dem Feuer wiederholt. Aber die Frustration, die er von ihr empfing und die seiner eigenen in nichts nachstand, machte ihm klar, dass der wahre Sinn seiner neuen Botschaft noch nicht zu ihr durchgedrungen war.

»Bliek!«, machte er verzweifelt und wünschte sich, der Laut würde in der Art Information tragen wie die Mundlaute der Zwei-Beine. »Bliek!«

»Nur die Ruhe, Löwenherz, ganz ruhig!«, versuchte Stephanie den Baumkater zu beruhigen.

Er sprang wieder von der Rückenlehne hinunter auf ihren Schoß. Dort richtete er sich auf. Erst blickte er in Richtung des Brandherds, dann, mit einer raschen, geschmeidigen Hüftdrehung (kein Problem für eine Wirbelsäule von dieser Beweglichkeit), wandte er Oberkörper und Gesicht Stephanie zu. Er legte ihr die Echthand auf die Wange, und ein intensiver Blick aus grünen Augen senkte sich in ihre braunen.

»Bliek!«, wiederholte er mit geradezu feierlichem Ernst. Dann packte er ihr ins braune, kurzgelockte Haar, griff zwei Strähnen und zog daran. Stark, wie er war, hätte er ihr beide Strähnen ausgerissen, wäre Stephanie dem Zug nicht gefolgt. Ihr blieb nichts anderes übrig, als nach unten in den Fußraum zu blicken.

»Karl«, sagte sie, und ihre Stimme klang gepresst, so tief drückte sie das Kinn auf die Brust, »ich glaube, er will uns sagen, dass das, was ihn so in Unruhe versetzt, weiter unter uns ist.«

»Kein Wunder«, meinte Karl. »Schließlich fliegen wir oberhalb der Baumkronen.«

Obwohl sein Ton ironisch gewesen war, steuerte er den Flugwagen ein wenig tiefer. Stephanie spürte sofort, als Löwenherz ihre Haarsträhnen unvermittelt losließ.

»Okay, Karl, das ist dann wohl die richtige Höhe. Können wir diese bitte halten?«

»Klar doch«, antwortete der Angesprochene. »Hier gibt's jede Menge alten Fastkiefernbestand. Die stehen häufig in lockerer Gruppe, mit viel Platz zwischen den einzelnen Stämmen. Bei Pfostenbäumen ginge das nicht, gar keine Chance. In welche Richtung möchte uns Löwenherz denn lotsen?«

Die Baumkatze nahm wieder exakt die Haltung ein, die auch ein Vorstehhund gewählt hätte, um seinem Herrn, dem Jäger, Wild anzuzeigen.

»Immer noch in dieselbe«, sagte Stephanie. »Ich sag Bescheid, wenn sich daran was ändert.«

»Also fliegen wir immer noch direkt auf das Feuer zu«, stellte Karl fest. »Schau dir bitte die Meldungen vom Forstdienst an!«

Stephanie legte sich die Brandkarte auf das Display ihres UniLinks.

»Der eigentliche Brandherd ist weiter westlich«, berichtete sie dann, »definitiv dort, wo meinen Koordinatenangaben nach der Besitz der Franchittis liegt. Allerdings weht der Wind einen Feuerausläufer genau auf uns zu – präziser: auf diese Gruppe Fastkiefern.«

»Schlecht. Ganz schlecht«, meinte Karl. »Fastkiefern brennen schnell und sehr heiß.«

Stephanie nickte. Bei der Brandbekämpfungsunterweisung hatte sie gelernt, dass die hohen Wipfel der ältesten Bäume gern Blitzschlag auf sich zogen. In Bestand, der innerhalb des Entwicklungszyklus den Punkt erreicht hatte, wo neues Wachstum und damit Bestandserneuerung nicht mehr möglich war, erfüllten diese alten Bäume im Grunde die Aufgabe von Blitzableitern. Sie luden das durch Blitzschlag entstehende Feuer förmlich dazu ein, das Gebiet für Neubewuchs vorzubereiten, den Boden mit Asche zu düngen und das Aufkeimen neuer Saat zu beschleunigen, indem es deren harzige Ummantelung verbrannte.

Jetzt gerade holte die Wirklichkeit die Theorie ein. In diesem Sommer hatten Karl und Stephanie an ein paar Brandbekämpfungseinsätzen teilgenommen, aber nie an vorderster Front: Sie hatten Nachschub zu den Löschtrupps gebracht, die Kommunikation koordiniert oder Fragen besorgter Anwohner beantwortet. Hier flogen sie zum ersten Mal direkt an ein Feuer heran – und all die Warnungen, wie gefährlich und unvorhersehbar Feuer sei, wurden greifbare Realität.

»Löwenherz zeigt jetzt in eine andere Richtung«, erklärte Stephanie ein paar Minuten später. »Wir müssen uns südlicher halten.«

Mit dem Kompass bestimmte sie die genaue Richtung, in die ihr Baumkater zeigte, und gab sie an Karl weiter. Sofort legte er den geforderten Kurs an. Dieser Vorgang wiederholte sich mehrmals.

»Ich glaube«, sagte Stephanie, »wir können uns jetzt denken, wohin Löwenherz uns dirigiert. Ich geb's in die Navigation ein. Siehst du die Feuerzunge genau voraus? Der Wald brennt zwar noch nicht richtig, steht aber kurz davor.«

»Was meinst du, warum er uns ausgerechnet dort haben will?«, fragte Karl, nahm eine weitere kleine Kurskorrektur vor und beschleunigte den Flugwagen.

Stephanie presste die Lippen zusammen. »Ich glaube, jemand – also, eine Baumkatze, meine ich – hält sich genau dort in dieser Feuerzunge auf. Wir dürften dann wohl ihre einzige Chance sein, dass sie nicht bei lebendigem Leib verbrennt.«

2

Wir kommen, sandte Klettert-flink seine Geistesstimme an Linksgestreift, kaum dass Todesrachen-Verderb und Licht-im-Schatten den Flugwagen in die richtige Richtung steuerten. *Kann sich dein Bruder bewegen?*

Eine dumpf wirkende Stimme, die sich nur noch undeutlich auszudrücken vermochte, antwortete ihm. Hinter den Worten spürte Klettert-flink die Präsenz von Hitze und Rauch. Die Leute wussten, dass Rauch ebenso gefährlich war wie Feuer. Dennoch war der einzige Ort, an dem die Brüder hatten Zuflucht suchen können, während sich die Flammen am Boden tiefer und immer tiefer in den Wald fraßen, hoch oben in einem Baum – dort, wohin auch der Rauch stieg. Klettert-flink erkannte im Geistesleuchten des Brüderpaars ohne jeden Zweifel, dass sie so weit den Baum hinaufgeklettert waren, wie ihnen dessen schmaler werdender, biegsamer Stamm erlaubte.

Kommen?, kam Linksgestreifts Antwort wie eine kraftlose Brise. *Wie denn? Die Flammen schlagen schon am Stamm hoch. Die Grünnadel ist die höchste hier unter ihresgleichen, aber es ist nur noch eine Hand voll Körperlängen zwischen uns und den Flammen, nicht mehr.*

Linksgestreift sandte die Worte nicht zusammenhängend, sondern immer wieder von Pausen unterschiedlicher Länge unterbrochen. Die normalerweise verzögerungslose Art, sich mit Geistesstimme zu verständigen, war ihm nicht mehr möglich: Er musste sich sehr anstrengen, um sich auf mehr zu konzentrieren, als sich am Stamm festzukrallen und zu atmen. Dennoch waren seine Gedanken mit unendlicher Sorge um den Bruder durchsetzt. Klettert-flink erhaschte das Bruchstück einer Wahrnehmung: Gewicht, das auf Linksgestreifts Schultern und Oberkörper lastete. Nun war klar, dass Klettert-flinks neuer Freund den Bruder, der sich wegen der verletzten Hände und Pfoten kaum selbst am Stamm festhalten konnte, auf den Schultern sitzen ließ und ihn so mit seinem Körper noch vor Hitze und Flammen schützte.

Der Bruder konnte sich also nicht mehr aus eigener Kraft bewegen. Er war sogar schon halb bewusstlos. Verlöre er das Bewusstsein ganz, würde er vom Baum stürzen, geradewegs in die Flammen hinein.

Über die Schulter hinweg blickte Klettert-flink in Todesrachen-Verderbs Gesicht.

»Bliek!«, rief er, um ihre Aufmerksamkeit von dem kleinen Werkzeug in ihrer Hand wieder auf sich zu lenken. »Bliek!«

Als sein Zwei-Bein aufsah, tat er, als ob er renne. Es fiel ihm schwer, wo er sich doch in Wahrheit gar nicht bewegte, aber er gab sich redlich Mühe, es echt aussehen zu lassen, damit er auch wirklich verstanden würde. Todesrachen-Verderb richtete drängende Mundlaute an Licht-im-Schatten. Augenblicklich spürte Klettert-flink die charakteristischen Vibrationen, die ihm verrieten, dass der Flugwagen beschleunigte. Licht-im-Schatten flog nicht mehr so vorsichtig wie zuvor, sondern nahm jetzt in Kauf, dass die fedrig-weichen Spitzen der Grünnadeläste und die kleineren Zweige und Äste die Außenhaut des Flugwagens streiften.

Todesrachen-Verderb drängte ihren Begleiter mit weiteren Lauten, dann riss sie den Arm hoch, deutete voraus …

… und Klettert-flink blickte suchend in die angegebene Richtung, statt sich allein auf Linksgestreifts Geistesleuchten zu verlassen, um die Brüder zu finden. Was er dann sah, erschreckte ihn zutiefst: Im höchsten Geäst der größten unter den hier zusammenstehenden Grünnadeln hingen die beiden; unter ihrem Gewicht bog sich die Baumspitze tief zur Seite.

Flammen leckten bereits am Stamm, fanden in Zweigen und kleineren Ästen des Baumes sofort Nahrung und streckten, gierig nach mehr, ihre Flammenfinger nach den größeren aus.

Der Wind wehte jetzt kräftiger: der, der die Flammen erst in diese Richtung getragen hatte, und der, den die Hitze des Feuers selbst mit sich brachte. Die alten Grünnadeln, die dicht gedrängt in diesem Waldstück vorherrschten, fütterten es reichlich, und mit jedem Augenblick, der verging, wurde es heißer – was den Wind noch verstärkte, der die Flammen höher schlagen und schneller durch den Wald tanzen ließ.

Ein neues Geräusch kam zu all den anderen Sinneseindrücken hinzu: Etwas im Inneren des Flugwagens erwachte zum Leben und mühte sich um Kühlung. Auf einmal war auch Rauch zu riechen. Diese Veränderung ängstigte Klettert-flink, war doch seiner bisherigen Erfahrung nach der Flugwagen so gut abgedichtet, dass keiner der Gerüche aus der Außenwelt einzudringen vermochte.

Sein Vertrauen in die beiden Zwei-Beine war so groß, dass er sie hierhergeführt hatte, ohne sich Gedanken um ihre Sicherheit zu machen. Aber was, wenn er sie alle damit dem Untergang geweiht hatte?

»Ich sehe ihn!«, rief Stephanie. »Nein, *sie!* Es sind zwei! Zwei Baumkater hängen da – ganz oben in der Fastkiefer, die sich so zur Seite biegt!«

Sie kletterte nach hinten auf den Rücksitz, griff nach dem Rucksack mit ihrer Ausrüstung und schlüpfte auch schon in den Schutzanzug, der obenauf lag. Bei dem Anzug, extra für den Noteinsatz gedacht und aus feuerfestem Material, handelte es sich um einen Overall mit angearbeiteten Stiefeln und Kapuze.

Ein Erwachsener hätte seine Schwierigkeiten gehabt, sich in der Enge der Flugwagenkabine umzuziehen, aber Stephanie mit ihren vierzehn – fast fünfzehn! – Jahren war beweglich genug, um das in fliegender Hast zu schaffen. Zum Schluss stopfte sie auch die letzte widerspenstige braune Locke unter die Kapuze und streifte die Atemmaske über, die ihr Gesicht bis zu den Augen bedeckte. Der Ohrhörer, der in den Anzug integriert war, stellte sofort eine Verbindung zum Com des Flugwagens her. Eine Schutzbrille mit zuschaltbarem Head-up-Display vervollständigte den Anzug.

In der Zwischenzeit hatte Karl den Flugwagen hinüber zur brennenden Fastkiefer mit den beiden Baumkatzen gelenkt. Wahrscheinlich hätte er das nicht geschafft, hätte diese Fastkiefer nicht zu der Sorte gehört, die mit zunehmender Stammhöhe die unteren Äste verlor. Daher war es leicht, an den unteren Teil des Stamms heranzufliegen. Karl hatte die Steuerung fest im Griff, aber selbst mit Leitsystem und eingeschalteter Stabilisierungshilfe sorgten die Aufwinde, die von der Flammenhitze stammten, für ziemlich unruhige Flugbewegungen.

»Steph«, fragte Karl, und seine gedämpfte Stimme verriet Anspannung, »was hast du vor?«

»Jemand muss die beiden 'Katzen in den Flugwagen schaffen«, antwortete sie ohne große Umschweife. »Ich bin mir sicher, dass Löwenherz ihnen bestimmt schon die ganze Zeit sagen will, dass wir hier sind, um sie zu retten. Aber ich glaube nicht, dass er zu ihnen durchdringt. Wie nah kannst du mich ranbringen?«

»Bis zu dem dicken Ast etwa zwei Meter unterhalb der 'Katzen«, meinte Karl. »Glaub ich zumindest.«

»Ich leg den Kontragravtornister an«, sagte sie. »Dann kann ich zumindest nicht vom Baum fallen, egal, was sonst passiert.«

Sie musste Karl nicht erst erklären, dass der Kontragrav sie dabei unterstützen würde, höher zu steigen oder tiefer zu sinken, sie aber damit keineswegs fliegen könnte. Also würde sie immer noch am Baum hinaufklettern müssen, dessen Nadeln jetzt auch in der Krone vom Funkenflug in Brand geraten waren.

Karl brachte den Flugwagen in Position, und Stephanie öffnete die Heckklappe. Sofort drang dichter Rauch ins Wageninnere und brachte Karl ebenso wie Löwenherz zum Husten. Stephanie verwünschte sich dafür, Karl nicht wenigstens die Atemmaske aus seinem eigenen Rucksack mit Ausrüstung gereicht zu haben. Jetzt war es dafür zu spät; sie konnte sich damit nicht mehr aufhalten.

Löwenherz machte keine Anstalten, ihr in die brennende Fastkiefer zu folgen. Stephanie trat auf den Fastkiefernast hinaus und spürte, wie er bei jedem ihrer Schritte unter ihr wippte. Nur zum Teil, so vermutete sie jedenfalls, war der Grund dafür ihr Gewicht, das bei jeder ihrer Bewegungen anders auf ihm lastete. Teilweise dürften auch wärmebedingte Aufwinde und konkurrierende Luftströmungen am Brandort dafür verantwortlich sein.

Automatisch passte sich die Schutzbrille den Lichtverhältnissen an, und trotzdem versuchten Flammengleißen und Rauchschwärze einander zu übertrumpfen. Noch sonderbarer war es, sich in einem Schutzanzug, der vor größeren Veränderungen in der Umgebungstemperatur schützte, durch ein mit jedem Moment gefährlicher werdendes Feuer zu bewegen – es zu *wissen*, aber nicht zu spüren. Das bedeutete aber nicht, dass Stephanie nicht doch Feuer finge, wenn sie der Hitze zu lange ausgesetzt wäre.

Schon vor langer Zeit hatte Stephanie festgestellt, dass sie in Situationen einen kühlen Kopf behielt, in denen sich Gleichaltrige oder sogar Erwachsene in hirnlose Idioten verwandelten. Genau wie damals, als sie Löwenherz vor dem Hexapuma gerettet hatte, galt ihre ganze Konzentration im Augenblick ausschließlich ihrer aktuellen Lage. Ihre Angst schob sie in einer Notlage, in der sie dringend handeln musste, vorerst beiseite.

Um sich in eine hirnlose Idiotin zu verwandeln, bliebe später immer noch Zeit.

Während sie sich den Ast entlang auf den Stamm zubewegte, schätzte sie die Lage neu ein. Aus der Entfernung hatte sie zwei Baumkater gesehen, die sich aneinander und an den Stamm klammerten. Durch den vielen Rauch hatte sie nicht erkennen können, dass die untere 'Katz die obere mit Armen und Beinen stützte und hielt und sich nur mit dem kräftigen Greifschwanz am sich nach oben verjüngenden Fastkiefernstamm festklammerte. Die obere 'Katz schien bewusstlos, atmete aber.

Ursprünglich hatte Stephanie vorgehabt, erst die untere 'Katz zu packen und sie irgendwie dazu zu bewegen, sich in den Flugwagen zu retten. Jetzt musste sie sich etwas Neues ausdenken.

Sie streckte die Hand nach der unteren der beiden 'Katzen aus. Matt öffnete diese die Augen, und ein verhangener Blick traf Stephanie – ein Blick, der überraschenderweise keinerlei Anzeichen für Panik verriet. Wahrscheinlich war es Löwenherz doch gelungen, zumindest zu diesem Artgenossen durchzudringen. Beim Körperkontakt spürte Stephanie, wie viel Kraft es den Baumkater kostete, den Gefährten festzuhalten: Sein ganzer Körper zitterte vor Anstrengung. Er fauchte laut, und Stephanie konnte sich denken, warum.

»Keine Angst, ich klaub dich nicht einfach vom Baum und zwinge dich so, deinen Freund fallen zu lassen«, sagte sie und hoffte, ihr Tonfall führte dazu, dass er sich beruhigte. Löwenherz täte sicher ein Übriges dazu. »Hat er zu viel Rauch abbekommen? Lass mich mal schauen, ob ich ihn herüberheben kann.«

Das warnende Fauchen endete sofort, als Stephanie Anstalten machte, sich den oberen 'Kater zu greifen. Dessen Ohren zuckten, als sie ihn anfasste, aber seine Augen blieben geschlossen. Stephanie bewegte sich so schnell, wie es ihr eben möglich war, ohne ihren sowieso schon wackeligen Stand auf dem Ast zu gefährden. Vorsichtig löste sie die Krallen der jetzt schlaffen Arme und Beine aus dem Stamm. Das gelang ihr rascher als gedacht. Sie hatte damit gerechnet, der 'Kater werde sich mit allen sechs Gliedmaßen seiner Art am Stamm festklammern. Baumkatzenkrallen durchdrangen mit Leichtigkeit gegerbtes Leder und selbst künstlich verstärkte Kleidungsstoffe – das hatte Stephanie in der ersten gemeinsamen Zeit mit Löwenherz zum Leidwesen vieler ihrer Kleidungsstücke erfahren müssen. Es hatte eine Weile gedauert, bis er begriffen hatte, wie wenig widerstandsfähig ihre Kleidung war.

Diese 'Katz aber hatte nur die Krallen des Echthandpaares tief in Rinde und Holz schlagen können; die anderen Pfoten waren zu stark verbrannt, um sich auf diese effektive Weise festzukrallen, und ließen sich daher leicht lösen.

Beim Anblick der Brandwunden zuckte Stephanie zusammen und bemühte sich sehr, dem Verletzten nicht wehzutun, während sie seine Krallen aus dem Holz befreite. Gleichzeitig war sie sich bewusst, dass ihn ein weitaus schlimmeres Schicksal erwartete, wenn es ihr nicht gelänge, ihn so rasch wie möglich in den Flugwagen zu bringen.

Karl hatte die interne Verbindung vom Flugwagen zu Stephanies Schutzanzug hergestellt. Darüber hielt er sie unablässig über ihre Umgebungsdaten auf dem Laufenden. Seine Stimme klang dabei so unpersönlich und unbeteiligt wie ein rechnergestützter Wetterbericht.

Aber genau in diesem Augenblick wurden doch Emotionen in seinem Tonfall hörbar. »Steph, die Flammen sind nur noch einen Meter von deinen Füßen entfernt. Der Ast, auf dem du stehst, beginnt gerade zu schwelen. Schon bald wird er richtig brennen.«

»Ich bin dabei, den ersten 'Kater loszumachen«, erklärte Stephanie. »Ich glaube, der andere kann mir aus eigener Kraft folgen, wenn ich den hier trage. Du wirst es nicht glauben, aber er hat den oberen 'Kater die ganze Zeit gestützt.«

»Ich hab's gesehen«, entgegnete Karl. »Beeil dich!«

Das ließ sich Stephanie nicht zweimal sagen. Sie redete sich dabei allerdings ein, die Tränen, die sie aus brennenden Augen vergoss, wären von Rauch verursacht, der doch irgendwie hatte in die Maske eindringen können. Sie wollte sich nicht eingestehen, dass sie weinte, weil sie dem armen 'Kater schreckliche Schmerzen verursachen musste. Einmal schnappte er nach ihr, als wolle er sie beißen, aber er hielt mitten in der Bewegung inne – was Stephanie sehr erleichterte.

Endlich, es züngelten schon die ersten Flammen um ihre Füße, hatte sie den 'Kater vom Baum gelöst. Schlaff sackte er ihr in die Arme. Der 'Kater war nicht so kräftig und damit schwer, wie das dichte Fell nur allzu leicht vermuten ließ. Dennoch reichte sein Gewicht, um Stephanie aus dem Gleichgewicht zu bringen. Einen schrecklichen Moment lang kämpfte sie darum, auf dem Ast zu bleiben ... aber es gelang.

»Steph!«

»Ich komm ja schon!«

Zu ihrer Erleichterung hatte sich der zweite 'Kater, kaum dass das Gewicht seines Bruders nicht mehr auf ihm lastete, aus der unnatürlichen Stellung gelöst, die er hatte einnehmen müssen, um seinen Artgenossen zu stützen. Jetzt sprang er auf den Ast, flitzte ihn entlang mit Sprüngen, die wie ein seltsam hüpfender Tanz wirkten, weil er bei jedem Sprung versuchte, körperlichen Kontakt mit dem jetzt brennenden Ast so weit wie möglich zu vermeiden. Auf sein Tempo wirkte sich das aber nicht aus: In Gedankenschnelle hatte er den Flugwagen erreicht. Nun zögerte er. Die geöffnete Heckklappe versprach Rettung, der Wagen aber wurde arg von Aufwinden geschüttelt und stand nicht still genug für einen sicheren Sprung.

Löwenherz lehnte sich aus dem Heck heraus, winkte eindringlich und streckte dem anderen 'Kater Echthand und eine Handpfote entgegen, ja, er lehnte sich noch weiter hinaus, ganz so, als wolle er nach ihm greifen. Vielleicht erkannte die 'Katz auf dem Ast, dass es Löwenherz mit nur einer Echthand schwerfallen dürfte, diese Position lange zu halten. Er sprang – und landete sicher im Heck des Flugwagens. Stephanie mit ihrer Last auf den Armen spürte, wie der Ast unter ihr nachgab, und hörte das warnende Knacken. Halb taumelte, halb sprang sie durch die offene Heckklappe.

»Zieh die Füße ein!«, brüllte Karl. »Ich bring uns jetzt hier weg!«

Stephanie machte, dass sie ihre Beine in den Flugwagen bekam, denn die Heckklappe schloss sich bereits. Unmittelbar danach hörte das heftigste Gerüttel auf, und der Wagen flog etwas ruhiger.

»Ich bring uns zu euch nach Hause«, erklärte Karl. Wie Stephanie erst jetzt bemerkte, trug er nun ebenfalls Atemmaske und Schutzbrille. »Ich habe schon Kontakt mit dem Anwesen aufgenommen; dein Dad ist zu Hause. Ich habe gesagt, wir bringen ihm einen Patienten. Hat die andere 'Katz auch Brandverletzungen?«

»Ich glaube nicht. Zumindest nichts Schlimmes.«

Vorsichtig, denn nun war der Fond des Flugwagens schon von zwei Passagieren besetzt, ließ sich Stephanie auf den Rücksitz gleiten, den verletzten 'Kater auf dem Schoss. Löwenherz saß neben der unverletzten Baumkatze und gab ein leises Brummen von sich.

Stephanie sah ihn an und grinste. »Gut gemacht, Löwenherz!«

Er bliekte und imitierte mit seiner Echthand eine menschliche Geste: Daumen nach oben. Dann bedeutete er Stephanie durch Gesten, den verletzten Baumkater zwischen ihn und den anderen 'Kater zu legen. Beide schmiegten sich an den Verletzten und gaben Laute von sich, die tief in ihren schmalen Körpern vibrierten – Laute, die an das Schnurren terranischer Katzen erinnerten.

Als Stephanie nach dem Kampf gegen den Hexapuma verletzt gewesen war, hatte Löwenherz' Clan ebenso reagiert. Was immer diese tiefen, gemeinsamen Schnurrlaute auch sein mochten, sie hatten Resonanz in ihr gefunden: Stephanie hatte sich in die Lage versetzt gefühlt, die Schmerzen aus dem Bewusstsein zu verdrängen, die ihr der gebrochene Arm, das angebrochene Bein und die gebrochenen Rippen verursacht hatten. Also ließ sie die beiden 'Katzen jetzt gewähren. Mehr noch, sie kletterte auf den Vordersitz, damit die beiden genug Raum hätten, dem verletzten Artgenossen zu helfen.

Ein Blick zu Karl verriet Stephanie, dass er Atemmaske und Schutzbrille vom Gesicht gezogen hatte; sie baumelten an ihren Feststellbändern um seinen Hals. Auch sie nahm Maske und Brille ab, schlüpfte allerdings nicht auch noch aus dem Schutzanzug.

»Hast du die tatsächlich aus dem Rucksack gefischt und dabei den Wagen ruhig halten können?«, fragte sie. »Ich bin beeindruckt.«

Karl gluckste. »Eigentlich hat Löwenherz sie mir geholt. Ich habe mir die Lunge aus dem Leib gehustet, und das ist meinen

Flugkünsten nicht sonderlich gut bekommen. Das Nächste, was ich mitbekommen hab, war, dass er mir die Maske hinhält und dabei bliekt wie verrückt. Ich habe sie aufgesetzt, und dann hat er mir auch noch die Brille gegeben.«

»Alle Achtung!«

»Wir sollten das auf unsere Liste für Doktor Hobbard setzen«, meinte Karl. »Das ist doch ein weiterer schöner Beleg dafür, dass Baumkatzen so intelligent wie Menschen sind – unabhängig davon, was ein paar Mitmenschen behaupten mögen.«

»So intelligent wie Menschen?«, lachte Stephanie. »Wir zwei wissen doch ganz genau, dass sie noch *deutlich intelligenter* sind als der ein oder andere Mensch, den wir kennen.«

Löwenherz bliekte und legte Stephanie bestätigend eine Hand auf die Schulter.

»Löwenherz sieht das ganz genauso«, meinte sie. Dann jedoch nahm der Funkverkehr des SFD sie gefangen, der im Hintergrund lief. »Oh, hast du dem SFD schon Bericht erstattet?«

Immer noch verspürte sie eine gewisse Aufregung, wenn sie den Sphinxianischen Forstdienst mit seinen Initialen abkürzte. Das taten die Profis in seinen Reihen nun einmal – wie Karl und sie während interner Schulungen und Übungen als Ranger auf Probe mitbekommen hatten. Stephanie fand es auch immer noch aufregend, Ainsley und Frank mit Rang statt mit Vornamen anzusprechen, wenn die beiden im Dienst waren. Das zu tun, gab ihnen beiden das Gefühl dazuzugehören, ein Teil der Truppe zu sein, die von den neu geschaffenen Rangern auf Probe über die Hilfsranger und Ranger bis hinauf zu Chief Ranger Shelton reichte, der sie alle von seiner Spitzenposition aus überwachte und koordinierte.

»Habe ich, ja«, erwiderte Karl mit einem reichlich schiefen Grinsen. »Ich habe gesagt, wir wären von Norden gekommen, seien dabei aber auf eine Feuerzunge gestoßen, die uns davon überzeugt hätte, aus dieser Richtung sich dem Feuer zu nähern wäre ein ziemlich dumme Idee. Ich wurde angewiesen, nicht lange über dem Gebiet zu kreisen; das Feuer wäre unter Kontrolle und ein Löschflugzeug unterwegs, um Wasser und brandhemmende Mittel abzuwerfen. So soll verhindert werden, dass sich das Feuer über das bisher betroffene Gebiet hinaus ausdehnt. Also hieß es, wir sollten besser von hier verschwinden.«

»Und diese Anweisung hast du natürlich sofort bestätigt …«, kicherte Stephanie.

»Und habe ein Lob für meine Umsicht und Besonnenheit kassiert«, fuhr Karl fort, und grinste jetzt breit. »Klar, irgendwann finden sie es sicher heraus. Aber warum sie jetzt damit stressen?«

Hast du schlimme Brandwunden?, wandte sich Klettert-flink an Linksgestreift.

Meine Handpfoten und Echtpfoten schmerzen, gestand dieser, *und ich habe Brandblasen überall dort, wo sich Funkenflug durch mein Fell gebrannt hat. Nichts davon ist wirklich schlimm. Ich mache mir viel größere Sorgen um meinen Bruder. Er ist sehr schwach.*

Wir sind unterwegs zu jemandem, der ihm helfen kann, versicherte Klettert-flink. Sein Geist füllte sich mit Bildern von Heiler, Todesrachen-Verderbs Vater. *Dieses Zwei-Bein ist gut darin, denen zu helfen, die verletzt sind – und nicht nur denen der eigenen Art. Ich habe auch gesehen, wie er Tochter und Gefährtin geholfen hat, aber üblicherweise hilft er denen von anderem Blut. Er hat mir das Leben gerettet, nachdem mich ein Todesrachen fast in blutige Fellstücke zerrissen hat.*

Ich habe dieses Lied singen hören, meinte Linksgestreift, und ein aufgeregter Unterton gab seiner Geistesstimme eine andere Färbung. *Als mir aufging, dass die Stimme aus dem Zwei-Bein-Flugge-*

rät kam, habe ich mich gefragt, ob wohl du derjenige wärest, der Hoffnung anbot, als es keine mehr gab.

Klettert-flink freute sich zwar, wiedererkannt worden zu sein, aber er bildete sich nichts weiter darauf ein.

Dann wusstest du auch, dass das Zwei-Bein, das aus dem Fluggefährt auf die brennende Grünnadel kletterte, von unserem Volk Todesrachen-Verderb genannt wird?

Ja. Sie ist wahrlich so mutig, wie die Lieder erzählen.

Wir sind unterwegs zu ihrem Lager. In den Augen der Zwei-Beine ist sie noch ein Junges. Ihr Vater ist ein Heiler, und ihre Mutter stellt wirklich Fesselndes mit Pflanzen an. Zu deren Lager gehört übrigens das durchsichtige Pflanzennest, in dem ich das erste Mal Knollenstängel kostete.

Und dabei entdeckt wurdest, setzte Linksgestreift hinzu. Unter die Bewunderung für Klettert-flinks Unerschrockenheit mischte sich in Linksgestreifts Geistesstimme ein Hauch Missbilligung. *Unsere Clanältesten – mein Bruder und ich gehören zum Clan vom Wassergrund – sind sich immer noch nicht einig, ob die Entscheidung des Clans vom Hellen Wasser wirklich weise war. Aber nachdem ich nun gerettet wurde, als ich bereits alle Hoffnung darauf hatte fahren lassen, bin ich den Zwei-Beinen gegenüber aufgeschlossen und bereit, mehr über sie zu lernen.*

Sie unterscheiden sich voneinander ebenso sehr wie die Leute, warnte Klettert-flink. *Man kann nicht Todesrachen-Verderb oder Feind-des-Dunkels kennenlernen, die beide unter Beweis gestellt haben, dass sie Freunde und Beschützer der Leute sind, und sagen: ›Nun kenne ich die Zwei-Beine.‹ Es gibt auch solche wie Spricht-unaufrichtig oder die, die Leid und Tod über den Clan vom Munteren Herzen gebracht hat. Auch diese beiden gehen auf zwei Beinen.*

Das Zwiegespräch der Geistesstimmen war mit einer Flut von Bildern durchsetzt. Unmöglich hätte Linksgestreift missverstehen können, auf welche Zwei-Beine Klettert-flink sich bezog.

Denn die Namen wurden von Bildern begleitet: im Falle von Todesrachen-Verderb und Feind-des-Dunkels klar und scharf umrissen, weil Klettert-flink beiden selbst begegnet war, weniger scharf und klar in den Fällen, wo er die Zwei-Beine nur aus den Erzählungen anderer Leute kannte. Auch Leute konnten lügen – allerdings nur, indem sie Wichtiges ausließen. So hatte es Singt-wahrhaftig gehalten, als sie den Clan vom Hellen Wasser dazu bewegen wollte, Klettert-flink und einem ›Jungen‹ zu helfen – ohne es ein *Zwei-Bein*-Junges zu nennen.

Gegründet darauf, was du mir gezeigt hast, sagte Linksgestreift, *glaube ich, dass die Unterschiede zwischen den Zwei-Beinen größer sind als die unter den Leuten. Sie haben keine Sagen-Künderinnen, die sie durch Erzählen aneinander binden, sodass alle das Schicksal aller teilen. Nach dem, was wir beobachtet haben, als Spricht-unaufrichtig Jagd auf die Leute machte, ist es für Zwei-Beine ganz leicht, willentlich ihr Handeln voreinander zu verbergen.*

Wenn sich Klettert-flink Todesrachen-Verderbs Handeln ins Gedächtnis rief, konnte er seinem Artgenossen nur zustimmen – gerade heute erst hatte sie schließlich gewagt, allen Verboten zum Trotz selbst den Flugwagen zu steuern.

Linksgestreift fuhr fort: *Dass sie ihre Geschichten nicht teilen, führt wohl dazu, dass sich ihr Handeln auf gefährliche Weise unterscheidet. Wie können die Leute wissen, welchem Zwei-Bein sie trauen können und welchem sie besser aus dem Weg gehen?*

Das ist eine gute Frage, dachte Klettert-flink bei sich. *Eine Frage, auf die ich bis jetzt keine Antwort weiß.*

Stephanie machte sich Sorgen, ihr Vater würde jede Menge unangenehme Fragen stellen, um zu erfahren, wie genau Karl und sie zu zwei weiteren Baumkatzen gekommen waren. Aber die Meldung, die Karl über UniLink abgesetzt hatte, hatte

Richard Harrington offenkundig glauben lassen, sie hätten während eines SFD-Einsatzes am Rande eines Waldbrands Feuer bekämpft und die Baumkatzen wären ihnen dort übergeben worden.

»Mann, hab ich den Flugwagen eingesaut!«, seufzte Karl, als er schuldbewusst Kratzer und Ruß auf der Außenhaut begutachtete. Dr. Harrington kümmerte sich gerade um seine beiden neuesten Patienten, die sich im Fond eng aneinanderkuschelten.

Stephanies Vater nahm einen Sprühapplikator zur Hand und verabreichte beiden Baumkatzen eine geringe Dosis Beruhigungsmittel. »So können wir sie bewegen, ohne ihnen zusätzlichen Stress zu verursachen.« Dann fuhr er an Karl gewandt fort: »Nimm dir aus dem Hangar, was ich dort für Wagenreparaturen liegen habe. Den Brandgeruch wirst du aus den Polstern zwar nicht herausbekommen, aber das bringt dich auf jeden Fall schon mal ein gutes Stück weiter, wenn du möchtest, dass du den Wagen auch weiterhin benutzen darfst. Ich habe eine Politur entdeckt, die bei Kratzern geradezu Wunder wirkt.«

»Danke. Ich mache mir schon die ganze Zeit über Gedanken, was meine Eltern wohl zum Zustand des Wagens sagen werden. Brauchen Sie Hilfe, um die 'Katzen reinzubringen?«

»Nein, das bekomme ich auch so hin. Sobald ich die beiden reingebracht habe, kannst du den Wagen in den Hangar setzen.«

Richard Harrington war zwar nur durchschnittlich groß, aber selbst in der um den Faktor 1,35 höheren Schwerkraft von Sphinx kräftig genug, um ohne Hilfe die schwerste Ausrüstung zu tragen. So hatte er mit den beiden Baumkatzen keine Schwierigkeiten. Stephanie beugte sich zu Löwenherz hinunter, um ihm zu bedeuten, dass sie ihn auf ihrer Schulter ins Haus tragen wolle.

Ohne sich noch eimal umzudrehen, sagte ihr Vater: »Lass ihn allein ins Haus laufen, Steph. Es tut ihm nicht weh, ein paar der Kalorien wieder abzuarbeiten, die er sich bei Tisch angefuttert hat. Außerdem: Wie oft muss ich dir denn noch sagen, dass du zwar für dein Alter und deine Größe relativ stark bist, dein Knochengerüst aber unter zu schwerem Gewicht nachgibt? Den Baumkater die ganze Zeit auf dem Rücken zu tragen könnte dir eine Wirbelsäulenverkrümmung einbringen!«

»Aber, Dad, das mache ich doch schon immer so!«

»Richtig, junge Dame, aber da kannten wir ja auch noch nicht Scotts Ergebnisse deines letzten Gesundheitschecks. Eigentlich brauchst du dir nur die einschlägigen Zahlen anzusehen: Du bist ein Meter fünfunddreißig groß. Löwenherz hat ein Körpermaß von fünfundsechzig Zentimetern. Sein Schwanz misst noch einmal fünfundsechzig Zentimeter. Also kommt er insgesamt auf einen Meter dreißig. Das heißt, er ist lediglich fünf Zentimeter kleiner als du.«

Das stimmte natürlich, und das wusste Stephanie auch. Wenn sich Löwenherz neben ihrem Bett ausstreckte, war nicht zu übersehen, dass sie beide fast gleich groß waren. Trotzdem wollte sie nicht so rasch klein beigeben. Sie gab dem 'Kater mit einer Handbewegung zu verstehen, ihr zu folgen, und schloss zu ihrem Dad auf, der eilig zum Untersuchungsraum ging, den er sich auch in seinem Privathaus eingerichtet hatte.

»Er ist aber nicht so schwer wie ich.«

»Ist er nicht, das stimmt. Aber wenn man bedenkt, dass schlecht ausbalancierte Rucksäcke oder eine viel zu große und schwere Handtasche zu Beckenschiefstellungen führen und langfristig Schäden am Wirbelapparat heraufbeschwören können, wirst du mir sicher recht geben müssen. Scott MacDallan mag seinen Fisher ja halb auf der Schulter, halb auf dem Rücken tragen können, aber er ist auch ein erwachsener Mann.

Wenn du erwachsen bist, kannst du selbst bestimmen, was immer du wie zu halten gedenkst. Aber hier und jetzt gehörst du ebenso wie dein Knochenbau und dein Muskel- und Sehnenapparat in meine Verantwortung, verstanden?«

»Verstanden«, seufzte Stephanie.

Ich komme gut klar damit, dass ich klein bin, dachte Stephanie, *solange ich eines Tages doch noch eine weibliche Figur entwickle! Moms Figur ist ja ganz in Ordnung. Sie sagt mir immer wieder, sie wäre eine Spätentwicklerin gewesen. Aber was, wenn ich die Harrington-Gene habe, was die Figur angeht, und die Quintrell-Gene, was die Größe betrifft?*

Dieser Gedanke, der beinahe ständig an ihr nagte, seit ihr fünfzehnter Geburtstag immer näher rückte, begleitete sie auch jetzt, beinahe wie Hintergrundmusik, während sie ihrem Dad ins Haus folgte.

Im Untersuchungsraum half sie ihm, die beiden Baumkatzen zu säubern und die oberflächlichen Verletzungen zu versorgen. Zu den Vorzügen, eine Baumkatze als Hausgenossen zu haben, gehörte auch, dass Richard Harrington gut einzuschätzen vermochte, welche Medikamente wirkten und welche nicht.

Die Rauchvergiftung zu behandeln war ein größeres Problem, denn Richard gefiel die Vorstellung, seinen beiden Patienten eine Atemmaske über den Kopf zu stülpen, überhaupt nicht.

»Sie sind angespannt genug. Da muss ich sie nicht auch noch zusätzlich erschrecken. Aber ihren Atemgeräuschen nach haben beide ordentlich Rauch abbekommen. Ich will wirklich nicht, dass die zwei eine Lungenentzündung entwickeln!«

Löwenherz hatte in der Nähe gestanden und beruhigend geschnurrt oder gebliekt, als sich die beiden fremden Baumkater gegen die Behandlung sträubten. Besonders der schwerer

Verletzte der beiden hatte diese Beruhigung dringend nötig. Obwohl die Brandverletzungen durch Aufsprühen von Medikamenten behandelt worden waren, hatte diese 'Katz ihren Unwillen dagegen deutlich gezeigt und die Spraydose angefaucht.

Vielleicht sieht er in Dose und Spray ja eine Art Bedrohung, dachte Stephanie und wünschte sich nicht zum ersten Mal, sie könnte Löwenherz eine kompliziertere Frage stellen als: ›Willst du Sellerie?‹ (die Frage führte immer und ohne Ausnahme zu begeisterter Zustimmung) oder ›Willst du mit mir kommen?‹ (auch das führte so gut wie immer zu Zustimmung, obwohl der Grad der Begeisterung sich von Fall zu Fall durchaus unterschied).

Nun erinnerte sich Stephanie, dass Karl ihr erzählt hatte, Löwenherz habe ihm die Atemmaske gebracht, kaum dass sich die Flugwagenkabine mit Rauch gefüllt hatte. Das brachte sie auf eine Idee.

»Dad, Löwenherz war dem Rauch ebenfalls ausgesetzt, wenn auch nicht sonderlich lange. Was meinst du? Könnte ihm eine Dosis aus dem Inhalator schaden? Wenn er den Inhalator benutzt, kann er die anderen beiden vielleicht wissen lassen, dass ihnen damit nicht wehgetan wird.«

Die Tage waren längst vorbei, in denen Richard Harrington Löwenherz unterschätzt hatte. Nachdenklich blickte er den 'Kater an und nickte dann. »Zeig du ihm, was wir mit ihm und seinen beiden Freunden vorhaben.«

Stephanie folgte seiner Aufforderung, tat erst so, als benutze sie den Inhalator selbst, und hielt ihn dann Löwenherz vors Gesicht. Misstrauisch beschnüffelte er das Gerät, seufzte dann tief und öffnete ergeben das Maul. Dabei entblößte er zwei Reihen bemerkenswert scharfer Zähne. Stephanie aber vertraute darauf, dass er sie nicht beißen würde. Nachdem Löwenherz eine kleine Weile inhaliert hatte, hielt Stephanie den Inhalator auch den beiden anderen 'Katern hin.

»Die beiden müssen das jetzt auch machen«, sagte sie. »Kannst du es ihnen erklären?«

Löwenherz bliekte und suchte Augenkontakt zu den Artgenossen. Was auch immer er ihnen genau mitteilte, es gehörten auch eine große Portion Keuchen und tiefe Atemzüge dazu. Am Ende willigten beide verletzten 'Kater ein, einen tiefen Zug aus dem Inhalator zu nehmen.

»Sehr gut«, freute sich Stephanies Vater, als seine Patienten inhaliert hatten, und beugte sich zu ihnen hinunter, um ihre Fellzeichnung eingehender in Augenschein zu nehmen. »Interessant! Ich glaube, wir haben es hier mit Spiegelzwillingen zu tun.«

»Spiegelzwillinge?«, fragte Stephanie nach. Irgendwie kam ihr dieser Begriff zwar bekannt vor, aber sie konnte ihn nicht recht einordnen.

»So nennt man eineiige Zwillinge, die zwar gleiche Merkmale haben, aber genau spiegelverkehrte«, erklärte ihr Dad. »Beim Menschen wäre der eine Zwilling beispielsweise Rechtshänder, der andere Linkshänder. Solche Dinge halt. Und jetzt schau dir an, wie die Fellzeichnung dieser beiden hier aussieht: Die breiten Streifen des schwerer verletzten 'Katers laufen nach rechts, die des anderen gleichen ihnen in allen Merkmalen wie Breite, Abstand zueinander und Anzahl, laufen aber nach links.«

Jetzt, wo die beiden Baumkatzen gesäubert und gebürstet waren, konnte Stephanie erkennen, was ihr Vater meinte. Für jemanden, der sich mit dieser Spezies nicht so gut auskannte, sahen männliche Baumkatzen ziemlich gleich aus. Das Rückenfell aller 'Kater war in verschiedenen Grauabstufungen getigert, während das Bauchfell in schönem Kontrast dazu cremeweiß war. Weibliche Baumkatzen (normalerweise bekamen Menschen sie kaum zu Gesicht, da sie weniger abenteuerlustig waren als die 'Kater) hatten ein braun-weiß geflecktes Fell, das an das eines terranischen Rehkitzes erinnerte. Verbrachte man aber mehr Zeit unter Baumkatzen, erkannte man schnell, dass die Fellzeichnung individuell sehr verschieden war.

»Tja«, fuhr Richard Harrington fort, »das macht es einfacher, ihnen für die Akten einen Namen zu geben: Rechtsgestreift und Linksgestreift. Mich würde interessieren, ob es unter Baumkatzen viele Spiegelzwillinge gibt. Du hast mir doch erzählt, du habest bei deinen Besuchen schon jede Menge Jungtierwürfe gesehen. Gibt es bei ihnen identische Fellzeichnungen, wie das bei Zwillingen so üblich wäre?«

Stephanie verdrehte die Augen. »Ich konnte sie ja schlecht fragen, oder? Aber was ist nun? Wird der schlimmer Verletzte, also Rechtsgestreift, wieder gesund?«

»Ich glaube, schon. In einer perfekten Welt würde ich ihn einen Tag hierbehalten und ihm Bettruhe verordnen, bis die Brandwunden abgeheilt sind. Aber in diesem speziellen Fall halte ich es für das Beste, ihn und seinen Bruder draußen im Pavillon unterzubringen. Da hängt doch immer noch eine Hängematte für Löwenherz, oder?«

»Sogar mehrere. Er sucht sich je nach Sonnenstand und Wetter gerne mal einen sonnigen, mal einen schattigen Platz.«

»Gut. Wir bringen die beiden in den Pavillon und überreden sie, ein Weilchen zu bleiben, indem wir sie mit Trinkwasser und Futter bestechen – mit Sellerie als Zugabe. Bei Löwenherz jedenfalls wirkt Sellerie immer.«

Die Erfahrungen der letzten Zeit hatten Stephanie gelehrt, dass Baumkatzen auf Sellerie reagierten wie terranische Katzen auf Katzenminze. Das war schon ziemlich auffällig, denn Baumkatzen schienen, obwohl sie eigentlich Allesfresser waren,

Fleisch anderer Nahrung stets vorzuziehen. Ihre Zähne waren auch wirklich nicht gerade ideal dafür, faserige Pflanzenteile zu zerkleinern. Daher war es nicht gerade ansprechend, einer Baumkatze beim Sellerie-Essen zuzuschauen.

»Ich habe deiner Mutter schon über Com Bescheid gesagt«, fuhr Richard fort und nahm zuerst Linksgestreift, dann Rechtsgestreift hoch. »Sie weiß also, dass wir Gäste haben. Wenn sie nach Hause kommt, wird sie das Haus von der dem Pavillon abgewandten Seite anfliegen, um die beiden hier nicht unnötig in Schrecken zu versetzen. Frag Karl bitte, ob er zum Abendessen bleiben möchte.«

Karl nahm die Einladung gerne an und ließ sich auch leicht dazu überreden, über Nacht zu bleiben: Der SFD hatte bereits angefragt, ob Stephanie und er bei den Aufräumungsarbeiten im Waldbrandgebiet mithelfen könnten, und der Besitz Harrington lag ein gutes Stück näher am Brandherd als Karls Zuhause.

Am Abend zeigte Karl Stephanie ein paar Fotos, die er von ihr geschossen hatte, als sie sich in den brennenden Baum gewagt hatte – die Umstände, unter denen sie entstanden waren, erklärten durchaus, warum die Bilder unscharf und verwackelt waren. Schließlich hatte Karl das UniLink auf dem Armaturenbrett ablegen müssen, weil er vollauf damit beschäftigt gewesen war, den Flugwagen ruhig zu halten. Dennoch waren die Aufnahmen wirklich beeindruckend. Im Eifer des Gefechts hatte Stephanie gar nicht bemerkt, wie nah ihr die Flammen gewesen waren. Eines war ganz klar: Ohne Schutzanzug hätte sie schwere Brandwunden davongetragen. Gleich eine ganze Reihe Bilder ließ sie heftig erschrecken, obwohl sie doch genau wusste, dass letztendlich alles gut ausgegangen war.

Eines wusste sie mit großer Klarheit: Erforderte es die Lage, würde sie sich immer wieder dafür entscheiden, zu tun, was sie getan hatte, und Baumkatzen aus Not und Feuer zu retten.

Sphinx! Ein wohliger Schauer überlief Anders Whittaker, als der Shuttle auf dem Boden aufsetzte. Sekundenbruchteile später fühlte er sich – nicht ganz unerwartet – um mehrere Kilo schwerer, als mit der Landung auch die erhöhte Schwerkraft des Planeten spürbar wurde. Whittaker schaltete die Kontragraveinheit an seinem Gürtel ein, um den Effekt zu kompensieren, und fühlte sich sofort wieder normalgewichtig.

Eigentlich sollte es nicht so einfach sein, sich an die Bedingungen auf einem fremden Planeten anzupassen, dachte er.

Genau genommen stimmte das auch nicht: Es war keineswegs so einfach gewesen. Der Kontragrav konnte den Schwerkrafteffekt ausgleichen, richtig. Aber auch jemanden wieder so leicht zu machen, wie er es gewohnt war, half den Lungen nicht dabei, mit einer dichteren Atmosphäre oder mit anderen Gaszusammensetzungen klarzukommen. Dafür hatte es mehrerer Nanotech-Behandlungen bedurft. Dann waren viele Impfungen nötig gewesen – nicht nur gegen die Seuche, an der so viele der ursprünglichen Siedler gestorben waren, sondern auch gegen alles Mögliche andere, was seinen Eltern noch eingefallen war.

Ich wette, ich könnte sogar in einem Abwasserkanal schwimmen und käme ohne die kleinste Infektion davon.

Er grinste, als er es sich vorstellte – vor allem, wie erschrocken seine Mutter sein würde. Sie machte sich doch schon unendlich Sorgen, bloß weil er seinen Vater auf diese Forschungsexpedition nach Sphinx begleitete. Immerhin hatte sie nicht abstreiten können, dass es sinnvoll wäre, wenn Anders die nächste Zeit bei seinem Vater verbrächte. Sie selbst war nach der Wahl des neuen Präsidenten von Urako gerade erst auf einen Ministerposten gehoben worden. Schon davor war sie Abgeordnete einer der bevölkerungsreichsten planetaren Verwaltungseinheiten gewesen und hatte einen Sitz im Rat und daher viel zu tun gehabt. Als Kabinettsministerin wäre sie die nächsten sechs T-Monate für ihren Sohn praktisch unerreichbar.

Angesichts der neuen Verpflichtungen seiner Frau hatte Dr. Whittaker seinen Besuch auf Sphinx zeitlich nicht gerade optimal geplant. Aber was auch immer sich ansonsten über Bradford A. Whittaker sagen ließ: ›Beruflich wenig eingespannt‹ gehörte zweifellos nicht dazu. Als aufgehender Stern am Firmament der Xenoanthropologie war ihm eines schon lange ein Stachel im Fleisch gewesen: Es hatte einfach keine neuen intelligenten Spezies mehr zu studieren geben, was seinen beruflichen Aufstieg in ungerechtfertigtem Maße ausbremste.

Als die ersten Berichte über die sphinxianischen Baumkatzen Whittakers Aufmerksamkeit erregten, hatte er die Chance gewittert, auf die er so lange gehofft hatte. Praktisch jedes Detail eines jedes Medienberichts und jeder wissenschaftlichen oder populärwissenschaftlichen Veröffentlichung über sie hatte er im Kopf. So rasch wie möglich hatte er Kontakt zu Dr. Sanura Hobbard aufgenommen, der Leiterin des Anthropologischen Instituts der Universität Landing auf Manticore, und sich mit ihr ausgetauscht. Man hatte Dr. Hobbard obendrein die Leitung der Kronkommission übertragen, deren Aufgabe es war, die Intelligenz der Baumkatzen zu begutachten. Whittakers eigener Verantwortungsbereich allerdings – er war Fakultätsmitglied der Universität Urako auf dem gleichnamigen Planeten im Kenichi-System – verbot ihm, einfach ins nächste Schiff nach Sphinx zu springen, um eine Expedition zu den Baumkatzen zu unternehmen. Diese Tatsache und dass der Sphinxianische Forstdienst niemandem viel Zugang zu den

Baumkatzen erlaubte, ließ ihn seither vor Wut geradezu schäumen.

Anders hatte sich, angesteckt von seinem Vater, ebenfalls von den Baumkatzen faszinieren lassen. Wie sein Vater war auch er der Meinung, diese Tiere müssten intelligent sein – vielleicht nicht so intelligent wie Menschen, aber wer war bisher denn schon in der Lage, sie auf einer objektiven Intelligenzskala irgendwo einzuordnen? Bei ihren Entdeckungsfahrten war die Menschheit nur auf wenige intelligente Spezies gestoßen – und zumindest in einem Fall war eine solche Spezies ausgerottet worden, ehe sie den Menschen lästig werden konnte. Schon lange bevor Anders die Gelegenheit bekommen hatte, selbst nach Sphinx zu reisen, war er zum Verfechter der Rechte geworden, die den Baumkatzen unumstößlich zugestanden werden mussten.

Dann war das Fiasko gekommen, das der sogenannte Doktor Tennessee Bolgeo angerichtet hatte – angeblich Fakultätsmitglied der Liberty University im fernen Chattanooga-System. Was genau vorgefallen war, wussten nur die wenigsten, aber einiges war durchgesickert und hatte besonders unter Xenoanthropologen für Empörung gesorgt. Als Reaktion auf den Skandal hatte das Sternenkönigreich von Manticore beschlossen, mit einem Zweistufenprogramm Schadensbegrenzung zu betreiben.

Als Erstes wurde die bisher gefahrene Politik geändert, relativ freien Zugang zu den Baumkatzen zu gewähren. Danach hieß es, ein Team von Xenoanthropologen zusammenzustellen, das von außerhalb kam; für jedes Mitglied war behördlicherseits und damit hochoffiziell eine individuelle Freigabe erforderlich. Unnötig zu erwähnen, dass Dr. Whittaker sich sofort für diese neu zu berufende Kronkommission bewarb.

Sonderlich viel Aussicht auf Erfolg hatte die Bewerbung

nicht gehabt: Es gab eine ganze Reihe von Xenoanthropologen, die in der Wissenschaftsgemeinde als deutlich arrivierter galten und ihren Ruf bereits gefestigt hatten. Sie alle hatten zudem bessere Chancen, zusätzliche Gelder bewilligt zu bekommen, die ein derart umfangreiches Forschungsprojekt überhaupt erst ermöglichten. Dennoch war sich Anders sicher: Keiner der anderen Kandidaten war mit mehr Leidenschaft an die Sache herangegangen als sein Vater.

Dann hatte das Warten begonnen, T-Monat um T-Monat die reine Hölle.

Zu Hause bei Whittakers war in dieser Zeit die Luft zum Schneiden dick gewesen. Schließlich gab es dort einerseits einen Dr. Whittaker, der ungeduldig und gereizt darauf wartete, für das Sphinxprojekt ausgewählt zu werden, und andererseits eine Abgeordnete Whittaker, die nicht weniger gereizt und ungeduldig auf die Bestallung zur Ministerin wartete.

Ganz Sohn einer Politikerin und eines Anthropologen, hatte Anders die unruhige Großwetterlage zwischen seinen Eltern mit Bravour zu meistern gewusst. Von der Politikerin hatte er gelernt, im richtigen Moment das Richtige zu sagen und sich nicht zu schnell auf einen bestimmten Kurs festlegen zu lassen. Der Anthropologe hatte ihn gelehrt, wann er einen Schritt zurückzutreten hatte, um die Lage zu beobachten und das Beobachtete den Fakten nach und mit so wenig Emotion wie möglich zu beurteilen.

Aus diesem Grund war Anders besser als seine Eltern darauf vorbereitet gewesen, als sich – Wunder über Wunder! – plötzlich beide neuen faszinierenden beruflichen Möglichkeiten gegenübersahen … und damit das Thema in den Vordergrund trat, was mit ihm, dem gemeinsamen Sohn, zu geschehen habe.

Anders hatte vorhergesehen, dass seine Mutter ihn am liebsten auf Urako behalten wollte. Er liebte sie wirklich, aber er wusste eben auch, wie viel Zeit er allein verbringen würde, wenn er bei ihr bliebe. Einen Großteil ihrer knapp bemessenen gemeinsamen Zeit verbrächten sie zudem bei offiziellen Terminen, zu denen er sie dann begleiten müsste. Da war also auf der einen Seite der Reiz, den Baumkatzen an sich darstellten, und die Chance, auf einer dünn besiedelten, fremden Welt im faszinierenden Sternenkönigreich von Manticore zu leben. Verglichen damit übte selbst die Vorstellung, regelmäßig mit dem Präsidenten von Urako zu dinieren und gesellschaftliche Privilegien wie nie zuvor zu genießen, keine besonders große Anziehungskraft auf Anders aus.

Bradford Whittaker war kein Vater zum Ankuscheln; dafür steckte zu viel vom distanziert beobachtenden Anthropologen in ihm. Aber er war der Ansicht, seinem Sohn jegliche Möglichkeit bieten zu müssen, Erfahrungen zu sammeln. Er hatte ihn auch schon zu anthropologischen Feldstudien mitgenommen, sowohl auf dem Heimatplaneten der Familie wie in einigen näher gelegenen anderen Systemen. Unter diesen Voraussetzungen war es nicht schwer gewesen, die frischgebackene Ministerin davon zu überzeugen, dass es besser wäre, wenn ihr Sohn seinen Vater begleitete. Was Anders allerdings überraschte, war die Begeisterung, die sein Vater angesichts dieses Plans zeigte.

»Anders ist sehr an Baumkatzen interessiert«, hatte er gesagt. »Ich bin überzeugt, er wird eine echte Bereicherung für mein Team.«

Anders war so rot geworden, als wäre er eine Sonne kurz vor einer Nova. Es kam sehr selten vor, dass sein Vater ihn auf seinem eigenen Fachgebiet Kompetenz zubilligte. Das hatte selbst Anders' Mutter überzeugt, die genau wusste, dass die Anthropologie die erste große Liebe ihres Mannes war.

»Aber du schreibst mir jede Woche«, hatte sie verlangt, während sie Anders beim Packen half. »Und ich schreibe dir. Schick mir bitte jede Menge Fotos, und sorg dafür, dass du, was deinen Schulstoff angeht, immer auf dem Laufenden bleibst. Eine Universität zu besuchen kommt dir vielleicht noch wie Zukunftsmusik vor, aber du bist jetzt fast sechzehn, und die Aufnahmeprüfungen stehen vor der Tür, ehe du dich versiehst.«

So war es noch eine ganze Weile weitergegangen, und Anders ließ den ganzen Sermon über sich ergehen. Das war nur die Art seiner Mutter, ihn wissen zu lassen, wie wichtig er ihr war. Ohne zu protestieren, ließ er zu, dass sie zusätzliche Socken und Unterwäsche einpackte. Irgendwo in ihr, auf der Ebene der puren Mutterinstinkte, schien seine Mom überzeugt, auf einem erst vor relativ kurzer Zeit besiedelten Planeten wie Sphinx müsste akuter Mangel an derart grundlegenden Kleidungsstücken herrschen.

Unausgesprochen blieb ihre Sorge, Dr. Whittaker könnte so etwas wie saubere Unterwäsche und regelmäßige Mahlzeiten vergessen, sobald er erst einmal in Reichweite seiner jüngsten Forschungsobjekte gekommen wäre. Wenn es um seine Wissenschaft ging, grenzte sein Verhalten an Besessenheit. Jetzt, wo sein Ruf als Wissenschaftler allein vom Ausgang dieser Expedition abhing (was zu erwähnen er nicht müde wurde), hatte Dr. Whittaker begonnen, mit seinem Sohn zu sprechen, als wäre er nichts anderes als eine seiner wissenschaftlichen Hilfskräfte – wenn auch eine ungewöhnlich junge Hilfskraft.

In vielerlei Hinsicht gefiel es Anders, so behandelt zu werden. Es war in jedem Fall besser, als immer nur ›der Kleine‹ zu sein. Weil die anstehende Feldforschung als längerfristiges Projekt gedacht und angelegt war, wurden viele Expeditionsteilnehmer von Familienangehörigen begleitet. Allerdings war Anders der einzige Minderjährige der Gruppe.

Dr. Calida Emberly etwa (Xenobiologie und -botanik) hatte ihre Mutter im Schlepptau, eine Malerin, die als Expeditionszeichnerin zum Teil aus Forschungsmitteln bezahlt wurde. Kesia Guyen (Sprachwissenschaften) und Virgil Iwamoto (Steinwerkzeuge und Feldforschungsmethodik) waren jeweils in Begleitung ihrer Ehepartner. Iwamoto hatte gerade erst geheiratet – zum Teil motiviert durch den bevorstehenden Aufbruch der Expedition. Nur Dr. Langston Nez, kürzlich in Kulturanthropologie promoviert und langjähriger Mitarbeiter von Anders' Vater, reiste allein nach Sphinx.

Zufällig hatte Anders ein Gespräch zwischen Peony Rose Iwamoto und Dacey Emberly mit angehört. Die beiden hatten Tratsch über Dr. Nez ausgetauscht: Seine langjährige Beziehung sei zerbrochen, weil Nez nach seiner Promotion vorgezogen habe, weiter mit Dr. Whittaker zusammenzuarbeiten, statt sich einen lukrativeren Posten zu suchen. Anscheinend hatte Nez' Lebensgefährtin einige wirklich hässliche Dinge über Dr. Whittaker gesagt: Er sei allein auf seinen eigenen Vorteil bedacht, übertrieben ehrgeizig und vollkommen egozentrisch.

Anders wünschte sich sehr, er hätte dem widersprechen können. Er liebte seinen Vater, aber hätten sie nicht die Begeisterung für Baumkatzen miteinander geteilt, hätte er sich momentan gefragt, ob sie beide wohl überhaupt irgendetwas gemeinsam hatten.

Sphinx! Anders genoss die Vorfreude, während die Passagiere aus dem Shuttle in den Raumhafen strömten. *Ich bin tatsächlich hier! Wie lange wird es wohl dauern, bis ich die erste Baumkatze zu Gesicht bekomme? Wird es eher eine in freier Wildbahn sein oder eine von denen, die einen Menschen adoptiert haben?*

Dass ihn auch die Frage beschäftigte, ob er wohl Stephanie Harrington und Löwenherz kennenlernen würde, gestand er nicht einmal sich selbst ein.

Er war von dem Mädchen, das den Erstkontakt zu der neu entdeckten intelligenten Spezies hergestellt hatte, ebenso fasziniert wie von der neuen Spezies selbst. Das lag aber nicht daran, dass sie beide beinahe gleich alt waren (es trennten sie nur acht T-Monate, die er ihr voraus war). Seine Mutter hatte ihn damit aufgezogen, als sie entdeckte, dass er einen Ordner mit Stephanies Artikeln angelegt hatte. Nein, gerade *dass* sie den Erstkontakt hergestellt hatte, machte sie für ihn so interessant. Bis Stephanie das erste Beweisfoto hatte schießen können, hatte niemand auch nur von der Existenz der Baumkatzen gewusst.

Dann war Stephanie bei dem Versuch, eine Baumkatze vor einem Hexapuma zu retten, beinahe ums Leben gekommen – vielleicht war es auch andersherum gewesen, und die Baumkatze hätte beinahe ihr Leben verloren, um sie, einen Menschen, zu retten. Hier wurden die Geschichten, die sich um den Vorfall rankten, ein wenig unklar. Anders hatte es schon seiner Mutter mit Nachdruck versichert: Stephanie Harrington könnte eine steinalte Fastpavianin mit übergroßem nackten Hintern sein, und er wäre *immer noch* interessiert daran, sie kennenzulernen, einfach für das, was sie nun einmal getan hatte.

Und Löwenherz. Den wollte er ebenso gern kennenlernen.

Deswegen erschütterte es Anders, gleich nach seiner Ankunft auf Sphinx von Dr. Hobbard zu erfahren, dass Stephanie vor ein paar Stunden fast ums Leben gekommen wäre, als sie in ein brennendes Waldstück vorgedrungen war, um zwei vom Feuer eingeschlossene Baumkatzen zu retten.

3

Stephanie und Karl hätten sich noch einiges mehr anhören dürfen, weil sie so ein hohes Risiko eingegangen waren, um die beiden Baumkatzen zu retten, hätte nicht eben deren Rettung eindeutig für sie gesprochen.

Erstens zeigten die Fotos, die Karl vorsorglich geschossen hatte, wie ausgesprochen umsichtig sie vorgegangen waren. Stephanie hatte die komplette Brandschutzausrüstung ordnungsgemäß angelegt; also war sie keinesfalls blindlings in eine gefährliche Situation hineingestolpert, nur getrieben von dem Gedanken, die 'Katzen zur retten.

Zweitens bewiesen die Fotos jedem neutralen Betrachter zweifelsfrei, dass ohne ihr Eingreifen Rechtsgestreift und Linksgestreift in dem Feuer umgekommen wären. Nun bestand natürlich kein Zweifel daran, dass in der Geschichte von Sphinx schon viele Baumkatzen bei Waldbränden ums Leben gekommen waren. Dieser Waldbrand jedoch war, wie sich herausgestellt hatte, auf menschliches Fehlverhalten zurückzuführen. Daher ließ sich in diesem Fall kaum überzeugend argumentieren, Menschen sollten nicht diejenigen retten, die durch ihresgleichen in Gefahr gebracht worden waren.

Drittens gab die Ankunft des Anthropologenteams aus einem anderen System am selben Tag sowohl Stephanies Eltern wie dem SFD Gelegenheit, Stephanie an eines zu erinnern: Mit einem Mehr an Wissen ging nicht nur ein Mehr an Verantwortung einher, sondern auch ein nicht unerhebliches Mehr an Langweile.

»Vor ein paar Stunden hat mich Dr. Hobbard kontaktiert«, berichtete Marjorie Harrington während des Abendessens. »Sie wollte uns wissen lassen, dass das Anthropologenteam von außerhalb heute eingetroffen ist. Und sie fragt, ob wir es einrichten könnten, dass du dich mit den Wissenschaftlern triffst. Ich habe ihr gesagt, du seist fürs den SFD unterwegs, aber wir riefen durch, um einen Termin für dieses Treffen mit ihr auszumachen.«

Stephanie wollte schon protestieren und anführen, sie habe keine Zeit dafür. Schließlich würde es noch einige Tage dauern, bis Rechtsgestreift keine Pflege mehr bräuchte. Aber sie bemerkte die ersten kleinen Anzeichen dafür, dass beide Eltern ihr gleich einen strengen Blick zuwerfen würden, und sah auch, dass es um Karls Mund verräterisch zuckte. Beides reichte, um sich darüber klar zu werden, dass diese Schlacht bereits verloren war, ehe sie überhaupt begonnen hatte.

»Brauchen die Herrschaften Zeit, um sich einzugewöhnen?«, fragte sie also stattdessen. »Oder würde ihnen morgen passen?«

Der Gesichtsausdruck ihres Vaters wechselte von ›abwartend‹ zu ›erfreut‹. Ihre Mutter nickte.

»Das habe ich auch gefragt. Anscheinend war Dr. Whittaker enttäuscht, weil sein Team nicht schon am Raumhafen von Yawata von Baumkatzen in Empfang genommen wurde.« Sie lachte, als Stephanie, ohne nachzudenken, protestierend aufstöhnte. »Das war ein Scherz, Stephanie! Dr. Whittaker scheint sehr begeisterungsfähig zu sein, das ist alles. Dr. Hobbard sagt, du könntest dich mit den Anthropologen zu jedem Termin treffen, der dir passt – je früher, desto besser. Sie hat ihr Bestes getan, um dir Zeit zu verschaffen, dich auf ein solches Treffen vorzubereiten: Sie hat den Wissenschaftlern berichtet, dass du heute zur Brandbekämpfung für den SFD ausgerückt warst.«

»Das war nett von ihr«, meinte Stephanie.

Rasch ging sie durch, welche Möglichkeiten ihr blieben. Wenn sie anführte, der Einsatz im Waldbrandgebiet habe sie geschlaucht, würde sie ein bisschen Zeit gewinnen, um Rechtsgestreift und Linksgestreift besser kennenzulernen, ehe die beiden wieder nach Hause zurückkehrten. Andererseits würde man sich dann beim nächsten Brandbekämpfungseinsatz daran erinnern, dass sie den letzten nicht einfach so weggesteckt hatte.

Außerdem *war* sie nicht sonderlich geschlaucht. Gut, sie hätte gern noch mehr Zeit mit ihren beiden neuen Schützlingen verbracht, aber sie war auch neugierig auf die Anthropologen. Das waren *richtige*, echte Xenoanthropologen, keine Hochstapler wie diese Null Tennessee Bolgeo.

»Okay, dann also morgen«, entschied sie. Jeder, der sie weniger gut kannte als ihre Eltern und Karl, hätte diese Entscheidung für impulsiv gehalten, so schnell kam sie. »So früh, wie's dir passt.«

Ihr Vater nickte. »Gut. Gleich nach dem Essen setzen wir uns mit Dr. Hobbard in Verbindung. Marjorie, hat sie irgendetwas darüber gesagt, wo das Treffen stattfinden soll?«

»Dr. Hobbard schlug die Rangerstation bei Twin Forks vor«, lautete die Antwort. »Da gibt es nur ein Problem. Ich habe selbst einen Termin, draußen auf dem Tharch-Anwesen. Es geht um die Gemüsekreuzungen, die wir für kühleres Klima entwickelt haben. So traurig das ist, es ist und bleibt doch unumstößlich: Der herrlich lange Sommer neigt sich seinem Ende zu. Aber da auch der Herbst fünfzehn Monate dauert, können wir uns mit den richtigen Sorten einen echten Vorteil bei den Kulturen verschaffen und …« Grinsend unterbrach sie sich selbst. »'tschuldigung, da habe ich mich doch tatsächlich von meiner eigenen Begeisterung für das Thema hinreißen lassen! Die Kurzfassung lautet: Ich bin morgen den ganzen Tag ausgebucht.«

Bekümmert verzog Richard Harrington das Gesicht. »Ich leider auch. Ganz früh habe ich noch ein kleines Zeitfenster zur

Verfügung. Aber das wollte ich eigentlich dazu nutzen, mich um meine beiden neuen Patienten zu kümmern. Ich denke zwar, dass sie so weit in Ordnung sind, aber, na ja ...«

Karl fiel ihm nicht ins Wort, aber etwas in seiner Körperhaltung veränderte sich. Das alleine reichte aus, damit Richard Harrington mitten im Satz abbrach.

»*Ich* könnte Stephanie doch fliegen«, bot Karl an. »Ich könnte sie nach dem Termin sogar wieder hier zu Hause absetzen. Das würde mir nichts ausmachen. Ich überlege sowieso, statt Forstwirtschaft Anthropologie zu belegen, wenn ich aufs College gehe – oder besser gesagt: Anthropologie zusätzlich zur Forstwirtschaft. Deswegen würde ich das Anthropologenteam gern kennenlernen.«

Richard Harrington entspannte sich sichtlich. »Das wäre großartig, Karl – aber natürlich nur, wenn es auch für deine Eltern in Ordnung wäre. Du bist ja nun schon einen ganzen Tag nicht zu Hause gewesen; erst warst du draußen beim Brandherd, und dann bleibst du auch noch über Nacht bei uns. Wenn du mein Sohn wärest, dann wäre ich erst zufrieden, wenn ich mit eigenen Augen sähe, dass du okay bist.«

Für einen Sekundenbruchteil verdunkelte eine Traurigkeit Karls Gesicht, die Stephanie bereits als Teil seines Wesen kennengelernt hatte.

»Machen Sie sich keine Sorgen, Dr. Richard«, sagte er. Er benutzte dabei den Spitznamen, mit dem er Stephanies Vater gern anredete. Es war ein Kompromiss zwischen dem, was ihm die guten Umgangsformen abverlangten, und dem Problem, dass es im Hause Harrington nun einmal zwei Personen gab, die es mit Doktortitel anzusprechen, aber eindeutig auseinanderzuhalten galt. »Ich melde mich per Com bei ihnen. Es reicht ihnen bestimmt, mit mir zu reden. Ich flieg dann morgen nach Hause.«

Zu reden reicht, hing Stephanie in Gedanken seinen Worten nach. Wie gern hätte sie ihn, so wie Löwenherz es konnte, an Anteilnahme und Trost spüren lassen, was über Worte hinausging. *Das genau ist der Unterschied zu all den Menschen, die an der Seuche gestorben sind. Denn diese Menschen hat man* für immer *verloren. Mit ihnen können die Überlebenden eben nicht mehr reden.*

Anders war erleichtert, von Dr. Hobbard zu hören, dass Stephanie Harrington unverletzt geblieben war. Aufregenderweise war sie sogar zu einem Treffen gleich am nächsten Morgen bereit.

»Ich möchte Sie alle dringend darum bitten«, erklärte Dr. Hobbard beim Abendessen, »Stephanie Harrington mit derselben Umsicht und Höflichkeit zu behandeln wie eine Erwachsene. Sie ist zwar erst vierzehn, richtig, aber wenn es um Baumkatzen geht, besitzt sie sozusagen biblisches Alter.«

Anders wusste genau, dass sein Vater der festen Überzeugung war, niemand könnte ihm Informationen vorenthalten, die er zu erfahren verlangte – und schon gar keine Vierzehnjährige. Erst nach dem Abendessen, nachdem die beiden Whittakers wieder in ihrem Hotelzimmer waren, begriff Anders, wie weit sein Vater tatsächlich zu gehen bereit war, um zu bekommen, was er wollte.

»Anders«, sagte er, »es ist Zeit, dass du dich als echtes Mitglied unseres Forschungsteams erweist.«

Er rieb sich die Hände, was Anders an einen Trainer aus frühen Schulzeiten erinnerte. Der Mann hatte sich gern als Kumpel seiner Spieler gesehen und sie auch so genannt – zumindest bis er anfing herumzubrüllen, man sei eine derbe Enttäuschung für die gesamte Truppe.

Die Ähnlichkeit ging über die bloße Geste hinaus. Wie der

damalige Trainer war auch Dr. Whittaker groß und kräftig – ein Bär von einem Mann, wie man auf Terra sagte. In jungen Jahren hatten ihn Feldforschungskampagnen schlank gehalten; aber in letzter Zeit ging er seiner wissenschaftlichen Arbeit vornehmlich in Bibliotheken und Labors nach. Die zugehörige Geistesarbeit war gewiss anstrengend, aber sie verlangte seinem Körper nichts einer Feldstudie Vergleichbares ab; also war Whittaker in die Breite gegangen, um nicht zu sagen: dick geworden.

Mit zunehmendem Gewicht und Alter waren auch sein Haar schütterer und die Stirnglatze in bedenklichem Tempo raumgreifend geworden. Die genetische Disposition der Whittakers trotzte obendrein reihenweise Versuchen, die Heilung versprachen – ob nun wissenschaftlich fundiert oder von anderer Art. Dass es dank der Gentechnik mittlerweile gelungen war, den vor allem Männer betreffenden Haarausfall nahezu vollständig auszumerzen, steigerte die Frustration von Anders' Vater nur noch, denn in seinem Fall würde die Manipulation der dafür verantwortlichen Gene zu Alternativen führen, die weitaus schlimmer waren als bloßer Haarverlust.

Anders durfte hoffen, diese genetische Disposition nicht von seinem Vater geerbt zu haben. Vor ein paar Jahren hatte er im Rahmen einer ärztlichen Routineuntersuchung einen entsprechenden Gentest durchführen lassen. Er war ungemein erleichtert gewesen zu erfahren, dass dieser Test keinerlei genetischen Hinweis auf anstehende Kahlköpfigkeit erbrachte. Höchstwahrscheinlich würde er sich also noch lange des dichten Haares erfreuen, das schon seinen Großvater mütterlicherseits ausgezeichnet hatte.

Insgeheim verglich sich Anders mit seinem Vater und kam jedes Mal zu dem Schluss, es nicht schlecht getroffen zu haben. Er zeigte Ansätze dafür, in Körpergröße und kräftigem Knochenbau seinem Vater nachzueifern, aber die blauen Augen und das rotblonde Haar hatte er von seiner Mutter geerbt. Auch seine Gesichtszüge waren eine männliche Variante der ihren, ließen Merkmale wieder auftreten, die auf ihre skandinavischen Vorfahren zurückgingen: scharf geschnittene Züge und klare Linien, ganz anders als das Weiche, das dem Vielvölkergemisch der Whittakers erwachsen war.

»Als echtes Mitglied unseres Forschungsteams?«, echote Anders.

»Ganz genau, mein Junge. Du hast Interesse an den Baumkatzen bewiesen. Aber hast du dabei auch im Blick gehabt, dass Anthropologie mehr ist als das Studium interessanter Kulturen? Manchmal muss man mit denen umzugehen lernen, die eine Region dominieren.«

Anders hatte bereits einen leisen Verdacht, wohin dieses Gespräch führen würde. Allerdings hatte er schon früh gelernt, dass es klug – oder besser: zum eigenen Vorteil – war, andere erst einmal ausreden zu lassen, statt voreilig Schlüsse zu ziehen. Ihn überkam das ungute Gefühl, jetzt würde er erfahren, warum sein Vater so begeistert davon gewesen war, ihn nach Sphinx mitzunehmen.

»Ach ja?«

»Ja, genauso ist es. In unserem Fall hier sind es selbstverständlich nicht die Baumkatzen selbst, die diese Region dominieren – obwohl sie die hier heimische intelligente Spezies sind. Als solche sollten sie aber zumindest ein Mitspracherecht haben oder gar selbst entscheiden können, wer und wer nicht Zugang zu ihnen hat.«

Mit einiger Bewunderung begriff Anders, dass sein Vater diese auf komplexen Überlegungen beruhende Schlussfolgerung zu seinem Vorteil zu nutzen verstand – die Mehrheit der Sphinxianer teilte seine diesbezüglichen Ansichten keineswegs. Dabei klang Dr. Whittaker, als wäre in Wahrheit nur er der wahre Verfechter der Rechte indigener Spezies wie der Baumkatzen, nicht etwa der Sphinxianische Forstdienst, der sich zu deren Beschützer aufgeschwungen hatte.

Vermutlich bin ich nicht der Einzige, der im Zusammenleben mit einer Politikerin so einiges gelernt hat. Wenn Dad jetzt noch hinbekäme, so freundlich und überzeugend fürsorglich zu sein wie Mom, könnte er die Konkurrenz weit hinter sich lassen.

Anders nickte. »Wie Löwenherz, die Baumkatze, die sich mit Stephanie Harrington angefreundet hat: Es war *seine* freie Entscheidung, in Kontakt zu Menschen zu treten.«

»Das ist nicht ganz richtig«, widersprach Dr. Whittaker. »Löwenherz, wie Ms. Harrington diese Baumkatze zu nennen beliebte, wollte Kontakt mit dem, was sich im Treibhaus auf dem Besitz Harrington befand. Sein ganzes Handeln zeigt, dass er es im Gegenteil darauf angelegt hat, sich von den Menschen fernzuhalten. Er hat sich als bemerkenswert findig erwiesen, die Sicherheitsvorkehrungen im Treibhaus zu umgehen. Zugegebenermaßen waren Ms. Harringtons Folgerungen, was die Wellenlänge des Lichts betrafen, die Baumkatzen wahrzunehmen vermögen, schlichtweg brillant. Einzig dieser brillante Einfall hat es ihr erlaubt, von dem Eindringling in das Treibhaus eine Aufnahme zu machen.«

»Aber«, protestierte Anders, »sie haben sich trotzdem angefreundet und sind seitdem auch Freunde geblieben!«

»Noch einmal, Anders: Ich fürchte, du ziehst hier dieselben voreiligen Schlüsse, denen so viele aus einer romantisierenden Vorstellung heraus erlegen sind! Löwenherz … ach, ich wünschte wirklich, wir wüssten, nach welchen Regeln Baumkatzen sich untereinander Namen geben! Diese so benamste Baumkatze jedenfalls floh beim Erstkontakt, um genau diesen Kontakt zu vermeiden – das ist eine unbestreitbare Tatsache!

Erst als Ms. Harrington ihn verfolgte – und zwar unter Einsatz von Methoden, über sie sich nur sehr vage äußert – und sie verletzt wurde, kam dieser sogenannte Löwenherz, um sie zu retten. Was sie getan hat, war einfach unverantwortlich. Sie hat sich selbst und die Baumkatze in beachtliche Gefahr gebracht.«

»Sie hat ihm das Leben gerettet!«, entgegnete Anders aufgebracht.

»Was nur nötig wurde, weil sie die Baumkatze überhaupt erst in Gefahr gebracht hatte! Wirklich, Anders, ich habe immer geglaubt, du besäßest mehr von der Unvoreingenommenheit, die für wissenschaftliches Arbeiten unerlässlich ist. Vielleicht hat deine Mutter ja doch recht, und du hast ... tja, wie wollen wir es nennen? Sagen wir mal, du hast dich in das Bild einer heldenhaften Stephanie Harrington verguckt.«

Anders bedachte seinen Dad mit einem finsteren Blick, schluckte aber ein Dutzend Entgegnungen herunter, die ihm schon auf der Zunge lagen. Die Aussicht auf noch mehr Diskussionen dieser Art war ihm mehr als unangenehm. Stattdessen lenkte er das Gespräch wieder auf die Aussage zurück, mit der sein Vater es eingeleitet hatte.

»Was ist denn mit dem, was du vorhin gesagt hast – ich könnte etwas für das Team tun. Was denn?«

Dr. Whittakers Züge hellten sich auf. »Stimmt, das kannst du. Ich habe ja schon angeführt, dass wohlmeinende, nicht indigene, also zugewanderte Kulturen häufig dazu neigen, Eingeborenen gegenüber eine bevormundende Haltung einzunehmen, weil sie diese in ihrer Kultur für primitiver und daher verwundbarer halten.«

»Ah, zum Beispiel«, konnte sich Anders nicht verkneifen zu sagen, »hochtechnisierte Einwanderer, die sich entschließen, Eingeborenen besonderen Schutz zu gewähren, die ansonsten ihren Lebensraum und damit ihre Kultur verlieren würden.«

»Da sind sie schon wieder, deine romantischen Vorstellungen!«, erwiderte sein Vater und fuchtelte tadelnd mit dem Finger vor Anders' Nase herum. »Bevormundung ist doch nicht gleichzusetzen mit dem Gewähren von Schutz! Man spricht hier nicht umsonst von Paternalismus. In diesem Wort steckt *pater*, was so viel wie Vater bedeutet. Das heißt, wer sich paternalistisch verhält, sieht sich selbst in der Rolle der Eltern und glaubt damit besser zu wissen, was für die indigene Kultur richtig ist. Eine paternalistische Zuwandererkultur tut dies allein deswegen, weil sie technisch höher entwickelt ist und ihr diese höhere Technisierung erlaubt, andere zu dominieren.«

»Dann ist der Sphinxianische Forstdienst also paternalistisch«, fasste Anders zusammen.

»Genau!«, stimmte ihm sein Vater begeistert zu. »Und zwar nicht nur den Baumkatzen gegenüber, sondern auch gegenüber Ms. Harrington. Du hast doch auch gehört, was Dr. Hobbard uns über sie gesagt hat.«

»Das ist mir jetzt aber nicht überfürsorglich oder so vorgekommen«, warf Anders ein. »In meinen Ohren klang das eher so, als wolle sie uns davor schützen, dass Ms. Harrington zugeknöpft reagiert, wenn wir sie zu sehr bedrängen.«

»Ach, ich merke schon, dass du entschlossen bist, die Dinge unbedingt anders zu sehen als ich«, erwiderte Dr. Whittaker. Weil das in etwa der Wahrheit entsprach, schwieg Anders in der Hoffnung, sein Vater würde einfach fortfahren. »Ich habe gar nicht vor, Ms. Harrington zu … bedrängen, wie du es nennst. Das wäre das denkbar Schlechteste, was ich taktisch gesehen tun könnte. Aber ich kann nicht umhin festzustellen, dass ihr beide in etwa demselben Alter seid. Außerdem bist du ein hübscher Kerl und sie zwar zweifelsohne eine kluge, aber eben immer noch *weibliche* Person.«

»Du möchtest also, dass ich ihr schöne Augen mache, damit sie uns mehr über die Baumkatzen verrät?« Anders wusste nicht so recht, ob er wütend werden oder lachen sollte.

»Freunde dich mit ihr an«, erklärte Dr. Whittaker. »Wenn du magst, flirte mit ihr. Sorg dafür, dass sie sich in unserer Gesellschaft wohlfühlt. Sie soll uns als Menschen wahrnehmen, die sich um die Baumkatzen und deren Wohlergehen ebenso sorgen wie sie selbst. Denk daran: Ihr erster Kontakt mit Anthropologen war dieser Hochstapler Tennessee Bolgeo. Es ist gut möglich, dass sie seinetwegen eine Aversion gegen unseren Berufsstand entwickelt hat oder zumindest Vorbehalte gegen uns hegt.«

»Du möchtest tatsächlich, dass ich mit ihr flirte«, staunte Anders.

»Du sollst dich mit ihr anfreunden«, drängte sein Vater. »Aber wenn du das nicht möchtest, gibt es da, wenn ich mich recht entsinne, auch noch einen jungen Mann in deinem Alter, den der SFD ebenfalls Ranger auf Probe sein lässt. Diese Ranger-auf-Probe-Stellen wurden ganz offensichtlich nur eingerichtet, damit der SFD Ms. Harrington besser unter Kontrolle hat. Jetzt schau nicht so missbilligend, du sollst die Kleine doch nicht verführen! Worum es mir hier geht, ist nicht unanständiger als das, was deine Mutter tut, wenn sie fremder Leute Babys küsst und alte Omis umarmt, die ihr nie zuvor begegnet sind. Ich bitte dich doch nur darum, nett zu sein.«

Anders wusste nicht, was er darauf erwidern sollte. Eines wäre ziemlich dämlich von ihm: sich zu weigern, sich mit Stephanie oder mit ihrem Kumpel abzugeben – diesem Karl Irgendwas, der Name begann mit z oder so. Schließlich stand ein Treffen mit den beiden auf seiner Wunschliste unmittelbar unter seiner absoluten Nummer eins, nämlich einer Baumkatze zu begegnen. Und wenn er damit seinen Vater glücklich machen und gleichzeitig Punkte als teamfähiges Expeditionsmitglied sammeln würde, was könnte er damit falsch machen?

»Okay, Dad, ich verstehe, worauf du hinauswillst«, sagte Anders und setzte sein gewinnendstes Lächeln auf. Zu seinem eigenen Leidwesen war er sich dabei nur zu bewusst, wie sehr dieses Lächeln dem ähnelte, das seine Mutter auf tausenden Wahlkampfplakaten zur Schau trug. »Ich werde mich also bemühen, mich mit Stephanie anzufreunden.«

Klettert-flink gelang es, Linksgestreift und Rechtsgestreift davon zu überzeugen, dass sie im Pavillon in Sicherheit wären. Allerdings brauchte das eine Weile: Der Gartenpavillon war ebenerdig und besaß damit nicht die gewohnte Höhe eines Schlafnestes, und nur diese Höhe versprach ausreichend Sicherheit. Außerdem lag der Pavillon viel zu nah an der Wohnstätte der Zwei-Beine.

Am Ende war sich Klettert-flink fast sicher, dass die Verletzungen, die Rechtsgestreift davongetragen hatte, mehr für das Bleiben der beiden Brüder verantwortlich waren als seine Überzeugungskünste. Als Rechtsgestreift an der Grünnadel hatte hinaufklettern müssen, hatte er sich Echthände, Handpfoten und Echtpfoten nicht nur verbrannt, sondern sie sich tief aufgeschürft. Dementsprechend schmerzten sie, waren geschwollen, bluteten und nässten. Es bestand Gefahr, dass sich die Wunden entzündeten und eiterten.

Heiler hatte dem Verletzten einen Teil der Schmerzen nehmen können, und die Schwellungen waren zurückgegangen. Die unechte Haut, die Heiler auf die Wunden aufgebracht hatte, würde allerdings unter den Erfordernissen, die eine Reise zurück zum Clan der Brüder mit sich brächte, nicht auf den Wunden halten.

Ein weiter Grund zu bleiben war die Nahrung, die Todesrachen-Verderb ihnen brachte: Es handelte sich um eine Zusammenstellung von Klettert-flinks Lieblingsspeisen. Als Krönung jeder Mahlzeit gab es eine Portion frischen Knollenstängel für jeden von ihnen. Die ausgefallenen Köstlichkeiten brachten beide Genesenden zum Schwärmen, selbst Rechtsgestreift ermunterten sie, sich mitzuteilen und die Stille zu brechen, in die er sich auch dann noch geflüchtet hatte, als seine schlimmsten Schmerzen schon gestillt waren.

Über einer Portion Knollenstängel erzählte Linksgestreift dann auch, was das Brüderpaar dazu gebracht hatte, sich so nah an von Zwei-Beinen bewohntes Gebiet heranzuwagen.

Der Clan vom Wassergrund ist erst kürzlich in ein neues Hauptnest in unserem Revier umgezogen. Das heiße, trockene Wetter hat das Land unter unseren bisherigen Nestbäumen ausgedörrt. Viele der Bewässerungsgräben, die uns mit Fisch und Wasserkrabblern versorgen, stehen kurz davor, auszutrocknen, oder sind bereits trockengefallen. Die Jagd wurde auch immer schwieriger, weil zu wenig Bodenhuscher ins Feuchtland kommen, um auszugleichen, was uns an Fang entgangen ist.

Die Bilder, die Linksgestreifts Worte begleiteten, gaben Klettert-flink eine ungefähre Vorstellung von dem Gebiet, in dem sich der Clan vom Wassergrund neuerdings niedergelassen hatte. Wie alle Gebiete, in denen die Leute ihre Nester bauten, gab es hier viele Netzhölzer, die rasche Fortbewegung ermöglichten, ohne den Boden zu berühren. Erfreut bemerkte Klettert-flink, dass das neue Hauptnest des Clans vom Wassergrund ausgesprochen gute Deckung von oben bot, da sich an diesem Ort zu den Netzhölzern genug Goldblätter gesellten.

Ja, bestätigte Rechtsgestreift als Antwort auf Klettert-flinks unausgesprochenen Gedanken, *einer der Gründe, warum unsere Clanältesten diesen Platz für das neue Hauptnest wählten, war der Schutz, den Goldblätter vor den Zwei-Beinen und ihren Fluggeräten bie-*

ten. Unser Revier liegt ohnehin nah an einem Gebiet, das sie für sich beanspruchen, sodass es schon zu einigen Störungen gekommen ist.

Linksgestreift fügte hinzu: *Unser neues Hauptnest ist so weit als möglich von den Nestern der Zwei-Beine entfernt, aber einige unserer besten Jagdgründe bringen uns ihnen gefährlich nah. Mein Bruder und ich waren dabei, die Gegend auszukundschaften. Wir wollten die Pfade der Zwei-Beine suchen und herausfinden, wie oft sie sie benutzen, damit unsere Jäger sich darauf einstellen können.*

Obwohl die Leute beschlossen hatten, in ihrem Umgang mit den Zwei-Beinen sehr vorsichtig zu bleiben, hatten sie bereits die Erfahrung gemacht, dass sich dort, wo sich Zwei-Beine niederließen, auch immer Möglichkeiten zur Nahrungsmittelbeschaffung auftaten. Klettert-flink selbst hatte Knollenstängel aus ihren durchsichtigen Pflanzennestern beschafft. Ein solches Handeln war für einen Kundschafter durchaus vertretbar, obwohl die Leute es als Diebstahl angesehen hätten, hätte einer von ihnen einem anderen etwas aus dem Nest genommen.

Die Leute stahlen nicht direkt vom Feld, wo die Zwei-Beine ihre Nahrung anbauten, das nicht, nein. Aber die Leute lernten schnell, dass die Neuankömmlinge mit ihren Feldern andere Möglichkeiten der Nahrungsbeschaffung schufen. So wagten sich häufig kleinere Bodenhuscher an die Ränder der bepflanzten Felder heran. Dass die Zwei-Beine Futter für die Tiere auslegten, die sie dort hielten, zog auch Plünderer an; und einige der Pflanzen, die sie anbauten, wanderten über die Felder hinaus, die die Zwei-Beine für sich beanspruchten, und wuchsen dann wild. Oft waren diese Pflanzen recht schmackhaft und zudem robust.

Obwohl die Ältesten des Clans vom Wassergrund Berührung mit den Zwei-Beinen zu vermeiden gedachten, hatten sie Rechtsgestreift und Linksgestreift zum Erkunden ausgeschickt.

Ihr Ziel waren unbestreitbar die Wälder in der Nähe der Reviere gewesen, die von den Zwei-Beinen beansprucht wurden ... und zwar gerade *weil* es dort Zwei-Beine gab.

Klettert-flink würde sie dafür nicht tadeln, obwohl er es allmählich leid war, dass die Leute ihre Mäuler mit Knollenstängel vollstopften und dennoch jene ablehnten, denen sie diese Leckerei verdankten.

Er bliekte belustigt, als er schmeckte, dass sich Linksgestreift (Rechtsgestreift war schon wieder eingedöst) dieser Ironie deutlich bewusst war.

Am nächsten Morgen verrieten die Vorbereitungen, die Todesrachen-Verderb und Licht-im-Schatten trafen, dass sie bald aufbrechen wollten. Klettert-flink haderte mit sich, ob er sie begleiten oder für ein Schwätzchen mit Linksgestreift und Rechtsgestreift hierbleiben sollte. Er glaubte, seine Anwesenheit wäre wichtig, zeigte sie den beiden doch, dass der Pavillon ein sicherer Ort war, an dem sie getrost bleiben konnten. Nur spürte er jetzt in Todesrachen-Verderbs Geistesleuchten neben Aufregung und Begeisterung angesichts des Aufbruchs auch Unbehagen. Er konnte zwar nicht in ihren Gedanken lesen, kannte aber den Geschmack dieser Empfindung genau. Daher wusste er, dass dieses Unbehagen etwas mit ihrer Verbindung zu den Leuten zu tun hatte.

Ein ums andere Mal hatte er bei seinem Zwei-Bein gesessen und sie beschwichtigt, während sie eine Frage nach der anderen gestellt hatte. Aus ihrem Geistesleuchten in Verbindung mit Gesten und bestimmten Mundlauten wusste er, wann sich ihre Fragen und Gedanken um die Leute drehten. Während einiger ihrer Gespräche hatte immer wieder ein bestimmter Unterton ihr Geistesleuchten gefärbt. Die Färbung erinnerte

Klettert-flink ein wenig an das Gefühl beim Verfolgen einer Fährte oder beim Kundschaften: als gehe Todesrachen-Verderb besonders vorsichtig vor – ganz wie ein Jäger, der mit großer Sorgfalt beim Anschleichen darauf achtete, keinen Zweig unter seinem Gewicht brechen zu lassen, damit die Beute ihn nicht kommen hörte und floh. Oder besser: als ob sein Zwei-Bein sich einem gefährlichen Räuber näherte – einem Todesrachen oder Schneejäger beispielsweise – und wüsste, dass ein falscher Schritt tödliche Folgen haben mochte.

Aus diesem Grund entschied er sich nun doch, Todesrachen-Verderb und Licht-im-Schatten zu begleiten. Leicht fiel ihm die Entscheidung nicht. Denn da der gestrige Tag sehr anstrengend gewesen war, hätte er sich tatsächlich um einiges lieber beim Plaudern mit zwei Angehörigen eines anderen Clans entspannt.

Beim Aufbruch bemerkte Klettert-flink belustigt, dass es dieses Mal keine Frage war, wer den Flugwagen lenkte. Obwohl sie hoch über den Baumwipfeln flogen, noch dazu mit hoher Geschwindigkeit, ließ Licht-im-Schatten für ihn eine der durchsichtigen Seitenverkleidungen herunter, ohne zuvor dazu aufgefordert worden zu sein. Trotzdem genoss Klettert-flink den Flug nicht so wie sonst. Viel zu sehr beschäftigten ihn Gedanken über mögliche Veränderungen und die Auswirkungen, die sie nach sich ziehen könnten.

Karl ließ den Flugwagen auf dem vertrauten Landeareal beim regionalen SFD-Hauptquartier aufsetzen. Stephanie bemerkte sofort eine Reihe von Fluggefährten, die auf dem für Besucher reservierten Teil des Areals standen.

»Dr. Whittaker und sein Team scheinen schon eingetroffen zu sein«, bemerkte sie, nahm Löwenherz auf den Arm und drückte ihn an sich. Sicher hätte Dad nichts dagegen, wenn sie ihn für die kurze Strecke bis zum Eingang trüge.

»Bereit?«, wollte Karl wissen.

»Darauf kannst du wetten!«, erwiderte Stephanie.

Kaum hatten sie das Hauptquartier betreten, wurden sie auch schon über einen Seitengang in einen Konferenzraum des Gebäudes geführt. Der Raum war recht groß – er wurde auch als Hör- und Vortragssaal genutzt –, und dennoch wirkte er heute geradezu überfüllt. Beim Eintreten stieg ihnen bereits der Duft von Kaffee in die Nase – das war das Getränk, das die hart arbeitende Belegschaft des SFD bevorzugte. Allerdings versprachen davon nicht vollständig übertünchte andere Aromen auch Alternativen. Löwenherz blickte erfreut auf und machte Anstalten, von ihrem Arm zu springen und sich in Richtung des Tisches aufzumachen, auf dem die Erfrischungen kredenzt wurden. Stephanie vermutete sofort, dass zu den Angeboten auch Sellerie zählte.

»Na, du verfressenes Leckermäulchen«, flüsterte sie ihm zu, »du hast doch erst gestern Abend beim Sellerie ordentlich zugeschlagen!«

Sie wusste, dass sie ihm trotzdem nachgeben würde. Sicher mochte er Besprechungen und Treffen dieser Art genauso wenig wie sie selbst. Sie war froh, dass er jetzt bei ihr war; die Unterstützung, die er ihr zukommen lassen konnte, ging weit darüber hinaus, einen kuschelig-warmen Körper im Arm zu halten.

Sie setzte Löwenherz auf einer langen Tischreihe ab, die den Raum in zwei Teile teilte. Der Erste, der auf sie zukam, war Frank Lethbridge, einer der beiden Ranger, die für Karls und ihre Ausbildung abgestellt waren; aber andere Anwesende folgten seinem Beispiel rasch.

Neben einer Reihe von Vertretern des SFD, darunter auch

Chief Ranger Gary Shelton, gehörte zu dieser Gruppe auch Dr. Sanura Hobbard. Stephanie kannte sie inzwischen recht gut. Zuerst hatte sie die Professorin als lästig empfunden, aber mittlerweile respektierte Stephanie die Xenoanthropologin für ihre Hingabe und das Verantwortungsbewusstsein, mit der sie andere Kulturen studierte. Schlussendlich hatten sie beide sogar zu einer Übereinkunft gefunden, was Dr. Hobbard über die Baumkatzen publizierte … und was nicht.

Wie es die Höflichkeit erforderte, begrüßte Stephanie diejenigen, die sie kannte, und Karl und sie ließen die Mischung aus Witzeleien und Lob über ihr Heldentaten während des Waldbrandes am Vortag über sich ergehen. Währenddessen war sie sich der Gruppe Menschen nur allzu bewusst, die in einer Ecke des Raumes beieinander standen und mit einiger Ungeduld darauf warteten, dass man sie ihr vorstellte.

Dominiert wurde die Gruppe von einem großen Mann von kräftiger, allerdings beleibter Statur. Stephanie hatte den Eindruck, der ganze Mensch bestehe vornehmlich aus Rundungen: ein runder kahler Kopf, rundlicher Bauchansatz, runde, weiche Formen schwerer, nicht nur muskelbepackter Glieder. Das musste Dr. Whittaker höchstpersönlich sein.

Als sie ihm vorgestellt wurde, schüttelte der Anthropologe Stephanie die Hand. Er stieg einen Prozentpunkt in ihrer Wertschätzung, weil er Löwenherz weder streichelte noch auf andere Art anstupste oder anfasste. Stattdessen deutete er eine kurze Verneigung vor ihm an, um ihn zu begrüßen.

»Darf ich Ihnen nun«, sagte Dr. Whittaker, »meinen Assistenten Dr. Langston Nez vorstellen.«

Dr. Nez erwies sich als kleiner als der Durchschnitt, und an ihm schien alles, was bei seinem Begleiter rund gewirkt hatte, irgendwie zweidimensional. Zuerst fielen Stephanie das zerzauste braue Haar auf, das ihm vom Kopf abstand, als fahre er sich ständig mit den Fingern hindurch, und die grünen Augen unter buschigen Augenbrauen. Die Augen waren noch grüner und dunkler als die von Löwenherz, aber ebenso wachsam wie aufgeweckt und neugierig – die Augen eines Tieres, das einen aus dem Wald heraus beobachtete.

Dr. Whittaker fuhr fort, Stephanie sein Team vorzustellen. »Das hier ist unsere Sprachwissenschaftlerin Kesia Guyen.«

Kein akademischer Titel vor dem Namen. Stephanie vermutete, die Frau habe bereits ein Examen in der Tasche und sitze derzeit an ihrer Doktorarbeit.

Kesia Guyen hatte herrlich schokoladenbraune Haut, einen wilden Lockenschopf, der ihr Gesicht regelrecht einrahmte; der Schalk schaute ihr aus den Augen, so ernsthaft ihr Blick auch sein mochte. Sie besaß eine rundliche Figur, Brüste wie Landungsplattformen und breite Hüften. Anscheinend hatte sie eine Vorliebe für farbenfrohe Kleidung, Schärpen und Schmuck. Trotzdem hatte Stephanie nicht den Eindruck, sie wolle damit – wie Trudy – nur ihre weiblichen Vorzüge betonen, nein, es schien vielmehr, als fände Kesia Guyen das Leben an sich farbig und fröhlich und habe nichts dagegen, das auch allen zu zeigen.

»Ganz meinerseits, ganz meinerseits!«, sprudelte Kesia Guyen hervor, als Stephanie die übliche Floskel abließ, sie sei erfreut, Guyens Bekanntschaft zu machen. »Ich bin ganz aus dem Häuschen, Sie beide endlich kennenlernen zu dürfen!«

Sie hätte noch mehr gesagt, hätte Dr. Whittaker sie nicht unterbrochen, um auch die anderen aus seinem Team vorzustellen.

»Und hier haben wir Dr. Calida Emberly.« Er deutete auf eine Frau, die ein paar Jahre älter war als die beiden ersten Wissenschaftler, älter sogar als Whittaker selbst. Stephanie schätzte sie auf Mitte fünfzig. »Sie ist die Xenobiologin in unserem

Team. Ihr ursprüngliches Fachgebiet ist Zoologie, aber sie besitzt auch einen Abschluss in Xenobotanik.«

Dr. Emberly streckte Stephanie eine schmale, langfingrige Hand entgegen. »Ich habe einige der Forschungsartikel Ihrer Mutter gelesen. Ich hoffe, es ergibt sich während unseres Aufenthalts hier eine Gelegenheit, mich ein bisschen mit Dr. Harrington zu unterhalten.«

Stephanie mochte die Xenobiologin sofort. »Ich bin sicher, meine Mutter würde sich gern mit Ihnen treffen. Sie freut sich immer, wenn sie Ideen und Gedanken mit anderen austauschen kann.«

Dr. Emberly besaß ein Raubvogelgesicht mit scharf geschnittenen Gesichtszügen, die sie ernst und streng wirken ließen. Aber wenn sie lächelte, bekam dieser Raubvogel sozusagen Flügel: Leichtigkeit und angeborene Anmut wurden spürbar. Sie war nicht so groß wie Dr. Whittaker, aber von sehr schlanker Figur, was sie größer erscheinen ließ. Stephanie war sich nicht sicher, was die Haarfarbe der Biologin anging: Entweder war es ein Silberweiß oder ein helles Platinblond. Sie trug es zu einem dicken Zopf gebunden, zusammengehalten mit einem violetten Seidenband, das in schönem Kontrast zu ihrer Haarfarbe stand. In Stephanies Augen war das ein Hauch von Eitelkeit, der einer Frau gut zu Gesicht stand, die ansonsten leicht als zu schlicht, ja blass und unscheinbar verkannt worden wäre – ein Zug, der ihr Charakter verlieh.

Stephanie fragte sich, ob Dr. Whittaker sie ihm erst nach den anderen vorgestellt hatte, weil sie ihm nicht nur in einer Hinsicht den Rang abliefe. Genau der Typ dafür wäre er jedenfalls.

»Dann wäre da noch«, fuhr Dr. Whittaker fort, »Virgil Iwamoto. Er ist unser Experte für Steinwerkzeuge und bewandert in allen Methoden der Feldforschung.«

Iwamoto war das jüngste Mitglied des Wissenschaftlerteams, wahrscheinlich erst Mitte zwanzig. Seine Gesichtszüge wiesen einen unverkennbar asiatischen Einschlag auf: feingliedrige Züge, braune, mandelförmige Augen und seidiges schwarzes Haar. Iwamoto trug einen sehr kurz gestutzten, sehr ordentlichen Bart – und wirkte angespannt.

»Meine Verehrung, Ms. Harrington«, sagte er mit weicher, angenehmer Stimme.

»Oh, und dann möchte ich Ihnen unbedingt noch jemanden vorstellen«, meinte Dr. Whittaker ein wenig zu aufgeräumt und mit einem merkwürdigen Lächeln. Er blickte sich um, bis er die gesuchte Person am Ende des langen Tisches mit den Erfrischungen entdeckt hatte, eine frisch eingefüllte Tasse Kaffee in der Hand und noch mit dem Kaffeeautomaten beschäftigt.

»Ms. Harrington, Mr. Zivonik, das hier ist ein inoffizielles, aber nichtsdestotrotz wichtiges Mitglied unseres Teams«, fuhr Dr. Whittaker fort, und die Worte rollten über seine Zunge, als wollte er eine Rede vor großem Publikum halten. »Dort drüben, versteckt hinter Dr. Emberly, steht mein Sohn Anders.«

Anders wandte sich zu Stephanie und Karl um und prostete ihnen beinahe schon verlegen mit der Kaffeetasse zu. »Hallo«, grüßte er, »ich habe schon viel über euch beide gelesen. Schön, dass wir uns endlich begegnen.«

Stephanie war sich sicher, etwas geantwortet zu haben. Sie hatte gespürt, wie ihr die Worte die Kehle hinaufgewandert waren. Aber sie hätte gern etwas Netteres oder Originelleres gesagt als: ›Finde ich auch.‹

Anders Whittaker war, einfach ausgedrückt, der unwiderstehlichste junge Mann, dem sie je gegenübergestanden hatte. Dafür sorgten nicht nur seine tiefblauen Augen – tief genug, um sich in ihnen zu verlieren – oder das dicke weizenblonde

Haar, das er im Nacken zu einem ordentlichen Pferdeschwanz gebunden trug. Nein, es waren der feine Schwung seines Mundes, die Art, wie er ihn zu einem schiefen Lächeln verzog und sein Gegenüber damit einlud, mit ihm einen unausgesprochenen Scherz zu teilen. Seine ebenmäßige Haut hatte einen verführerisch rosigen Elfenbeinton – was man nicht erwartet hätte, denn die Hautfarbe seines Vaters war um einige Nuancen dunkler. Anders war hoch aufgeschossen und kam, was die Körpergröße anging, ganz augenscheinlich nach seinem Vater. Aber wo Dr. Whittaker rund wirkte, war sein Sohn schmal und geschmeidig.

Stephanie, die Anders nur mehr anstarren konnte, wurde gerettet, als sich nun Chief Ranger Shelton einschaltete: »Wäre schön, wenn wir uns alle mit was zu trinken versorgen und Platz nehmen, damit wir dann endlich loslegen können. Leider habe ich noch eine Besprechung wegen des Brandes gestern. Da ist meine Anwesenheit gefordert, deswegen kann ich unmöglich die ganze Zeit über dabeibleiben. Aber ich möchte zumindest am Anfang dabei sein und die Sache auf den Weg bringen.«

Es folgten die vorhersehbaren einleitenden Reden (etwa Dr. Whittakers wiederholte Versicherungen, wie ungemein erfreut er sei, hier zu sein, wie stolz er sei, für diese wichtige, ja, bahnbrechende Studie ausgewählt worden zu sein, worauf Dr. Hobbard und der Chief Ranger höflich zu reagieren hatten). Die ganze Zeit über hatte Stephanie Schwierigkeiten, sich auf das Gesagte zu konzentrieren. Am liebsten hätte sie sich einen Platz mit besserer Sicht auf Anders Whittaker gesucht, hätte zu gern gesehen, ob er wieder dieses anziehend schiefe Lächeln aufsetzte, während die Erwachsenen Dinge von sich gaben, die ihnen allen bereits bekannt waren, aber die sie eben, für das Protokoll, noch einmal klargestellt wissen wollten.

Nachdem Chief Ranger Shelton gegangen war, wurde die Stimmung lockerer. Stühle wurde zurückgeschoben, der ein oder andere holte sich noch etwas zu trinken.

Karl gehörte ebenfalls dazu. »Noch eine Tasse heiße Schokolade, Steph?«

»Ähm, öh, ja bitte.« Sie lief rot an. Hatte das nicht ziemlich steif geklungen?

»Bliek!«, machte Löwenherz. Die SFDler hatten auch für ihn einen Stuhl bereitgestellt. So konnte er gleich neben Stephanie sitzen und dennoch bequem alles mitbekommen, was am Tisch geschah. Stephanie hatte ihm Käsewürfel vom Buffet mitgebracht, als sie sich ihre erste Tasse heiße Schokolade geholt hatte. Was Löwenherz jetzt wollte, war damit unmissverständlich.

»Das ist keine gute Idee«, tadelte sie ihn.

»Möchte er Sellerie? Ist es das, wonach er fragt?«, wollte Dr. Emberly, ganz Xenobiologin, wissen.

Stephanie lächelte reumütig. »Ja, genau. Seit wir hereingekommen sind, weiß er, dass es Sellerie gibt – ach was, wahrscheinlich wusste er es, seit wir das Gebäude betreten haben! Nach allem, was wir bisher in Erfahrung gebracht haben, besitzen Baumkatzen einen ausgeprägt feinen Geruchssinn.«

»Wäre es in Ordnung, wenn ich ihm etwas Sellerie gebe?«, fragte Virgil Iwamoto.

Einen Augenblick zögerte Stephanie nachdenklich. »Na ja, Löwenherz hat gestern Abend schon seine Ration Sellerie verputzt, und zu viel davon sollte er nicht essen. Baumkatzen sind eigentlich keine Allesfresser, sondern ernähren sich vornehmlich von Fleisch, und da ...«

Sie ärgerte sich über sich selbst, weil sie mit dem Thema begonnen hatte. Aber jetzt, wo sie schon einmal dabei war, konnte sie wohl kaum einen Rückzieher machen, egal, wie wenig sich das Thema zum Tischgespräch eignete. Sie hoffte, Anders hielte sie jetzt nicht für eine Hinterwäldlerin ohne Anstand und Manieren.

»... tja, zu viel Sellerie führt bei ihnen zu Verstopfung. In den ersten Monaten bei uns hatte Löwenherz echte Probleme, bis mein Vater herausgefunden hat, was der Grund war. Jetzt gebe ich Löwenherz mehrmals die Woche je eine Dosis Abführmittel, hauptsächlich Lebertran. Da er Fisch mag, ist das nicht sonderlich schwierig.«

»Interessant«, meinte Dr. Emberly. »Zusätzliche oder zu viel Ballaststoffe führen bei terranischen Tieren in der Regel zu Blähungen. Aber sie helfen normalerweise gegen Verstopfung. Da stellt sich mir natürlich sofort die Frage, was im Stoffwechsel bei Baumkatzen anders abläuft.«

Sie blickte drein, als gefiele ihr die Vorstellung, eine Baumkatze auf den Seziertisch zu bekommen. Aber Stephanie hatte auch schon ihren Vater Ähnliches sagen hören und erkannte sofort, wenn reine wissenschaftliche Neugier das Wort führte.

Löwenherz dabei zu beobachten, wie er versuchte, sich seine heutige Portion Selleriestängel zu angeln, die Iwamoto ihm zuschob, brach rasch das Eis. Jetzt hagelte es von allen Seiten Fragen. Karl, dessen angeheirateter Onkel Scott MacDallan ebenfalls von einer Baumkatze adoptiert worden war, half sie zu beantworten.

»Was bekommt Löwenherz sonst noch zu fressen?«

»Dasselbe, wovon sich auch wild lebende Baumkatzen ernähren. Wir bemühen uns darum, dass er sich ausgewogen und gesund ernährt. Aber er isst mit uns zusammen am Tisch, daher hat er einige für Baumkatzen wohl eher ausgefallene Vorlieben entwickelt.«

Karl fügte hinzu: »Fisher und Löwenherz haben übrigens durchaus unterschiedliche Lieblingsspeisen. Fisher liebt Fisch über alles. Löwenherz bevorzugt Geflügel und Rindfleisch oder Wild.«

»Würden Baumkatzen ausschließlich Sellerie essen und allem anderen vorziehen, wenn man sie ließe?« Diese Frage kam von Dr. Nez, dem Kulturanthropologen.

»Sie meinen, ob sie von Sellerie abhängig werden könnten?«, fragte Stephanie nach und bemerkte selbst, wie scharf der Tonfall war, den sie gewählt hatte.

Diese Frage wurde ihr nicht zum ersten Mal gestellt. Stephanie wusste, dass immer wieder und von unterschiedlichsten Seiten die Meinung geäußert wurde, Baumkatzen blieben nur ihrer Selleriesucht wegen bei Menschen, nicht etwa aus Zuneigung – ungefähr so, wie ein Drogenabhängiger die Nähe seines Dealers sucht.

Sie beantwortete die Frage, ehe sich Dr. Nez erklären konnte. »Nein, sie werden nicht abhängig davon – zumindest nicht die Baumkatzen, die ich kennengelernt habe. Sie mögen Sellerie einfach nur gern ... so wie meine Mutter Schokolade. Sie kommt durchaus ohne aus, aber wenn man ihr ein Stück Apfelkuchen und ein Stück Schokotorte anbietet, wählt sie die Schokotorte ... und zwar jedes Mal.«

Ranger Lethbridge kicherte. »Das kann ich nur unterstreichen. Es gibt beim SFD so einige, die wohl abhängiger von Kaffee sind als Baumkatzen von Sellerie. Das heißt aber nicht, ich wäre so dumm, eine Selleriestaude unbeaufsichtigt zu lassen, wenn Fisher und Scott zu Besuch kommen – zumindest nicht, wenn ich den Sellerie danach noch unangetastet vorfinden will.«

Es kamen noch mehr Fragen zur Ernährungsweise, die wie von selbst in Fragen zum Sammeln von Nahrung und zur Jagd übergingen. Die meisten Fragen konnten Karl und Stephanie beantworten, ohne sich Gedanken machen zu müssen, ob das nun richtig und gut wäre. Bei den Fragen, die beide unbeantwortet lassen wollten (Stephanie zum Beispiel wollte nicht preisgeben, wie häufig Löwenherz und sie seine engere und weitere Verwandtschaft besuchten), sprang meistens ein Ranger mit einer halbwegs zufriedenstellenden Teilantwort ein.

Nach jenem Trauerspiel mit Tennessee Bolgeo in der Hauptrolle hatten zwei Baumkatzen medizinischer Versorgung und Pflege bedurft, ehe sie zu ihrem Clan, dem ja auch Löwenherz angehörte, zurückzukehren in der Lage waren. Stephanie und Karl waren maßgeblich an Pflege und Rückführung beteiligt gewesen, und allzu lange hatte die Rekonvaleszenz auch nicht gedauert. Aber es hatte schon zuvor einen Vorfall gegeben, bei dem ein Mensch Baumkatzen Schlimmes zugefügt hatte. Dabei wäre fast ein ganzer Clan ausgerottet worden. Der SFD hatte geholfen, wo und wie es ging, hatte die 'Katzen umgesiedelt und Nahrung und Werkzeug zur Verfügung gestellt.

Nach der Umsiedlung hatte der SFD zwar den Clan nicht ausgespäht, aber aus großer Entfernung gefilmt. Da Baumkatzen unter dem Schutz lebten, den ihnen das dichte Blätterdach der Pfostenbäume bot, war eine Beobachtung mittels Satellitenüberwachung nur per Zufall möglich. Miniwanzen, an Ohren oder im Fell platziert, waren Opfer der auch bei terranischen Katzen üblichen Angewohnheit geworden, sich sorgfältig zu putzen. Versuche, Minikameras in bekannte Baumkatzenkolonien einzuschmuggeln, scheiterten ebenfalls: Dem teuren Equipment stießen reihenweise merkwürdige Unfälle zu.

Was vielleicht gar nicht so merkwürdig ist, dachte Stephanie, *wenn man davon ausgeht, dass Löwenherz und ein paar der anderen genau begriffen haben, wozu die kleinen Dinger da sind, und diese Information unter den Baumkatzen verbreitet haben.*

Endlich sagte derjenige etwas, dessen Stimme zu hören Stephanie geradezu sehnsüchtig erwartete. Sie lauschte dieser

Stimme, ohne recht die Worte zu hören, die ausgesprochen wurden. Es war eine klare Stimme, allerdings mit einem zögerlichen, unsicheren Unterton.

»Löwenherz ist sehr schwer verletzt gewesen«, sagte Anders. »Er hat die eine Pfote seines vordersten Pfotenpaars verloren. Und auch wenn sein Fell nachgewachsen ist, kann man noch sehen, wo die Narben sind. Könnte er denn überhaupt wieder wild leben wie die anderen 'Katzen, wenn er das wollte?«

Diese Frage hatte Stephanie noch nie sonderlich gemocht. Sie unterstellte nämlich, dass Löwenherz, ganz wie Vögel mit mehrfach gebrochenen Schwingen, die man nie wieder freilassen konnte, wegen seiner Verletzungen ein Gefangener bliebe... wegen Verletzungen, die er *ihretwegen* davongetragen hatte.

Karl neben ihr, das merkte sie, versteifte sich, und er stieß sie unter dem Tisch mit dem Fuß an, um sie daran zu erinnern, nur ja ihr Temperament zu zügeln. Diesmal jedoch, vielleicht weil Anders die Frage so behutsam und freundlich gestellt hatte, versetzte sie ihr nicht den üblichen heftigen Stich.

»Ich glaube, dass er das könnte, doch, ja«, antwortete Stephanie. »Er müsste natürlich aufpassen. Er klettert und läuft nicht mehr so schnell wie andere Baumkatzen, aber er hat sich der Situation angepasst. Das mittlere Gliedmaßenpaar ist, soweit wir das bisher wissen, dafür gedacht, je nach Bedarf und Lage eingesetzt zu werden. Wir haben Baumkatzen gesehen, die sich auf den beiden hinteren Gliedmaßenpaaren fortbewegen wie Zentauren; dann haben sie sozusagen die Hände frei. Oder sie benutzen das vordere zusammen mit dem mittleren Paar als Hände, während sie auf den Hinterpfoten hocken. Oder sie rennen mit allen sechs Gliedmaßen. Also hat Löwenherz zwar einige Möglichkeiten verloren, aber er ist keineswegs so gehandicapt wie ein Mensch, der statt einer Hand oder eines Arms sogar nur ein paar Finger verloren hat.«

Damit sich Stephanie ein wenig sammeln konnte, denn Karl traute der Ruhe nicht, mit der sie geantwortet hatte, fügte er hinzu: »Außerdem sind Baumkatzen sehr sozial. Wir hatten zwar nicht oft Gelegenheit, ihr Zusammenspiel als soziale Gruppe zu beobachten, aber es gibt genug Hinwiese darauf, dass sie einander helfen.«

Dann berichtete er, wie Linksgestreift seinen Bruder in der brennenden Fastkiefer gestützt und festgehalten hatte. »Linksgestreift hat das getan«, erklärte er, »obwohl kaum Aussicht auf Rettung bestand. Ich glaube daher, dass Löwenherz jede Menge Unterstützung von seinem Clan bekäme, wenn er sich dafür entscheiden würde, zu ihnen zurückzukehren.«

Wie ein Mann wollten nun die Anthropologen mehr Details über den jüngsten Kontakt zu den Baumkatzen wissen. Die Rettung von Links- und Rechtsgestreift war ebenso neu und aufregend wie die Tatsache, dass es unter Baumkatzen Spiegelzwillinge gab.

»Was für ein glücklicher Zufall, dass Sie beide gerade vorbeiflogen!«, meinte Dr. Whittaker. »Oder war es am Ende nicht nur Zufall?«

»Löwenherz hat wohl den Rauch gerochen«, erwiderte Stephanie. »Er liebt es, beim Flug den Kopf aus dem Fenster zu stecken – zumindest wenn wir nicht besonders schnell fliegen.«

Sie erzählte jetzt die ganze Geschichte und ließ nur aus, was der Grund dafür gewesen war, dass sie so langsam geflogen waren: weil *sie* den Flugwagen gesteuert hatte. Niemand fragte danach. Vermutlich dachten alle im Raum, Karl und sie hätten der Waldbrandgefahrenstufe wegen stichprobenhaft in bestimmten Abständen Waldabschnitte begutachtet. Nicht jeder SFD-Einsatz war so spektakulär wie die Bekämpfung eines Waldbrandes.

»Hat Löwenherz euch zu den Baumkatzen im brennenden

Baum geführt? Was meint ihr: Geschieht das auf telepathischem oder wenigstens empathischem Wege oder wie man das im Falle der Baumkatzen nennen soll?«

Diese Frage kam wieder von Anders, der Stephanie und Karl gespannt und mit Augen groß vor Neugierde ansah. Einige Bemerkungen, die er während der eher im Allgemeinen bleibenden Diskussion nebenbei hatte fallen lassen, zeigten deutlich, dass er über Baumkatzen ausgezeichnet informiert war. Wieder stellte Stephanie fest, dass sie ihm bereitwilliger als sonst üblich antwortete.

»Ich glaube, Löwenherz ist zuerst einem Gespür gefolgt«, erklärte sie. »Also, Baumkatzen kommunizieren miteinander auf eine Art, die sich uns entzieht, das ist schon mal ganz klar. Empathie zu vermuten liegt da nahe. Es kann aber durchaus sein, dass sie sich doch verbal verständigen, aber eben in einer Art und Weise, die wir noch nicht erkannt haben.«

Sie nahm Blickkontakt zu Kesia Guyen auf, der Linguistin im Team, und lächelte gewinnend. »Vielleicht gelingt es Ihnen ja, etwas zu entdecken, was uns entgangen ist.«

Ms. Guyens Gesichtsausdruck verriet, wie geschmeichelt sie sich fühlte; gleichzeitig aber überfiel sie auch eine gewisse Nervosität. »Tja, das wird nicht so einfach sein, jedenfalls nicht, bis ich Gelegenheit bekomme, eine Kolonie oder einen Clan – also zumindest eine größere Gruppe – in Aktion zu erleben. Aber das ist derzeit ja wohl eher verpönt.«

Ranger Lethbridge schaltete sich ein: »Wir haben Aufzeichnungen über den Clan, dem wir nach der Sache mit Ubel aus der Klemme geholfen haben. Das sind Stunden um Stunden an Material, das wir nie an die Öffentlichkeit gegeben haben. Hauptsächlich sind allerdings schlafende Baumkatzen zu sehen. Sobald keine Gefahr einer gegenseitigen Ansteckung mehr bestand, haben wir so viele wie möglich gemeinsam untergebracht. Wir wussten ja, dass sie soziale Wesen sind.«

Dr. Hobbard gluckste. »Das Material ist wirklich langweilig – und ganz gewiss nicht zur Veröffentlichung geeignet. Aber wenn Sie es sich trotzdem anschauen wollen ...«

Guyen nickte begeistert. »Sehr gern, ja, auf jeden Fall! Sie wären überrascht, was man alles an Informationen aus solchen Aufnahmen ziehen kann. Vielleicht unterstützen die Baumkatzen Laute ja mit Gesten. Oder sie kommunizieren auf einer Frequenz, an die bislang einfach niemand gedacht hat.«

Stephanie nutzte die nun folgende fachliche Diskussion über die Filmaufzeichnungen, um zu Anders hinüberzulinsen. Zu ihrem Erstaunen musste sie feststellen, dass er sie geradewegs anblickte.

Ihr schoss das Blut so heftig ins Gesicht, dass sie das Gefühl hatte, ihre Ohren würden glühen. Nur gut, dass ihr Teint nicht so hell war wie seiner, sonst wäre es noch auffälliger gewesen! In ebendiesem Augenblick, während um sie herum die Unterhaltung weiterging, erkannte Stephanie, dass es zum ersten Mal seit der Entdeckung der Baumkatzen etwas gab, das ihre Aufmerksamkeit im gleichen Maße zu fesseln verstand.

4

Nur Anders war aus dem Anthropologenteam erreichbar, als sich am darauffolgenden Tag Stephanie Harrington über Com meldete.

Dafür, dass sie gestern derart gelassen und sachlich vor einem größeren Zuhörerkreis gesprochen hatte, wirkte sie heute erstaunlich nervös.

»Ich hatte mich gefragt«, setzte sie an, »ob du ... also, irgendjemand von euch, meine ich, vielleicht bei uns zu Hause vorbeikommen möchtest. Dad geht davon aus, dass unsere Patienten eigentlich jeden Tag aufbrechen könnten. Also wäre jetzt so ziemlich die letzte Chance, sie noch zu erleben. Danach könnten wir einen Ausflug machen, wenn du magst.«

»Zu einer Baumkatzensiedlung?«, fragte Anders aufgeregt nach.

Stephanie machte mit einem Mal ein ernstes Gesicht. »Nein. So etwas gibt es in der Nähe unseres Hauses nicht. Aber ein solcher Ausflug wäre genau das Richtige, um das lokale Ökosystem ein bisschen besser kennenzulernen.«

»Das würde mir gefallen«, erwiderte Anders, und zur Belohnung hellte sich Stephanies Miene augenblicklich wieder auf.

»Also, wenn du dich mit mir allein zufriedengeben magst, heißt das«, fuhr er dann fort. »Ich würde mir die 'Katzen wirklich gern anschauen – und auf einen Ausflug hätte ich auch Lust. Mein Dad ist mit dem gesamten Mitarbeiterstab bei Dr. Hobbard.«

»Das fände ich klasse!«, erwiderte Stephanie, und ihre braunen Augen leuchteten.

Gemeinsam kümmerten sie sich darum, dass Anders abgeholt würde. Er hatte zwar einen Flugschülerschein, aber der galt nur für seinen Heimatplaneten Uroka, nicht auch für Sphinx. Außerdem hatten sein Dad und dessen Mitarbeiter den Mietfluglaster ohnehin mitgenommen.

Passenderweise gehörte die Gegend, in der das Anthropologenteam stationiert worden war, zum Einzugsbereich von Dr. Richard Harringtons Praxis; er war dort eigentlich tagtäglich unterwegs. An diesem Tag musste er fast bis nach Twin Forks, um sich um einige erkrankte Pflanzenfresser zu kümmern. Deswegen war er auch gleich bereit, Anders zum Besitz Harrington mitzunehmen – an Bord des Fluglasters, den Stephanies Vater liebevoll den ›Tierrettungswagen‹ nannte.

Anders lernte Stephanies Vater als äußerst ungezwungenen und gelassenen Menschen kennen. Er bot ihm sofort das Du an. Anders gestand, sein Vater werde ihn umbringen, wenn er erführe, dass sein Sohn einen Erwachsenen, den er kaum kannte, einfach bei dessen Vornamen anspreche und dann auch noch duze. Daraufhin einigten sie sich auf ›Dr. Richard‹, eine Anrede, die Anders nur anfänglich ein wenig sonderbar erschien. Richard Harringtons braunes Haar war um einiges dunkler als das seiner Tochter – zumindest dort, wo sich nicht bereits die ersten grauen Strähnen zeigten.

Als er Anders in den ›Tierrettungswagen‹ lud, gestand er freimütig ein, bester Laune zu sein, schließlich erholten sich seine letzten Patienten bereits prächtig.

»Mit Parasiten haben wir hier eher selten Probleme«, erklärte er, als Anders interessiert nachfragte. »Sie werden selbst im terranischen Ökosystem nur selten von einer Wirtsspezies auf eine andere übertragen. Dass Mikroorganismen in dieser Hinsicht längst nicht so wählerisch sind, hat uns die Seuche ja nur allzu deutlich gezeigt. Na, wie dem auch sei, ich denke, diese Sache hier haben wir im Griff. Zu dem Befall ist es überhaupt nur gekommen, weil die Besitzer beim Einsatz der nötigen Futtermittelzusätze geknausert haben. Dadurch wurden die Tiere unnötig geschwächt. Nachdem ich das erst einmal herausgefunden hatte und abstellen ließ, ging es meinen Patienten gleich besser.«

Er hielt Anders einen kurzen Vortrag darüber, wie leicht schlechtes Futter zu einem geschwächten Immunsystem führe. Es gefiel Anders, dass Dr. Richard stillschweigend davon ausging, sein Zuhörer werde ihn schon verstehen – und dass er jede Frage, die Anders ihm stellte, so beantwortete, wie ein Fachmann das einem interessierten Laien gegenüber täte. Es fühlte sich keineswegs an wie ein Gespräch zwischen einem Erwachsenen und einem Kind. Allmählich ging Anders auf, wieso Stephanie keine Scheu im Umgang mit Erwachsenen zeigte.

Dann wechselte Dr. Richard das Thema. »Ich bin wirklich froh, dass du Zeit hast, uns zu besuchen. Stephanie ist schlecht gelaunt, seit der SFD offiziell verlautbart hat, das Feuer, bei dem Linksgestreift und Rechtsgestreift verletzt wurden, sei zweifelsfrei durch Menschen verursacht worden.«

»Das wusste ich noch gar nicht.«

»Ist aber so. Dahinter steckt eine Kolonistenfamilie namens Franchitti. Da sie von Kolonisten der ersten Welle abstammt und unter den ersten Familien war, die sich auf Sphinx überhaupt niedergelassen haben, gehören den Franchittis sehr große Ländereien. Anscheinend hat einer der Eigner auf die Schnelle das Unterholz ausdünnen wollen: Das Gelände liegt auf einer großen Insel im Makara, einem relativ breiten Fluss, der den Besitz Franchitti durchfließt. Also hat man sich wohl gedacht, da könnte nichts passieren. Aber als dann eine Wetterfront schneller als erwartet aufgezogen ist, hat der Wind gedreht. Tja, so viel dazu.«

Dr. Richard zuckte mit den Schultern, und die Geste war beredter als alle Worte.

»Auf jeden Fall ist Stephanie stinksauer. Ein bisschen zum Jähzorn neigt sie sowieso – vor allem Leuten gegenüber, die sie für hohl hält. Noch vor ein paar Monaten hätte sie wohl eher von zorkig gesprochen, aber das scheint derzeit ein bisschen aus der Mode zu sein.«

Er lachte leise. Es war aber kein Spott, sondern Zeichen echter Zuneigung.

Anders wurde hellhörig, nachdem ihm schon anderes an Stephanie aufgefallen war. Nun beschloss er, eine Frage zu stellen, die die gerade geknüpfte Beziehung durchaus zu belasten vermochte.

»Dr. Richard, mir ist aufgefallen, dass Stephanie gestern zwar eine Kontragraveinheit getragen hat, sie aber nicht eingeschaltet war. Trotzdem hat sich Stephanie völlig ungehindert bewegt, obwohl sie die ganze Zeit über auch noch Löwenherz getragen hat.«

Dr. Richard seufzte. »Ständig sage ich ihr, dass diese 'Katz nicht durch die Gegend geschleppt zu werden braucht! Aber meine Tochter legt es ganz darauf an, sich eine ausgewachsene Skoliose zu fangen!«

Anders setzte nach. Er wusste, dass die Frage, ob jemand ein Dschinn sei, als extrem unhöflich empfunden werden konnte. Aber während der politischen Arbeit seiner Mutter hatte er gelernt, dass ›Dschinn‹ nicht automatisch ›Ungeheuer‹ bedeutete. Ja, in manchen Umgebungen mochte gezielt modifiziertes Genmaterial sogar deutlich von Vorteil sein.

»Und Sie tragen ebenfalls eine Kontragraveinheit, wie ich sehe – aber sie ist auch ausgeschaltet. Wie kommen Sie mit dieser Schwerkraft klar? Ich habe letzte Nacht versucht, mit ausgeschaltetem Kontragrav einzuschlafen, und ich hatte die ganze Zeit das Gefühl, jemand sitze mir mitten auf der Brust.«

»Tja, verständlich, dass du dich dann fragst, wie Steph und

ich damit zurechtkommen«, meinte Dr. Richard. »Nun, du würdest es ja sowieso herausfinden, wenn du es darauf anlegen würdest, also warum drum herumreden? In unserer Familie haben alle die Genmodifikationen, die für die erste Welle von Meyerdahl entwickelt wurden. Erhöhte Knochendichte und effizienzgesteigerte Muskelmasse machen es für uns viel einfacher, mit erhöhter Schwerkraft klarzukommen. Dank ein paar anderer Veränderungen klappt das auch mit der gesteigerten Atmosphärendichte. Tatsächlich waren die Meyerdahl-Modifikationen und die Tatsache, dass wir unsere Überfahrt in dieses System aus eigener Tasche bezahlt haben, die Hauptgründe dafür, dass unserem Antrag, uns hier auf Sphinx niederzulassen, stattgegeben wurde. Dazu kam natürlich auch, dass sowohl die Fachkenntnisse meiner Frau wie meine eigenen auf einer frisch zu besiedelnden Koloniewelt dringend gebraucht werden.«

Anders nickte. »Ich war bloß neugierig. Ich meine, wenn es Mittel und Wege gäbe, hier ohne dieses verflixte Antigravding auszukommen, wäre ich sofort dafür zu haben. Aber warum tragen Sie denn dann überhaupt so ein Gerät, wenn Sie es gar nicht brauchen?«

»Aus dem gleichen Grund, warum auch Stephanie immer eines mit sich führt: Mit einem Kontragrav kann man zwar nicht fliegen, aber falls sich einer meiner Patienten an einer schwer zugänglichen Stelle verkriecht – zum Beispiel auf einem Häuserdach –, fällt es mir so viel leichter, ihn doch noch zu erreichen.«

Anders lachte. Seine Neugier war befriedigt, und die Höflichkeit gebot, nun wieder das Thema zu wechseln. »Ach, auf einem Dach? Sind Sie da tatsächlich mal gelandet? Erzählen Sie doch!«

Dr. Richard hatte so viele unterhaltsame Geschichten auf Lager, dass es für den gesamten Weg hinaus auf den Besitz Harrington reichte. Kaum dass der Flugwagen zur Landung ansetzte, kamen Stephanie und Karl aus dem Haus, um die Neuankömmlinge zu begrüßen. Stephanie trug Löwenherz, doch sie setzte ihn sofort ab, als ihr Vater tadelnd eine Augenbraue hob.

Sie sieht überhaupt nicht schlecht gelaunt aus, ging es Anders durch den Kopf. *Vielleicht hat Karl sie ja aufgemuntert, oder ihre schlechte Laune verfliegt so rasch, wie sie kommt. Wenn hier überhaupt jemand schlechter Stimmung ist, dann ja wohl Karl.*

Ganz der Sohn einer Politikerin, begrüßte er seine Gastgeber mit einem strahlenden Lächeln.

»Hi, Karl, hi, Stephanie! Danke, dass ihr euch mit mir zufriedengebt, statt den ganzen Rest des Teams hier sehen zu wollen.«

Ein sonderbarer Ausdruck huschte über Karls Gesicht, doch er wich so rasch stoischem Gleichmut, dass Anders sich sofort fragte, ob er sich den Stimmungswechsel nicht nur eingebildet hatte.

Stephanie hatte kurz ihren Vater umarmt. Nun wandte sie sich an Anders. »Dir ist aber schon klar, dass die 'Katzen darüber entscheiden, wie dieser Besuch verläuft, oder? Wenn sie unruhig werden oder Löwenherz mich wissen lässt, wir sollten ihnen nicht näher kommen, dann halten wir uns zurück.«

Anders nickte. »Verstanden. Ganz klar.«

Dr. Richard hatte eine große Kiste aus seinem Dienstwagen geholt. »Lasst zuerst mich zum Pavillon gehen. Ich habe mir Rechtsgestreifts Pfoten zwar schon heute Morgen angesehen, aber ein zweiter Blick kann nicht schaden. Wie ich schon sagte: Ich bin mir ziemlich sicher, dass die Zwillinge bald aufbrechen werden.«

Stephanie nickte. »Deswegen wollte ich ja auch, dass die Anthropologen möglichst bald zu Besuch kommen.«

Karl warf Anders einen Seitenblick zu, und wieder war da dieser sonderbare Ausdruck auf seinem Gesicht. Als er bemerkte, dass Anders ihn seinerseits musterte, wechselte sein Gesichtsausdruck sofort. Doch dieses Mal bestand keinerlei Zweifel mehr daran, dass Karls Blick äußerst unfreundlich gewesen war.

Normalerweise ging Stephanie ungeduldig vorweg, auch wenn sie sich bei ihrem Vater Mühe gab, es nicht zu tun. Doch an diesem Tag hatte sie keinerlei Schwierigkeiten, ihm die Führung zu überlassen. Selbst ihre schlechte Laune angesichts des von den Franchittis gelegten Feuers schien verflogen, als der Tierrettungswagen aufsetzte und sie sich persönlich davon überzeugen konnte, dass Anders wirklich gekommen war.

Das Einzige, was ihre gute Laune jetzt trübte, war ein anderer Er: Karl. Hatte er durchschaut, wie sie gezielt dafür gesorgt hatte, dass Anders als einziges Mitglied des gesamten Anthropologenteams zu Besuch kommen würde? Zuzutrauen wäre es ihm.

Schließlich war Karl ja dabei, als Ainsley Jedrusinski beiläufig erwähnt hat, dass Dr. Hobbard das gesamte Team nach Yawata mitnehmen würde, um sich dort neuere Videoaufzeichnungen anzuschauen und Baumkatzenartefakte zu begutachten. Klar, das war ein bisschen gepokert, aber ich hab's ja vorher mit Mom und Dad besprochen. Warum ist Karl denn dann so angefressen? Meint er vielleicht, es wäre nicht fair, auf diese Weise auszunutzen, dass Rechtsgestreift und Linksgestreift hier sind?

Eines aber musste sie sich eingestehen: Bei jedem anderen Besucher als Anders wäre es ihr schon sonderbar vorgekommen, ein solches Angebot zu unterbreiten.

Aber Anders scheint sich wirklich für die Baumkatzen zu interessie-

ren. Im Gegensatz zu den anderen geht es ihm nicht darum, Fachartikel zu veröffentlichen oder akademische Ehren zu erwerben. Das ist reines, unverfälschtes Interesse.

Rechtsgestreift ging es tatsächlich schon viel besser. Stephanie spürte, wie stolz sie auf ihren Vater war, als er nacheinander jede einzelne Pfote des Baumkaters untersuchte; dem hinteren Echtpfotenpaar widmete er ganz besondere Aufmerksamkeit. Stephanie, Karl und Anders hielten ungefähr zehn Meter Abstand; Löwenherz hingegen war dicht an ihren Vater herangetreten. Stephanie wusste, dass Löwenherz den beiden anderen 'Katzen Trost und Zuversicht spendete. Allerdings war sie der Ansicht, mittlerweile geschehe das eher aus Routine denn aus echter Notwendigkeit heraus.

»Wie geht's ihnen denn, Dad?«, fragte sie.

»Ich bestätige offiziell meine Einschätzung von vorhin und behaupte, beide sind wieder vollständig genesen. Ihre Pfoten werden noch eine Weile ungewöhnlich hellrosa bleiben, aber die neue Haut ist gesund und kräftig.«

»Also bringen Sie die beiden dorthin zurück, wo Sie sie gefunden haben?«, erkundige sich Anders.

Stephanie schüttelte den Kopf. »Wir hatten das zwar kurz überlegt, aber wie sollten wir das den beiden erklären? Solange sie uns also nicht ausdrücklich darum bitten, lassen wir sie einfach das tun, was sie selbst für richtig halten.«

Während dieses kurzen Gesprächs hatte Stephanies Dad seine medizinische Ausrüstung zusammengepackt; nun verließ er den Pavillon. »Ich geh dann jetzt ins Haus. Sagt mir Bescheid, wenn ihr auf euren Ausflug geht, ja?«

Stephanie nickte. »Ich glaube, das dauert noch ein bisschen. Wenn die Baumkatzen es zulassen, würden wir gern noch eine Weile bei ihnen bleiben.«

Nachdem Stephanies Vater gegangen war, richtete sich

Löwenherz auf sein hinterstes Beinpaar auf und bedeutete den menschlichen Besuchern, sie könnten näher kommen. Während der ersten sechs T-Monate seit ihrem unerwarteten Zusammentreffen hatten Stephanie und Löwenherz für derartige Fälle einfache Hand- beziehungsweise Pfotenzeichen ausgemacht. Diese Signale waren nicht komplizierter als das, was man einem Hirtenhund beibringen musste: Komm! Stopp! Links! Rechts! Zurück! Der große Unterschied war: Hier verwendete der ›Hund‹ diese Zeichen ebenso häufig wie der ›Hirte‹.

Für Stephanie bewies allein schon die Geschwindigkeit, mit der Löwenherz und Fisher diese Handzeichen verstanden und auch selbst übernommen hatten, eindeutig genug die Intelligenz der beiden. Doch einige Betokeramik-Köpfe verwiesen immer wieder und mit Nachdruck darauf, dass auch Hunde, Pferde und andere Haus- und Nutztiere lernten, auf Befehle zu reagieren.

Als Löwenherz ihnen das Zeichen gab, traten die drei langsam vor, wobei sie sich nach rechts bewegten, wo sie im Wind standen. So wurde ihre Witterung zu Rechtsgestreift und Linksgestreift getragen, und das gab den beiden reichlich Zeit, den Geruch der Fremden zu erkunden. Als die drei noch ungefähr drei Meter vom Pavillon entfernt waren, bedeutete Löwenherz ihnen stehen zu bleiben.

»Cool!«, begeisterte sich Anders. »Ich hab ja schon ein paar der Videos gesehen, die Dr. Hobbard meinem Dad geschickt hat, aber die Baumkatzen so aus der Nähe zu erleben ist doch was anderes! Auch ohne dich ... und Karl hätte ich ganz bestimmt verstanden, was Löwenherz mich wissen lassen wollte.«

Stephanie war so zufrieden über dieses Lob, dass es nachgerade albern war – und wusste das auch. Die Bedeutung der weitaus meisten Handzeichen hatte Löwenherz völlig eigenständig herausgefunden: Er hatte sie sich aus ihrer allgemeinen Körpersprache abgeleitet – und trotzdem fühlte sich Anders' Lob aus irgendeinem Grund viel besser an als alles, was die Ranger oder die Wissenschaftler bislang dazu gesagt hatten.

Sie blieben erstaunlich lange beim Pavillon und den beiden fremden 'Katzen. Stephanie hatte gefürchtet, früher oder später würde Anders sich langweilen. Schließlich führten die beiden Baumkater ja hier nicht etwa Kunststückchen vor oder taten irgendetwas in dieser Art. Sie beobachteten einfach nur die Menschen, die ihrerseits *sie* beobachteten. Wahrscheinlich unterhielten sich die 'Katzen währenddessen ausgiebig, aber sollte das tatsächlich der Fall sein, würde kein Mensch das jemals ›hören‹.

Nach geraumer Zeit gab Löwenherz den dreien ein Zeichen, sie sollten jetzt fortgehen.

»Ich kann's ihnen nicht verübeln«, meinte Karl. »Ich meine, wie lange würdest *du* dich wohl gern von Wildfremden anstarren lassen?«

Stephanie verbiss sich die Bemerkung, dass sie damit sogar recht gut zurechtkäme – vorausgesetzt, der Wildfremde hieße Anders.

Stattdessen sagte sie: »Habt ihr Lust auf eine kleine Wanderung? Wir könnten zum Haus gehen und ein Picknick einpacken. Ich bin völlig ausgehungert! Für die 'Katzen mag Sellerie ja wunderbar sein, aber ich möchte Kuchen.«

Kurz glaubte Stephanie schon, Karl würde den Vorschlag ablehnen. Sie hatte ein schlechtes Gewissen, weil sie sofort spürte, wie ihr Herz angesichts der Vorstellung, sie könnte mit Anders allein sein, einen Satz tat.

Doch nach einem kurzen Blick auf sein UniLink entschied

Karl: »Wir haben jede Menge Zeit. Aber wollen wir die Schießübungen wirklich ausfallen lassen? Heute ist doch einer unserer üblichen Wochentage dafür.«

»Aber heute haben wir einen Gast«, versetzte Stephanie und bemerkte selbst, dass sie ein wenig arg scharf geklungen hatte.

Doch Anders rettete die Situation. »Das ist doch gar kein Problem. Ich habe gelesen, wie Stephanie mit einer Handfeuerwaffe den Hexapuma gestoppt hat, der diesen Bolgeo angreifen wollte. Ich selbst habe noch nie eine Waffe in der Hand gehabt. Vielleicht könntest du mir ja beibringen, wie man mit so etwas umgeht, Karl? Stephanie hat das doch auch bei dir gelernt, oder?«

Karl nickte. »Ja, und bei Frank Lethbridge. Aber wie wäre es, wenn wir erst das Picknick machen? Du weißt ja noch nicht, wie übellaunig Stephanie wird, wenn sie eine Mahlzeit verpasst!«

Karl grinste sie an, und Stephanie musste gegen den Impuls ankämpfen, ihm die Zunge herauszustrecken. *Damit* würde sie Anders ganz gewiss nicht beeindrucken.

»Wenn wir gegessen haben und ein bisschen gewandert sind«, fuhr Karl fort, »könnten wir zur Schießbahn gehen, die wir hier eingerichtet haben. Dann verpasst Stephanie wenigstens keine Übungsstunde. Dr. Marjorie hat gesagt, seit sie mit Löwenherz Freundschaft geschlossen hat, lasse es Stephanie zunehmend an Disziplin fehlen. Vor Kurzem ist sie doch tatsächlich mit einer Eins minus nach Hause gekommen.«

»He«, protestierte Stephanie, »das war in höherdimensionaler Differentialrechnung für Fortgeschrittene!«

Die beiden Jungs lachten, aber es klang kein bisschen unfreundlich. Stephanie bemerkte zwar, dass ihr schon wieder das Blut ins Gesicht schoss, aber so richtig unwohl fühlte sie sich trotzdem nicht.

Klettert-flink verstand durchaus, wie nützlich die Donnerbeller waren, mit denen Todesrachen-Verderb und Licht-im-Schatten regelmäßig übten. Aber mögen musste er diese Krachmacher deswegen noch lange nicht! Sie waren nicht nur entsetzlich laut – selbst noch mit den Schallschluckern, die ihm Todesrachen-Verderb immer vorsichtig in die Ohren schob –, sondern rochen auch noch schlecht.

Deswegen zog sich Klettert-flink stets zurück, wenn sich die Anzeichen häuften, dass wieder einmal eine solche Übung anstand. Nun huschte er zum Pavillon hinüber, in dem Linksgestreift gerade immer wieder gegen Rechtsgestreifts Füße tippte.

Ich habe es dir doch schon gesagt, protestierte Rechtsgestreift entrüstet, *mit meinen Füßen ist alles in Ordnung. Ich verheimliche dir hier überhaupt nichts!*

Heiler scheint wirklich gute Arbeit geleistet zu haben, bestätigte Linksgestreift.

Er nutzte die recht hilflose Lage seines Bruders aus und kitzelte ihn mit einem Finger an einer Stelle mit frischer, neuer Haut, die noch zart und ohne jegliche Schwielen war ... und daher empfindlicher als andere. Rechtsgestreift wand sich, konnte sich befreien und stürzte sich dann auf seinen Zwillingsbruder. Einige Augenblicke lang balgten die beiden miteinander, dann richteten sie sich wieder auf und schenkten Klettert-flink ihre ganze Aufmerksamkeit.

Mir scheint, ihr wollt bald aufbrechen, sagte er und bemühte sich dabei, sich seine Enttäuschung nicht anmerken zu lassen. Er fühlte sich bei Todesrachen-Verderb und ihrem Clan zwar wirklich wohl, aber er hatte es doch sehr genossen, während dieser letzten Tage Leute in seiner Nähe zu wissen.

Ja. Wir sind der Ansicht, es wäre an der Zeit, bestätigte Rechtsgestreift. *Ich habe meinen übervorsorglichen Bruder jetzt auch endlich davon überzeugen können, dass ich wieder auf meinen eigenen sechs Beinen stehen kann. Der Weg ist lang, aber mit den Vorräten, die du uns freundlicherweise überlassen hast, sollten wir die ganze Zeit über in den Bäumen bleiben und allen Todesrachen ausweichen können.*

Wir sind dir sehr dankbar, setzte Linksgestreift hinzu.

Klettert-flink wusste, dass die Zwillinge zumindest nach den Maßstäben der Zwei-Beine praktisch ohne alles aufbrachen. Doch jeder der beiden hatte ein Tragenetz voller leichter, aber sättigender Nahrung erhalten – darunter auch luftgetrocknetes Fleisch. Außerdem hatte Klettert-flink ihnen jeweils ein paar lange Knollenstängel eingepackt. Und trotz der allgemeinen Trockenheit gab es auf ihrem Weg heim noch reichlich Trinkwasser.

Der Clan vom Wassergrund braucht uns, erklärte Linksgestreift. *Wenn sich ein Clan ein neues Territorium sucht, gibt es immer reichlich zu tun. Und nachdem uns dieses letzte Feuer vollständig von einem unserer Jagdgebiete abgeschnitten hat, brauchen wir mehr Jäger und Kundschafter denn je.*

Dem konnte Klettert-flink nicht widersprechen. Auch wenn es ihm leidtat, dass seine neuen Freunde schon wieder aufbrechen wollten, musste er sie in ihrer Absicht bestärken: Er begleitete sie eine Weile und kehrte erst um, als Gefahr bestand, ansonsten zu spät zum Abendessen zu kommen. Natürlich könnte er sich auch bestens selbst verpflegen, und über das geheimnisvolle Band zu Todesrachen-Verderb würde sie auch jederzeit wissen, dass es ihm gut ginge … Aber er wusste eben auch, dass sie sich trotzdem Sorgen um ihn machen würde, bis er wieder zurückgekehrt wäre.

Als er eintraf, stellte er fest, dass Licht-im-Schatten und der neue Mensch fort waren. Für den Neuen hatte er noch keinen Namen, weil er noch nicht genug über ihn und seinen Charakter wusste. Für sich aber nannte er ihn Gebleichtes-Fell. Was

Gebleichtes-Fell betraf, bemerkte Klettert-flink in Todesrachen-Verderbs Geistesleuchten sonderbare Strudel widerstreitender Impulse. Einerseits verspürte er Traurigkeit, ein Sehnen, das schon an Verzweiflung grenzte. Nur war dieses Sehnen durchzogen von Funken aus Freude und Aufregung. Noch verwirrender allerdings erschien Klettert-flink, dass Todesrachen-Verderb zumindest äußerlich nicht das Geringste anzumerken war.

Das blieb auch so, bis Heiler unverständliche Mundlaute ausstieß und Todesrachen-Verderbs wild bewegter Gemütszustand platzte wie eine überreife Frucht. Was Klettert-flink dabei schmeckte, glich auffällig unbändiger Wut.

Auf die Frage, ob sie zum Abendessen bleiben wollten, erklärten Karl und Anders unabhängig voneinander, sie müssten nach Hause. Karl bot an, Anders mitzunehmen. Da sich Karls Rückflug durch den Umweg verlängerte, bedeutete das, dass die beiden Jungs früher als erwartet aufbrechen mussten.

Während Stephanie Karls Flugwagen hinterherschaute, bis er nur noch ein winziger Punkt am Horizont war, ertappte sie sich bei dem Gedanken, wie gern sie mit den beiden mitgeflogen wäre. Na ja, eigentlich nicht mit *ihnen*. Sie wäre gern mit *Anders* geflogen.

Ach, hätte ich doch jetzt schon einen Flugschein auf Probe, dachte sie, während sie verzagt ins Haus ging, um sich ein paar Unterrichtsstunden zu widmen, die sie in letzter Zeit wirklich hatte schleifen lassen. *Dann hätte* ich *Anders nach Twin Forks bringen können und mehr Zeit gehabt, mit ihm zu reden. Na, hoffentlich mag er überhaupt noch eimal wiederkommen – so wie Karl ihn ständig angefahren hat. Vielleicht geht Anders mir in Zukunft lieber aus dem Weg, nur um bloß nicht wieder auf Karl zu stoßen.*

Bei diesem Gedanken fühlte sich Stephanie so elend, dass sie bei der komplizierten Infinitesimalrechnung gleich mehrere Fehler in Folge machte. Also musste sie noch einmal ganz von vorn beginnen.

Aber Karl hatte ja recht, ging es ihr dann durch den Kopf. Gerechtigkeit musste schließlich sein. *Anders ist* wirklich *unvorsichtig mit der Waffe umgegangen – auch wenn er mit eigenen Augen gesehen hat, dass sie kurz vorher entladen wurde. Ich habe nie die Geschichte von dem Typen vergessen, der sich beim Reinigen der eigenen Waffe ein Loch in die Hauswand geballert hat, weil er fest davon überzeugt war, sie wäre entladen. Trotzdem ... ein bisschen arg heftig war Karls Reaktion schon.*

Glücklicherweise rief Mom kurz darauf zum Abendessen. Stephanie eilte die Treppen hinunter, hocherfreut, sich wenigstens um eine ihrer aktuellen Obsessionen kümmern zu können. Da sie über Anders noch nicht reden wollte, stand nun an, mit ihren Eltern über den Test zu sprechen, den man für den Flugschein auf Probe absolvieren musste.

Löwenherz war zurückgekehrt. Er wartete schon auf seinem Hochstuhl am Esstisch und beäugte aufmerksam den Braten, den Mom gerade aufgetragen hatte. Nachdem sich der Pavillon bei ihrer Rückkehr vom Schießstand als leer erwiesen hatte, war sich Stephanie bereits sicher gewesen, wohin Löwenherz verschwunden war. Sie hatte den Eindruck, er wäre ein wenig bedrückt, deswegen tat sie ihm eine extragroße Bratenportion auf – aus dem ganz besonders saftigen, nur halb durchgebratenen Mittelstück.

Während sich Stephanie eine riesige Portion Kartoffelbrei auf den Teller schaufelte und ihn dann in Sauce regelrecht ertränkte, wartete sie ungeduldig darauf, dass ihre Eltern ihr Gespräch über ein lokalpolitisches Thema beendeten. Ein Gespräch einfach zu unterbrechen wurde im Hause Harrington nicht geduldet – vielleicht, weil Richard Harringtons Beruf ohnehin schon oft genug Unterbrechungen mit sich brachte.

»Und wie war dein Tag, Stephanie?«, fragte Mom. »Ich hatte den Eindruck, heute wäre ganz schön viel passiert.«

Stephanie bemerkte auch den Subtext: *Nicht vergessen! Als wir dir erlaubt haben, Rangeranwärterin zu werden, hast du uns versprochen, dass darunter auf keinen Fall deine Leistungen in der Schule leiden würden!*

Dieser unausgesprochenen Mahnung wich Stephanie aus, indem sie die eigentliche Frage beantwortete.

»Richtig gut. Es hat sich zwar herausgestellt, dass von allen aus dem Anthropologenteam nur Anders Whittaker Zeit hatte, aber er ist wirklich hergekommen und hat sich die Spiegelzwillinge angeschaut. Die haben sich heute übrigens wieder auf den Heimweg gemacht.«

Ihre Eltern nickten, und Stephanie nahm Anlauf, ihren Plan umzusetzen. »Ich hatte mir überlegt ... ich hab doch nächste Woche Geburtstag. Zur Feier des Tages würde ich gern in die Stadt fahren und mir einen Flugschein auf Probe ausstellen lassen.«

Im Gegensatz zu einem Flugschülerschein, den man einfach über das Netz beantragen konnte, musste man für den Flugschein auf Probe auch eine Prüfung vor Ort ablegen. Mit einem solchen Flugschein durfte man nur bei klarem Wetter und uneingeschränkten Sichtverhältnissen fliegen, aber das war immer noch besser als ein Flugschülerschein: Da musste sich nämlich immer ein ausgebildeter Pilot an Bord befinden.

Ihr Dad grinste. »Wie ich sehe, kannst du es kaum noch erwarten, ein bisschen mehr Freiraum zu bekommen. Als ob Drachenfliegen nicht genug wäre! Aber du wirst zumindest noch einen Tag länger warten müssen.«

Mom nickte und lächelte ebenfalls. »Dein Dad hat recht. Wir

haben schon eine Geburtstagsparty für dich geplant – das wollten wir eigentlich gleich nach dem Essen ansprechen. Wir haben schon Scott und Irina eingeladen und natürlich auch Karl. Frank Lethbridge und Ainsley Jedrusinski wollten auch vorbeikommen, wenn sie es zeitlich hinbekommen. Jetzt, wo die Gefahr von Waldbränden am höchsten ist, in der Flammenzeit – so nennt ihr Ranger das doch, oder nicht? –, kann den beiden natürlich leicht etwas dazwischenkommen. Und wir hatten uns gedacht, es wäre doch ganz nett, wenn du auch noch ein paar Freunde einladen könntest, die etwas eher in deinem eigenen Alter sind.«

Einen Moment lang schwiegen die Eltern, als warteten sie auf Stephanies Reaktion. Als diese jedoch ausblieb, griff ihr Vater den Faden wieder auf.

»Morgen trifft sich doch der Drachenfliegerclub. Also könntest du ein paar deiner Fliegerkameraden einladen. Es müssen ja nicht gleich alle sein, aber falls du eine Auswahl triffst, solltest du dir vorher überlegen, wie du das so taktvoll und höflich wie möglich hinbekommst. Es soll sich ja niemand ausgeschlossen fühlen.«

»Vielleicht könntest du auch den Jungen einladen, der heute hier war?«, schlug Mom vor. »Andre, richtig?«

»Anders«, verbesserte Stephanie.

Der Ton hatte schärfer geklungen als beabsichtigt. Aber sie konnte kaum fassen, was sie gerade zu hören bekommen hatte!

Wie konnten die beiden hier so um die Wette strahlen, als würden sie ihr gerade ein Riesengeschenk machen? Sie hatten ihr doch gerade eben erklärt, sie könnte an ihrem Geburtstag den ersehnte Flugschein *nicht* bekommen! Selbst wenn Mom und Dad nichts von den gelegentlichen Übungsstunden mit Karl wussten, musste beiden doch klar sein, dass sie reichlich

Zeit im Simulator verbracht hatte, um sich anständig vorzubereiten!

Hieß das, sie würden einem Flugschein auf Probe letztendlich doch nicht zustimmen? Beide fanden ja ohnehin, sie würde in letzter Zeit zu wenig für die Schule tun, obwohl sie immer noch eine glatte Eins nach der anderen schrieb. Na gut, eine Eins minus war auch dabei. Okay, vielleicht war sie derzeit im Schachclub auch nicht mehr ganz oben an der Spitze – aber das war doch völlig egal! Schließlich hatte sie so viel Wichtigeres zu tun, als sich um ein blödes Spiel zu kümmern!

Löwenherz blickte von den Resten der Bratenscheibe auf, die er bereits – mit wie üblich suboptimalen Tischmanieren – weitgehend verschlungen hatte, und bliekte sehr leise. Mom und Dad fixierten Stephanie schweigend. Sie gab sich alle Mühe, nicht die Beherrschung zu verlieren.

»Anders«, erklärte sie vorsichtig, »wird vermutlich nicht kommen können. Er hat Karl und mir erzählt, dass sein Dad die ganze nächste Woche für Exkursionen verplant hat.«

Währenddessen wirbelten ihr zahllose Gedanken gleichzeitig durch den Kopf. *Genau. Bereitet ihr nur eine Party vor, ohne mir etwas davon zu erzählen! Zwingt mich dazu, ein paar Ozonlöcher einzuladen, während der Einzige, den ich wirklich gern hier hätte, mit ausgewachsenen Wissenschaftlern durch die Welt zieht! Anders' Dad versteht, dass sein Sohn fast schon erwachsen ist. Warum behandelt* ihr *mich immer noch wie ein Kleinkind?!*

Nichts davon sprach sie laut aus, doch war ihre Wut ihr vielleicht anzusehen, verrieten ihre Augen sie oder der Zug um die Mundpartie. Sie fühlte, wie Löwenherz sie zu beruhigen versuchte. Doch während sie das ansonsten meist zu schätzen wusste, ärgerte sie sich dieses Mal maßlos darüber. Gleich noch einer, der sie davon abhalten wollte, eigene Ziele zu verfolgen und eine eigene Meinung zu haben!

Sehr sanft sagte ihre Mom: »Weißt du, es tut mir sehr leid, dass Anders nicht kommen kann, aber es gibt ja noch ein paar andere in deinem Alter, die du einladen könntest. Daran liegt uns wirklich viel.«

»Stephanie«, setzte ihr Vater hinzu, »wir wissen, dass du eine bemerkenswerte junge Dame bist, aber seit wir auf Sphinx leben, hast du, von Karl einmal abgesehen, nicht gerade viele Freunde in deinem Alter gefunden. Natürlich ist uns bewusst, dass das zum Teil unsere Schuld ist. Schließlich haben wir dich ja hierher verschleppt, wo du auf Meyerdahl gerade bei den Jugendprogrammen hättest mitmachen können.«

»Und selbst Karl ist mehr als ein Jahr älter«, setzte Mom hinzu. »Und das ist nur der rein biologische Altersunterschied. Nach allem, was Karl durchgemacht hat, ist er emotional betrachtet noch deutlich älter.«

Normalerweise hätte sich Stephanie niemals diese Gelegenheit entgehen lassen, mehr über Karl zu erfahren, doch im Augenblick schien ihr das alles herzlich egal zu sein.

»Ich mag Leute in meinem Alter einfach nicht«, erklärte sie. Sie setzte dabei hinter jedes Wort eine kurze Pause: So klang jedes einzelne davon wie eine Ohrfeige. »Die sind stinklangweilig. Wenn man dabei etwas Anständiges zu tun hat, geht das gerade noch – Drachenfliegen zum Beispiel. Aber die Vorstellung, dass die hierherkommen, ist einfach grässlich! Es ist doch völlig aussichtslos, mit denen ein anständiges Gespräch zu führen. Was sollen wir denn hier zusammen machen? Topfschlagen vielleicht?!«

Ihr Dad blickte sie streng an. »Verstehst du das denn nicht, Stephanie? Du unterstreichst damit genau das, was wir meinen. Du musst lernen, mit anderen Menschen zurechtzukommen! Und wir meinen nicht nur mit Gleichaltrigen, sondern ganz allgemein mit allen Leuten, die du langweilig findest, über die du dich ärgerst oder was sonst dazu führt, dass du sie ablehnst. Du kannst dich nicht als Einsiedlerin in den Wald zurückziehen – nicht, wenn du etwas erreichen willst ... für was oder wen auch immer!«

Stephanie schob ihren Teller von sich. Schlagartig war ihr der Appetit vergangen.

»Tolle Geburtstagsparty«, fuhr sie auf. »Statt zu bekommen, was ich mir wünsche, kriege ich Sozialkompetenztraining!«

Mom schaute sie traurig an. In gewisser Weise tat Stephanie leid, was sie gerade gesagt hatte, aber sie brachte es einfach nicht fertig, sich dafür zu entschuldigen. Dad blickte sie noch genauso streng an wie zuvor. Das bedeutete vermutlich, dass er wütend war, doch im Gegensatz zu ihr hatte er seinen Jähzorn – zu dem er ebenso neigte wie seine Tochter – fest im Griff.

»Wie ich sehe«, sagte er, »hast eine Diskussion zu diesem Zeitpunkt keinen Sinn mehr. Wir reden später weiter – über die Party ebenso wie über den Flugschülerschein.«

»Darf ich dann jetzt gehen?«, fragte Stephanie mit steifer Höflichkeit. »Ich muss noch lernen.«

»Natürlich.«

Als sie ihren Stuhl zurückschob, aufstand und auf ihr Zimmer lief, gingen ihr die Worte des Vaters durch den Kopf. *›Flugschülerschein‹ hat er gesagt, nicht ›Flugschein auf Probe‹! Ohne Moms und Dads ausdrückliche Erlaubnis bekomme ich einen echten Flugschein nicht! Macht er mir jetzt alles kaputt, nachdem ich so viel dafür gearbeitet habe?*

Stephanie stürmte in ihr Zimmer und konnte sich gerade noch davon abhalten, die Tür hinter sich zuzuknallen. Statt sich vor ihren Rechner zu setzen, warf sie sich aufs Bett. *Was ist* los *mit den beiden? Haben sie mich nicht mehr lieb?*

Sie hörte, wie die Tür leise wieder geöffnet wurde. Leises Tappen verriet ihr, dass Löwenherz hereingekommen war; hinter sich schloss er die Tür wieder. Mit einem Satz landete er neben ihr auf dem Bett, doch er versuchte nicht, ihre Stimmung zu beeinflussen. Jetzt ertappte sich Stephanie bei dem Wunsch, er würde genau das tun, obwohl exakt diese Vorstellung sie noch vor wenigen Minuten fuchsteufelswild gemacht hatte.

Verzweifelt fragte sie sich: *Was ist mit* mir *los?*

Klettert-flink machte sich Gedanken um die Schwierigkeiten, die er vorhin gehabt hatte, Todesrachen-Verderb zu helfen. Nachdem sein Zwei-Bein es sich nun in ihrem Lernnest bequem gemacht und sich ihr emotionaler Aufruhr zumindest zum Teil gelegt hatte, tastete Klettert-flink vorsichtig hinaus in die Ferne, um zu schauen, ob er wohl seine Schwester Singt-wahrhaftig erreichte.

Schon bevor er die Gelegenheit bekommen hatte, Knollenstängel regelmäßig in seinen Ernährungsplan aufzunehmen, hatte Klettert-flink eine für ein Männchen bemerkenswert kräftige Geistesstimme besessen. Trotzdem war er immer noch auf die Hilfe umherwandernder Jäger angewiesen, die seine Nachrichten weitergaben und ihm die Antwort übermittelten.

Du klingst besorgt, Klettert-flink! Du sagst, Todesrachen-Verderb werde bald einschlafen? Komm zu mir: Wir treffen uns nahe dem Blauspitzenbaum neben dem Streifenblatt. Zweigweber wird mitkommen, um mich zu beschützen. Er hat nicht vergessen, dass er ohne Todesrachen-Verderb tot wäre … oder ihm noch Schlimmeres hätte widerfahren können.

Mit dieser Antwort musste sich Klettert-flink zufriedengeben. Er ließ Todesrachen-Verderb wissen, dass er hinausgehen würde. Sie drückte ihn kurz und gab dann einige Mundlaute von sich, von denen er ›Rechtsgestreift‹ und ›Linksgestreift‹

verstand. Gut! Wenn sie glaubte, er wolle nach den Zwillingen sehen, würde sie sich auch keine Sorgen machen.

Er gab ein mahnendes Blieken von sich und deutete in Richtung Bett – was ihm ein Lachen seines Zwei-Beins einbrachte ... und auch ein helles Aufflackern in ihrem Geistesleuchten. Es kamen weitere Mundlaute, von denen er kein bisschen verstand, doch allein schon ihr besorgter Tonfall reichte voll und ganz aus. Sie wollte, dass er Spaß hatte und sich nicht weiter um sie sorgte. Es ging ihr gut.

Die langen Sommertage wurden bereits deutlich kürzer; aber der Nachthimmel würde noch geraume Zeit auch am Abend in sommerliches Leuchten getaucht bleiben. Klettert-flink huschte den Stamm eines nahe stehenden Netzholzes hinauf und folgte einer Route, die er schon viele, viele Male gewählt hatte. Umsichtig hielt er Ausschau nach möglichen Bedrohungen, denn auch wenn Todesrachen nicht in Bäume kletterten, mochte doch ein morscher Ast ebenso gefährlich sein. Trotzdem fühlte er währenddessen Todesrachen-Verderbs Geistesleuchten. Er spürte, als sie endlich mit der Arbeit aufhörte; er spürte, wie sie allmählich eindöste.

Schließlich erreichte Klettert-flink den kleinen Blauspitzenhain. Kurz darauf trafen auch Singt-wahrhaftig und Zweigweber ein. Beide hatten Tragenetze mitgebracht. Die Samen der Blauspitzen galten bei den Leuten als echte Delikatesse. Auch wenn es noch zu früh in der Spanne war, allzu viele reife Samen zu finden, konnte man doch schon Zapfen ernten und einlagern: Beginnend mit diesem Teil der Spanne würden die Samen auch so nachreifen.

Während die drei mit Echthänden und Handfüßen eifrig nach Zapfen griffen, vertieften sie sich ins Gespräch. Zweiweber bot an, sich geistig zurückzuziehen, damit die Geschwister sich ganz ungestört und unbelauscht unterhalten könnten, doch beide baten ihn ausdrücklich darum, seinen Teil beizutragen.

Natürlich nur, wenn es dir nichts ausmacht, setzte Klettert-flink hinzu. *Aber da du andere Erfahrungen gemacht hast als wir, hast du vielleicht neue Erkenntnisse beizutragen.*

Singt-wahrhaftig, die als Sagen-Künderin auf fast unermessliche Mengen geteilter Erfahrungen anderer Leute zugreifen konnte, widersprach ihrem Bruder nicht. Es war Klettert-flink nicht entgangen, dass sie, seit sie selbst zur Ältesten Sagen-Künderin des Clans aufgestiegen war, noch mehr als früher dazu neigte, andere nach deren persönlicher Sichtweise oder Erfahrung zu fragen.

Vielleicht, so dachte Klettert-flink, *ist das ja so, weil sie schon so viele Gedanken und überlieferte Erinnerungen anderer Leute gesehen und durchlebt hat, dass sie mittlerweile am eigenen Leib spürt, wie Erinnerungen mit zunehmender räumlicher und zeitlicher Entfernung verblassen. Daher schätzt sie alles Neue umso mehr.*

Das war ein interessanter Gedanke; Klettert-flink nahm sich vor, ihn sich einzuprägen und beizeiten erneut darüber zu sinnieren. Doch jetzt brauchte er erst einmal jeden Rat, den er bekommen konnte – und dann musste er unbedingt zu Todesrachen-Verderb zurückkehren. Gerade jetzt wollte er nicht von ihr getrennt sein.

Es fiel ihm sehr leicht, die anderen seine Verwirrung begreifen zu lassen. Auch wenn Klettert-flink überzeugt war, Zwei-Beine könnten mit ihren sonderbaren Mundlauten und den schlichten Zeichnungen, die sie beinahe überall hinterließen, auch komplexe Gedanken und Ideen an andere weitergeben, verspürte er aufrichtiges Mitleid mit ihnen. Jene Mundlaute mussten nacheinander ausgestoßen werden, und das in einer fest definierten Reihenfolge. Klettert-flink hatte eine ganze Weile gebraucht, um zu begreifen, dass die gleichen Laute in einer anderen Reihenfolge keineswegs dasselbe bedeuten mussten. Mittlerweile bezweifelte er ernstlich, dass er sie jemals verstehen würde.

Die Geistessprache jedoch konnte vielerlei Formen annehmen. Auch wenn es durchaus möglich war, miteinander zu ›sprechen‹, indem man einzelne Gedanken in kurzer Folge nacheinander weitergab, bestand doch keinerlei Notwendigkeit für eine derart schwerfällige Form der Mitteilung.

Nun zeigte Klettert-flink gleichzeitig Singt-wahrhaftig und Zweigweber, was er an diesem Abend mit Todesrachen-Verderb erlebt hatte: Er übermittelte ihnen nicht nur die Antriebe, die er aus dem Geistesleuchten seiner Person aufgefangen hatte, sondern zeigte ihnen auch den größeren Zusammenhang – insbesondere das Zusammenspiel seines Zwei-Beins mit dessen Vater und Mutter. Er konnte ihnen sogar seine eigenen Ideen über die Bedeutung einiger zu dieser Gelegenheit erklungener Mundlaute vermitteln. Hauptsächlich handelte es sich dabei anscheinend um Eigennamen, doch Klettert-flink war der Ansicht, allein schon das zeige unmissverständlich, dass Zwei-Beine tatsächlich bewusst, gezielt und intelligent miteinander kommunizierten und nicht etwa nur unartikulierte Laute ausstießen wie die Dammbauer, die einander quer über den See Warnungen zubrüllten.

So komplex der ganze Sachverhalt auch war, den Klettert-flink seiner Schwester und seinem Clangenossen darlegte, dauerte es doch nur wenige Augenblicke, sie sämtliche Einzelheiten wissen zu lassen. Dann fühlte er, wie Singt-wahrhaftig und Zweigweber nachdachten: Sie wägten den Bericht gegen ihre eigenen Erfahrungen ab – und zumindest Singt-wahrhaftig griff dafür auch noch auf die Erfahrungen ungezählter anderer zu.

Schließlich sagte Singt-wahrhaftig: *Ich fürchte, weil dich Todes-*

rachen-Verderb bei eurem ersten Zusammentreffen mit ihrer Klugheit beeindruckt hat . . .

Es wäre falsch gewesen, zu behaupten, Zweigweber habe die Sagen-Künderin unterbrochen. Vielmehr steuerte er ein Bild bei, wie das junge Zwei-Bein Klettert-flink seinerzeit entdeckt hatte, so vorsichtig er auch vorgegangen war. Zweifellos sagte es sehr viel über die geistigen Fähigkeiten von Todesrachen-Verderb aus (auch wenn sie diesen Namen damals natürlich noch nicht getragen hatte), dass es ihr gelungen war, einem der Leute eine Falle zu stellen, die unbemerkt geblieben war. Schließlich hatten Klettert-flink selbst und auch viele andere Leute keinerlei Schwierigkeiten gehabt, all den anderen Fallen auszuweichen, die deutlich ältere und erfahrenere Zwei-Beine ausgelegt hatten.

Singt-wahrhaftig fuhr fort: *Weil du sie schon immer für sehr klug und einfallsreich gehalten hast, scheinst du mir allzu leicht zu vergessen, dass sie noch sehr jung ist. Soweit wir das beurteilen können, ist sie noch nicht gänzlich ausgereift. Auch wenn sie schon beinahe wie ein ausgewachsenes Zwei-Bein riecht, gibt es eben doch erkennbare Unterschiede. Und wo ich nun gerade deine Gedanken betrachte, merke ich, dass ihr Geruch sich seit eurem ersten Zusammentreffen deutlich verändert hat.*

Diese Erkenntnis erstaunte Klettert-flink. Er war natürlich kein Sagen-Künder, aber er konnte doch einige seiner eigenen Erinnerungen recht lebhaft heraufbeschwören. Nun verglich er sie und schmeckte dazu auch die Erinnerung, die Singt-wahrhaftig ihm und Zweigweber bot, um davon ebenfalls zu kosten. Der Befund war bemerkenswert. Sofort lieferte Klettert-flink den beiden Leuten verschiedene Erinnerungen an Todesrachen-Verderbs Geruch aus jüngster Zeit – jeweils aus Situationen, in denen Klettert-flink das Geistesleuchten des jungen Zwei-Beins besonders verwirrend erschienen war.

Mir scheint offenkundig, was hier geschieht, sagte Zweigweber. *Aber ich kann dir keineswegs verdenken, dass du nicht selbst darauf gekommen bist. Schließlich fällt derlei gerade denjenigen am wenigsten auf, die den Betreffenden besonders nahestehen. Todesrachen-Verderb durchläuft die Veränderung vom Jungtier zum Erwachsenen. Ihr Geruch verrät uns, dass gewisse Ereignisse – etwa ihr Zusammentreffen mit Gebleichtes-Fell – gewisse Geruchsveränderungen noch deutlich drastischer werden lassen. Vielleicht besitzen die Zwei-Beine in dieser Hinsicht Ähnlichkeit mit den Tierarten, die ein jahreszeitabhängiges Brunft-, Balz- und Brutverhalten zeigen.*

Darüber dachte Klettert-flink nach. Nun, es ergab durchaus Sinn: Das gemeinschaftliche Miteinander von Todesrachen-Verderb und den ihr Gleichgestellten – insbesondere, wenn anscheinend auch ein gewisses Maß an Aggressivität von Bedeutung war – könnte nicht nur Teil der Rangkämpfe sein, sondern auch mit der Brunft zusammenhängen. Hatte nicht das Zwei-Bein-Weibchen, das Todesrachen-Verderb am wenigsten leiden konnte, ein Männchen, das ihr aufmerksam folgte?

Ihr habt mir viel nachzudenken gegeben, sagte Klettert-flink und ließ die beiden spüren, wie dankbar er ihnen war. *Singt-wahrhaftig hat recht. Ich sehe in Todesrachen-Verderb fast immer ein ausgewachsenes Exemplar ihrer Art. Eine Vielzahl ihrer Handlungen aus jüngster Zeit ergeben allerdings durchaus Sinn, wenn ich sie als Verhalten eines Heranwachsenden werte, der seine Grenzen auszuloten sucht. Selbst der Zorn auf Mutter und Vater, die sie beide liebt und denen sie vertraut, erscheint mir nachvollziehbar, wenn sich Todesrachen-Verderb nicht sicher ist, was nun vernünftiger ist: ihre eigenen oder doch* deren *Gedankengänge, Entscheidungen und Eingebungen.*

Als Singt-wahrhaftig ihm antwortete, schwangen in ihrer Geisttesstimme zahllose reumütige Untertöne mit. Denn sie wusste genau, dass sie regelmäßig Grenzen auslotete – gelegentlich sogar jene Art Grenzen, die von anderen erst dann als solche erkannt wurden, wenn es jemand wagte, sie zu hinterfragen.

Also wird Todesrachen-Verderb mehr von dir brauchen als nur Trost und Beistand. Ich vermute, als sie dich zurückgewiesen hat, nachdem du sie beruhigen wolltest, hat sie das nicht getan, weil sie diese Ruhe und diesen Trost nicht benötigt hätte. Sie hat es getan, weil sie mehr denn je für sich selbst herausfinden muss, welches der richtige Pfad ist, den es zu beschreiten gilt. Wenn du weiterhin als Gefährte an ihrer Seite bleiben willst, wirst auch du dir neue Wege suchen müssen. Du wirst ihr auch erlauben müssen, Fehler zu machen, sogar dann, wenn diese Fehler ihr selbst schaden.

Zweigweber war der Einzige von ihnen, der sich bereits an eine Gefährtin gebunden hatte, und Wassertänzerin war auf ihre eigene Weise in mancherlei Hinsicht ebenso willensstark und einfallsreich wie Singt-wahrhaftig. Nun wedelte er kurz mit dem Schweif und verlieh damit dem Lachen seiner Geistesstimme noch Nachdruck.

Eines Tages wirst du vielleicht noch lernen, dass es zu jeder engen Bindung gehört, auch Fehler zuzulassen. Aber dir, Klettert-flink, stehen Herausforderungen bevor, wie niemandem von den Leuten zuvor. Wenigstens beherrschen die Leute die Geistessprache. Todesrachen-Verderb hingegen ist, so hell ihr Geistesleuchten auch sein mag, stumm und beinahe vollständig taub. Du bist von euch beiden der ältere, erfahrenere Gefährte, also wirst du auch der Weisere von euch beiden sein müssen.

5

»Da rechts«, erklärte Ranger Jedrusinski, »sehen Sie gleich das Nest eines Kondoreulenpaars.«

Anders verrenkte sich fast den Hals. Er saß auf der linken Seite des Fluglasters in der hintersten Sitzreihe. Sein Dad hingegen saß gleich rechts neben Ranger Jedrusinski, die den Laster steuerte. Von dort aus hatte er die beste Sicht, aber er achtete nicht sonderlich auf seine Umgebung. Das überraschte Anders nicht: Sein Vater hatte sich auf materielle Überreste von Kulturen spezialisiert, auf die Ethno-Archäologie, wie man das Fachgebiet gelegentlich gern bezeichnete: Es ging ja auch unter anderem darum, Zusammenhänge zwischen vergangenen Kulturen und der Gegenwart herzustellen.

Dr. Nez hingegen, der trotz seines Titels im anderen Sessel der hintersten Sitzbank saß, befasste sich mit lebenden Kulturen, nicht mit toten Gegenständen. Für ihn waren die anderen einheimischen Lebensformen von Sphinx mindestens ebenso wichtig wie die Baumkatzen selbst.

Nun grinste Dr. Nez zu Anders hinüber und deutete zum Fenster hinaus. »Schau, da oben in der Kroneneiche! Donnerschlag, ist das Nest unsauber gebaut! Ich frage mich, ob Kondoreulen ihr Nest für die Wintermonate besser gegen die Kälte isolieren.«

Dr. Nez lehnte sich ein wenig zurück, sodass Anders an ihm vorbeispähen konnte. Dankbar rückte er in seinem Sitz etwas vor, um sich das Nest ebenfalls anzuschauen. Außer auf Bildern hatte er noch nie eine terranische Eiche gesehen, fragte sich aber gerade, ob es dem Menschen, der der neuen Spezies den Namen gegeben hatte, möglicherweise genauso ergangen war. Von ihrer allgemeinen Form her besaß die Kroneneiche zwar tatsächlich eine gewisse Ähnlichkeit mit einer Eiche … nur besaß diese, da war sich Anders sicher, keine langen, pfeilförmigen Blätter, und achtzig Meter wurden sie auch nicht hoch.

Anders fragte sich, warum diese Baumsorte so gewaltig in ihren Ausmaßen war – vor allem, da doch die Schwerkraft von Sphinx deutlich größer war als die von Alterde. Eigentlich war er davon ausgegangen, Pflanzenwachstum müsste hier eher klein und gedrungen ausfallen. Er hatte gesehen, dass auf Sphinx geborene Menschen eher zu einem kompakten Körperbau neigten, selbst wenn sie Kontragravgeräte nutzten und sich den verschiedenen möglichen Therapien unterzogen. Als Karl so freundlich gewesen war, Anders zum Expeditionsstützpunkt zurückzubringen, hatten sie sich während des Fluges unter anderem auch darüber unterhalten, wie sich Urako und Sphinx unterschieden. Beiläufig hatte Karl erwähnt, dass er reichlich Nahrungsergänzungsmittel zur Kräftigung des Knochenwachstums schlucke.

Die Kondoreulen hatten ihr Nest im oberen Drittel des Baums gebaut; sie hatten sich für eine Stelle entschieden, die gleich zwei Vorzüge hatte: Der verzweigte Stamm war genau dort noch breit genug, um dem Nest ein stabiles Fundament zu bieten; andererseits gingen von dort mehrere deutlich dünnere Äste ab, was den Tieren erlaubte, sich bequem in die Lüfte zu schwingen.

Ranger Jedrusinski wendete den Flugwagen in der Luft, damit alle Passagiere das Nest bewundern konnten.

Vielleicht hat sie schon gemerkt, dass Dad an so etwas überhaupt kein Interesse hat, dachte Anders. Nun war es an ihm, seine Sitzposition ein wenig zu verändern, um seinerseits Dr. Nez zu ermöglichen, das Nest auch aus diesem Winkel in Augenschein zu nehmen.

Währenddessen erklärte der Ranger: »Trotz des Namens,

den die ersten Kolonisten auf Sphinx den Kondoreulen gegeben haben, handelt es sich in Wahrheit um Säugetiere. Sie haben auch kein Federkleid, sondern vielmehr sehr feines Deckhaar. Wie die meisten auf diesem Planeten heimischen Tiere sind es prinzipiell Sechsfüßer: Das vordere Beinpaar hat sich im Laufe der Evolution zu Schwingen entwickelt, aber die anderen vier Beine sind kräftig und mit scharfen Krallen bewährt.«

»Habe ich das richtig in Erinnerung«, fragte Dr. Emberly, die Xenobiologin des Teams, »dass Kondoreulen auch auf Baumkatzen Jagd machen?«

»Beobachtet haben wir das nie«, antwortete Jedrusinski, »aber es gibt Indizien, die dafürsprechen. Wir haben Baumkatzenknochen in Kondoreulendung gefunden. Aber das ließe sich natürlich auch damit erklären, dass Kondoreulen Aas fressen. Allerdings gehen Baumkatzen automatisch in Deckung, wenn sie einen Schatten bemerken, der zu einer Kondoreule gehören könnte. Und rein physiologisch sollten Kondoreulen auf jeden Fall in der Lage sein, Baumkatzen zu schlagen. Sie haben außergewöhnlich scharfe Augen und sind intelligent genug, um zu bemerken, dass die Pfostenbäume allen möglichen Tierarten bei der Fortbewegung als Schnellstraße dienen – darunter auch den Baumkatzen.«

»Aber«, wandte Virgil Iwamoto, der Steinwerkzeug-Experte des Teams, sofort ein, »Baumkatzen stellen eigenständig Steinwerkzeuge her. Spricht das nicht deutlich dafür, dass sie sich auch zu verteidigen wissen?«

»Die Nutzung von Werkzeugen durch Baumkatzen«, erwiderte Jedrusinski, »scheint sich vor allem darauf zu beschränken, über kurze Entfernungen hinweg ihre unmittelbare Umgebung zu beeinflussen. Bislang haben wir noch keinerlei Anzeichen für die Verwendung von Distanzwaffen wie Pfeil und Bogen oder Wurfspeeren gefunden. Im Gegensatz zum Menschen sind Baumkatzen von Natur aus bestens dafür ausgestattet, ihre üblichen Beutetiere sozusagen freihändig zu erlegen. Sie scheinen keinerlei Interesse daran zu haben, sich mit Lebewesen anzulegen, die entschieden größer sind als sie selbst – außer zur Selbstverteidigung oder wenn es darum geht, einen Artgenossen zu retten.«

Oder Stephanie, dachte Anders. Er fragte sich, wie es sich wohl anfühlte, wenn man plötzlich und unerwartet von einer ganzen Horde Baumkatzen vor einer Bestie gerettet wurde.

Am Morgen dieses Tages hatte einer der anderer Ranger vom Sphinxianischen Forstdienst sie zu einem ›Zoo‹ für einheimische Tiere gebracht – zu Tieren, die aus dem einen oder anderen Grund auf Hilfe oder Pflege angewiesen waren. Darunter waren auch mehrere Hexapumas, die in Gefangenschaft geraten waren und nun auf die Auswilderung vorbereitet werden mussten. Bei diesen Tieren fand Anders die Bezeichnung ›Bestie‹ durchaus angemessen: Sie waren mehr als fünf Meter lang (den Schwanz nicht mitgerechnet, das wären dann noch einmal zweieinhalb Meter mehr) und wogen etwa so viel wie ein ausgewachsenes terranisches Pferd.

Ranger Jedrusinski lenkte den Flugwagen wieder fort von der Kroneneiche mit dem Kondoreulennest. »Bei der morgendlichen Einsatzbesprechung wurde heute von einem kürzlich aufgegebenen Baumkatzenlager berichtet. Es wurde entdeckt, als Ranger vom SFD nach dem Franchitti-Feuer das Gelände inspiziert haben. Wir haben gerade noch genug Zeit, einmal rüberzufliegen und uns das von oben anzuschauen.«

Das interessierte Dr. Whittaker dann doch.

»Liegt dieses aufgegebene Lager in einem Forstdienstdistrikt oder auf privatem Gelände?«, fragte er.

Anders hätte schwören können, dass sein Dad bereits überlegte, wie er die entsprechenden Landeigner am besten kontaktieren könnte. Sollte dem so sein, ließ Ranger Jedrusinskis Antwort jegliche seiner Hoffnung in sich zusammenbrechen, eventuell Mittel und Wege zu finden, näher an lebende Baumkatzen heranzukommen.

»Oh, da brauchen Sie sich keine Sorgen zu machen. Das liegt in einem Forstdienstdistrikt«, erklärte sie. Ganz offenkundig ging sie davon aus, Dr. Whittaker wäre an der Sicherheit der Baumkatzen gelegen. »Das Feuer ist auf nahe gelegenem Privatgelände ausgebrochen, und Flammen haben ja nun einmal keinerlei Respekt vor Eigentumsgrenzen.«

»Ranger Jedrusinski«, wandte sich nun Anders an sie, »wie ist das eigentlich mit den Forstdienstdistrikten? Sind das öffentliche Ländereien? Sind die Baumkatzen denn nur dann geschützt, wenn sie sich in einem solchen Distrikt aufhalten?«

Der Frau vom Forstdienst war diese Frage offenkundig unangenehm, doch sie wich ihr nicht aus.

»Forstdienstdistrikte gehören eigentlich der Krone. Wir verwalten sie nur. Derzeit ist das Ziel, die entsprechenden Gebiete so weit wie möglich unangetastet zu lassen. Damit machen wir uns bei den Einheimischen natürlich nicht unbedingt Freunde. Manche sind der Ansicht, man solle diese Krongüter unbedingt ausbeuten und ordentlich davon profitieren – wobei sie natürlich lieber Begriffe wie ›nutzen‹ verwenden. Was die Baumkatzen betrifft … ich glaube nicht, dass die Krone sonderlich gern erführe, dass Wildtiere gleich welcher Art misshandelt würden oder anderweitig zu Schaden kämen. Aber entsprechende Grundsätze, Prinzipien oder Gesetze auf Privatgelände durchzusetzen ist verständlicherweise für uns ungleich schwieriger.«

Dr. Whittakers Interesse daran, wem das betreffende Gelände nun gehörte, verschwand schlagartig, sobald er wusste, dass er es auch weiterhin mit dem SFD zu tun haben würde.

»Ranger Jedrusinski, werden wir heute Gelegenheit haben, auszusteigen und uns dieses Baumkatzenlager genauer anzuschauen?«

»Heute werden wir uns das nur aus der Luft ansehen«, antwortete Jedrusinski. »Genauer untersuchen können Sie es zu einem späteren Zeitpunkt. Jetzt geht es erst einmal um die Frage, ob die Baumkatzen das Gebiet tatsächlich vollständig verlassen haben. Denn manchmal ziehen sie sich nur für kurze Zeit aus einer Region zurück, kehren dann aber wieder. Vielleicht hat das Feuer die dort sesshaften Baumkatzen dazu bewogen, sich vorübergehend umzusiedeln.«

»Ich muss zugeben, dass ich ein bisschen erstaunt bin«, merkte Kesia Guyen an, die Sprachwissenschaftlerin des Teams. »Warum wissen Sie nur so wenig über die Baumkatzen? Stephanie Harrington hat die Spezies Ende 1518 entdeckt. Man sollte doch annehmen, dass Sie drei Jahre später zumindest die wichtigsten Lager gekennzeichnet haben.«

Etwas an Ranger Jedrusinskis Tonfall ließ Anders vermuten, dass ihr diese Frage schon häufiger gestellt worden war. »Zunächst einmal: Auch wenn Stephanie mittlerweile einräumt, dass sie der Baumkatze, die sie Löwenherz getauft hat, gegen Ende des Jahres 1518 zum ersten Mal begegnet ist, hat sie diese Information nicht umgehend weitergegeben. Erst im März 1519 haben wir von ihrem kleinen Geheimnis erfahren. Es ist fraglich, ob das geschehen wäre, hätte Löwenherz nicht bei dem Kampf mit dem Hexapuma derart schwere Verletzungen davongetragen, dass ihm die Flucht unmöglich geworden war und sein Clan beschlossen hatte, bei ihm zu bleiben und ihm zu helfen.

Eines darf man in dieser Frage auf keinen Fall übersehen:

Der erste Mensch hat im Jahr 1422 seinen Fuß auf Sphinx gesetzt. Bis die ersten Baumkatzen entdeckt wurden, vergingen beinahe einhundert Jahre. Das heißt, sie haben sich ganz bewusst vor uns versteckt.«

»Aber mittlerweile wissen Sie von den Baumkatzen.« Guyen hatte für ihre Entgegnung besonders höfliche Worte gewählt. Anders glaubte, die Linguistin wolle sich eigentlich nur vor seinem Dad, ihrem Chef, hervortun. »Hätten Sie das Gelände nicht per Satellit großflächig erkunden können? Infrarotsensoren sollten doch zumindest genug Daten liefern, um zum Beispiel etwas über die Populationsdichte auszusagen.«

Derartige Möglichkeiten hatte man sogar recht ausführlich diskutiert, als es darum gegangen war, die genaue Vorgehensweise der gegenwärtigen Expedition zu planen – das Forschungsdesign, wie man es nannte. Als Anders seinerzeit der Diskussion gefolgt war, waren ihm Vorschläge in diese Richtung durchaus vernünftig erschienen – und zwar so sehr, dass er immens erstaunt war, als Ranger Jedrusinski belustigt auflachte.

»Ach, es ist immer wieder schön, mit jemandem zu sprechen, den die Baumkatzen ebenso interessieren wie uns vom SFD! Leider setzen die Siedler auf Sphinx andere Prioritäten. Die Wirklichkeit sieht leider so aus: Die meisten Sphinxianer sind hocherfreut, dass in ihrer Heimat eine so interessante neue Spezies entdeckt wurde – schließlich lassen sich Baumkatzenkuscheltiere an Einheimische wie Touristen bestens verkaufen. Aber davon abgesehen hält man die Baumkatzen hier für nicht besonders wichtig.«

»Nicht besonders wichtig?«, wiederholte Dr. Whittaker ungläubig. »Eine intelligente Lebensform, die man für ›nicht besonders wichtig‹ hält?« Er brüllte es fast.

»Bitte vergessen Sie eines nicht, Sir: Ihr Team und Sie sind unter anderem hier, um sich mit der Frage zu befassen, ob

Baumkatzen überhaupt intelligent *sind* – und wenn ja, in welchem Ausmaß. Niemand bestreitet, dass sie Werkzeuge nutzen. Aber dass sie keine Sprache zu verwenden scheinen, stellt wohl für viele einen Hinderungsgrund dar, sie als intelligent anzusehen.«

»Aber die ausgedehnten Nestplattformen, die sie anlegen …«, protestierte Dr. Whittaker.

»Ich könnte Ihnen mindestens ein Dutzend Vogelarten von Alterde nennen, die ebenso komplexe Nester bauen«, erwiderte Jedrusinski. »Oder sehen Sie sich Termitenhügel oder Biberdämme an – und auch das sind wieder nur Beispiele von Alterde!«

Wie zu erwarten, näherte sich Iwamoto der Frage sofort aus dem Blickwinkel seines eigenen Fachgebiets. »Was ist mit den Steinwerkzeugen? Sie sind doch zweifellos ein Beleg für Intelligenz!«

»Auch von diversen terranischen Primaten ist bekannt, dass sie einfache Steinwerkzeuge verwenden. Seeotter nutzen Steine, um Muscheln zu öffnen – und diese Steine wählen sie nicht nur gezielt aus, sondern bringen sie bei Bedarf auch selbst in eine eignete Form. Auf Ihrem Heimatplaneten Urako gibt es einige Bärenartige, die aus Stein einfache Äxte fertigen, trotzdem würde niemand diese Spezies als einheimische Intelligenz einordnen. Um ehrlich zu sein, setzen wir in Sie, Mr. Iwamoto, ganz besonders viel Hoffnung. Die Steinwerkzeuge – und auch die Netze – sind so ziemlich die besten Belege, die wir für die Intelligenz der Baumkatzen haben. Davon bleiben höchsten die Hartgesottensten unbeeindruckt.«

»Aber was ist denn nun mit der Idee, mit Hilfe von Satellitenaufnahmen die entsprechenden Kolonien zu orten?«, beharrte Guyen – möglicherweise ein wenig verstimmt, weil hier Werkzeuge dem Medium Sprache vorgezogen wurden.

Jedrusinski antwortete: »Auf Sphinx gibt es reichlich Wildtiere – und manche von denen sind beachtlich groß. Außerdem sind Baumkatzen nicht die einzigen einheimischen Lebensformen, die in größeren Gruppen zusammenleben. Zu guter Letzt, und das ist leider ein ganz einfacher Grund, billigt man dem SFD nicht sonderlich viel Satellitenmesszeit zu. Man sieht unsere Hauptaufgabe darin, nicht näher erschlossene Wildgebiete zugunsten der Kolonisten zu verwalten und nicht, Ressourcen für anderes zu verschwenden. Bitte vergessen Sie nicht, dass Sphinx nun einmal eine Koloniewelt ist. Für so manches haben wir einfach nicht die nötige Infrastruktur – vor allem nicht für so manches, das man als Luxus ansieht.«

»Ich habe gelesen«, mischte sich Anders ein, weil er der Ansicht war, jemand sollte der Frau vom Forstdienst beistehen, »dass kleinere Thermoscanner nicht das dichte Blätterdach durchdringen können. Also würde so eine Messung wahrscheinlich ohnehin nicht funktionieren, selbst wenn man Ihnen die Messzeit einräumen würde.«

»Das kommt noch hinzu, ja«, bestätigte Jedrusinski dankbar.

Während des nächsten Abschnitts ihres Fluges wurde die Frage besprochen, welche technischen Möglichkeiten überhaupt offenstünden und wie im Allgemeinen Prioritäten gesetzt würden. Anders hatte schon oft ganz ähnliche Diskussionen miterlebt – sogar zwischen seinen Eltern. Bei diesen Gesprächen war es in der Regel darum gegangen, wofür die Regierung Steuergelder ausgeben sollte. Also hörte er nur noch mit halben Ohr zu und schenkte der Landschaft seine eigentliche Aufmerksamkeit. Er erinnerte sich an einige Dinge, die ihm Stephanie und Karl bei ihrem gemeinsamen Ausflug erklärt hatten: über verschiedene Baumarten und in welchen

Zonen sie jeweils wuchsen. Anders hatte das Gefühl, allmählich klappe das Erkennen einzelner Arten schon recht gut.

Das dort vorn etwa musste ein Pfostenbaumhain sein. Selbst über diese Entfernung hinweg waren die auffallend geraden Stämme praktisch unverwechselbar, sogar aus der Luft betrachtet ... oder vielleicht: gerade, weil er die Bäume aus der Höhe betrachten konnte. Die eigentümliche Art und Weise, wie diese Pflanzen miteinander verflochten waren, wurde dabei besonders augenfällig. Jetzt, wo sich der Sommer dem Ende zuneigte – oder vielleicht der Herbst sogar schon Einzug gehalten hatte –, fielen einzelne tiefrote Blätter in all dem Grün besonders auf.

Anders wusste, dass Pfostenbäume im Herbst ihr Laub verloren. Er fragte sich, ob sich Baumkatzen im Winter genauso gut versteckt halten konnten wie den Rest des Jahres über. Vielleicht wäre der Spätherbst der ideale Zeitpunkt, es doch noch einmal mit Thermo-Aufzeichnungen zu versuchen. Er wollte es gerade schon vorschlagen, doch dann fiel ihm ein, wie lange auf Sphinx die einzelnen Jahreszeiten jeweils dauerten. Bis zum Wintereinbruch würden noch fünfzehn Monate vergehen. Bis dahin wäre diese Expedition längst beendet.

Der Gedanke deprimierte ihn, doch dann hellte sich seine Stimmung wieder auf. Vielleicht würde es ja eine zweite Expedition geben – dieses Mal im Winter! Dann wäre er schon siebzehn. Wenn er anständig lernte und vielleicht Wichtiges zu dieser ersten Expedition beitragen könnte, würde man ihm möglicherweise erlauben, hierher zurückzukehren. Vielleicht konnte er, so wie Stephanie, Ranger auf Probe werden, wissenschaftlicher Mitarbeiter auf Probe oder wer weiß was sonst. *Dad* würde ihn natürlich nie als Wissenschaftler sehen, aber Dr. Nez vielleicht schon.

Als der Ranger sie in die Nähe des aufgegebenen Baumkatzenlagers brachte, stieg die Spannung unter den Passagieren merklich.

»Diese Pfostenbaumgruppe grenzt an eine kleine Lichtung.«

»Schauen Sie! Diese Nestplattform da ist fast neu. Selbst von hier oben sieht man deutlich, dass da reichlich Spitzenweide verbaut wurde. Damit unterscheidet sie sich drastisch von allem, was uns Dr. Hobbard gezeigt hat.«

»Der Korb dort hat ein ziemlich großes Loch im Boden. Ob sie ihn deswegen zurückgelassen haben? Vielleicht wurde er ja rituell ›getötet‹.«

Anders spürte, dass sein Vater es kaum noch erwarten konnte, endlich auszusteigen und sich vor Ort umzuschauen. Als Jedrusinski abgelenkt war – sie beantwortete gerade Dr. Emberlys Frage, woher der Fellstreifen stammte, der an einen Pfostenbaumstamm geheftet war –, sah Anders, wie sein Dad verstohlen die Richtungsanzeige des Fluglasters betrachtete und dann eilig einige Notizen in sein UniLink eingab. Die Art und Weise, wie er sich danach im Sitz vorbeugte und rasch ein paar Aufnahmen machte, ließ Anders vermuten, sein Vater hoffte, dabei unbemerkt geblieben zu sein.

Nach einem viel zu kurzen Aufenthalt wendete Ranger Jedrusinski den Flugwagen wieder und steuerte die Zentrale an. »Es tut mir leid, aber ich habe morgen Brandwache – und die fängt zu einer Zeit an, in der Sie alle wohl noch gemütlich im Bett liegen. Ich werde mich bei Chief Ranger Shelton erkundigen, wann wir erneut hierherkommen dürfen. Schließlich bleiben Sie ja noch ein paar Monate. Da bleibt also noch reichlich Zeit.«

Hätte Jedrusinski einen gewissen Dr. Whittaker ebenso gut gekannt wie Anders, hätte es ihr vermutlich Sorgen gemacht, dass der Xenoanthropologe die unerwartet rasche Rückkehr derart gelassen hinnahm. Dr. Nez warf seinem langjährigen

Chef einen entsprechend erstaunten Blick zu, sagte jedoch nichts.

Als sie die Unterkünfte für die Ranger erreicht hatten, in denen das Team für die Dauer des Besuchs untergebracht bleiben sollte, fanden sie eine Nachricht vor.

»Hallo, hier spricht Marjorie Harrington. Wir planen eine Party anlässlich von Stephanies fünfzehntem Geburtstag. Wir hatten uns gedacht, falls Sie nicht gerade unterwegs sind, hätte Anders ja vielleicht Lust, sich dazuzugesellen. Natürlich werden Stephanie und Karl da sein – Anders kennt ihn ja schon –, aber so hätte Anders Gelegenheit, noch ein andere gleichaltrige Sphinxianer kennenzulernen – nur für den Fall, dass er irgendwann einmal keine Lust mehr hat auf Leute, die an nichts anderes denken als an Baumkatzen. Ein Geschenk oder so etwas braucht Anders selbstverständlich nicht mitzubringen, aber ich glaube, Stephanie würde sich freuen, ihn zu sehen.«

Zum Ende ihrer Nachricht nannte Dr. Harrington noch Datum und Uhrzeit und die Nummer, unter der man sie privat erreichen konnte.

Dr. Whittaker blickte beinahe ebenso zufrieden drein wie damals, als er erfahren hatte, dass man die Leitung des Sphinx-Projektes tatsächlich ihm übertragen werde.

»Gut, Junge«, sagte er und gab Anders einen kräftigen Klaps auf die Schulter. »Wenn Dr. Harrington nicht der Ansicht ist, ihre Tochter hätte sich zumindest ein bisschen in dich verguckt, will ich kein Anthropologe mehr sein! Selbstverständlich werde ich dafür sorgen, dass wir es hinbekommen, dich zu dieser Party zu schaffen. Vielleicht liefere ich dich ja sogar persönlich bei den Harringtons ab, um mich von meiner besten Seite zu zeigen ... selbstverständlich werde ich jede Einladung, ebenfalls zu bleiben, umgehend ablehnen. Ich will dich ja nicht behindern!«

Dr. Whittaker machte sich auf den Weg zu den Duschen und pfiff dabei fröhlich vor sich hin. Anders streifte seine Arbeitskleidung ab und fragte sich, warum er selbst dieser Einladung mit äußerst gemischten Gefühlen entgegensah. Schließlich verlangte sein Vater von ihm ja nichts, was seine Mutter nicht Tag für Tag ebenfalls tat, oder?

Zähneknirschend stieg Stephanie aus dem Flugwagen und zog den orange-schwarzen Flugdrachen aus dem Laderaum. Mit einem behänden Satz sprang ihr Löwenherz entgegen. Zumindest er freute sich auf das bevorstehende Training.

Stephanie wünschte, es ginge ihr genauso.

»Danke, dass du mich gebracht hast, Dad«, sagte sie.

»Falls nichts dazwischenkommt«, gab Richard Harrington zurück, »sollte ich spätestens eine Stunde nach Ende des Trainings hier sein, um dich abzuholen. Sollte ich mich verspäten, melde ich mich über Com.«

Stephanie nickte. »Mein UniLink habe ich dabei. Falls du erst später kommst, setze ich mich drüben ins Café und mache schon ein bisschen Hausaufgaben.«

Sie sah, wie ihr Dad sich einen Kommentar verkniff. Sie wusste, dass Mom und er darauf hofften, sie würde die Zeit in der Stadt mit Leuten ihres eigenen Alters verbringen.

Na ja, dachte sie düster, winkte ihrem Vater zum Abschied, schulterte den Drachen und stapfte mit schweren Schritten auf das Übungsfeld zu. *Heute bekommen sie ja, was sie gern hätten. Blöde Geburtstagsparty …*

Das Wetter an diesem Spätsommer/Frühherbst-Tag war für das Drachenfliegen geradezu perfekt: Der Wind war nicht allzu stark, drehte dabei aber auf unterschiedliche Richtungen – gerade genug, um eine gewisse Herausforderung zu bieten. Im

Gegensatz zu denjenigen, die in unvordenklicher Zeit diesen Sport erfunden hatten, verfügten Stephanie und ihre Teamkollegen über Kontragrav-Einheiten, die den Start sehr vereinfachten. Statt also erst von einer Klippe springen oder gegebenenfalls sehr lange auf den geeigneten Windstoß warten zu müssen, konnten sie einfach auf einem freien Feld anfangen, über dem die Luftfahrtleitstelle sonstigen Flugverkehr untersagt hatte.

Aber heute, dachte Stephanie, wie sie selbst feststellte, arg melodramatisch, *ist mir, als müsste ich von einer Klippe springen!*

»Bliek!«, kommentierte Löwenherz. Es war eindeutig ein Tadel. Denn Löwenherz nutzte durchaus unterschiedliche Laute. Das mochten vielleicht keine richtigen Wörter im engeren Sinne sein, aber Stephanie hatte inzwischen gelernt, zwischen einem aufgeregten, beunruhigten oder – wie in diesem Fall – missbilligenden *Bliek* zu unterscheiden.

Löwenherz spürte also ihre Nervosität – und ihre melodramatischen Anwandlungen. Während des gesamten Fluges zur Stadt hinüber hatte der 'Kater dicht neben ihr gesessen und ihr den Schweif um den Hals gelegt – eine Geste des Trostes. Trotzdem hatte sie keinerlei Versuche seinerseits gespürt, besänftigend oder beruhigend auf sie einzuwirken, so wie er es sonst gelegentlich tat.

Ach, glaubt er vielleicht, ich komme hiermit allein klar? Sie war überrascht, wie sehr diese Vorstellung sie in bessere Stimmung versetzte.

Jetzt, wo sie dem Übungsfeld nahe genug waren, war zu erkennen, dass die meisten anderen Mitglieder von Stephanies Fliegerclub bereits eingetroffen waren. Als Bürgermeister Sapristos und ihr Dad den Club vor einigen Jahren gegründet hatten, hatte es nur wenige Interessenten gegeben. Doch seitdem war die Mitgliederzahl beachtlich gewachsen; inzwischen gab es sogar ein eigenes Erwachsenenteam. Anfänglich hatte Stephanie zu den jüngsten Mitgliedern gehört; doch mittlerweile waren sogar ein paar Kinder dabei, die noch jünger waren als Stephanie bei ihrem ersten Flug. Das gefiel ihr. Sie hatte festgestellt, dass die Jüngeren sie längst nicht so vehement ... tja, wie sollte man das nennen? Nicht so vehement *ablehnten*, wie das bei Gleichaltrigen nur allzu offensichtlich der Fall war.

Ganz oben auf der Liste der Gleichaltrigen, mit denen Stephanie überhaupt nicht zurechtkam, stand Trudy Franchitti. Stephanie hatte sich fest vorgenommen, Trudy heute den ganzen Tag über aus dem Weg zu gehen. Seit dem Brand, der SFD-intern unter ›Franchitti-Feuer‹ lief, waren sie einander nicht begegnet. Stephanie zweifelte daran, die Beherrschung nicht doch zu verlieren, käme das Thema zur Sprache.

Nun, nachdem der Club größer geworden war, sollte es nicht allzu schwierig werden, Trudy aus dem Weg zu gehen. Mehr noch: Nach einigen Versuchen, für anderes als Soloflugübungen die beiden im gleichen Team unterzubringen (bei einer Flugübung etwa, die wie ein Staffellauf ablief und daher auch so genannt wurde), hatte Sapristos schließlich resigniert und trennte seither die beiden konsequent voneinander.

Man konnte Stephanie nicht den Vorwurf machen, sie habe damals gelauscht: Was konnte sie denn dafür, dass Erwachsene der Ansicht zu sein schienen, ein Kind, das in seine Lektüre vertieft sei, könne unmöglich gleichzeitig zuhören? Auf jeden Fall hatte der Bürgermeister mit ihrem Dad gesprochen.

»Wir sind beide anfangs der Meinung gewesen, als unsere beiden talentiertesten Flieger sollten Trudy und Stephanie im selben Team sein. Das wäre auch sicher von Vorteil, wenn die Erfahrung nicht gezeigt hätte, dass bei einer solchen Teameinteilung immer vier Teams entstehen: Team Rot, Team Blau, Team Stephanie und Team Trudy. Wenn es sich irgendwie vermeiden lässt, wechselt da niemand das Lager! Trudy begeht an Stephanie Fouls, sobald sie sich unbeobachtet glaubt, und bei Stephanie bekomme ich im Gegenzug manchmal mit, dass sie Trudy beim Vorbeiflug den Wind in einer Art und Weise nimmt, wie man das eigentlich nur bei einem Teamgegner täte.«

Dad hatte geseufzt. »Dann ist es wohl besser, sie doch in unterschiedliche Teams zu stecken – dann verderben die beiden wenigstens nicht auch noch den anderen Kindern den Spaß. Aber schade ist es trotzdem! Ich hatte gehofft, Stephanie stünde bei solchen Querelen über den Dingen.«

Als sie das gehört hatte, war ihr das Blut ins Gesicht geschossen. Sie hoffte, niemand hätte bemerkt, dass sie das Gespräch mit angehört hatte. Ihre Eltern zu enttäuschen gefiel ihr überhaupt nicht. Aber ein paar der anderen – vor allem Trudy und ihre Gang – waren nun einmal echte Ozonlöcher! Wusste der Bürgermeister eigentlich, dass Stan Chang, Trudys fester Freund, oft völlig zugedröhnt zum Drachenfliegen kam? Wusste er, dass Toby Mendick deshalb einmal Mist gebaut hatte, weil Stan und dessen Busenfreund Frank ›Vollverstrahlt‹ Câmara ihn unter Druck gesetzt hatten, irgendein Dreckszeug auszuprobieren?

Stephanie hatte lange überlegt, dem Bürgermeister davon zu erzählen, damit dafür gesorgt würde, dass sich Stan von Toby fernhielte. Aber weil sie Toby wirklich mochte, hatte sie sich dagegen entschieden. Eine solche Anschuldigung hätte zu einem Bluttest geführt, und Toby hätte ordentlich Ärger bekommen. Seine Eltern waren wirklich extrem streng. Das Ganze war verwirrend, weil Stephanie genau wusste, wie ihre eigenen Eltern darüber dachten: Sie wären dafür gewesen, die Sache zu melden, schließlich hätte Toby ja noch viel Schlimmeres passieren können.

So hatte Stephanie sich dafür entschieden, Toby selbst

immer ein wenig im Auge zu behalten. Bislang hatte ihn dieser Beinaheunfall anscheinend davon abgehalten, noch einmal etwas vergleichbar Dämliches zu tun. Was Stan und Vollverstrahlt betraf ... Tja, die beiden waren Stephanie herzlich egal, daran gab's nichts zu rütteln. Das waren Fieslinge und feige Brutalos, und wenn die beiden fest entschlossen waren, sich selbsttätig aus dem Genpool zu entfernen, indem sie zugedröhnt mit Drachen herumsausten, bitte, nur zu!

Toby hingegen stand auf Stephanies Gästeliste für die Party. Er war nur wenige Monate jünger als sie, und damit erfüllte er die Kriterien für die willkürlich von den Eltern erlassene Kategorie ›gleichaltrig‹. Stephanie erschien es sonderbar, dass das Alter auf einmal eine so große Rolle spielen sollte. Trudy war fast ein ganzes Jahr älter als sie, hinkte ihr aber in sämtlichen Kursen gleich mehrere Lerneinheiten hinterher.

Stell dich nicht blöd, Steph, schimpfte sie mit sich, während sie ihren Drachen zusammenbaute. *Du weißt doch ganz genau, warum Mom und Dad möchten, dass du Leute in deinem eigenen Alter einlädst: Gerade* weil *du damit so große Schwierigkeiten hast. Nimm das Ganze doch als Prüfung – wie in Mathe oder Kunstgeschichte.*

Dieser Gedanke baute sie ein wenig auf. Sie konnte Sozialkompetenz doch genauso behandeln wie jedes andere Prüfungsfach auch – wie Sozialkunde, zum Beispiel. Im Laufe der Jahrhunderte hatte sich die Menschheit mit diesem Thema doch sicher bis zum Erbrechen befasst. Dinge wie Etikette und Verhaltensregeln oder das komplexe Hierarchiesystem im Alten Japan – Spuren davon fanden sich doch selbst heute noch in der Art und Weise, wie man einander ansprach.

Stephanie grinste und wünschte, Karl wäre jetzt hier, damit sie diese Idee gleich hätte mit ihm teilen können. Er würde dann wohl lachen und ihr den Kopf tätscheln, so wie er das bei seinen kleinen Schwestern Nadia und Anastasia tat. Was wohl Anders von dieser Erkenntnis hielte? Als Sohn eines Anthropologen hatte er darüber vermutlich schon ausgiebig nachgedacht. Sie könnte ihn ja vielleicht beizeiten danach fragen.

An Anders zu denken war anscheinend das Einzige, was noch gefehlt hatte, um ihre Laune in vernünftige Höhen zu treiben. Sie schnallte sich und Löwenherz (der mittlerweile sein eigenes Geschirr besaß) an den Gleiter und ging dann zu den anderen Clubmitgliedern hinüber. Sie brachte es sogar fertig, mit ein paar der anderen Kinder über dies und das und andere Belanglosigkeiten zu plaudern.

Die Solo-Übungen, vor allem Kunst- und Zielflug, liefen richtig gut. Ein Neuzugang im Club, ein Mädchen namens Jessica Pheriss, war eine echte Bereicherung bei einigen der deutlich komplizierteren Manöver. Eigentlich hätte Stephanie sie gern gefragt, ob sie ihr ein paar Tipps geben könnte, aber Jessica hatte sich eindeutig der Trudy-Franchitti-Fraktion angeschlossen, und damit war sie selbstverständlich tabu.

Na ja, jemand, der zu dämlich war, Trudy zu durchschauen, war vermutlich auch zu dämlich, anderen etwas zu erklären. Wahrscheinlich bekam Jessica die Manöver instinktiv hin, so wie die Waldfledermäuse von Meyerdahl bei Nebel.

Nach Einzelübungen im Kunstflug hatte der Bürgermeister einen Staffellauf vorgesehen. Dafür setzte Stephanie Löwenherz auf dem Boden ab. Ihr persönlich hätte es nichts ausgemacht, ob sich das zusätzliche Gewicht der Baumkatze auf ihre Leistungen nun auswirkte oder nicht, aber es erschien ihr dem Rest des Teams gegenüber ungerecht. Löwenherz war es egal – vor allem, nachdem Stephanie ihm eine Stange Sellerie gegeben hatte. Er huschte zu einem Stacheldorn in der Nähe hinüber und suchte sich einen Sitzplatz in den Zweigen des Strauches, von dem aus er gleichzeitig das Rennen beobachten und seinen Snack genießen konnte. Den zehn Zentimeter langen Dornen der Pflanze wich er dabei geschickt aus.

Einmal wurde es knapp: Vollverstrahlt Câmara flog zu dicht an Christine Schroeder heran. Beinahe hätte sein Flügel den ihren gestreift, als er versuchte, die Flagge abzufangen, die Chet Pontier zu Christine hinübergeworfen hatte. Christine ging sofort in einen steilen Sinkflug über: Damit rettete sie mit einer einzigen Bewegung nicht nur ihren Flügel, sondern bekam auch gleich noch die Flagge zu packen. Da das Training des Clubs Schaulustige anlockte, vor allem an schönen, warmen Tagen wie diesem, hatte Christine ein Publikum, das begeistert von dem Manöver applaudierte und ihr zujohlte. Nach vielen weiteren, teilweise spektakulären Manövern und nachdem bei der nächsten Übergabe die Flagge beinahe doch noch heruntergefallen wäre, hatte Stephanies Team Blau schließlich das Rennen gewonnen.

Danach wollte Vollverstrahlt sofort verschwinden. Er ließ Sapristos Analyse des Spielverlaufs weitgehend desinteressiert über sich ergehen. Vermutlich erwartete er – völlig zu Recht –, dass er selbst kaum Lob einheimsen werde. So blieb er gerade noch lange genug auf dem Übungsgelände, um nicht unhöflich zu erscheinen. Doch statt sich danach noch mit den anderen Clubmitgliedern zu unterhalten, wie es eigentlich üblich war, deutete er nur mit einer ruckartigen Kopfbewegung in Richtung Innenstadt.

»He, Stan! Becky, Trudy, kommt schon! Holen wir uns ’n Happen zu essen. Wie man die Flügel richtig zusammenfaltet, kann den Kleinkindern ja auch jemand anderes beibringen!«

Da Stephanie in diesem Moment gerade damit beschäftigt war, genau das einem jüngeren Clubmitglied zu zeigen, war ihr klar, dass die abfällige Bemerkung gezielt ihr galt. Sie wusste: Eigentlich hätte sie enttäuscht sein müssen, dass man sie nicht gefragt hatte, ob sie mitkommen wolle – aber es war ihr völlig egal. Es tat nur weh zu wissen, dass Vollverstrahlt es gezielt darauf angelegt hatte, sie zu verletzen.

Als ihr ›Kleinkind‹ fertig war, blickte sich Stephanie um. Ein paar Schritte entfernt stand Toby, in ein Gespräch mit Chet und Christine verwickelt, und Stephanie ging zu ihnen hinüber. Sie wusste, dass ihre Eltern keinen Spaß verstehen würden, wenn sie nicht wenigstens ein paar Einladungen persönlich verteilte statt über das Netz.

Etikette und Verhaltensregeln, rief sie sich ins Gedächtnis zurück. *Einfach nur ein weiterer Kurs.*

»Hi«, sagte sie und kam sich plötzlich vor wie die Schüchternheit in Person. »Öhm ... das war ja ein tolles Manöver, Christine. Schade, dass ich nicht nahe genug war, um einzugreifen.«

Die hochgewachsene, gertenschlanke Christine war fast ein ganzes Jahr älter als Stephanie und trug ihr Haar zu einem Kamm frisiert, der Stephanie an einen exotischen Vogel denken ließ. Nun grinste sie.

»Ich wusste selbst nicht, ob das klappen würde«, sagte sie. »Aber Vollverstrahlt macht mich jedes Mal aufs Neue fuchsteufelswild! Seit ich ihm 'nen Korb gegeben habe, legt er es darauf an, sich irgendwie zu rächen. Als hätte ich nicht gewusst, dass er mich nur gefragt hat, ob ich mit ihm ausgehe, weil Becky mit 'ner Erkältung im Bett gelegen hat! Eine Vollspacke, der Typ!«

Stephanie spürte einen Stich Neid. Sie war noch nie gefragt worden, ob sie mit jemandem ausgehen wolle. Wahrscheinlich war das Problem ihre Figur – oder genauer gesagt: die Abwesenheit einer nennenswerten Figur. Aber mehr Kurven als sie hatte Christine auch nicht. Allerdings war sie deutlich größer ...

Stephanie versuchte die Worte über die Lippen zu treiben, bevor sie noch nervöser würde. »Hört mal, ich werde demnächst fünfzehn. Meine Eltern ... ich meine, die wollen gern ... Auf jeden Fall gibt's eine Party. Auf Meyerdahl ist der fünfzehnte Geburtstag irgendwie was ganz Besonderes. Hat wohl mit alten Bräuchen aus Spanien und Deutschland zu tun, oder so.«

Es war ihr peinlich, so wirres Zeug zu stammeln. Aber Christine lächelte. Chet allerdings blickte drein, als könne er sich nur mit Mühe ein Lachen verkneifen. Einzig Toby schaute sie so ernsthaft an, wie ihr selbst zumute war. Dann ging ihr auf, woran das liegen mochte: Er fragte sich, ob sie auch ihn ansprach oder nur die beiden anderen.

»Auf jeden Fall hab ich mich gefragt, ob ihr wohl vorbeikommen möchtet. Wenn mein Dad nicht zu einem Noteinsatz muss, werden wir wohl erst ein bisschen Drachen fliegen gehen. Danach gibt's dann ein schickes Abendessen – da kommen dann noch ein paar andere.«

Sie rechnete schon mit Absagen, doch Christine nickte. »Das klingt super! Eine Meyerdahl-Party habe ich noch nie erlebt, aber ich hab schon gehört, dass es da richtig abgeht. Sag mir wann und wo, und ich frag meine Mom.«

»Ja, ich auch«, meinte daraufhin Chet. »Aber apropos schickes Abendessen: Ich habe keinen Smoking. Meine Eltern sagen, für so eine Investition würde ich immer noch zu schnell wachsen. Reichen auch andere gute Klamotten?«

Stephanie wiegelte ab. »Smoking? So schick nun auch nicht! Einfach nur so ein bisschen edler als normal. Wir reden hier ja nicht von einem formellen Anlass wie einem Bankett oder so.«

Sie wandte sich Toby zu, damit er begriffe, dass die Einladung auch ihm galt. Da bemerkte sie, dass sie nicht nur Toby, Christine und Chet, sondern *vier* Personen vor sich hatte: Hinter den drei anderen und einigen nur halb zusammengefalteten Flugdrachen hatte sie Jessica Pheriss glatt übersehen.

Einen kurzen Moment lang rang Stephanie innerlich mit ihrem bösen Hälfte Selbst, doch dann erinnerte sie sich an die Situation eben: wie sehr es sie getroffen hatte, dass Frank sie ganz gezielt nicht aufgefordert hatte, mit in die Stadt zu kommen. So wollte sie einfach nicht sein.

»Toby, Jessica?«, sagte sie. »Ihr kommt doch auch, oder? Ich meine, natürlich nur, wenn ihr Zeit und Lust habt.«

Toby strahlte regelrecht. Jessica, die vielleicht bemerkt hatte, wie Stephanie einen winzigen Moment gezögert hatte, zögerte nun ebenfalls.

»Ich frag mal meine Eltern«, sagte sie dann. »Wir sind frisch auf Sphinx angekommen – eigentlich sogar frisch im ganzen Sternenkönigreich. Was trägt man denn hier zu feierlichen Anlässen?«

Christine lachte. »Auf Manticore selbst wäre wohl ein Smoking angesagt, aber das hier ist eine Koloniewelt. Stephanies Eltern werden vermutlich mit allem einverstanden sein, was nicht gerade Alltagsklamotten sind.«

Stephanie beeilte sich, Christine zu unterstützen. »Meine Eltern wollten nur deutlich machen, dass wir nicht bloß gemeinsam Drachen segeln gehen. Die beiden kochen wirklich furchtbar gern. Ich glaube, sie planen ein ganzes Menü mit lauter Speisen, die irgendeine symbolische Bedeutung haben.«

Jessica wirkte regelrecht erleichtert. »Okay und, he, danke! Das ist echt nett von dir. Aber jetzt muss ich los. Ich habe meiner Mutter versprochen, ihr im Garten zu helfen.«

Das klang interessant, aber bevor Stephanie noch eine Frage stellen konnte, war Jessica schon auf und davon. Erst nachdem sie fort war und Stephanie Löwenherz aus dem Stacheldorn klaubte, ging ihr ein Licht auf.

Franks Einladung, in die Stadt mitzukommen, hatte Jessica nicht einbezogen. Stephanie hatte zwar gedacht, Jessica und Trudy wären ganz dicke miteinander, aber auch Trudy oder Becky hatten sie nicht angesprochen.

Klar, dachte Stephanie, während sie den mit ihrem Vater ausgemachten Treffpunkt ansteuerte. *So waren das zwei Jungs, zwei Mädchen. Vielleicht wollten Becky und Trudy einfach keine Konkurrenz. Also, biologisch gesehen, spielen Trudy und Jessica in derselben Liga, es zeigt sich bei Jessica nur anders. Vielleicht will Becky sie lieber nicht in Franks Nähe wissen. Christine hat da ja angedeutet ...*

Ihr Gedanken drehten sich im Kreis, als sie das ganze Zusammenspiel der Geschlechter zu überblicken versuchte. Infinitesimalrechnung und andere Formen der höheren Mathematik, so stellte sie fest, waren wirklich einfacher als zwischenmenschliche Beziehungen. Viel einfacher sogar.

Löwenherz, der ihr folgte, antwortete ihr mit einem innigen »Bliek!«

Unmittelbar vor Stephanies Geburtstag lief alles wirklich gut. Obwohl sie immer noch ihre Zweifel wegen der geplanten Party hatte, war Stephanie doch ein wenig aufgeregt. Auf Meyerdahl waren Geburtstagsfeiern immer etwas ganz Besonderes gewesen – vor allem, als Stephanie noch kleiner gewesen war. Sie war zehn, fast elf gewesen, als sie nach Sphinx umgezogen waren. Jetzt war sie schon ein wenig reifer. Umzugsbedingt hatte sie ihren gesamten Freundeskreis und die weitere Verwandtschaft zurücklassen müssen, und ihre Eltern hatten kaum Zeit gehabt für anderes als die Arbeit. So waren Stephanies letzte Geburtstage immer Familienfeiern im engsten Kreis gewesen.

Mittlerweile hatte Stephanie schon fast ein Drittel ihres

gesamten Lebens auf Sphinx verbracht und deswegen beinahe vergessen, welches Aufhebens auf Meyerdahl gemacht wurde, wann immer jemand das magische Alter von fünfzehn erreichte. Die klassische Feier war dabei stark durch den uralten spanischen Brauch der *quinceañera* beeinflusst – allerdings wurde hier der Aspekt des Erwachsenseins betont, nicht der Aspekt des heiratsfähigen Alters. Dazu kam, dass ein Gutteil der ersten Meyerdahlkolonisten *deutsche* Wurzeln hatte. Wie so häufig, klammerten sich auch hier die, die die Heimat verlassen hatten, fester an Althergebrachtes als die, die in der Heimat geblieben waren. Und in Deutschland war vor Urzeiten tatsächlich die individuelle Geburtstagsfeier erfunden worden – mit allem, was dazugehörte, einschließlich Kuchen und Kerzen: Das hatte Stephanie nach einigen beiläufigen Anmerkungen ihrer Mutter im Netz überprüft. Sicherheitshalber sogar mehrfach.

Während der letzten Tage hatten ihre Eltern ein gerade laufendes Gespräch abrupt unterbrochen, sobald Stephanie den Raum betreten hatte. Da ihr selbst schließlich auch nicht daran gelegen war, sich und anderen eine möglicherweise geplante Überraschung zu verderben, hatte sie sich mittlerweile angewöhnt, immer zu pfeifen oder mit Löwenherz zu sprechen, damit ihre Eltern vorgewarnt wären.

Dann, am Tag der Party selbst, wäre das Ganze beinahe doch noch ruiniert worden. Während eines kleinen Imbisses am späteren Morgen, der sie bis zum richtigen Mittagessen stärken sollte, wandte sich Marjorie Harrington an Stephanie.

»Ich hoffe, es macht dir nichts aus, Schatz, aber ich habe noch ein paar Leute zu deiner Party eingeladen.«

»Ach ja?«, gab Stephanie mit vollem Mund zurück.

»Ich habe kürzlich ein paar Herbstkürbispflanzen zu einem der größeren Güter gebracht, und da habe ich ein Mädchen getroffen, das ich vom Sehen aus deinem Drachenfliegerclub kenne. Sie sah so einsam aus, wie sie allein dasaß, dass ich sie gefragt habe, ob sie nicht vielleicht auch zu deiner Geburtstagsparty kommen möchte.«

»Welches Gut war denn das?«, fragte Richard Harrington.

»Das Franchitti-Gut. Das Mädchen heißt Trudy.« Marjorie sah es in den Augen ihres Mannes und ihrer Tochter aufblitzen, hielt das aber für Erstaunen. »Begeistert bin ich von den Franchittis auch nicht, schließlich war einer der Familie für diesen Waldbrand letztlich verantwortlich. Aber Trudy hat doch gewiss keine Schuld daran.«

Stephanie war der Appetit vergangen. Sie legte ihr angebissenes Sandwich auf den Teller zurück.

»Trudy Franchitti kommt hierher? Na, wunderbar, was für ein herrlicher Geburtstag!«

»Stephanie!« Marjorie war nachgerade schockiert.

»Stephanie und Trudy kommen nicht miteinander aus«, erklärte Richard Harrington. »So gar nicht. Das war schon immer so.«

Marjorie Harrington blickte ihn erstaunt an. »Das wusste ich gar nicht.«

»Woher auch«, versetzte Stephanie, »du hörst mir ja nie zu! Ich habe es dir gesagt: Die Kinder hier sind ganz und gar hohl. Aber du bist ja zu dem Schluss gekommen, ich wäre einfach nur schlecht sozialisiert. Jetzt darf ich also Trudy ertragen, die alles und jeden ständig darauf hinweisen muss, dass ihr Vater einer der Ersten war, die auf Sphinx geboren sind. Oh herrlicher, herrlicher ...«

»Stephanie!« Richard Harringtons scharfer Tonfall verriet unmissverständlich, dass er der Ansicht war, seine Tochter wäre zu weit gegangen. »So redet man nicht mit seiner Mutter! Vielleicht hättest *du* ja ein bisschen öfter mit *ihr* reden sollen, dann könnte sie das Ganze auch besser verstehen. Stattdessen ist alles und jeder hier zorkig oder hohl. Ich weiß doch auch nur, wie du über Trudy denkst, weil ich beim Drachenfliegerclub Trainer bin – und weil Mr. Sapristos mir erzählt hat, dass er euch beide immer in getrennte Teams steckt, weil ihr euch weigert, anständig miteinander zu spielen!«

Angesichts der Formulierung ›miteinander zu spielen‹ knirschte Stephanie mit den Zähnen, aber sie sah deutlich, dass ihr Vater böse auf sie war. Sie wusste, dass er sie von Herzen liebte, aber er liebte eben auch ihre Mom – und er verabscheute es, wenn die beiden aneinandergerieten. Außerdem traf seine Beschreibung ja durchaus zu – zumindest, was Trudys Verhalten betraf.

»Stephanie«, fuhr Richard Harrington fort, »es gibt einen Grund, warum gerade um den fünfzehnten Geburtstag so ein Aufhebens gemacht wird – nicht nur auf Meyerdahl, sondern auch in zahlreichen anderen Kulturen. Vor allem in prätechnologischen Zivilisationen wurde dieser Tag als die Schwelle zum Erwachsensein angesehen. Damit ist wohl die große Herausforderung, der du dich an diesem Geburtstag stellen musst, sich wie eine Erwachsene zu verhalten ... auch wenn Trudy, obwohl sie älter ist als du, das eben nicht tut.« Er verzog die Mundwinkel zu einem kleinen Grinsen. »Klar, in mancherlei Hinsicht verhält sie sich schon *sehr* erwachsen, aber bei einem muss ich dir recht geben: Als das Gehirn verteilt wurde, hat sie eindeutig nicht laut genug gerade ›Hier!‹ geschrien.«

Marjorie Harrington atmete tief durch. »Und ich muss mich bei dir entschuldigen, Stephanie. Ich hätte dich auf jeden Fall vorher fragen sollen. Ich glaube, da hat mich meine eigene Vorfreude auf die Party ein bisschen arg weit getrieben.«

Stephanie wusste, was nun von ihr erwartet wurde. Obwohl es immer noch in ihrem Magen rumorte (und nicht nur, weil er nur ein halbes Sandwich bekommen hatte), war sie bereit, diese Erwartungen zu erfüllen.

»Danke, Mom, nett von dir. Ich verspreche dafür auch, wirklich mein Bestes zu geben.« Eine zusätzliche Bemerkung konnte sie sich jedoch nicht verkneifen. »Aber Trudy ist wirklich das perfekte Beispiel dafür, dass die Evolution nicht zwangsweise nur in *eine* Richtung abläuft.«

»Das werde ich dir wohl einfach glauben müssen.« Marjorie Harrington zögerte. »Ich hoffe, ich habe da nicht gleich noch einen Patzer gelandet, aber ich hatte ja gesagt, dass ich noch ein *paar* Leute zu deiner Party eingeladen habe.«

Stephanie nickte und betete im Stillen: *Bitte, bitte, nicht Stan oder Frank! Mit Becky käme ich ja vielleicht noch zurecht, aber nicht mit Stan und Frank ...*

»Nicht noch ein Mädchen, keine Sorge«, fuhr Marjorie Harrington fort, und Stephanie sank der Mut. »Ich rede von Anders Whittaker. Sein Dad bringt ihn vorbei – irgendwann während des Drachenfliegens, aber noch vor dem Abendessen.«

Stephanie hätte nicht für möglich gehalten, dass das Magengrummeln sich zu einem Schwarm Schmetterlinge auswachsen könnte, die ihr im Bauch tanzten.

»Anders?«

»Ich dachte, Karl und du ... ihr beide kommt doch gut mit ihm aus, oder?«, fragte Mom und blickte sie nun besorgt an. »So hat das für mich zumindest ausgesehen, als er vorbeigekommen ist, um sich die Baumkatzen anzuschauen.«

»Oh, Mom!« Am liebsten hätte Stephanie sie umarmt, doch sie konnte sich gerade noch zurückhalten. Schließlich wusste sie ja selbst noch nicht so genau, warum es eine so tolle Nachricht war, dass Anders kam – aber zweifellos war es das. So beschränkte sich Stephanie darauf, in ihrem Sessel ein wenig hin und her zu rutschen und sich erneut dem sträflich vernachlässigten Sandwich zu widmen. »Der ist cool. Eindeutig *nicht* hohl.«

»Und auch nicht zorkig?«, setzte ihre Mutter nach, doch selbst ihr neckender Unterton verbarg nicht, dass sie immer noch ein wenig besorgt war.

»Ganz eindeutig nicht zorkig!«, versicherte Stephanie, grinste und biss wieder in ihr Sandwich. Dann kam ihr ein Gedanke, der ihren Magen noch mehr ins Flattern brachte.

Anders kam. Anders, der nichts von alledem an sich hatte, was sie an Trudy und deren Gefolge so verabscheute. Anders, der gut aussah und klug war und der in einer Art und Weise zuhörte, dass man das Gefühl hatte, wirklich verstanden zu werden. Aber dieses Mal würde er vermutlich außer ›Alles Gute zum Geburtstag!‹ kein Wort mit ihr reden.

Denn Trudy wäre ja da, und Trudy zog Jungs an wie Aas Fliegen. Und Jessica würde auch kommen, und sie hatte ebenfalls eine ziemlich gute Figur. Und dann war da noch Christine, die von jeder Menge Jungs gefragt wurde, ob sie nicht vielleicht mal gemeinsam etwas unternehmen könnten.

Anders kam, ja. Aber wahrscheinlich würde er sie nicht einmal bemerken …

6

Da Anders nicht beim Drachenfliegen mitmachen würde, erschien er zu Stephanies Party bereits in Abendgarderobe. Sein Dad hatte tatsächlich in Erwägung gezogen, zur Feier des Tages einen Smoking auszuleihen, damit sein Sohn ganz der lokal üblichen Mode entspräche. Doch dann hatte er sich dagegen entschieden.

»Du hast doch schon ordentlich schicke Kleidung dabei. Ich weiß, dass ich deiner Mutter seinerzeit erklärt habe, so etwas würden wir auf Sphinx bestimmt nicht brauchen, aber sie hatte ganz recht. Im Nachhinein kann man sich nun einmal nicht mehr vorbereiten.«

Dr. Whittaker selbst trug die übliche Kleidung für eine Exkursion – das gehörte selbstverständlich zu seiner ›Ich-setze-den-Jungen-bloß-hier-ab-und-dann-geht's-mit-der-Arbeit-weiter‹-Nummer.

Dr. Marjorie kam ihnen entgegen, als der Flugwagen aufsetzte. Nach der Begrüßung deutete sie zum Himmel empor, an dem bunte Drachensegler hin und her flitzten.

»Die Drachenflieger sind ein bisschen später gestartet als geplant«, erklärte sie. »Ein paar der Gäste hatten das irgendwie falsch verstanden: Die sind schon in Abendgarderobe angereist und mussten sich dann erst noch umziehen.«

Sie betrachtete Anders und lächelte. »Das sieht ja schick aus! Ist das die auf deinem Heimatplaneten typische Gesellschaftskleidung?«

Anders nickte. »Hat meine Mom ausgesucht«, erklärte er. »Auch die Farbe, meine ich. Natürlich haben bei uns nicht alle den Kasack grün abgesetzt. Aber es ist schon ziemlich üblich, dass die Hose farblich zum Besatz passt.«

»Das Ensemble gefällt mir«, gab Dr. Marjorie zurück und führte die beiden Whittakers vom Landeplatz zu einem schattigen Rasenstück, das zwischen dem Haus selbst und dem Landeplatz lag. Dort war ein langer Tisch aufgestellt, der sich unter Platten mit geschmackvoll angerichtetem Fingerfood beinahe bog. »Ich habe gehört, dass es auf Alterde eine Zeit gegeben hat, wo sich Männer zu jedem nur erdenklichen förmlichen Anlass schwarz kleiden mussten. Das muss ja immer ausgesehen haben, als würden sich ein paar alte Saatkrähen versammeln!« Sie deutete auf das Buffet. »Ich bitte zuzugreifen! Das ist nur ein kleiner Imbiss; der sollte uns bis zum Abendessen auf den Beinen halten. Die anderen Dinnergäste dürften auch bald eintreffen.«

Anders bemerkte, dass sich auf den geschmackvoll dekorierten Platten auch einige äußerst interessant aussehende Früchte und ebenso exotisches Gemüse fanden. Er griff nach etwas, das von der Form her eine gewisse Ähnlichkeit mit einer terranischen Sternfrucht hatte, allerdings war das Fruchtfleisch tief indigoblau, nicht goldgelb, wie Anders das kannte.

»Ist das eine Ihrer Entwicklungen?«, erkundigte er sich, denn er wusste ja, dass sich Dr. Marjorie auf Pflanzengenetik spezialisiert hatte.

»Das«, erklärte sie, »ist eine Kreuzung aus einer purpurnen Beerenart, von der Richard bemerkt hat, dass Baumkatzen ganz versessen darauf sind, und einigen Pflanzen von Alterde. Schmeckt ein wenig säuerlich, ist aber gefahrlos genießbar. Du weißt ja vielleicht, dass die Menschen eine ganze Reihe auf Sphinx heimischer Pflanzen problemlos verstoffwechseln können. Darin finden sich zwar dann nicht sämtliche Nährstoffe, auf die der menschliche Organismus nun einmal angewiesen ist, aber wenn man gezwungen wäre, sich seine Nahrungsmittel aus der Natur zu beschaffen, könnte man auf Sphinx eine ganze Weile durchhalten.«

»Und im Gegenzug können Baumkatzen auch typische Menschennahrung zu sich nehmen«, meinte Dr. Whittaker. »Gelegentlich hat das sogar für sie unbestreitbar Vorteile. Ist Löwenherz überhaupt auf Nahrungsergänzungsmittel angewiesen?«

»Wenn er sich ausschließlich von unseren Nahrungsmitteln ernähren würde, wäre er das, ja«, antwortete Dr. Marjorie. »Aber Richard besteht darauf, dass sich Löwenherz zumindest einen Teil seiner Nahrung selbst beschafft. Löwenherz macht das wohl nichts aus, im Gegenteil: Er scheint die Jagd sogar zu genießen. Natürlich könnte sich seine Einstellung deutlich wandeln, wenn erst einmal der Winter hereingebrochen ist.«

Das führte zu einem Themenwechsel: Nun ging es um die Ernährungsgewohnheiten von Baumkatzen in freier Wildbahn. Dr. Marjorie nahm keineswegs für sich in Anspruch, eine Expertin auf diesem Gebiet zu sein. Doch sie gestand, dass sie seit Beginn des Jahres 1519, wo sich Löwenherz dazu entschlossen hatte, dauerhaft bei ihnen zu leben, seine Essgewohnheiten beobachtete. Er wähle Nahrungsmittel mit Bedacht (von Sellerie einmal abgesehen). Auch diverse neue Kreuzungen habe sie ihn probieren lassen.

»Er hat zum Beispiel eine Vorliebe für diese Purpursternfrucht, die Anders eben aufgefallen ist«, erklärte sie. »Er ist zwar nicht ganz so versessen darauf wie auf Sellerie, aber sie scheint ihm wirklich zu schmecken.«

Schließlich kehrten die Drachensegler, einer nach dem anderen, auf den Boden zurück. Das nahm Dr. Whittaker als Stichwort, sich wieder auf den Weg zu machen, auch wenn Anders nicht entgangen war, wie sehr sein Vater das Gespräch mit Dr. Marjorie genossen hatte.

Nachdem Anders seinem Vater zum Abschied noch einmal

zugewinkt hatte, schlenderte er zu der Wiese hinüber, auf der die Flugdrachen landeten.

Dr. Marjorie begleitete ihn. »Stephanie gehört der Drachen mit den orange-schwarzen Streifen. Den ersten Gleiter mit diesem Muster haben wir ihr geschenkt, nachdem sie mit dessen Vorgänger abgestürzt ist. Seitdem ist sie dem Muster treu geblieben. Sie hat ihre Drachen ›Flying Tiger‹ getauft und nummeriert sie durch. Ja, ja, unsere Steph ist schon sehr systematisch.«

Stephanie schien sich mit der Landung bewusst Zeit zu lassen, und so blieb Anders Gelegenheit, die anderen Drachenflieger zu beobachten. Karl entdeckte er in einem weiß-kobaltblauen Gleiter, der ein wenig ungeschickt auf der anderen Seite der Wiese aufsetzte.

Bereits in Anders' Nähe gelandet war ein Junge, der ungefähr in Stephanies Alter sein musste. Seine Haut war auffallend dunkel, seine seidigen schwarzen Locken vom Wind zerzaust, und seine hellbraunen Augen schienen unablässig zu lachen, als er sich nach Kräften bemühte, seinen gelb-braunen Segler zusammenzufalten.

Unmittelbar neben ihm sank ein weiterer Junge herab; er war vielleicht ein Jahr älter. Noch während der Landung faltete er das Segel zusammen, als wäre er ein Falke in Menschengestalt. Anders vermutete, dass der Junge kurz vor dem Aufsetzen sein Kontragrav aktiviert hatte, aber das machte den Trick keinen Deut weniger beeindruckend. Der gleichen Ansicht war offensichtlich auch der andere Junge, denn er rief: »Coole Landung, Chet, den Trick musst du mir unbedingt beibringen!«

»Klar doch, Toby«, gab Chet zurück. »Aber jetzt schau dir Christine an! Die überbietet mich noch.«

Er deutete in die Höhe. Dort sauste ein hochgewachsenes, schlankes Mädchen heran – entweder eine Dschinn wie Stephanie oder ein Neuzugang auf Sphinx –, und ihr stahlblau-weißer Segler wirbelte beim Herabsinken mehrmals elegant um die eigene Achse.

Fast wie ein DNA-Einzelstrang, dachte Anders. *Ob wohl zwei richtig gute Segler gemeinsam eine Doppelhelix hinbekommen?*

Schon Sekunden später sollte er seine Antwort erhalten. Ein weiterer Segler in verschiedenen Grüntönen, die gemeinsam wie eine Zusammenstellung verschiedenster Laubsorten im Frühling wirkten, rauschte heran und vollzog Christines Bewegung exakt nach. Die Seglerin, deren weibliche Figur im eng sitzenden Overall unverkennbar war, kamen Christines Flügel kein einziges Mal gefährlich nahe, und trotzdem konnte Anders genau ausmachen, wie sich die beiden Bewegungsmuster zusammenfügten. Die Illusion war so gelungen, dass er sich erstaunt die Augen rieb und sich fragte, ob wohl ein Leitsignal im Spiel sei.

»Jessica ist doch wirklich eine Super-Ergänzung für den Club«, meinte Chet begeistert zu Toby. »Ich bin froh, dass sie heute gekommen ist. Steph ist natürlich klasse in der Luft, aber sie ist einfach von Natur aus eine Einzelgängerin. Und Christine liebt gerade solche Tandem-Aktionen!«

Toby nickte in sehnsüchtiger Begeisterung.

»Eines Tages«, erklärte er in weihevollem Ton eines Ritters, der ein Gelübde ablegt, »werde ich so gut sein wie die drei zusammen!«

Christine setzte auf und faltete ihren Flügel zusammen. Rasch streifte sie ihr Geschirr ab, eilte zu Jessica hinüber und umarmte sie und quietschte dabei höchst weiblich begeistert.

»Das war so was von hexy, fast wie beim Ballett! Das sollten wir richtig einstudieren!«

Jessica schlüpfte aus dem Geschirr ihres Gleiters mit dem Blattmuster und erwiderte Christines Umarmung. »Echt gern, aber bitte erst später! Ich weiß ja nicht, wie's dir geht, aber ich bin völlig ausgehungert!«

Noch während sie sprach, zog Jessica ihre Kopfbedeckung ab, die in den gleichen Farben gehalten war wie ihr Overall. Danach floss ihr eine zerzauste Mähne aus kastanienbraunen Locken über die Schultern.

Nachdem Christine ihre Kopfbedeckung ebenfalls abgestreift hatte, machte sie sich sofort daran, ihr deutlich kürzeres, weißblondes Haar zu einer Frisur zu formen, die Anders unweigerlich an den Kamm eines Kakadus denken ließ. Erst jetzt sah er, dass Christine eisblaue Augen hatte. Zusammen mit dem hellen Haar bildeten diese Augen einen bemerkenswerten Kontrast zu ihrer sandelholzfarbenen Haut. Einen kurzen Moment lang genoss Anders den Anblick und die Erkenntnis, dass sich weibliche Schönheit auch in derart erstaunlichen Kontrasten zeigen konnte.

»Ich habe auch Kohldampf«, pflichtete ihr Christine bei. »Stephanies Eltern haben bestimmt schon reichlich Futter aufgefahren, aber meinst du nicht auch, dass wir wenigstens warten sollten, bis Stephanie gelandet ist? Ist ja schließlich ihre Party.«

»Auf jeden Fall«, bestätigte Jessica. »Es sind ja sowieso nur noch Trudy und sie in der Luft. Ich glaube, die beiden spielen noch eine Runde Punktlandung.«

Trudy musste der Gleiter mit dem blassrosafarbenen Tupfenmuster auf dem Flügel gehören. Anders, der sich mit der Drachenfliegerei nicht auskannte, hatte zunächst den Eindruck, die beiden würden sich gerade einen Wettbewerb liefern, wer am längsten oben bleiben könnte. Doch dann begriff er, dass die Lage ein wenig komplizierter war: Beide strebten eine Punktladung auf einem großen Zielsymbol mitten in einem freien Feld an. Während Stephanie anscheinend nur versuchte, wirklich genau die Mitte zu treffen, legte es Trudy tatsächlich darauf an, Stephanies Landeanflug zu sabotieren. Sie ging dabei durchaus unauffällig vor, doch Anders dachte sich, wenn schon er das bemerkte, würde das den anderen Clubmitgliedern wohl kaum verborgen bleiben.

»Geht das schon wieder los!«, seufzte Toby. »Ich frage mich wirklich, warum Trudy überhaupt hier ist. Stephanie kann sie doch gar nicht ausstehen.«

»Das gesellschaftliche Rätsel des Jahrhunderts«, pflichtete ihm Chet bei und klang dabei wie ein erfahrener Mediensprecher. »Als hätten die Monarchisten die Leveller zum Tee eingeladen.«

In dem Augenblick veränderte sich das Hin und Her am Himmel: Stephanie steuerte ihren Gleiter in eine scharfe Rechtskurve. Als Trudy versuchte, ihr erneut den Weg abzuschneiden, stieg Stephanie in einer engen Schraubenbewegung weiter und weiter in die Höhe, sauste schräg links über Trudy hinweg und ging dann in den Landeanflug über. Doch während Chets Manöver an einen Falken bei der Jagd erinnerte, hatte Stephanies Flug deutlich mehr Ähnlichkeit mit einem orange-schwarzen Ziegelstein, der geradewegs in die Tiefe stürzte.

Vom Haus her erklang ein Schrei. Anders warf einen Blick über die Schulter und sah einen Mann mit flammend roten Haaren losrennen. Dr. Marjorie stand stocksteif neben einer untersetzten Frau mit braunem Haar, die wohl den Schrei ausgestoßen haben musste: Sie war noch nicht dazu gekommen, den Mund wieder zu schließen. Doch sosehr die Erwachsenen in Panik gerieten: Anders zweifelte keinen Moment, dass Stephanie die Lage voll im Griff hatte.

Ein gutes Stück über dem Boden ging Stephanie aus ihrem Sturzflug in die Horizontale, genau in einer Luftströmung, die ihr abbremsen half, und setzte zur Landung an, wobei die Flugbewegungen des Drachen dem Manöver Dramatik und Pathos eines Opernauftritts verliehen. Der Kontrapunkt dazu war, wie sanft und leicht Stephanie die Füße auf dem Boden aufsetzte – genau in der Mitte des schwarzen Zielkreuzes auf der Wiese. Sofort verließ sie die Markierung. Anders vermutete Höflichkeit unter Fliegerkameraden dahinter: Man stand anderen nicht im Weg. Dann kam Stephanie mit großen Schritten auf die versammelten Partygäste zu, das Seglergeschirr immer noch angelegt.

Löwenherz, der ihr in einem Geschirr auf den Rücken geschnallt war, keckerte lautstark. Anders hatte mittlerweile genug Stunden Baumkatzen-Aufzeichnungen gesehen und gehört, um sich recht sicher zu sein, dass der 'Kater seinen Menschen gerade gehörig ausschimpfte.

Hoch über ihnen setzte Trudy nun ebenfalls zur Landung an, allerdings mit der Eleganz eines Schmetterlings, nicht eines Falken. Auch sie traf genau die Mitte der Zielmarkierung, doch nach Stephanies halsbrecherischem Manöver oder dem Ballett, das Christine und Jessica aufgeführt hatten, war dieser Auftritt hier alles andere als beeindruckend. Die meisten Clubmitglieder waren zu Stephanie hinübergeeilt und neckten sie damit, dass sie es beinahe nicht geschafft habe, auch fünfzehn Jahre und einen Tag alt zu werden.

Dr. Richard, der sich ein wenig abseits hielt, schien angesichts von Stephanies Auftritt nicht gerade begeistert. Seine markanten Gesichtszüge hatten etwas Steinernes.

Nein, anscheinend waren sogar zwei Personen alles andere als angetan. Karl Zivonik, den Drachen über einer seiner kräftigen Schultern, war wegen des riskanten Manövers offensichtlich ebenso wenig begeistert wie Stephanies Vater. Und ebenso offensichtlich war, dass niemand Stephanie auf diesen kleinen ... Zwischenfall ansprechen würde. Zumindest nicht heute.

Nachdem Stephanie Löwenherz abgeschnallt und den Flying Tiger verstaut hatte, nahm sie das Lob und die Komplimente der anderen mit genau dem richtigen Maß an Freunde, Begeisterung und Bescheidenheit hin. Falls Trudy und sie sich dort oben in Wahrheit ein kleines Duell geliefert hatten, würde niemand das von Stephanie erfahren.

Trudy hingegen war mehr als nur geringfügig verstimmt. Ebenso wie Jessica hatte sie während des Fluges ihr Haar mit einer Kopfbedeckung geschützt. Nun streifte sie diese ab und kämmte sich das dichte, lange schwarze Haar, dessen breite Korkenzieherlocken gewiss ebenso sehr geschickter Frisierkunst geschuldet waren wie der Natur. Während Trudy so tat, als sei sie ganz darin versunken, sich angemessen zu stylen, beobachtete sie aufmerksam die gesamte Gruppe.

Als ihr Blick auf Anders fiel, hätte dieser schwören können, ein Aufblitzen in ihren leuchtend veilchenblauen Augen bemerkt zu haben. Anders war sich durchaus bewusst, dass er gut aussah; schließlich hatte er eine Mutter, die ihm das vor Augen geführt hatte. Sie hatte gesagt, Unwissenheit führe unweigerlich zu Blößen, die man sich gebe. Für Anders, den Politikerinnensohn und damit eine öffentliche Person, fanden sich immer wieder Mädchen, die für ihn schwärmten (so zumindest nannte das seine Mutter): Mädchen, die anriefen und Nachrichten auf seinem UniLink hinterließen. Doch der Blick, den Trudy ihm zuwarf, während sie gemächlich in seine Richtung schlenderte, hatte beinahe schon etwas Hungriges.

»Hal-lo!«, sprach ihn Trudy an und brachte das Kunststück fertig, das Wort dabei in mehr als zwei Silben zu zerteilen. »Wer bist du denn, und wo hast du mein ganzes Leben lang gesteckt?«

Sie straffte die Schultern und hob die rechte Hand, um den Verschluss ihrer Seglermontur zu öffnen. Vorgeblich geschah das natürlich, weil ihr warm sein musste – Anders hatte beobachtet, wie Toby und Chet ihre Schutzanzüge noch draußen auf dem Feld abgestreift hatten. Aber in Wahrheit ging es ihr unverkennbar darum, das ins rechte Licht zu rücken, was sie zweifellos für die wichtigsten Aspekte ihrer Persönlichkeit hielt.

Für jemanden, der nicht älter als sechzehn sein dürfte, hatte sie einen erstaunlich üppigen Busen. Doch Anders fand Trudys Annäherungsversuch geradezu mitleiderregend. Sich ihm anzubieten wie einen Appetithappen – Raffinesse ging anders. Leider musste er gleich darauf feststellen, dass er sich von ihrer … Person doch mehr hatte einnehmen lassen, als ihm recht war. Denn darüber, dass ihm die Augen übergegangen waren, hatte er die ihm gestellte Frage zu beantworten vergessen.

»Ich bin Anders Whittaker«, stellte er sich vor. »Ich bin gerade erst nach Sphinx gekommen. Mein Vater leitet das Xenoanthropologenteam von Urako, das hier Baumkatzen zu studieren gedenkt.«

Offenkundig brauchte Trudy Zeit, das zu verarbeiten und in ihre übliche Strategie Jungs gegenüber einzubauen. Nach reiflicher Überlegung kam sie wohl zu dem Schluss, bloß weil Whittaker-Vater Baumkatzen studierte, hieße das ja noch lange nicht, dass sich Whittaker-Sohn für dieses Thema interessieren müsse.

»Wie sterbenslangweilig für dich«, schnurrte sie, trat dicht an ihn heran und hakte sich bei ihm unter. »Über dieses Thema muss dein Vater unbedingt mal mit meinem Vater und meinen Brüdern sprechen. Schließlich ist eine ausgewogene Betrachtungsweise unerlässlich, nicht wahr?«

»Allerdings«, erklang hinter ihnen Dr. Richards Stimme. »Und Anders hat die ganze Zeit höflicherweise auf euch gewartet. Also, der Plan sieht folgendermaßen aus: Ihr schnappt euch ein paar Snacks vom Buffet, dann könnt ihr euch umziehen. Aber lasst auf jeden Fall noch ein bisschen Platz im Magen! Wir haben ein paar Besonderheiten für euch vorbereitet.«

Die Erwähnung von Essen in gleich welcher Form brachte Bewegung in die Gruppe, und Anders gelang es, sich von Trudy zu befreien. Er war gerade bei Stephanie angelangt, als die gesamte Meute das Buffet erreichte.

»Alles Gute zum Geburtstag«, sagte er. »Das war aber eine ganz schön spektakuläre Landung.«

»Ich glaube, morgen wird Dad mir dafür die Ohren langziehen«, erwiderte Stephanie und rang sich ein Lachen ab. »Löwenherz hat mich auch schon ausgeschimpft! Ich soll so etwas eigentlich nicht machen.«

Anders zuckte mit den Schultern. »He ... das sah zwar heftig aus, aber ich habe nicht für einen Moment geglaubt, dass du wirklich in Schwierigkeiten steckst. Sag mal, magst du mir erklären, was auf dem Buffet *was* ist? Ich bin noch nicht lange genug auf Sphinx, um mich mit einheimischen Spezialitäten auszukennen.«

Stephanie kicherte leise. Es war kein gekünsteltes Girliekichern, sondern einfach nur ein Zeichen echter Belustigung. »So etwas wie hier wirst du sonst kaum finden. Manches davon ist von der Meyerdahl-Küche beeinflusst. Anderes sind echte Neukreationen meiner Eltern. Beide kochen schrecklich gern.«

Christine, die gerade eine höchst interessante orange-rosafarbene Paste auf einen Cracker strich, hielt mitten in der Bewegung inne. »Neukreationen aus der Küche oder aus dem Labor?«

Marjorie Harrington lachte. »Sowohl als auch – aber alles, was aus dem Labor stammt, ist eindeutig für den Verzehr geeignet. Das meiste davon habt ihr wahrscheinlich selbst im Kühlschrank zu Hause.«

Christine biss ein Stück von dem Cracker ab und zog ein Gesicht, das Bände sprach darüber, wie gut es ihr schmeckte. »Nein, nein, so etwas nicht. Nichts so Köstliches. Kann ich das Rezept haben?«

Gut gelaunt, was auch am Geräuschpegel der Gespräche abzulesen war, machten sich Stephanies Gäste über das Essen her. Neben Stephanie stand Anders mit einem Mal der ganze Drachenfliegerclub bei der Auswahl der Köstlichkeiten zur Seite. Flussrogen und Eiskartoffelcreme wurden ihm schmackhaft gemacht, geröstete Fastkiefersamen und andere Sonderbarkeiten, als ginge es darum, einen Wettbewerb zu gewinnen.

Nach und nach trafen auch die erwachsenen Gäste ein. Anders war hocherfreut, Scott MacDallan kennenzulernen, und auch Fisher, ›dessen‹ Baumkater. MacDallan erwies sich als ebenjener rothaarige Mann, den er in Laufschritt hatte fallen sehen, als Stephanie vorhin abzustürzen schien. Dass der Mann so und nicht anders reagiert hatte, war nicht weiter verwunderlich, schließlich war er Arzt. Die braunhaarige, ein wenig untersetzte Frau, die Anders hatte schreien hören, erwies sich nicht nur als Scotts Ehefrau, sondern auch als Karls Tante Irina Kisaevna, eine wirklich sehr nette Person. Ranger Lethbridge war ebenfalls gekommen: Seine Partnerin Jedrusinski ließ er entschuldigen und erklärte auch sofort, er selbst werde ebenfalls nicht zum Dinner bleiben können.

»Wir haben ausgelost, wer heute Brandwache hat«, berichtete er. »Und sie hat verloren. Aber ich habe versprochen, ihr zum Trost einen oder zwei trockene Brotkanten mitzubringen.«

»Da weiß ich was Besseres«, versetzte Stephanie und machte sich gleich daran, einen Teller mit Fingerfood zu beladen. »Mom meint, den Kuchen darf ich noch nicht anschneiden, aber davon bringe ich Ihnen beiden dann morgen etwas vorbei.«

Nach und nach kamen die Mitglieder des Drachenfliegerclubs umgezogen zurück: Jeder trug, wie Anders fand, eine andere interessante Variante formeller Abendkleidung. Karl besaß, wie sich herausstellte, einen echten Smoking – und sah darin wirklich fesch aus. Toby hatte sich für ein weich fallendes Gewand entschieden, dessen blasser Goldton sowohl Tobys dunkle Haut als auch sein locker fallendes schwarzes Haar herrlich betonte. Einen kurzen Moment lang schien er das Gefühl zu haben, unangemessen gekleidet zu sein – bis ihm Christine und Jessica voller Begeisterung erklärten, sie wünschten, im Sternenkönigreich gäbe es ähnlich elegante Kleidung. Chet war nicht ganz so auffallend gekleidet, bot aber immer noch einen mehr als nur respektablen Anblick.

Die Mädchen sehen alle ziemlich gut aus, dachte Anders. Trudy trug ein Kleid in Pink- und Lavendeltönen, das nicht nur an beiden Seiten geschlitzt, sondern auch noch tief ausgeschnitten war. *Das war ja nicht anders zu erwarten*, dachte er, obwohl er sie seit gerade einmal einer Stunde kannte. Trudy behauptete, das Kleid sei ein altes Familienerbstück und stamme von Alterde.

Christine und Stephanie hatten sich jeweils für lange Hosen und Jacketts der gleichen Farbe entschieden: Eine vereinfachte Variation des im Sternenkönigreich üblichen Smokings. Der zugehörige Kummerbund betonte ihre schlanken Taillen und nutzte sehr vorteilhaft aus, dass beide keine sonderlich weibliche Figur hatten. Als Jessica erschien, trug sie mehrere Lagen duftiger Seide und Taft in Blassgelb und Grün, hier und dort mit einem Hauch von weißer Spitze verzaubert.

»Eigentlich gehört das Kleid meiner Mom«, erklärte sie schüchtern. »Neoviktorianisch war auf unserem letzten Planeten gerade der neueste Schrei.«

Im Gespräch über verschiedene Kleidungsstile kam man unweigerlich auch zu den verschiedenen Geburtstagsbräuchen. Toby räumte ein, dass es in seiner Kultur überhaupt nicht üblich sei, Geburtstage zu begehen.

»Stattdessen feiern wir Namenstag – also den Ehrentag unseren Namenspatrons. Meiner ist der heilige Tobias.«

Wie sich herausstellte, waren Christine, Chet, Karl und Trudy allesamt auf Sphinx geboren.

»Mein Vater war einer der Ersten, die auf Sphinx zur Welt gekommen sind«, brüstete sich Trudy. »Eine Zeitlang war sein Geburtstag praktisch so etwas wie ein planetenweiter Feiertag.«

»Anfänglich hat es wirklich Schwierigkeiten gegeben, was Geburten betraf«, bestätigte Scott MacDallan. »Wegen der höheren Schwerkraft und des hohen Luftdrucks hatten viele Frauen Probleme, ein Kind auch auszutragen. Aber jetzt, wo wir anständige Nanotherapien haben und Kontragravgeräte viel gebräuchlicher sind als früher, verlaufen mehr und mehr Schwangerschaften ohne größere Probleme.«

»Ich kann mich noch erinnern, wie Scott meinen kleinen Bruder Lev geholt hat«, setzte Karl hinzu. »Am selben Tag ist eine völlig ramponierte Baumkatze aufgetaucht, und Scott ist losgezogen, um ihr zu Hilfe zu kommen.«

»Und deine Mutter hat er sich selbst überlassen?« Trudy klang schockiert.

»Na ja, ganz so war das ja nicht«, warf Scott MacDallan ein und setzte zu einer ausführlicheren Erläuterung an.

Da rief Irina ihn vom Haus aus: »Scott, wir brauchen einen Chirurgen, der den Braten anschneidet!«

Die meisten Erwachsenen schienen das als Zeichen zu sehen, sich zu Tisch zu begeben, doch die jüngeren Gäste blieben weiterhin in der Nähe der Appetizer – sei es, weil Stephanie ebenfalls noch nicht ins Haus gegangen oder immer noch Fingerfood übrig war.

Trudy trat einen Schritt auf Stephanie zu, behielt dabei aber die männlichen Anwesenden eindeutig im Blick.

»Es gibt im Sternenkönigreich eine wichtige Tradition, die beim Ehrentag unseres Geburtstagskindes noch gar nicht beachtet wurde«, erklärte Trudy und schlug einen scherzhaften Ton an – oder besser: So sollte es klingen. »Sie hat noch gar nicht den Hintern versohlt bekommen ...«

Irgendetwas an der Art und Weise, wie Trudy den letzten Satz betonte, ließ Anders eine Anzüglichkeit vermuten. Vielleicht lag es aber auch nur daran, wie sie ihm dabei zugezwinkert hatte.

»In meiner Familie«, fuhr Trudy fort, »halten die Jungen das Mädchen, das Geburtstag hat, gut fest, und die Mädchen geben ihr dann einen festen Klaps auf den Hintern – einen für jedes Lebensjahr. Wenn es das Mädchen schafft, alles hinzunehmen, ohne zu heulen, wird sie das ganze Jahr über Glück haben.«

»Bei meiner Familie gibt es so etwas nicht!«, protestierte Christine.

Karl war anzusehen, dass er sich unbehaglich fühlte, und so war sich Anders sicher, dass in seiner Familie zumindest eine Abart dieses Brauchs ebenfalls existierte. Chet trat unruhig von einem Bein auf das andere. Trudy mochte die Sache vielleicht ein bisschen arg groß aufgeblasen haben, aber zumindest erzählte sie keine Lügengeschichten.

»Ja, du magst ja vielleicht hier auf Sphinx geboren sein«, sagte Trudy zu Christine, »aber deine Familie ist doch noch relativ neu hier. Ich hingegen stamme von echten Pionieren ab. Weicheier und Waschlappen können wir hier nicht gebrauchen. Und bei Stephanie ist das bestimmt genauso. Schließlich läuft sie ja durch die Gegend und erschlägt Hexapumas mit bloßen Händen, wenn man ihren Geschichten glauben darf.«

Stephanie wirkte zugleich wütend und irgendwie ... als sitze sie in der Falle. Löwenherz drängte sich an ihr Bein, die Ohren besorgt aufgestellt. Anders begriff, dass sich Stephanie keinesfalls vorwerfen lassen wollte, sie lasse es an Zähigkeit mangeln – aber sie hatte auch herzlich wenig Lust, jetzt Schläge einzustecken.

Trudy lächelte honigsüß. »Also, Stephanie: Beweist du uns allen jetzt, dass du wirklich ein echtes Sphinxmädchen bist?«

In dem Augenblick erschien Dr. Richard an der Tür. »Braucht ihr eine Extraeinladung? Die Suppe steht auf dem Tisch!«

»Auf den letzten Drücker gerettet ...«, murmelte Trudy leise. »Aber gerettet wird unsere Stephanie ja immer, was? Ein echtes Glückskind!«

Niemand antwortete ihr, doch mehr als ein Augenpaar blickte zu Löwenherz hinüber: Seine Narben und Verstümmelungen waren nur allzu offensichtlich ... und ein Beleg für den Preis, den Stephanies Rettung gefordert hatte.

Anders bemerkte, dass von allen Anwesenden Stephanie am längsten zu Löwenherz hinüberschaute.

Während des Abendessens stellte Stephanie fest, dass sie diese Geburtstagsparty deutlich mehr genoss, als sie jemals für möglich gehalten hatte. Ja, ja ... Trudy war da, aber eben auch Chet, Christine, Toby und Karl. Zu Stephanies großer Überraschung hatte sich Jessica nicht sofort zu Trudy gesellt, die sich bereits auf dem Besitz Harrington befunden hatte, als Jessica eingetroffen war. Vielmehr hatte sie sich an die anderen Drachenflieger und Drachenfliegerinnen gehalten.

Und das Beste von allem: Anders war da.

Das Wetter war zum Drachensegeln schlichtweg ideal gewesen. Eines der elterlichen Geburtstagsgeschenke hatte Stephanie schon im Vorfeld erhalten: ein neues Geschirr für Löwenherz, mit dem das Drachenfliegen für die 'Katz deutlich sicherer wurde. Es würde Stephanie jetzt leichter fallen, das Eigengewicht des Baumkaters zu trimmen.

Genau das hatte ihr auch den spektakulären Sturzflug ermöglicht, mit dem sie an Trudy vorbeigeschossen war. Danach war sie so voller Adrenalin gewesen, dass sie es sogar auf sich genommen hätte, sich den Hintern versohlen zu lassen, hätte Dad durch sein Auftreten ihr diese Erniedrigung nicht erspart. Ja, kurz nach ihrer Landung hatte sie das Gefühl, sie könnte es mit der ganzen Welt aufnehmen.

Aber war es wirklich das Drachensegeln gewesen, das sie so aufgeputscht hatte? Stephanie bemühte sich, ihr Interesse nicht allzu offensichtlich werden zu lassen, aber Mom hatte für Anders Whittaker den Platz am Tisch fast genau ihr gegenüber ausgewählt – nur um einen Platz versetzt. Anders sah wirklich richtig gut aus in seinem cremeweiß-grünen Kasack und den dazu passenden Hosen. Doch noch bewundernswerter – denn für sein gutes Aussehen konnte er ja nichts – war, wie großartig er auch mit wildfremden Leuten völlig ungezwungene Gespräche führte.

Während des ersten Gangs hatte Stephanie einen weiteren guten Grund erhalten, zu Anders hinüberzublicken. Es ging dabei um extralange Nudeln in Sesamölsoße, serviert auf Fastlattich – einer auf Sphinx heimischen Blattpflanze, die geschmacklich an Römersalat erinnerte, allerdings mit einer leichten Zwiebelnote. Stephanie liebte das Gemüse mit seinem charakteristischen Aroma; die extralangen Nudeln gehörten zu den Geburtstagstraditionen der Harringtons.

»Man muss die Nudel essen, ohne sie zu zerteilen«, hatte Richard Harrington erklärt, während er geschickt zeigte, wie man sie mit einem Paar Essstäbchen aufnahm. »Die langen Nudeln sind ein Symbol für das Leben. Deswegen sollte man sie auch nicht zerschneiden – man würde ja sein eigenes Leben verkürzen. Wir haben verschiedene Sorten Esswerkzeuge hier. Versucht's einfach mal!«

Alle machten sich ans Werk. Es wurde viel gekichert und hin und wieder auch lautstark protestiert, wenn eine Nudel scheinbar ein Eigenleben entwickelte. Stephanie wünschte sich, sie säße unmittelbar neben Anders, damit sie ihm zeigen könnte, was sie hinbekam. Aber ihn zu beobachten – er war ein echtes Ass im Umgang mit Stäbchen – war fast genauso gut. Er hatte wunderschöne Lippen. Sie ertappte sich bei dem Gedanken, wie es sich wohl anfühlen würde, ihn zu küssen.

Nachdem die Nudelteller schließlich abgeräumt waren, wandte sich Irina an Anders.

»Dr. Hobbard hat ja schon«, erklärte sie, »mit Scott und Stephanie gesprochen – die beiden sind ja die einzigen Menschen, die bislang von Baumkatzen adoptiert wurden. Nach dem Bolgeo-Zwischenfall hat sie ausgenutzt, dass Richard zwei weitere 'Katzen hier auf Besitz Harrington untergebracht hatte, damit sie sich erholen konnten. So hat sie weitere Informationen zusammengetragen. Was hofft dein Vater denn noch zu entdecken?«

Stephanie war sich sicher: Jemand, der nicht Anders innere Größe besaß, hätte sich angesichts des aggressiven Untertons in dieser Frage angegriffen gefühlt. Ihr selbst wäre es zumindest so gegangen, das wusste sie. Schließlich verbarg die Frage nur sehr unverhohlen die Behauptung, das Xenoanthropologenteam habe gewiss nichts Neues mehr beizutragen.

Irina war eine nette Person, und es lag ihr viel an den Menschen (und Nichtmenschen) in ihrer Umgebung. Ständig ins Kreuzverhör genommen zu werden, wollte sie Scott und Fisher gern ersparen – und Stephanie und Löwenherz vermutlich gleich noch dazu. Zumindest war unverkennbar, dass sie in Dr. Whittaker jemanden sah, der, ohne viel darüber nachzudenken, ebenjenen Menschen Scherereien machen konnte.

Doch Anders schien die Frage nicht zu beleidigen. Er erklärte, wegen welcher wissenschaftlichen Befähigung wen sein Vater mit nach Sphinx gebracht hatte und wie deren Arbeit zu einem tieferen Verständnis der Baumkatzen an sich beitragen konnte.

»Dr. Hobbard«, schloss Anders, »musste und muss sich ja auch noch um andere Dinge kümmern als um Baumkatzen. Schließlich leitet sie unter anderem auch das anthropologische Institut der Landing University auf Manticore. Auch wenn sie natürlich Erfahrung auf dem Gebiet der Xenoanthropologie hat, wäre es wohl doch ein bisschen zu viel von ihr verlangt, sich auch noch im gleichen Maße auf dem Gebiet der Linguistik auszukennen wie Ms. Guyen … oder es auf dem Gebiet der Anthroarchäologie mit den Fachkenntnissen meines Vaters aufzunehmen.«

Als Anders eine Pause ließ, um das Gesagte sacken zu lassen, nutzte Trudy die Gelegenheit, sich einzumischen. »Mein Dad sagt, weil Dr. Hobbard zur Landing University gehört, ist sie voreingenommen. Er meint, Dr. Hobbard hat entschieden zu viel *Eigeninteresse* daran, dass auf Sphinx – und damit eben im Sternenkönigreich – eine neue intelligente Lebensform entdeckt wird. Dad sagt, er hat unter anderen nur deswegen zugestimmt, dass Fremde hinzugezogen würden. Seiner Ansicht nach sind

Wissenschaftler aus einem anderen System in dieser Hinsicht unvoreingenommener und können die ganze Sache damit objektiver angehen.«

So höflich der Ton war, den Trudy anschlug, war der Tenor des Gesagten eindeutig: In ihren Augen schien ohne ausdrückliche Billigung ihres Vaters kein Wissenschaftlerteam an einer Baumkatze auch nur *riechen* zu dürfen.

Stephanie bemerkte, wie einige der Erwachsenen schweigend in sich hineinlächelten. Wahrscheinlich fanden sie es putzig, dass Trudy Jordan Franchitti zum Dreh- und Angelpunkt sphinxianischer Politik machte. Stephanie hingegen fand daran nichts erheiternd. Trudys übertriebene Vorstellung davon, wie viel ihr Vater zu sagen hätte, mochte ja kindlicher Anbetung für den Vater entspringen. Aber Stephanie hatte nach nur wenigen Monaten beim SFD bereits begriffen, wie viel Einfluss die Ersten Familien tatsächlich besaßen – vor allem Familien wie die Franchittis, denen gewaltige Ländereien gehörten.

Nun richtete Trudy den Blick aus ihren großen, veilchenblauen Augen geradewegs auf Anders. »Dein Dad ist doch unvoreingenommen, oder? Er wird doch kein Urteil über die Intelligenz von Baumkatzen abgeben, ohne vorher mit allen möglichen Leuten zu sprechen? Und ich meine nicht nur denen, die schon eine Baumkatze als Haustier haben.«

Beim Wort ›Haustier‹ versteifte sich Stephanie. Sie wollte gerade etwas sagen, doch Löwenherz zupfte ihr sanft am Ohr und brachte sie so dazu, zu Scott MacDallan hinüberzublicken, der gerade beinahe unmerklich den Kopf schüttelte – ein lautloses Nein.

Anders blickte sie angemessen ernst an. »Mein Vater *ist* unvoreingenommen. Klar, natürlich wäre Dad gern Hauptautor eines Artikels, der dem ganzen Universum verkündet, die Menschheit habe eine weitere intelligente Spezies entdeckt.

Aber er weiß auch, wie dämlich er dastünde, wenn er sich zu einem übereilten Urteil hinreißen ließe. Schon bevor man Alterde hinter sich gelassen hatte, wollten die Menschen nur zu gern glauben, sie würden sich das Universum mit anderen intelligenten Lebensformen teilen. Aber in den weitaus meisten Fällen mussten die, die lautstark verkündet hatten, etwas entdeckt zu haben, nachher den Spott der anderen ertragen.«

»Na, ganz interessant wäre das wahrscheinlich schon«, gab Trudy zurück. »Aber selbst wenn die Baumkatzen wirklich intelligent sein sollten, werden die doch nie so sein wie wir, oder? Ich meine, ich habe ja schon gehört, dass sie angeblich Werkzeuge benutzen. Aber ein abgebrochenes Felsstückchen ist doch noch lange kein Messer – ganz egal, was für Schildchen Dr. Hobbard und der SFD in einem Museum danebenstellen.«

»Auch die Menschen haben mit Messern aus Stein angefangen«, erwiderte Scott MacDallan sehr ruhig. »Und Baumkatzen knüpfen außerdem auch Netze, vergiss das nicht. Und ihre Schlafstätten hoch oben in den Bäumen sind statische Wunderwerke.«

Trudy zuckte mit den Schultern und versetzte damit die herausragendsten Aspekte ihrer Person in durchaus ansprechende Bewegung. »Mein Bruder sagt, das sind gar keine richtigen Werkzeuge. Er meint, er hat schon Spinnweben gesehen, die komplizierter waren als die Netze. Ach, und er meint, selbst die Dämme der Fastbiber sind komplizierter als sämtliche Baumkatzen-›Häuser‹, die er bislang gesehen hat.«

Niemand antwortete ihr. Vielleicht hielt Trudy diese Stille für ein Zeichen von Zustimmung, denn sie wandte sich erneut an Anders. Stephanie war sich ganz sicher: Sollte es Trudy gelingen, Anders von ihrer Sichtweise der Dinge zu überzeugen, würde das langfristig auch Dr. Whittaker eher in diese Richtung tendieren lassen.

»Ich will damit doch gar nicht sagen, dass Baumkatzen nicht interessant wären oder dumm. Ich hätte ja auch gerne eine als ...«, dieses Mal hielt Trudy wenigstens inne und verkniff sich das gänzlich unangemessene Wort ›Haustier‹, »... Gefährten. Ich finde Baumkatzen wirklich ganz wunderbar! Aber dem Menschen vergleichbar, nein, das sind sie nicht. Das *ist* einfach so.«

Die Stille zog sich in die Länge. Stephanie glaubte ziemlich genau zu wissen, was den weitaus meisten am Tisch gerade durch den Kopf ging. Die Erwachsenen, von Mom und Dad einmal abgesehen, waren zweifellos davon überzeugt, Trudy müsse eine enge Freundin der Gastgeberin sein, sonst wäre sie ja wohl kaum eingeladen worden. Entsprechend scheuten sie davor zurück, sich gegen diese engstirnige Sichtweise auszusprechen, weil sie fürchteten, sie könnten so Stephanie den Spaß an ihrer Party verderben. Die anderen hingegen, die keineswegs dieser Täuschung unterlagen, waren entschieden zu höflich, es hier auf ein Wortgefecht ankommen zu lassen. Doch die Art und Weise, wie Karl unter seinem Smokingjackett mit den Schultern rollte, ließ vermuten, dass er kurz davor stand, *doch* etwas zu sagen – und er würde Trudy ganz gewiss nicht zustimmen.

Stephanie ahnte schon, was Trudy sagen würde, sobald Karl seine Meinung kundtat. Etwas in der Art: ›Oh!‹ Kicher, kicher. Wimpernklimpern. Noch einmal die Persönlichkeit zur Schau stellen. ›Aber du bist doch Stephanies bester Freund. Klar, dass du ...‹

Vielleicht würde Trudy sogar sagen: ›Aber du bist doch Stephanies *fester* Freund.‹ Und was würde Anders dann denken?

Ich kann ja schlecht zu ihm hingehen und sagen: ›Hör mal, Karl ist gar nicht mein fester Freund, egal was Trudy sagt. Ich meine, er ist echt ein guter Kumpel, aber er ist eben nicht mein fester *Freund. Und das sage ich dir, weil . . .‹*

Stephanie unterbrach sich mitten im Gedanken. Na, da hatte sie es ja tatsächlich geschafft, sich von einem Gespräch peinlich berühren zu lassen, das noch überhaupt nicht stattgefunden hatte! Nein, den Gedanken weiterspinnen wollte sie nicht. Gut, sie hatte sich auch fest vorgenommen, alles, was von Trudy käme, stoisch hinzunehmen, damit ihre Mom sich nicht erneut Vorwürfe machte, Trudy eingeladen zu haben . . . aber allmählich wurde es hier ernst!

Sie brach die erdrückende Stille am Tisch und wählte dafür einen sachlichen und ruhigen Ton. Den hatte sie sich in einer gefühlten Million Interviews antrainiert. »Trudy, was meinst du mit ›Das ist einfach so‹? Selbst angenommen, Dr. Whittaker käme nach Abschluss seiner Studien zum Ergebnis, Baumkatzen seien nicht intelligent, vernunftbegabt oder welcher Fachausdruck auch immer verwendet werden mag: Meinst du, Baumkatzen hätten keinerlei Rechte? Sie waren vor uns hier auf Sphinx. Das ist *ihr* Planet – und der einzige, den sie haben.«

Trudy lachte. Es war ein lautes, völlig ungekünsteltes Lachen – schlimmer als jegliche spöttische Bemerkung jemals hätte sein können.

»Ach, komm schon, Stephanie, für so scheinheilig hätte ich dich gar nicht gehalten! Schau dir doch nur das Haus an, in dem du hier lebst. Meinst du nicht, die Bäume, die dafür gefällt werden mussten, hätten lieber weitergelebt? Was ist mit all den Vögeln und Waldtieren, die ihr Zuhause verloren haben, damit sich deine Familie hier dieses Riesenhaus hinstellen konnte – und noch dazu die Gewächshäuser und Fahrzeugschuppen und Pavillons! Du willst mir doch wohl nicht erzählen, dass du ab jetzt lieber in einem Zelt leben willst, um damit deinen ökologischen Fußabdruck so klein wie möglich zu halten? Und falls doch, erinnere mich bitte daran, dass ich dich nicht mitten im Winter besuchen komme!«

Stephanie stellte fest, dass sie tatsächlich nach Gegenargumenten suchen musste. Das Problem war: Trudy war offenkundig der Ansicht, den Baumkatzen stünden genauso wenig Rechte zu wie den Bäumen. Und wie sollte Stephanie erklären, dass es durchaus Momente gab, in denen sie ein schlechtes Gewissen hatte, weil so viele majestätische Kroneneichen, Fastkiefern und Felsenbäume hatten weichen müssen, um Platz für den Besitz Harrington zu schaffen? Wahrscheinlich würde Trudy in so schallendes Gelächter ausbrechen, dass Scott ihr ein Beruhigungsmittel verpassen müsste, um sie wieder still zu bekommen.

Zu Stephanies großer Überraschung war es weder Karl noch einer ihrer erwachsenen Freunde, sondern Jessica Pheriss, die Trudy antwortete.

»Jetzt stell dich doch nicht dumm, Trudy! Kapierst du das nicht? Mit deinen Worten zeigst du doch in aller Deutlichkeit, worum es Stephanie hier geht – oder zumindest dem Forstdienst. Vernünftige Siedler *müssen* sich auf die Ökologie vor Ort einstellen. Diese Regel galt und gilt seit dem ersten Tag der Besiedlung dieses Planeten. Das ist einer der Gründe, so spekuliert man, wie ich gelesen habe, warum die Baumkatzen nicht schon viel früher entdeckt wurden: Schon den ersten Biologen auf Sphinx war schnell klar, dass Pfostenbäume nicht gerne Haine bilden, sondern in Wahrheit jede scheinbare Gruppe nur *ein einziger* Baum ist. Wie du ja bestimmt weißt, siedeln sich Baumkatzen bevorzugt in der Nähe von Pfostenbäumen an. Aber weil man durch das Fällen von Pfostenbäumen eben so gewaltig in diesen Teil des lokalen Ökosystems eingreift, haben es die Menschen vorgezogen, sich davon fernzuhalten – und so konnten die Baumkatzen noch länger unentdeckt bleiben.«

»Na und?« Trudy blickte sie höhnisch an. »Und was bedeutet das jetzt?«

»Das bedeutet«, erklärte Jessica auffallend langsam – beinahe, als spreche sie mit einem sehr kleinen, begriffsstutzigen Kind –, »dass bei der Kolonisierung von Sphinx von Anfang an auf die Ökosysteme vor Ort geachtet wurde. An dieser Vorgehensweise wird gewiss nichts geändert. Wenn man zum Ergebnis kommt, die Baumkatzen wären intelligent, wird man auf diese Erkenntnis entsprechend reagieren. Ich meine, wir können die Ureinwohner dieser Welt doch nicht einfach überrennen.«

Trudy verdrehte die Augen. »Mann, Jessica! Du weiß schon *so* viel, und dabei ist deine Familie doch gerade erst hier angekommen! Ich will dir mal was sagen: Menschen, nicht Baumkatzen, sind diejenigen, die durch Wahlen darüber abstimmen, wer im Parlament sitzt und wer nicht. Mein Dad und seine Freunde werden ganz bestimmt nicht zulassen, dass man ein paar knuddelige Mini-Hexapumas dazu nutzt, uns unsere Rechte zu nehmen!«

Jessicas Eingreifen hatte Stephanie eine Chance verschafft, ihre eigenen Gedanken zu ordnen. Nun stieg sie in die Diskussion ein und rang dabei mit aller Macht um Beherrschung. Denn am liebsten hätte sie Trudy angebrüllt: ›Du Vollidiotin! Wenn Dr. Whittaker beweist, dass Baumkatzen intelligent sind, dann bekommen sie auch Wahlrecht! Und was machst du dann?!‹

Stattdessen sagte sie völlig ruhig und sachlich: »Trudy, ich kann dir Dateien noch und nöcher schicken, in denen genau dargelegt ist, was passiert, wenn Menschen vergessen, dass sie selbst auch nur Teil eines lokalen Ökosystems sind – und zwar ein Teil, der sich über alle Maßen zerstörerisch auswirken kann.«

»Ach, fizz auf die Dateien!«, versetzte Trudy und lachte abweisend. »Als würde ich meine Zeit damit verschwenden wollen, Propagandamaterial von Leuten zu lesen, denen es nur darum geht, Landeigner ihrer Rechte zu berauben.«

In diesem Moment schritt Marjorie Harrington ein. Sie nutzte ihre beste Momstimme – sachlich und vernünftig, und doch schwang darin eine Schärfe mit, die jedem Raumschiffkommandanten zur Ehre gereicht hätte.

»Wie ich höre, gibt es hier unterschiedliche Meinungen. Vielleicht sollten wir die Diskussion beenden, bevor wir uns noch den Appetit auf den Nachtisch verderben. Ich habe Schokoladentorte und Mandarapfelkuchen im Angebot. Und für den Nachtisch sollten wir uns vielleicht ins Wohnzimmer begeben.«

Die Momstimme – oder vielleicht auch die Aussicht auf einen Nachtisch – beendete die Debatte, aber Stephanie glaubte nicht, dass Trudy ihre Ansichten auch nur einen Deut geändert hatte. Dann bemerkte sie, dass Trudy das allgemeine Hin und Her – der Tisch wurde abgeräumt, die Gäste lagerten sich ins Wohnzimmer um – dazu genutzt hatte, zu Anders hinüberzuschlendern. Die Art und Weise, wie sie sich an ihn hängte, verriet ihr, dass zumindest ihre Lieblingsfeindin noch nicht bereit war, ihre Politkampagne zu beenden.

»Ultra-staunlich«, sagte Jessica. Sie sprach sehr leise, sodass nur diejenigen ganz in ihrer Nähe sie verstanden. »Noch offensichtlicher kann Trudy nicht vorgehen, was? Vielleicht sollte ich ein paar Bilder machen und sie anonym Stan zumailen ...«

Ihr Grinsen war zwar schelmisch, doch Stephanie traute Jessica eine solche Aktion durchaus zu.

»Mach's nicht«, gab Chet zurück. Er grinste nicht. »Stan ist kein netter Kerl. Ich meine das ernst: Der ist wirklich überhaupt nicht nett. In Trudys Familie scheint man allgemein gern mit dem Feuer zu spielen.«

Christine nickte. »Jou. Hör mal, Steph: Du hast dich super gehalten. Ich meine, ich habe beim Training schon ein paarmal erlebt, wie du loslegen kannst, wenn Trudy gerade wieder auf völlig dämlich umschaltet. Und das hier war deutlich mieser als ihr Versuch vorhin, deinen Drachen auszubremsen.«

Toby pflichtete ihr bei. »Das war *wirklich* klasse! Ich dachte schon, wir dürften mit ansehen, wie du mit Trudys Schädel die Eiskartoffeln stampfst!«

Stephanie lachte. »Dann hätten meine Eltern mich umgebracht! Gastfreundschaft ist den beiden enorm wichtig – und mir auch. Ich habe gesehen, dass Karl den Mandarapfelkuchen rausgetragen hat – ich hoffe, ihr versucht den mal! Das Rezept stammt von seiner Tante Irina. Der ist wirklich großartig – am Anfang ein bisschen herb, aber dann kommt eine ganz tolle Süße.«

»Erinnert mich irgendwie an Steph«, meinte Chet und grinste. »Oder, Christine?«

»Aber so was von!«, bestätigte diese.

»Bliek!«, gab ihnen Löwenherz recht und sprang ihnen voraus zu einem Tablett, auf dem der Nachtisch für Fisher und ihn lag: Sellerie. »Bliek! Bliek!«

7

Stephanie glitt in den Pilotensitz des behördlichen Prüfungsflugwagens, legte den Sicherheitsgurt an und nahm sich ein paar Augenblicke Zeit, sich mit der Steuerkonsole des Modells vertraut zu machen. Währenddessen stieg auf der anderen Seite Ms. Schwartz, die Prüferin, ein – eine drahtige Frau, deren ausdruckslose Miene verriet, dass sie wirklich schon alles gesehen und erlebt hatte ... und jederzeit mit *noch* Schlimmerem rechnete.

»Ich wär dann so weit«, sagte Ms. Schwartz und rückte ihr UniLink zurecht, um sich jederzeit Notizen machen zu können. »Wir fangen mit dem Automatikmodus an. Wenn du diesen ersten Teil der Prüfung bestehst, durchfliegen wir die gleichen Gegenden auch noch unter Handsteuerung. Damit kannst du dich dann für den Flugschein auf Probe qualifizieren. Die Route sollte jetzt jeden Moment auf dem Head-up-Display erscheinen.«

Als auf dem Display eine grellgrüne Linie erschien, nickte Stephanie. Erst blickte sie nach links und rechts, dann nach vorne und hinten, bevor sie den Flugwagen vom Parkplatz abheben und auf die Straßen von Twin Forks hinausschweben ließ.

Gegen Ende der gestrigen Party hatte sich herumgesprochen, dass Stephanie heute ihre Prüfung ablegen wollte. Alle, die noch anwesend waren – Trudy war glücklicherweise schon gegangen –, hatten Stephanie mit diebischer Freude berichtet, mit welcher Begeisterung die Prüfer selbst für die kleinsten Verstöße Punkte abzogen. Zu jenen punktabzugsfähigen Verstößen gehörte auch, sich allein auf das HUD zu verlassen, statt sich noch einmal mit eigenen Augen zu vergewissern, dass wirklich keine Gefahr drohe.

Der Kurs, den die grellgrüne Linie vorgab, lotste Stephanie unter anderem auf verschiedenen Flughöhen durch einige Stadtviertel und auf ländliches Gebiet hinaus. Mit dem Steuern eines Flugwagens auf Straßenniveau hatte Stephanie verständlicherweise nur wenig Erfahrung sammeln können. Doch sie hatte so viele Stunden in Simulationen verbracht, dass sie sich gelegentlich ins Gedächtnis zurückrufen musste: *Dieses Mal ist es ernst.*

Schließlich setzte sie den Flugwagen wieder auf dem Parkplatz ab, von dem aus sie gestartet war.

»Bislang kein einziger Fehler«, erklärte Ms. Schwartz und vollbrachte das Kunststück, zugleich zufrieden und verstimmt zu wirken. »Bist du dir sicher, dass du auch den Flug unter Handsteuerung machen möchtest? Wenn du da durchfällst, bist du auch deinen Flugschülerschein los. Eine Prüfungswiederholung erfolgt dann erst in frühestens drei T-Monaten.«

Anfangs hatte Stephanie noch gedacht, diese Strafregelung wäre lächerlich. Doch nun, angesichts von Trudy und ihren Ozonloch-Freunden, meinte Stephanie, einen Sinn dahinter zu erkennen. Übermut sollte man wirklich nicht auch noch fördern – vor allem, wenn es dabei um etwas derart potenziell Tödliches ging wie einen Flugwagen.

»Doch, ich bin mir sicher, Ma'am«, erwiderte Stephanie.

»Dann schalte jetzt um auf manuelle Steuerung«, forderte die Prüferin sie auf und aktivierte etwas auf der eigenen Konsole: Jetzt würde sie jederzeit die Steuerung des Wagens übernehmen können. »Und halte dich wieder an die Linie.«

Der zweite Durchgang verlief völlig reibungslos, bis sie die Stadtgrenzen von Twin Forks hinter sich gelassen hatten. Als der Flug gerade über einen der zahlreichen Nebenflüsse ging, die den Makara speisten, erfasste eine Bö den Wagen. So viel Masse das Fahrzeug auch hatte, reichte die Wucht der Bö aus, dass Stephanie die Zähne aufeinanderklapperten. Ms. Schwartz keuchte auf, die Hand schon an der Übersteuerungskonsole.

Jetzt zahlten sich nicht nur die vielen Übungsstunden mit Karl aus, sondern auch Stephanies Drachenflugerfahrung. Bevor Ms. Schwartz ihre Konsole aktivieren konnte, hatte Stephanie die Turbulenz schon kompensiert. Völlig korrekt hatte sie die Windrichtung eingeschätzt, und so lenkte sie den Wagen leichthin aus dem unerwarteten Luftstrom heraus, ohne allzu weit von der vorherbestimmten Route abzuweichen. Sobald sie zum Ergebnis gekommen war, es wäre wieder gefahrlos möglich, brachte sie den Wagen auf den ursprünglich angelegten Kurs und folgte der grünen Linie bis zu deren Ende.

Ms. Schwartz sagte kein Wort, bis der Flugwagen wieder vor dem Hauptgebäude der Zentralverwaltung aufsetzte und Stephanie auch das Abstellen des Fahrzeugs ordnungsgemäß durchgeführt hatte. Dann beugte sich die Prüferin zu Stephanie hinüber und gab ihr einen kleinen Klaps auf die Schulter.

»Gute Arbeit, Ms. Harrington«, erklärte sie und strahlte dabei über das ganze Gesicht. »Ich hatte ja schon gehört, dass Sie auch in Extremsituationen die Fassung bewahren. Ich bin froh, dass das stimmt.«

»Heißt das, ich habe bestanden?«

»Mit voller Punktzahl. Ich übertrage die Ergebnisse jetzt sofort zur Verwaltung. Ihr offizieller Flugschein sollte bereits in der Datenbank vermerkt sein, bevor es für Sie Zeit wird, wieder nach Hause zu fliegen.« Ms. Schwartz grinste sie spitzbübisch an. »Sie sollten Ihren Vater fragen, ob er Sie ans Steuer lässt.«

Stephanie erwiderte das Grinsen. Sie wusste, dass ihr Vater sie den Wagen steuern lassen würde – und sie wusste auch, dass es ihn sehr nervös machen würde, ihr tatsächlich die Verantwortung für das Fahrzeug zu überlassen. In dieser Hinsicht waren wohl selbst die besten Eltern ein bisschen komisch.

Weil Löwenherz mit ihnen in die Stadt gekommen war und Baumkatzen ohne ausdrückliche Genehmigung keine Gebäude betreten durften, hatten die beiden Doktoren Harrington gemeinsam mit ihm vor dem Verwaltungsgebäude auf Stephanie gewartet.

»Löwenherz hat sich vor Begeisterung die Kehle aus dem Hals gebliekt, seit du mit dem Flugwagen vom zweiten Durchgang zurückgekehrt bist«, erklärte Mom lachend, als Stephanie auf sie zugerannt kam. »Du brauchst uns also nicht zu berichten, dass du bestanden hast. Das wissen wir bereits!«

»Das muss gefeiert werden«, setzte Dad hinzu. »Ich habe schon bei Eric Flint angerufen und einen Tisch im Red Letter Café reserviert. Glücklicherweise hat er ja mittags offen.«

Das Red Letter Café gehörte zu den Lokalitäten, die sich als Erste für den Grundsatz der Baumkatzenfreundlichkeit entschieden hatten. Das – und die Tendenz, dort außergewöhnlich köstliche Nachspeisen in außergewöhnlich großen Portionen zu servieren – machte es zu einem Favoriten der Harringtons. Nachdem sie sich an Hauptgerichten und gewaltigen Portionen Eis aus eigener Herstellung gütlich getan hatten, blickte Stephanie ihre Eltern erwartungsvoll an.

»Mom, Dad, die Frau, bei der ich die Prüfung abgelegt habe, hat gesagt, ich sollte euch fragen, ob ich beim Rückflug am Steuer sitzen kann, darf ich?«

Richard Harrington seufzte theatralisch. »Na, wenigstens gehe ich wohlgesättigt in den Tod. Holst du dann schon mal den Wagen? Ich weiß, dass wir normalerweise in der Innenstadt zu Fuß gehen, aber vielleicht wirst du ja gleich von einer Streife rausgewinkt, und mir bleibt eine Heimfahrt in Todesangst erspart.«

Stephanie kicherte und sprang auf. Mit einer Geste bedeutete sie Löwenherz, ihr zu folgen.

»Nein, dieses Mal nicht«, entschied Mom. »Bei deiner Jungfernfahrt solltest du so wenig abgelenkt sein wie möglich.«

Stephanie protestierte nicht. Löwenherz hatte sich beim Selleriеverzehr, seinem favorisierten Nachtisch, einmal mehr ordentlich eingesaut. Wenn er jetzt bei den Eltern bliebe, könnte er sich säubern und das Fell trocknen.

Der Wagen war in der Nähe des Verwaltungsgebäudes abgestellt, doch der kurze Spaziergang machte Stephanie nichts aus. Eigentlich musste sie sich sogar zusammenreißen, nicht wie ein ausgelassenes Kleinkind zu springen und zu hüpfen. Gerade überlegte sie, ob sie Karl anrufen und ihm die tolle Neuigkeit berichten sollte, als sie ganz in der Nähe einiger Geschäfte, die über Mittag geschlossen hatten, vertraute Stimmen hörte.

Sehen konnte sie die Besitzer dieser Stimmen nicht – sie mussten gleich hinter der Ecke stehen. Es war allerdings unverkennbar Stan Chang dabei, Trudys ›fester Freund‹ ... den Stephanie möglicherweise sogar noch mehr verabscheute als Trudy selbst. Also gehörte die zweite Stimme sicher Stans Busenfreund, Vollverstrahlt Câmara. Normalerweise hätte Stephanie einfach nur darauf gehofft, dass die beiden sie nicht bemerkten, doch als sie näher kam, erkannte sie auch Toby Mendicks Stimme.

»Nein, Leute, echt nicht, das geht nicht. Ich bin ohnehin schon spät dran!«

»Ach, komm schon, Toby«, versetzte Vollverstrahlt. »Wenn du ohnehin schon spät dran bist, was macht's denn dann schon, wenn du noch ein bisschen später kommst?«

»Aber, Leute ...«

Toby klang nun nicht mehr nach Protest, sondern vielmehr, als gestehe er eine Niederlage ein. Stephanie wusste, was nun das Vernünftigste wäre, einfach weiterzugehen und das Ganze zu ignorieren ... oder wenigstens erst Hilfe zu holen ... Aber nachdem sie noch lebhaft in Erinnerung hatte, wie Stan und Vollverstrahlt Toby schon mindestens einmal in Schwierigkeiten gebracht hatten, konnte sie das einfach nicht tun. Toby war jünger als sie, und gestern auf ihrer Party hatten sie viel Spaß miteinander gehabt: Er war also ihr *Freund*. Stephanie hatte sich mittlerweile so sehr daran gewöhnt, überhaupt keine Freunde zu haben – zumindest keine in ihrem Alter –, dass dieser Gedanke sie beinahe mit körperlicher Wucht packte. Aber es stimmte: Toby war ihr Freund, und sie konnte ihn genauso wenig im Stich lassen wie zum Beispiel Karl ... oder Löwenherz.

Wieder dachte Stephanie daran, das Com zu aktivieren – dieses Mal, um Hilfe herbeizurufen. Doch irgendetwas im Tonfall der beiden anderen ließ sie vermuten, dass die Zeit drängte.

»Weißt du, Toby«, sagte Stan nun, »so wie du dich hier anstellst, könnte man fast meinen, du *willst* gar nicht unser Kumpel sein. Da laden wir dich ein, auch was von diesem echt teuren, richtig guten Zeug zu probieren, und du benimmst dich, als wollten wir dir Hundescheiße vorsetzen. Komm, nimm einfach nur 'n bisschen davon. Danach ist dir völlig egal, wie spät du dran bist – dann fliegst du ganz ohne Drachen!«

»Na ja ...«, gab Toby gerade zurück, als Stephanie vorsichtig um die Ecke lugte.

Die drei Jungs standen in einem kleinen Garten hinter einem der Geschäfte. Toby war einen Schritt zurückgewichen und stand nun rücklings unmittelbar an einem kleinen Bistrotisch, während Stan ihm eine bernsteinfarbene Tablette vors Gesicht hielt und kurz davorstand, sie ihm in den Mund zu stopfen. Neben den beiden stand breitbeinig Vollverstrahlt und versperrte Toby damit den Fluchtweg.

Hastig ging Stephanie ihre Möglichkeiten durch.

Soll ich mich den beiden einfach entgegenstellen? Beim letzten Mal hat Stan ja einen Rückzieher gemacht ... aber wenn er das dieses Mal nicht mehr tut? Und was würde das überhaupt bringen? Wahrscheinlich würden die beiden Toby einfach das nächste Mal, wenn sie ihn allein erwischen, nach Strich und Faden verprügeln ... und ich müsste ab sofort ständig auf der Hut sein. Nein, das muss anders gehen.

Ihr kam eine Idee, möglicherweise nicht gerade die klügste, aber um wählerisch zu sein, war es zu spät: Toby griff bereits nach der Tablette. Mit genau der Begeisterung, die sie vorhin, bevor sie die Stimmen der drei gehört hatte, noch empfunden hatte, rannte Stephanie um die Hausecke.

»Toby«, rief sie dabei, »bist du das? Toby, ich hab's geschafft! Ich hab bestanden!«

Die drei Jungs starrten sie an: Stan und Vollverstrahlt wirkten einfach nur verblüfft, während auf Tobys Gesicht eine Mischung aus Erstaunen und Ehrfurcht zu lesen stand. Er wusste also, was gerade gespielt wurde.

»Klasse, Steph, das ist ja ober-hexy!« Er blickte zu Stan und Vollverstrahlt hinüber, denen mittlerweile der Unterkiefer heruntergeklappt war. »Habt ihr das gehört, Jungs? Stephanie hat gerade ihre Prüfung gemacht! Hast du den echten Flugschein gekriegt?«

»Ja«, bestätigte sie und versuchte nicht einmal, ihre Freunde zu verbergen. Dann wandte sie sich um und strahlte Stan und Vollverstrahlt an. »Ich hab gerade Tobys Stimme gehört und dachte, das *muss* ich ihm erzählen! Schön, dass ihr auch hier seid. Ist doch fantastisch, was?«

Sie griff nach Vollverstrahlts Händen und schwenkte ihn herum, als würden sie tanzen – und räumte Toby damit den Weg frei. Vollverstrahlt stolperte. Seine Hände waren so schweißfeucht, dass Stephanie gegen das Bedürfnis ankämpfen musste, sie sofort loszulassen und sich die Hände abzuwischen:

Es fühlte sich an, als hätte sie zwei tote Fische in der Hand. Er hatte also, das war unverkennbar, wieder nachgelegt, um noch ein bisschen ... verstrahlter zu sein.

Stan, der mit einer solchen Unterbrechung nicht gerechnet hatte, ließ die Hand sinken, die immer noch die bernsteinfarbene Tablette hielt. Schützend schloss er die Finger darum. Wahrscheinlich hatte Stan bereits ein Gegenstück dazu oder zumindest etwas Ähnliches eingeworfen, denn er hatte offenkundig Schwierigkeiten, sich auf die schlagartig veränderte Situation einzustellen.

Möglicherweise war der Grund für seine Begriffsstutzigkeit auch naheliegender: Er war nun einmal nicht der Hellste. Dafür aber war er echt gemein und konnte richtig gefährlich werden. So viel Spaß es auch machte, die beiden Schläger mit offenem Mund dastehen zu sehen, wurde es höchste Zeit, Toby aus dieser schlecht einsehbaren Ecke heraus auf die offene Straße zu bekommen.

»Meine Eltern haben gesagt, ich darf uns nach Hause fliegen!«, plapperte Stephanie weiter. »Ich wollte gerade den Wagen holen – er steht vor der Hauptverwaltung. Will jemand mitkommen?«

Sie hatte niemanden Bestimmten angesprochen, war aber kein bisschen überrascht, dass die beiden älteren Jungs nur die Köpfe schüttelten. In ihrem Zustand wollten die beiden jetzt ganz gewiss nicht zum Hauptgebäude der Zentralverwaltung gehen, schließlich befand sich darin auch die Polizeiwache.

»Gerne!«, gab Toby zurück. »Macht's gut, Leute! Wir sehen uns am Himmel!«

Eilends verließen Toby und Stephanie den kleinen Garten – vielleicht ein bisschen zu eilig. Höflichkeit in allen Ehren, aber Stephanie wollte auf keinen Fall warten, bis die beiden älteren

Jungen es sich vielleicht doch noch anders überlegten und sie *nicht* gehen ließen.

Toby sagte kein Wort, bis sie die beiden anderen weit hinter sich gelassen hatten. Als er schließlich doch etwas sagte, klang er sehr bedrückt: »Du musst glauben, ich wäre genau so ein Ozonloch wie die beiden da hinten.«

»Nein. Ich glaube, du bist da einfach in eine ganz blöde Situation geraten. Ich dachte, du wolltest dich von den beiden fernhalten.«

»Wollte ich auch«, meinte Toby. »Aber mein Dad hat mich gebeten, noch rasch eine Lieferung bei dieser Boutique da hinten abzugeben, bevor sie für die Mittagspause zumacht. Die Besitzerin wollte gerade schon gehen, hat dann aber doch noch einmal aufgemacht – und mich dann warten lassen. Das kleine Bistro gleich nebenan gehört Vollverstrahlts Dad. Ich glaube, Stan und er räumen da in den Verkaufspausen manchmal auf. Die beiden haben mich wohl kommen sehen. Als ich mit der Boutiquenbesitzerin rauskam, haben die mich zu sich gerufen und meinten, sie müssten mir was über den Club erzählen. Ich konnte da ja schlecht nein sagen. Das hätte für Ms. Bond bestimmt komisch ausgesehen. Na ja, und dann ...«

»Schon kapiert«, fiel ihm Stephanie ins Wort.

»Ich war so froh, als du da plötzlich um die Ecke gesaust kamst wie ein Baumkater im vollen Lauf!«, fuhr Toby fort. »Ich bin dir echt was schuldig!«

Stephanie grinste ihn an. »He, nur keinen Stress! Wofür hat man denn Freunde?«

Klettert-flink schlüpfte durch das Fenster in die Herbstnacht hinaus. Der Tag nach der großen Feier war reichlich geschäftig gewesen, doch trotz aller Betriebsamkeit am Tag fand Klettert-flink keine Ruhe, keinen Schlaf. Eine Veränderung lag in der Luft – und das hatte nicht nur mit den Ereignissen im Leben von Todesrachen-Verderb zu tun. Die Spannen waren wieder in Bewegung geraten.

Mit langen, gestreckten Sprüngen entfernte sich Klettert-flink immer weiter von den Zwei-Bein-Nestern. Als er ein besonders stattliches Goldblatt erreichte, das er als Aussichtsplatz mittlerweile besonders zu schätzen gelernt hatte, sprang er an den Stamm und kletterte daran empor, bis er sich schließlich oberhalb fast aller anderen Baumkronen auf einem Ast hockte. Klettert-flink spreizte genüsslich die Schnurrhaare und ließ sich vom Wind das Fell kitzeln.

Der Baumkater verengte die grasgrünen Augen zu Schlitzen und hielt nur mit Ohren und Nase Wache, während er sich auf die unauffälligeren, nicht ganz so leicht lesbaren Anzeichen konzentrierte.

Ja, das Wetter würde sich ändern. Hier oben, wo nicht all die Maschinen und die gewaltigen Nester der Zwei-Beine seine Wahrnehmung störten, fühlte er es viel deutlicher. Die Winde änderten die Richtung, doch die ruhelosen Wolken, die sie mit sich trugen, waren nicht mit dem Regen beladen, den das Land so dringend ersehnte: Sie waren dünn und ausgezehrt. Reibung lag in der Luft – ein Kribbeln, das sein ganzes Fell jucken ließ.

Flammenwetter. Jede Baumkatze wusste davon. Ein solches Wetter kam nicht mit jeder neuen Spanne und auch nicht, wenn genau eine Hand Spannen vergangen war ... doch wer es einmal gefühlt hatte, würde es niemals wieder vergessen. Als Klettert-flink halb so alt gewesen war wie jetzt, war ein solches Flammenwetter aufgezogen. Gezackte, blauweiße Strahlen waren vom Himmel herabgekommen und hatten nur allzu häufig Bäume wie gerade dieses Goldblatt getroffen – Bäume, die vielleicht noch so aussahen, als gediehen sie prächtig, doch unter den Klauen fühlten sie sich ihre Rinde spröde und brüchig an, weil ihnen Feuchtigkeit fehlte.

Seine Ohren vernahmen ein leises Rauschen. Es war viel näher als das unruhige Knistern der Luft, mit dem sich Stürme zusammenballten. Klettert-flink kauerte sich noch dichter auf den Ast, den er zu seinem Aussichtspunkt erkoren hatte, und sah, wie der Schatten einer Todesschwinge über ihn hinwegzog: zwei Klauenpaare schon geöffnet, um die schutzlose Baumkatze zu packen, die daunenartigen Flügel so breit gespreizt, dass der Räuber beinahe lautlos dahinglitt.

Doch Klettert-flink war kein abenteuerlustiges Kätzchen, und er hatte diesen Aussichtsplatz mit Bedacht gewählt. Ein Zweig gab ihm von oben Deckung, ohne dabei allzu sehr die Strömungen des Windes zu beeinflussen, die Klettert-flink hatte lesen wollen. Dennoch war mit Todesschwingen nicht zu spaßen. Klettert-flink hatte die Bestätigung für das erhalten, was er bereits vermutet hatte: Seine Unruhe hatte tatsächlich nur wenig mit Todesrachen-Verderb und ihren Stimmungsschwankungen zu tun, sondern hing mit etwas ungleich Ursprünglicherem zusammen. Er eilte am Stamm entlang in sicherere Tiefen und dachte über das soeben Erfahrene nach.

Der Übergang vom Sommer zum Herbst brachte immer Gewitter mit sich: Kältere Luft lieferte sich einen Kampf mit wärmerer. Doch in dieser Spanne würden die Gewitter nicht viel Feuchtigkeit mit sich bringen, sondern vielmehr Zerstörung. Es handelte sich um eine Zerstörung, von denen die Ältesten stets behaupteten, sie sei notwendig, damit der Wald gesund bliebe – aber es war und blieb Zerstörung.

Erinnerungen überfluteten Klettert-flink: Zahllose Leute, die vor hungrigen Flammenzungen flüchteten ... die Geistesschreie derjenigen, die nicht schnell genug gewesen waren ...

Mütter, die ihre Jungen nicht zurücklassen wollten. Sein Herz raste.

Flammenwetter zog auf und damit lodernde Brände, gegen die sich das Feuer, vor dem sie Rechtsgestreift und Linksgestreift gerettet hatten, ausnehmen würden wie die kleinen Flämmchen, mit denen die Zwei-Beine im Winter ihre Wohnnester wärmten.

Flammenwetter.

Er lief zurück in das Nest, in dem Todesrachen-Verderb schlief, und wünschte sich innig, er könnte vor diesem Wissen ebenso leicht davonlaufen wie vor einer Todesschwinge.

Eigentlich hatte Anders gar nicht lauschen wollen. Er hatte gerade im Badezimmer seinen Bademantel an den Haken hinter der Tür gehängt, als sein Vater und Dr. Nez die Suite betraten.

Die beiden befanden sich mitten in einem Gespräch – das nur noch eine Winzigkeit davon entfernt war, zu einem Streit auszuarten. Falls einer von ihnen zur Badezimmertür hinübergeschaut hatte, müsste er sofort bemerkt haben, dass sie nur angelehnt war. Also lag die Vermutung nahe, das Badezimmer werde derzeit nicht genutzt. Mit anderen Worten: Ganz offensichtlich befand sich niemand in der Suite.

Wären sie einige Minuten früher (oder auch später) gekommen, hätte das auch gestimmt. An diesem Morgen hatte Anders beschlossen, sich nicht erneut dem Team anzuschließen, schließlich stand eine weitere Endlosbesprechung an. Deswegen hatte Anders, enthusiastisch unterstützt von seinem Vater, Stephanies Einladung angenommen, zusammen mit ihr und Karl einen Ausflug zu unternehmen. Jessica Pheriss und Toby Mendick hatten sich ihnen angeschlossen.

Jessica fühlte sich in der Natur ganz offensichtlich wohl und schien auch an der lokalen Pflanzenwelt sehr interessiert. Tobys Gründe, sich ihnen anzuschließen, waren anscheinend etwas komplexerer Natur. Nachdem Anders die Gruppe eine Zeitlang beobachtet hatte, um ein Gespür für ihre Dynamik zu entwickeln, war er sich recht sicher, dass Toby ein wenig in Stephanie verknallt war – und wenn nicht das, dann litt er doch zumindest an akuter Heldenverehrung. Das war wirklich offensichtlich, so wie er sich ständig in ihrer Nähe herumdrückte und ihr Fragen zu allen möglichen Themen stellte – von der Ökologie auf den Hängen der Copperwalls bis zu der Handfeuerwaffe, die sie in einem praktischen Holster trug.

Amüsanterweise schien sich Stephanie dessen kein bisschen bewusst zu sein. Für jemanden, der im sachlichen Gespräch mit Erwachsenen derart scharfsinnig war, erwies sie sich auf anderen Gebieten als bemerkenswert naiv.

Der Tag war einfach fantastisch gewesen! Anders war in die Suite zurückgekehrt, um unter die Dusche zu springen und sich umzuziehen. Danach wollte er mit seinem Lesegerät in das Speisezimmer gehen, etwas essen und ein paar der Dateien anschauen, die ihm Stephanie über die lokalen Ökosysteme geschickt hatte. Darunter war auch ein Handbuch für Ranger des SFD, das eigentlich nur für den Dienstgebrauch gedacht war, nicht zur allgemeinen Verbreitung. Auch ein bislang unveröffentlichtes Manuskript ihrer Mutter hatte Stephanie ihm freundlicherweise zukommen lassen.

Sie hatte sich bei ihr sogar ausdrücklich erkundigt, ob sie ihm den Fachartikel schicken dürfe – das hatte ihm Stephanie versichert. »Aber du solltest das Material nicht einfach an die Mitarbeiter deines Vaters weitergeben, ohne vorher noch einmal zu fragen, ob das auch in Ordnung ist.«

Nun stand er also hinter der Badezimmertür und wünschte

sich, nicht schon die ersten von Dr. Nez' Worten hätten es ihm praktisch unmöglich gemacht, herauszukommen und den beiden Streithähnen seine Anwesenheit mitzuteilen.

»Ich würde das niemals vor dem restlichen Team aussprechen«, sagte Dr. Nez, »aber ich muss Ihnen sagen, dass ich Ihre Pläne nicht billigen kann – ganz und gar nicht sogar. Sie missbrauchen hier das Vertrauen, das uns sowohl der SFD als auch Dr. Hobbard geschenkt haben – und wofür? Damit wir eine wissenschaftlich relevante Region ein paar Wochen früher aufsuchen können!«

Dr. Whittaker setzte seine ›Eher-betrübt-als-verärgert‹-Miene auf; Anders kannte sie nur zu gut. Sein Vater brüllte niemals jemanden an, wenn er glaubte, dem anderen stattdessen Schuldgefühle einreden zu können. Auch Dr. Nez musste das wissen, schließlich war er schon Dads wissenschaftlicher Mitarbeiter gewesen, bevor man ihm die Doktorwürde verliehen hatte.

»Langston«, sagte Dr. Whittaker nun leise, »ich sehe darin keinen Vertrauensmissbrauch. Sie haben doch selbst gehört, wie ich heute Dr. Hobbard gefragt habe, ob wir uns auf öffentlichem Land umschauen dürfen, solange wir dabei keine Baumkatzen stören. Und sie hat gesagt, das gehe für sie in Ordnung.«

»Sie haben das aber so klingen lassen«, gab Dr. Nez unerbittlich zurück, »als wollten Sie sich nur ein paar Pfostenbaumhaine anschauen, damit wir die ersten Datengrundlagen dafür bekommen, wie sie sich ohne Einfluss oder Kontaminierung durch Baumkatzensiedlungen entwickeln. Dass Sie zu dem aufgegebenen Lager hinüberwollen, haben Sie nicht erwähnt.«

»Das stimmt.« Dr. Whittaker lächelte. »Manchmal ist es eben einfacher, um Vergebung zu bitten, als um Erlaubnis zu fragen. Sie haben doch bei einigen unserer Besprechungen die Argumente selbst gehört. Eine Zeitlang dachte ich, man würde uns sogar den Zugriff auf die Aufzeichnungen verwehren, die der SFD von der Rekonvaleszenz der umgesiedelten Baumkatzen angefertigt hat. Dieser Jordan Franchitti ist ganz schön gerissen. Sein Argument, wenn wir das Verhalten und die Reaktionen einer ›Population in Gefangenschaft‹ beobachten, könnte das unsere Interpretation des Verhaltens in freier Wildbahn beeinflussen, war wirklich ziemlich überzeugend.«

»Da haben Sie nicht unrecht«, räumte Dr. Nez widerstrebend ein. »Trotzdem wäre es mir lieber, wenn wir bei der Auslegung der von Dr. Hobbard erteilten Genehmigungen nicht ganz so ... kreativ wären.«

»Langston«, wiederholte Dr. Whittaker, »ich würde Ihnen ja sofort zustimmen, aber Sie übersehen da einen sehr wichtigen Aspekt: An jedem Tag, den wir tatenlos abwarten, verrotten die physischen Artefakte in diesem aufgegebenen Lager ein bisschen mehr. Ich möchte Bildaufzeichnungen anfertigen, bevor man überhaupt nichts mehr erkennen kann! Ich würde sogar Dinge dort fortschaffen, wenn ich mir nicht sicher wäre, dass uns *das* ganz bestimmt Ärger einbrächte. Aber Aufzeichnungen, Temperatur- und Feuchtigkeitsmessungen und auch ein Studium der dortigen Fäkalien ... das alles muss geschehen, bevor das Material völlig zerfallen ist, also so bald wie möglich!«

Anders konnte zwar Dr. Nez' Gesichtsausdruck nicht sehen, aber er musste zumindest ansatzweise überzeugt wirken, denn Dads Stimme wurde nun deutlich sanfter.

»Offensichtlich verstehen Sie, was ich meine. Natürlich ist die allgemeine Datenlage wirklich spärlich, schließlich kennt die Menschheit die Baumkatzen noch nicht allzu lange. Deswegen können die bisherigen Beobachtungen nicht mit dem deutlich längeren Jahresverlauf auf Sphinx abgeglichen werden.

Aber es gibt es Anzeichen dafür, dass die meisten Baumkatzen im Sommer und im Frühherbst abwandern.«

»Weil«, setzte Dr. Nez hinzu, als denke er bloß laut, »in dieser Zeit Nahrungsmittel und dergleichen im Überfluss vorhanden sind. Und im Winter wäre eine solche Wanderung zudem durch viel Schnee behindert. Auch im Frühjahr herrscht noch Nahrungsknappheit – vor allem in den ersten Monaten. Sie meinen also: Wenn wir uns nicht dieses aufgegebene Lager anschauen, ist es gut möglich, dass wir ein ganzes Sphinx-Jahr warten müssen, bis wir auf ähnlich frische Funde stoßen. Sollte man das nicht Dr. Hobbard gegenüber erwähnen und sie darum bitten, den SFD um eine entsprechende Genehmigung zu ersuchen? Sie wird doch gewiss einsehen, dass unsere Bitte einfach nur vernünftig ist!«

»Ja, Dr. Hobbard bestimmt«, bestätigte Dad. »Sie ist ja auch Anthropologin. Aber was den SFD angeht, wäre ich mir da nicht so sicher. Die sind mir, die Baumkatzen betreffend, ein bisschen arg protektonistisch eingestellt – selbst wenn eine Bestätigung unsererseits, dass diese Spezies tatsächlich intelligent ist, für den bestmöglichen Schutz sorgen würde, den die 'Katzen nur haben können. Außerdem ist der Forstdienst angesichts der bevorstehenden sogenannten Flammenzeit übermäßig besorgt. Ich kann einfach nicht glauben, wie viele von deren Mitarbeitern effektiv nur herumsitzen und auf den nächsten Waldbrand warten! Ich könnte mich richtig darüber aufregen, wenn man bedenkt, wie entgegenkommend fremden Wissenschaftlern man vor diesem Bolgeo-Zwischenfall gegenüber gewesen ist – und dabei waren die noch nicht einmal so handverlesen wie wir!«

»Dass der Forstdienst seine Prioritäten so und nicht anders setzt, kann man ihm wohl kaum vorwerfen«, protestierte Dr. Nez. »Die werden von den Kommunen finanziert – also von den Menschen vor Ort. Natürlich muss die öffentliche Hand deutlich zeigen, dass ihr auch die Interessen der Bürger am Herzen liegen, nicht bloß das einheimische Ökosystem.«

»Ein Ökosystem«, gab Dad zurück, »auf das die meisten Einwohner bestens verzichten könnten. Als ich Anders bei den Harringtons abgeliefert habe, konnte ich mit Marjorie Harrington ein sehr interessantes Gespräch führen. Sie räumt freimütig ein, dass sie keinerlei Schwierigkeiten hat, an weitere Forschungsgelder zu kommen. Schließlich erwartet jeder von ihr, dass sie Hybride entwickelt, die den Menschen auf dieser Koloniewelt alle Annehmlichkeiten ihrer Heimat verschaffen.«

»Was das angeht, sind Menschen wirklich sonderbar«, pflichtete ihm Dr. Nez bei. »Wieder und wieder besiedeln sie fremde Planeten, und dann tun sie alles, was in ihrer Macht steht, um diese Planeten genauso werden zu lassen wie die Welten, die sich hinter sich gelassen haben.«

Dr. Whittaker nickte. »Also, Langston, wenn Sie mit meinem Plan wirklich nicht einverstanden sind, biete ich Ihnen einen Ausweg an: Ich gehe nicht davon aus, dass der Abstecher sonderlich lang dauern wird. Falls Sie – oder andere Mitglieder des Teams – sich damit unwohl fühlen, brauchen Sie einfach nicht mitzukommen. Gerade Sie hätten wohl keinerlei Schwierigkeiten, Ihr Fernbleiben zu begründen: Xenobiologie und exotische Botanik sind ja nun wahrlich nicht Ihr Fachgebiet.«

Anders wusste genau, dass kein Teammitglied auf diese Exkursion verzichten würde. Sowohl Kesia Guyen als auch Virgil Iwamoto benötigten unbedingt Dr. Whittakers Unterstützung für die letzten Schritte, die ihnen die magische Abkürzung ›Dr.‹ vor dem Namen einbrächten. Dr. Emberly wiederum *war* Xenobiologin – sie würde sich diese Gelegenheit ganz gewiss nicht entgehen lassen.

Das wusste auch Dr. Nez. In seinem Tonfall schwang Resignation mit, als er zu einer Erwiderung ansetzte.

»Ich werde über Ihr Angebot nachdenken, Bradford«, sagte er. »Aber ich komme wohl doch mit. Ich bin schließlich ebenso erpicht darauf, ein aufgegebenes Baumkatzenlager aus der Nähe zu sehen, wie Sie. Ich wünschte einfach nur, wir könnten das Ganze ... offener und direkter angehen.«

»So geht es mir doch auch«, sagte Dad. »Aber wenn Gebote der Höflichkeit der Wissenschaft im Wege stehen, muss die Wissenschaft stets Vorrang genießen.«

Und wenn es darum geht, auf jeden Fall sicherzustellen, dass man in all seiner wissenschaftlichen Begeisterungsfähigkeit nicht baden geht, dachte Anders. *Ich bin dann wohl der Einzige, der sich keine Sorgen um seine Karriere machen muss. Da sollte ich dann wohl lieber auch mitkommen.*

Stephanies Begeisterung über ihren frisch eroberten Flugschein auf Probe erhielt einen Dämpfer, als klar wurde, dass Mom und Dad die Absicht hatten, weitgehend so weiterzumachen wie bisher. Die Harringtons besaßen insgesamt drei Flugwagen. Einer davon war Dads Tierrettungswagen, der nicht nur ein transportables Labor enthielt, sondern auch einen weitgehend autonomen Operationssaal. Mom hatte erst kürzlich ihre Limousine gegen einen weiteren Fluglaster mit Sonderausstattung eingetauscht – darin befanden sich diverse Haltevorrichtungen für Pflanzen jeder nur erdenklichen Form und Größe. Blieb noch der Familienwagen, den Stephanie hoffte, nun in Beschlag nehmen zu dürfen.

In kurzen Tagträumen hatte Stephanie sich gegen alle Wahrscheinlichkeit vorgestellt, sie bekäme zum Geburtstag einen eigenen Flugwagen. Chet und Trudy etwa waren schon Besitzer eines solchen Wagens – und die beiden lebten nicht so fernab von Twin Forks wie die Harringtons. Stephanie war enttäuscht gewesen, als auch mehrere Tage nach der Prüfung noch kein Flugwagen aus dem Nichts auftauchte.

Einige Tage später sagte Dad beim gemeinsamen Frühstück: »Heute hätte ich mal wieder Zeit, das Drachenfliegertraining zu übernehmen. Du bist heute doch auch nicht beim Forstdienst eingeteilt, oder? Wenn also nicht doch noch ein Notruf kommt, sollten wir heute endlich mal ein bisschen Freizeit haben.«

»Nein, ich bin tatsächlich nicht zum Dienst eingeteilt«, gab Stephanie zurück, »aber dem SFD gehen die Leute für die Brandwachen aus. Ich hatte mir gedacht, ich könnte jemanden ablösen. Vielleicht sollte ich nach dem Training zur Rangerstation rüberfliegen?«

Richard Harrington schenkte ihr ein Grinsen, das Stephanie ohne jedes weitere Wort verriet, dass er ihren Trick durchschaut hatte.

»Ach, ich glaub nicht. Wenn du für den SFD tätig bist, neigst du einfach dazu, es ein bisschen zu übertreiben. Vergiss nicht, dass dein Flugschein nur bei guten Sichtverhältnissen gilt: zwischen Sonnenauf- und -untergang und wenn das Wetter nicht gar zu schlecht ist.«

Hatte Dad erst einmal diesen Blick, hatte es keinen Sinn, ihn noch umstimmen zu wollen. Da war es besser, einfach abzuwarten und zu schauen, welche anderen Möglichkeiten sich vielleicht noch ergäben.

Seit Stephanies Geburtstagsparty hatte sich die gesamte Gruppendynamik im Drachenfliegerclub deutlich verändert. Einige der anderen hatten Trudy laut sagen hören, sie sei ja sowieso nur zu dieser langweiligen Party gegangen, weil ihre Eltern die Harringtons nicht kränken wollten. Dass Richard

Harrington dabei nahe genug gestanden hatte, um jedes ihrer Worte mitzubekommen, war ihr offenkundig herzlich egal gewesen.

»Auf die beiden Doktoren sind wir ja nun einmal angewiesen«, erklärte sie Becky Morowitz. »Ich meine, Tierärzte und Botaniker ... Da muss man eben höflich sein.«

Stephanie hatte gespürt, wie sich Löwenherz an ihr Bein schmiegte. Das war seine Art, ihr zu zeigen, dass er für sie da sein würde, falls sie das brauchte. Doch Stephanie war erstaunt, wie wenig ihr Trudys Bemerkung ausmachte.

Bei unserem letzten Ausflug hat mir Anders erzählt, das er Trudy für zip hält. Ich habe mir ja schon gedacht, dass er nicht so blöd ist, auf ihre körperlichen Reize reinzufallen. Ach, ich wünschte, er würde auch drachenfliegen ... So am Himmel sieht er bestimmt aus wie ein Engel!

Eine weitere Veränderung: Jessica Pheriss gehörte jetzt eindeutig *nicht mehr* zu Trudys engstem Kreis, sondern diente ihr als Stichwortgeberin für boshafte Bemerkungen – vor allem, was die Kleidung betraf. Zuvor hatte Stephanie das nicht bemerkt, aber Jessicas Kleiderschrank schien tatsächlich deutlich weniger Auswahl zu bieten, als bei den anderen üblich war.

Und selbst wenn *es mir vorher schon aufgefallen wäre, hätte ich wohl angenommen, sie mache sich einfach keine Gedanken darüber, was sie zum Drachenfliegen anzieht – und einen Großteil der Zeit trägt sie ja sowieso einen Overall.*

Zu behaupten, Jessica würden diese Sticheleien nichts ausmachen, wäre schlichtweg falsch gewesen. Ihre Wangen brannten, als Frank Câmara eine besonders gemeine Bemerkung fallen ließ: Jessica müsse ja jeden Abend ihre Höschen waschen oder eben ohne gehen. Das Mieseste daran war, dass er es so klingen ließ, als wisse er das aus eigener Erfahrung.

Doch Jessica ignorierte diese Gemeinheiten und unterhielt

sich weiter mit Christine und Chet, als gehe es bei der Stichelei um jemand ihr vollkommen Fremden. Inzwischen hatte Stephanie auch mitbekommen, dass Christine und Chet eindeutig kurz davorstanden, miteinander zu gehen, wie es so schön hieß.

Ich frage mich, dachte Stephanie, während sie ihren Kontragrav einstellte und den Flügel ausbreitete, um einen Aufwind auszunutzen, *wer hier wirklich zip gewesen ist: Alle anderen oder doch ich, weil ich es nicht kapiert habe?*

»Bliek«, meinte Löwenherz leise. Er steckte wieder in seinem neuen Geschirr. Ob seine Bemerkung eine Reaktion auf ihre Nachdenklichkeit war oder er sich einfach auf den bevorstehenden Flug freute, wusste Stephanie nicht. Doch die Wärme, die sie über ihre gemeinsame, geheimnisvolle Verbindung erreichte, ließ sie vermuten, dass der 'Kater sie ein wenig aufzog.

Kurz darauf kam Richard Harrington über das Feld auf Stephanie und die anderen Mitglieder von Team Blau zu. Es wurde unter den Teammitgliedern gerade die Strategie für den Hindernis-Staffellauf besprochen, mit dem das heutige Training zu einem Abschluss kommen sollte.

»Steph, ich habe gerade einen Anruf bekommen. Die Herde der Lins hat sich was eingefangen. Ich muss leider sofort weg. Es passt mir gar nicht, dass ich dich so aus dem Training reißen muss, aber der Bürgermeister hat heute Abend noch eine Sitzung, und deine Mutter setzt ein paar Stunden weit entfernt von hier eine ihrer neue Weidengerstenzüchtungen aufs Feld.«

Ihr Vater hatte sie beide im Tierrettungswagen hierherkutschiert. Wo immer er hinging, war der Fluglaster dabei. Deswegen war Stephanie ja auch nur auf die, wie sie fand, recht vernünftige Idee gekommen, der Familienwagen stünde dann ihr zur Verfügung. Aber das hier war nicht der richtige Zeitpunkt, besagtes Thema noch einmal anzuschneiden.

Dad machte sich wirklich Sorgen. Von der Herde der Lins hing die Zukunft der Milchindustrie auf Sphinx ab. Auf einem derart dicht bewaldeten Planeten hatten es Weidetiere schwer, weil gut nutzbare Weideflächen knapp waren. Die Capri-Kühe der Lins waren eine Neuzüchtung: Ihr Stammbaum leitete sich von terranischen Ziegen, nicht von Rindern ab. Sie waren genetisch so modifiziert, dass der Geschmack ihrer sehr sahnereichen Milch nicht durch die intensiven natürlichen Aromastoffe einheimischer Pflanzen beeinflusst wurde.

Sofort machte sich Stephanie daran, ihren Gleiter abzulegen. Sie hatte gerade die ersten Verschlüsse geöffnet, als sich unerwarteterweise Jessica Pheriss einschaltete.

»Dr. Harrington?«, sprach sie Stephanies Vater an. »Ich bin mit dem Wagen meiner Eltern hier. Nach dem Training soll ich noch einkaufen, aber wenn es Ihnen recht ist, könnte ich Stephanie danach – und nachdem ich das Zeug bei meinen Eltern abgeliefert habe – nach Hause bringen.«

»Macht das deinen Eltern denn nichts aus?«, fragte Richard.

»Ich ruf sie an«, gab sie zurück und zückte ihr UniLink. Stephanie erkannte dieses nun, wo sie aufgrund der jüngsten gehässigen Bemerkungen über Jessicas allgemeine finanzielle Lage nachgedacht hatte, als älteres, wiederaufgearbeitetes Modell. »Mach ich jetzt gleich.«

Es dauerte noch nicht einmal so lange, wie Stephanie gebraucht hätte, um ihren Drachen zu verstauen, da hatte Jessica schon geklärt, Stephanie nach Hause bringen zu dürfen. Einzige Bedingung war, sie brächte wirklich vorher die Einkäufe vorbei. Richard Harrington bedankte sich, und nachdem er Stephanie zum Abschied einen Kuss auf die Stirn gehaucht hatte, hastete er davon, um seinen Teil zur Rettung der Capri-Kühe beizutragen.

Team Blau verlor den Staffellauf, wenn auch nur um wenige Punkte. Das war ein bisschen ärgerlich, aber nichts weiter. Trudy und Stan hatten ein paar Aktionen gebracht, die eindeutig nicht im Sinne der Regeln gewesen waren. Zumindest für Stephanie bekam deren Sieg damit einen schalen Beigeschmack. Mr. Sapristos' Gesichtsausdruck während der Nachbesprechung des Spiels ließ sie vermuten, dass er ganz ähnlich darüber dachte. Aber er meinte wohl, nicht genug Beweise zu haben, um offiziell Einspruch zu erheben.

»Ich steh da drüben«, sagte Jessica, nachdem sie mit ihren Teamkameraden noch einmal über die einzelnen Spielzüge gesprochen hatten. Sie deutete auf einen Parkstreifen, der halb hinter einigen ganz besonders ausladenden Stacheldornbüschen verborgen lag.

Als sie den Wagen schließlich erreicht hatten, war Stephanie klar, dass Jessica den Parkplatz ganz gezielt ausgewählt hatte, um bloß keine Aufmerksamkeit auf das Fahrzeug zu lenken. Als ›Wrack‹ musste man es noch nicht bezeichnen: Als Jessica den Flugwagen aktivierte, sprang der Motor sofort an. Aber selbst das originelle Karomuster der Polster konnte nicht verbergen, dass sämtliche Sitze mit robustem Klebeband geflickt waren. Und durch nichts hätte sich verbergen lassen, dass es sich um ein unverkennbar älteres Modell handelte.

Jessica verstaute die beiden Drachen mit einer Leichtigkeit im Kofferraum, die verriet, wie viel Erfahrung sie darin schon hatte.

»Die Einkäufe packen wir auf die Rückbank«, sagte sie. In ihrer Stimme schwang eine gezwungene Beiläufigkeit mit, die Stephanie deutlich verriet, wie peinlich ihr das Ganze war.

»Du kannst dich glücklich schätzen, dass du den Familienwagen nehmen darfst«, meinte Stephanie, während sie auf der Beifahrerseite einstieg. »Jetzt habe ich meinen Flugschein auf Probe schon ein paar Tage, aber zu Hause hat sich nichts geändert.«

Geschickt wendete Jessica den Flugwagen. Eigentlich hatte Stephanie immer geglaubt, sie wären gleichaltrig, aber nun fragte sie sich, ob Jessica nicht doch ein wenig älter wäre.

»Du kannst das richtig gut«, sagte sie. »Ich meine, du gehst mit dem Ding um, als ob du das schon seit Jahren machst.«

Jessica lachte, aber es lag unverkennbar Traurigkeit und Schmerz darunter. »Das ist auch so. Im Trebuchet-System, da wohnten wir zuletzt, gilt ein deutlich niedrigeres Mindestalter. Meine Eltern haben beide in Vollzeit gearbeitet, also musste ich alle Alltagsfahrten übernehmen – so wie heute eben. Und dann hat mir meine Mom einen Job bei ihrer eigenen Arbeitsstelle verschafft. Auf Trebuchet gibt es bemerkenswert viele Pflanzen mit nachweislicher Heilwirkung. Aber ein paar von denen müssen nach wie vor von Hand geerntet werden – zu empfindlich für Erntemaschinen. So bin ich zu manchen ganz schön abgelegen Orten geflogen.«

»Allein?«, fragte Stephanie nach.

»Aber nein!«, lachte Jessica. »Ich habe ein paar meiner Brüder und Schwestern mitgenommen. Die konnten mir bei der Ernte helfen, aber sie waren noch zu klein, um selbst das Steuer zu übernehmen.«

Sie seufzte, als sie den Wagen vor einem großen Lagerhaus aufsetzen ließ; Stephanie kannte es bislang nur vom Sehen. Es sah überhaupt nicht aus wie ein Lebensmittelgeschäft. Nachdem sie die große Halle betreten hatte, wusste Stephanie auch, warum das so war: weil es sich eben nicht um ein Lebensmittelgeschäft handelte. Hier wurde Ausschussware gelagert. Einen Großteil der Einkäufe hatte Jessicas Mutter wohl schon über das Netz abgewickelt, aber Jessica verhandelte noch mit einem Mitarbeiter über ein paar Kisten Eiskartoffeln, die allmählich schon braun wurden.

Stephanie war sehr nachdenklich, als sie Jessica dabei half, die Einkäufe in den Wagen zu packen. Sie hatte ihre Mutter schon Eiskartoffeln wegwerfen sehen, die in besserem Zustand gewesen waren als diese hier – aber zum Besitz Harrington gehörten nun einmal auch große Gewächshäuser. Vielleicht war sie in dieser Hinsicht ein bisschen verwöhnt.

»Darüber wird sich Mom echt freuen«, sagte Jessica, während sie die Eiskartoffeln in den Wagen lud. »Fastlattich haben wir selbst gepflanzt. Zu dem Haus, das wir gemietet haben, gehört auch ein kleiner Hain Fastkiefern, und die Nüsse aus deren Schoten können wir schon bald ernten. Aber wir sind noch nicht lange genug hier, um schon selbst Eiskartoffeln eingesetzt zu haben.«

Stephanie überlegte fieberhaft, was sie entgegnen sollte, doch sie war einfach zu ehrlich, um Begeisterung über halb vergammeltes Gemüse zu heucheln. Während sie einstieg, war ihr endlich eine Frage eingefallen, die vielleicht ungefährlich wäre.

»Wie wollt ihr die denn zubereiten?«

»Brei daraus machen«, antwortete Jessica, während sie den Flugwagen aufsteigen ließ und die Navigationskoordinaten eingab. »Natürlich schneiden wir erst alles weg, was nicht mehr essbar ist. Und um den natürlichen Nussgeschmack der Eiskartoffeln zu betonen, nimmt Mom immer Mandelöl statt Butter.«

»Wir nehmen dafür immer Sesamöl«, gab Stephanie zurück. Sie wollte wirklich nichts Falsches sagen – schließlich tat ihr Jessica gerade einen Gefallen –, aber sie wusste nicht, was für eine Bemerkung jetzt höflich oder angemessen wäre. »Bist du im Trebuchet-System geboren?«

Jessica schüttelte den Kopf, dass ihre dichten kastanienbraunen Locken wackelten. »Nein, geboren bin ich im Von-Mook-System. Aber da sind wir nicht lange geblieben. Wir sind dann ins Sankar-System gegangen, dann nach Tasmania und dann ins Madeleine-System. Und auch von einem Planeten zum anderen sind wir mehr als einmal umgezogen. Mein Dad …« Sie hielt inne, dann seufzte sie. »Ach, ich kann's dir ja auch genauso gut selber erzählen. Trudy wird's ja ohnehin früher oder später ausposaunen. Mein Dad ist ein … na ja, manche würden wohl sagen: Streuner. Versteh das nicht falsch, er ist kein schlechter Mensch – er trinkt nicht, und er dröhnt sich auch nicht zu … zumindest nicht mehr als andere auch. Aber er ist einfach ein Träumer. Es gibt immer was, das noch besser ist als das Hier und Jetzt – hinter dem nächsten Hügel, auf dem nächsten Planeten, im nächsten System.«

»Und deine Mom?«, fragte Stephanie.

»Sie … Na ja, früher hab ich gedacht, sie wäre nicht viel anders als Dad, nur dass sie sich an diesen neuen Orten dann für andere Dinge interessiert als er. Sie liebt Pflanzen wirklich – Tiere auch, aber Pflanzen sind so richtig ihr Ding. Es ist ihr immer schwergefallen, ihren eigenen Garten zurückzulassen. Aber sie hat sich dann mit dem Gedanken getröstet, dass sie wenigstens etwas Schönes hinterlässt. Und außerdem lockt sie eben auch die Vorstellung, welche neuen Dinge sie wohl entdecken mag.«

»Das hätte ich mir denken können«, meinte Stephanie. »Allein schon, wie sie Eiskartoffeln zubereitet. Bei den meisten Rezepten geht es vor allem darum, dass sie möglichst ähnlich schmecken wie echte terranische Erdäpfel. Aber deine Mutter weiß eben gerade den Unterschied zu würdigen. Aber du hast gerade gesagt: ›früher‹. Was hat sich denn geändert?«

»Ihr ganzes Leben«, erklärte Jessica. »Wir alle sind hinzugekommen. Ich bin die Älteste von insgesamt sieben Kindern.«

»Wow ...«, brachte Stephanie nur hervor. »Dann ist eure Familie ja noch größer als die von Karl! Und dann zieht ihr ständig umher? Ich hätte gedacht, dafür wären Überfahrten viel zu teuer.«

»Sind sie eigentlich auch«, bestätigte Jessica. »Aber als Streuner hat Dad eine ganze Menge gelernt. Er ist ein echter Alleskönner und findet deswegen fast immer irgendeinen Job an Bord – nichts, wobei es um die Maschinen oder so was geht, aber als Steward oder als Gepäckträger. Und jemand wie Mom wird an Bord von solchen Schiffen immer gebraucht, weil sie in allem, was Hydrokulturen angeht, ein echtes Ass ist – sie hat einen grünen Daumen, wie man so schön sagt. Bei unserer letzten Überfahrt hatte sogar ich einen Job – Kinderbespaßung in der Entertainment Lounge. Ich glaube, ich selber lasse das wohl später lieber mit Kindern ...«

Sie lachte, aber sie klang trotzdem, als meine sie es ernst. Stephanie erinnerte sich noch gut an die Entertainment Lounges des Schiffes, mit dem die Harringtons nach Sphinx ausgewandert waren. Weil dort unablässig Fröhlichkeit herrschte, war sie lieber in der Kabine geblieben, um wenigstens in Ruhe lesen zu können. Das Entertainmentprogramm für Erwachsene war sogar fast noch schlimmer gewesen als das für Kinder. So etwas wie Ruhe und Frieden oder ein gepflegtes Gespräch schien dort einfach niemand zu würdigen.

»Als Mom von den Anreizen gehört hat, mit denen Siedlern Sphinx schmackhaft gemacht wird«, fuhr Jessica fort, »hat sie meinen Vater dazu überredet, hierherzukommen. Wir sind Überschusslose – uns gehört also kein Land oder so. Das Haus, das wir gemietet haben, gehört übrigens den Franchittis. So habe ich auch Trudy kennengelernt. Am Anfang war sie richtig nett zu mir – als sie gehört hat, dass ich Drachenfliegerin bin, hat sie mir sogar einen Flugdrachen geliehen, den sie nicht mehr benutzt. Aber in letzter Zeit ... Ach, ich mag Stan einfach nicht. Ich glaube, dass der einen schlechten Einfluss hat – nicht nur auf Trudy, sondern auf den ganzen Planeten. Es passt mir nicht einmal, dass ich die gleiche Luft atmen muss wie er.«

Stephanie nickte. »Stan ist schon mehr als einmal zugedröhnt zum Training erschienen. Ich weiß nicht, warum ihn der Bürgermeister nicht darauf anspricht.«

»Weil Stan Beziehungen hat«, erklärte Jessica mit einem kalten Zynismus, der für Stephanie Bände über das Leben sprach, das dieses Mädchen bisher geführt hatte. »Nicht nur, dass seine Familie ganz dicke mit den Franchittis ist, die haben auch Beziehungen nach Manticore. Wenn mein Vater bloß ein bisschen zu viel Gras raucht und deswegen verspätet zur Arbeit erscheint, wird ihm sofort der Lohn gekürzt. Aber selbst wenn sich Stan viel Härteres einwirft, muss er schon eine Bruchlandung mit seinem Drachen hinlegen, bevor Sapristos *etwas* unternimmt. Es gehört zum Job eines Bürgermeisters, immer genau zu wissen, welche persönliche Behandlung die Leute erwarten.«

Stephanie wollte ihr widersprechen. Schließlich mochte sie Bürgermeister Sapristos; er war einer der besten Freunde ihres Vaters. Aber sie konnte es nicht. In den vier T-Jahren, die sie mittlerweile auf Sphinx lebte, hatte sie viel über soziale und politische Hierarchien gelernt. Es wäre schön gewesen, wenn eine relativ neu begründete Koloniewelt deutlich egalitärer gewesen wäre. Aber soweit sie das beurteilen konnte, sah die Wahrheit leider anders aus: Derartige Umgebungen zogen vor allem die Ehrgeizigen an, und den Ehrgeizigen waren Anerkennung und Macht mindestens ebenso wichtig wie eigene

Ländereien oder die Gelegenheit, etwas grundlegend Neues zu entdecken.

»Da wohne ich«, sagte Jessica und schwenkte den Flugwagen geschickt zur Ladung herum. »Und da kommt auch schon meine Mom, um uns zu begrüßen – zusammen mit ein paar der Kleinen.«

Ms. Pheriss erwies sich als sehr nett. Sie lud Stephanie und Löwenherz ein, doch wenigstens für ein Glas süß-herben Punsch zu bleiben. Sie machte ihn selbst – aus den Blüten einer Pflanze, die mit dem Stacheldorn verwandt war. Stephanie fand das Getränk ganz prima, doch Löwenherz hätte eindeutig etwas anderes vorgezogen.

»Ich habe extra nachgeschaut: Sowohl die Blüten als auch die Früchte sind als essbar klassifiziert«, erklärte Ms. Pheriss, »aber sie sind einfach zu sauer, um als genießbar durchzugehen. So etwas nehme ich immer gleich als Herausforderung. Außerdem haben wir auf dem Grundstück gleich mehrere Hecken davon.«

Auf dem Heimweg tippte Stephanie eine Kurznachricht für Mom und Dad in ihr UniLink, in der sie fragte, ob Jessica zum Abendessen bleiben könne.

›Sie hat einen uneingeschränkten Flugschein, also hat sie nicht das Problem, wie sie wieder nach Hause kommt.‹

Die Antwort kam fast sofort: ›Aber sicher!‹

Dad war nicht rechtzeitig zum Abendessen eingetroffen. Der Zustand der Lin'schen Capri-Kühe war immer noch kritisch, deswegen wollte Dad die Nacht im Tierrettungswagen verbringen, um aus nächster Nähe beurteilen zu können, ob die von ihm verabreichten Medikamente anschlügen.

Während des Essens lotste Stephanie das Gespräch geschickt darauf, dass Jessicas Mutter eine Pflanzennärrin war. Wie Stephanie gehofft hatte, sprang ihre Mutter darauf sofort an. Sie hatte schon häufig geklagt, wie schwer es ihr fiele, Assistenten zu finden: Entweder waren entsprechende Kandidaten überqualifiziert und versuchten deswegen, ihr die ganze Forschung aus der Hand zu nehmen, oder sie waren derart unterqualifiziert, dass sie empfindliche Experimente reihenweise ruinierten.

»Aber du sagst ja, sie hätte schon eine Arbeitsstelle«, sagte Mom.

Jessica nickte. »Kinderbetreuung. Der Vorteil ist, dass sie dann nicht dafür zahlen muss, meine kleinen Geschwister tagsüber irgendwo abliefern zu dürfen. So kann sie prima bei ihnen bleiben. Das ist echt praktisch, schließlich muss Nathan noch gestillt werden.«

Mom nickte und schien nachdenklich dabei. Als es für Jessica Zeit wurde aufzubrechen – »Normalerweise versuche ich, rechtzeitig zu Hause zu sein, um Mom dabei zu helfen, die Kinder bettfertig zu machen« –, schien Dr. Marjorie schon mit einem Plan beschäftigt.

Nachdem Stephanie sich von Jessica verabschiedet hatte, ging sie in die Küche und half ihrer Mutter dabei, den Tisch abzuräumen.

»Danke, dass Jessica so kurzfristig kommen konnte, Mom.«

Marjorie umarmte sie. »Ich bin stolz auf dich, dass du das von dir aus vorgeschlagen hast.«

Stephanie grinste sie an. »Es sind wohl doch nicht alle Kinder hier Totalausfälle. Jessica ist echt interessant. Ich wette, die könnte in der Schule so ziemlich die gleichen Kurse belegen wie ich, wenn ihre Familie nicht so oft umgezogen wäre.«

In der Hoffnung, damit nicht Jessicas Vertrauen zu missbrauchen, berichtete sie ihrer Mutter, was Jessica über ihren Vater und über die zahlreiche Umzüge erzählt hatte.

»Mom«, schloss sie, »selbst wenn das Gespräch mit Ms. Pheriss nicht so läuft wie geplant ... Ich hatte gedacht ... Jessica hat sich richtig gefreut, heute noch ein paar Eiskartoffeln kaufen zu können, die bei uns längst auf dem Komposthaufen gelandet wären. Können wir ... Ich meine, wenn du das nächste Mal Auslese in den Gewächshäusern hältst ... Könnte ich dann einen Teil davon zu den Pheriss rüberbringen?«

Marjorie Harrington nickte, blickte ihre Tochter dabei aber sehr ernst an.

»Mildtätigkeit ist oft problematisch, Steph. Manchmal geht nett Gemeintes dieser Art furchtbar nach hinten los – so wie letztlich mein Versuch, nett zu dieser entsetzlichen Trudy zu sein.«

Stephanie nickte. »Ah, ich verstehe. Du meinst, Jessica und ihre Familie könnten sich gekränkt fühlen. Aber, weißt du, ich finde, manchmal hat sogar gekränkt zu werden sein Gutes: Wenn Trudy nicht zu der Party gekommen und sich derart als Besserwisserin aufgespielt hätte, dann hätte ich nicht herausfinden können, dass Jessica ihre eigene Meinung hat. Auf der Party war sie nett zu mir, die ganze Zeit über. Aber das hätte ja auch nur Höflichkeit sein können. Schließlich war sie mein Gast. Aber als sie dann so offen ihre Meinung gesagt hat ...«

»Ja, stimmt. Man weiß es immer erst hinterher – nachdem man es versucht hat. Aber wir sollten dabei auf jeden Fall behutsam vorgehen. Wenn Ms. Pheriss als Assistentin geeignet ist, sollten wir keine Schwierigkeiten haben: Dann kann ich ihr nämlich einfach sagen, sie dürfe sich bedienen – was wir hier haben, ist einfach viel zu viel für drei Menschen und eine Baumkatze.«

»Bliek!«, protestierte Löwenherz. Möglicherweise bezog sich sein Protest aber darauf, dass Stephanie gerade eine Kasserolle abräumen wollte, aus der er noch nicht sämtliche Spuren der Käse-Hackfleisch-Soße ausgeleckt hatte.

»Na, dann kann ich ja nur hoffen, dass Ms. Pheriss geeignet ist«, sagte Stephanie.

Als sie sich an diesem Abend unter die Bettdecke kuschelte und den Geräuschen der Nacht lauschte, die durch das Fenster drangen, sah sie, wie Löwenherz leise den Raum verlassen wollte. Sie hoffte, er sehne sich nicht zu sehr nach der Gesellschaft anderer Baumkatzen. Nun, wo sie allmählich Menschenfreunde fand, erschien es ihr umso wichtiger, dass auch ihr bester Freund Gefährten hätte.

»Bei dir alles in Ordnung, Löwenherz?«, rief sie ihm leise hinterher.

»Bliek«, versicherte er ihr, und Wärme und Zuneigung kamen ihr mit mehr Kraft entgegen, als Schall entwickeln könnte. »Bliek, bliek, bliek.«

Sie musste einfach darauf hoffen, dass er damit meinte: ›Ja, ganz und gar und ohne jeden Zweifel‹ – und nicht etwa: ›Ich bin sogar ganz furchtbar einsam, aber ich bleibe trotzdem bei dir.‹

8

Anders bereitete sich auf die Expedition zum aufgegebenen Baumkatzenlager vor. Gleich mehrfach vergewisserte er sich, dass er nicht nur mehrere Paar Socken zum Wechseln dabeihatte, sondern auch sein Lesegerät. Bei den Exkursionen, auf die ihn sein Vater bisher mitgenommen hatte, durfte er auch bei der Arbeit mithelfen, aber so wichtig wie diese Exkursion hier war noch keine andere gewesen. Es könnte also sein, die Befürchtungen wären zu groß, er könnte Daten verfälschen, und dann wäre seine Mitarbeit nicht erwünscht.

Na ja, vielleicht klappt's ja doch, dachte er. *Dacey Emberly kommt schließlich auch mit ... okay, die wird als offizielle wissenschaftliche Illustratorin geführt. Aber Peony Rose hätte auch mitgedurft. Armes Ding, sie hätte Virgil so gern geholfen, aber das mit ihrer morgendlichen Übelkeit ist wohl ziemlich ... übel.*

Er grinste und sah vor seinem geistigen Auge noch einmal diese Mischung aus Erstaunen und Begeisterung auf Virgil Iwamotos bärtigem Gesicht, als er dem Team vor einigen Tagen während des Abendessens erklärt hatte, die Übelkeitsanfälle, von denen seine Frau seit einigen Tagen geplagt wurde, hätten doch nichts mit einer Viruserkrankung zu tun, wie sie alle vermutet hatten. Vielmehr liege es daran, dass sie schwanger sei.

»Nach unserer Hochzeit hat Peony Rose ihr Implantat nicht erneuern lassen«, hatte Virgil schüchtern erläutert, »weil wir ja ohnehin vorhatten, eine Familie zu gründen. Der MediTechniker hatte ihr noch gesagt, es würde vermutlich mehrere Monate dauern, bis sich ihr Zyklus wieder normalisiert, vor allem bei all dem Reisestress. Aber es sieht ganz so aus, als hätte sich ihr Körper dann doch für etwas anderes entschieden.«

Ringsum hatte man ihm gratuliert. Später jedoch hörte

Anders seinen Vater grummeln, Peony Rose hätte sich wirklich einen besseren Zeitpunkt aussuchen können. Er hatte sie schließlich zur Mannschaftschefin ernennen wollen. Falls sie nun tatsächlich eine Genehmigung erhielten, Grabungen durchzuführen, müsste nun wohl ein Einheimischer dafür angeheuert werden. Virgils Gesteinsanalysen waren in diesem frühen Stadium vermutlich entscheidend; schließlich waren die Steinwerkzeuge so ziemlich das Einzige, woraus man auf die Komplexität der Baumkatzenkultur schließen konnte. Da konnte man von Virgil wohl kaum erwarten, dass er nebenbei auch noch das Zusammenspiel der Arbeitskräfte koordinierte, die Dr. Whittaker anzuheuern hoffte.

Natürlich denkt Dad schon wieder an die nächsten Wochen oder gar Monate, dachte Anders. *Aber so ist er eben. Dieses Projekt bedeutet ihm mehr als alles andere.*

John Qin, Kesia Guyens Ehemann, wollte nicht an der Exkursion teilnehmen. Er interessierte sich für Baumkatzen vor allem, weil *seine Frau* sich dafür interessierte. Seine eigene Leidenschaft galt dem interstellaren Handel. Seit ihrer Ankunft hatte er an einer Geschäftsbesprechung nach der anderen teilgenommen: Er wollte herausfinden, was die Kolonisten von Sphinx möglicherweise benötigten und welche Importe das Sternenkönigreich billigen würde.

Also stiegen an diesem frühen Morgen sieben Personen in den Fluglaster: Dr. Whittaker, Dr. Nez, Dr. Emberly, Dacey Emberly, Kesia Guyen und Virgil Iwamoto – und natürlich Anders selbst. Da sie vorgeblich verschiedene Pfostenbaumhaine nördlich von Twin Forks untersuchen wollten, hatten sie Leitern, Seile und andere Kletterwerkzeuge eingepackt, die man nun einmal zur Untersuchung von Bäumen benötigte.

Kontragraveinheiten waren natürlich prima, um an Bäumen herauf- und wieder hinunterzukommen, aber keiner der Expeditionsteilnehmer war sonderlich geübt darin, seiner oder ihrer jeweiligen Tätigkeit mitten in der Luft nachzugehen. Abgesehen davon verbrauchte das reichlich Energie. Auch wenn der Fluglaster die Geräte natürlich automatisch drahtlos nachlud, funktionierte das nur, solange man sich eben noch in dessen Reichweite befand.

Zusätzlich zu den Klettergerätschaften hatten sie noch andere Feldausrüstung eingepackt, darunter auch eine Auswahl von Dingen, in denen sich kleinere Proben verstauen ließen, Umschläge, Kästchen und dergleichen. Auch das verriet Anders einiges: Sein Vater betonte zwar ausdrücklich, es gehe hier vor allem um die Anfertigung von Bildaufzeichnungen, aber er war nicht bereit, deswegen physische Artefakte aufzugeben.

Und was passiert, wenn dieses Lager doch nicht aufgegeben wurde, fragte sich Anders. *Was, wenn das ein Sommerlager ist, aus dem die Baumkatzen nur eher zum Winterlager umgezogen sind? Wenn Mom und Dad unsere Hütte in den Bergen winterfest machen, lassen wir da doch auch alles Mögliche zurück. Wenn jemand das wegnähme, würden wir von Diebstahl sprechen. Warum sollte es den Baumkatzen nicht ganz genauso gehen?*

Gern hätte Anders seinen Vater darauf angesprochen. Der aber würde, da war sich Anders sicher, den Einwand einfach abtun: Er würde schlichtweg abstreiten, Fundstücke zu bergen, und empört fragen, was Anders ihm denn da unterstellen wolle. Dad wusste ganz genau: Wenn sie erst einmal im Außeneinsatz waren, würde Anders ihn auf keinen Fall vor seinen Mitarbeitern in eine peinliche Lage bringen. Das, seine Eltern niemals in eine unangenehme Lage zu bringen, hatte man Anders schon seit seinen ersten Schritten und ersten Worten immer und immer wieder eingeschärft. Schließlich war seine Mutter Politikerin und stand immer und überall im Zentrum der öffentlichen Wahrnehmung.

Dann frage ich eben Dr. Nez, entschied Anders. *Er befasst sich gern mit derlei Fragen. Deswegen ist er wohl auch Kulturanthropologe geworden, nicht Ethnoarchäologe wie Dad.*

Der hatte beschlossen, den Flugwagen selbst zu steuern. Anfänglich flog er auch in die Richtung, in der wirklich der erste Pfostenbaumhain stand, den sie angeblich untersuchen würden. Als jedoch auch die letzten Siedlungen weit hinter ihnen lagen, lenkte er den Wagen unter die Kronen der höchsten Bäume, rief das Kartenprogramm auf und gab die Koordinaten des aufgegebenen Baumkatzenlagers ein, das ihnen Ranger Jedrusinski gezeigt hatte.

Das Navi führte sie in einem großen Bogen zurück nach Süden, hinüber zum südlichen Ufer des Makara – Hunderte von Kilometern von ihrer angeblichen Forschungsstätte entfernt.

Selbst in dieser Flughöhe, in der sie immer wieder Baumriesen ausweichen mussten, kamen sie gut voran. Wie in vielen Primärwäldern war die Region unterhalb der Baumkronen relativ frei. Waldbrände hatten abgestorbene Baumstümpfe und Gräser, Laub und anderes Zerfallsmaterial ebenso weitgehend beseitigt wie Büsche, Sträucher und sonstiges Unterholz. Die Stämme der massiveren Bäume, die diese Feuer überlebt hatten, mochten Brandspuren aufweisen, doch in mancherlei Hinsicht förderten Waldbrände ihr Wachstum sogar. Leichter brennbare Bäume, wie die Fastkiefer, aus der Stephanie und Karl seinerzeit Rechtsgestreift und Linksgestreift gerettet hatten, waren auf das Feuer sogar angewiesen. Auf diese Weise wurden nicht nur schwächere Exemplare beseitigt, nein: Erst die Hitze ließ die Hüllen ihrer Samen aufbrechen.

Trotzdem, dachte Anders, den Blick in den Himmel gerichtet, als der Wagen gerade eine kleine Lichtung überflog, *ich bin schon froh, dass das heute ein schöner Tag ist. Keine Anzeichen eines Gewitters weit und breit.*

Anders' Vater zog den Fluglaster höher, als sie in die Nähe des zu untersuchenden Gebiets kamen, um sich zu vergewissern, dass wirklich niemand sonst in der Nähe war. Aber auch hier und jetzt achtete er sorgsam darauf, nicht über die Höhe der Wipfel einiger Kroneneichen in der Nähe aufzusteigen. Deren Stämme boten ihnen genug Schutz, unbemerkt den Pfostenbaumhain und dessen unmittelbare Umgebung zu erkunden. Schließlich ragten Pfostenbäume im Durchschnitt zwischen fünfunddreißig und fünfundvierzig Meter in die Höhe, während Kroneneichen mühelos achtzig Meter oder mehr erreichten.

»Das ist doch ein schöner Landeplatz«, meinte er. »Der Boden ist eben und immer noch relativ dicht begrünt, aber hier sind wir weit genug von den Pfostenbäumen entfernt. Unsere Landung sollte also etwaige Artefakte vor Ort nicht beeinträchtigen.«

Dr. Calida Emberly hatte bereits ein Fernglas gezückt und begutachtete das Gelände. »Ich sehe hier keinerlei Anzeichen für eine Nutzung«, meinte sie. »Vielleicht sollten wir uns erst einmal genauer umsehen, bevor wir landen.«

Anders' Vater zuckte mit den Schultern. »Einem geschenkten Gaul schaut man nicht ins Maul, wie es so schön heißt. Dass der Forstdienst derart fanatisch Brandwache betreibt und stets die Brandbekämpfung im Blick hat, das hat mich nachdenklich gemacht, wissen Sie? Wie gehen denn Baumkatzen mit Waldbränden um? Die können ihr Überleben ja schlecht dadurch gesichert haben, auf Stephanie Harrington zu warten, die sie dann aus den Kronen brennender Bäume rettet.«

Er lachte über seinen eigenen Scherz; höflich stimmten Guyen und Iwamoto ein.

»Aber ernsthaft«, fuhr Anders' Vater fort. »Mir scheint, zumindest ein Kriterium für die Intelligenz von Baumkatzen sollte sich recht leicht finden lassen. Wir brauchen nur in der Nähe ihrer Lager nach Anzeichen für aktive Brandbekämpfung zu suchen. Und derart freigeräumte Regionen wie das hier könnten ein solches Anzeichen sein.«

Mit diesem letzten Satz, bei dem er beinahe schon triumphierend klang, ließ er den Flugwagen aufsetzen. Unter dessen Gewicht federte der dicht bewachsene Waldboden leicht nach. Dr. Emberly beugte sich hinab und zupfte ein Exemplar der fremden Pflanzen heraus.

»Erinnert mich ein bisschen an wilden Portulak«, sagte sie. »Ob das auch Mattenbildner sind?«

Trotz ihres silbergrauen Haares erinnerte sie Anders in ihrer unverkennbaren Aufregung in diesem Moment an ein kleines Mädchen. Wieder ging ihm durch den Kopf, wie viele neue Entdeckungen hier auf Sphinx auf sie warteten. Marjorie Harrington hatte beiläufig angemerkt, dass bislang wahrscheinlich noch weniger als fünfzig Prozent der auf dieser Welt heimischen Pflanzen charakterisiert seien: »Und die, mit denen wir uns schon befasst haben, decken sehr breite Kategorien ab«, hatte sie gesagt. »Es wird Jahrzehnte, vielleicht sogar Jahrhunderte dauern, bis wir die zugehörigen Unterarten erkannt haben und wissen, auf welche Umwelteinflüsse sie in ihrer jeweiligen Entwicklung reagiert haben.«

»Ist so etwas denn wichtig?«, hatte Anders gefragt – nicht, weil er sie kritisieren wollte, sondern weil er, ehrlich gesagt, nie sonderlich über Pflanzen nachgedacht hatte.

»Aber ja!«, hatte die Antwort gelautet. »Auf diese Weise erfahren wir viel über den Lebenszyklus des ganzen Planeten. Vielleicht können wir dann sogar jahreszeitliche Schwankungen vorhersagen und und uns entsprechend darauf einstellen. Für Neuankömmlinge auf einem Planeten ist es fast schon natürlich, alles, was man dort sieht, zunächst einmal für normal zu halten. Aber es ist durchaus möglich, dass die erste Landung zufälligerweise gerade während einer Dürre- oder Hochwasserperiode erfolgt ist. Pflanzen können uns da viel verraten.«

Sie hatte ihm noch mehr erzählt, doch das weitaus meiste davon war weit über Anders' Verständnis hinausgegangen. Doch eines hatte er eben doch aus diesem Gespräch gelernt: Auch wenn Menschen prinzipiell dazu neigten, ihr Hauptaugenmerk auf Lebensformen zu richten, die sich mehr oder minder frei bewegten, war die Pflanzenwelt eines Planeten deutlich mehr als nur ein Hintergrundbild.

Dr. Emberly zupfte an einem Blatt ihres ›Portulak‹. »Schau, Anders, die bilden tatsächlich Matten – sogar ziemlich dicke. Es sollte mich nicht überraschen, wenn sich herausstellt, dass diese verschiedenen Pflanzen hier in Wahrheit alle eine gemeinsame Einheit bilden. In einem derart dicht bewaldeten Areal ist es wahrscheinlich ein echter evolutiver Vorteil, wenn man sich auf diese Weise immer weiter ausbreiten kann.«

»So wie der Pfostenbaum«, meinte Anders. »Nur dass die hier eher seitwärts wachsen, statt die Höhe auszunutzen.«

»Ein interessanter Vergleich«, gab Dr. Emberly zurück und machte sich kurz eine Notiz. »Ich muss doch mal nachsehen, ob Dr. Harrington darüber schon etwas veröffentlicht hat.«

»Dr. Emberly«, hallte Bradford Whittaker quer über die Freifläche, »ich habe hier ein paar Knochen gefunden und würde gern hören, woher die Ihres Erachtens stammen.«

Sofort eilte Dr. Emberly, die schließlich ebenso Xenozoologin war wie -botanikerin, zu ihm hinüber.

Dr. Nez wandte sich an Anders. »Ich werde jetzt einmal das Gelände umrunden. Hast du Lust mitzukommen?«

Anders war froh, gebraucht zu werden, und schloss sich ihm an. »Wonach suchen wir denn?«

Langston Nez machte eine ausladende Geste. »Schauen wir

doch mal, ob wir nicht herausfinden, wie ausgiebig die Baumkatzen diesen Hain genutzt haben. Die Überlegung deines Vaters zu etwaigen Brandeindämmungsmaßnahmen ist wirklich interessant. Wenn die Baumkatzen tatsächlich intelligent sind – und die meisten von uns gehen davon aus –, dann sollten sie etwas gegen das Feuer unternommen haben.«

»Was können die denn unternehmen?«, fragte Anders nach. »Sie haben keine Maschinen, mit denen sie zum Beispiel Wasser pumpen könnten. Und sie können ganz bestimmt nicht eigens dafür ausgebildete Fachleute einfliegen oder über einem Brandherd hunderte Gallonen Wasser abwerfen, das zuvor mit Brandhemmern versetzt wurde.«

»Man merkt, dass du den Rangern vom SFD zugehört hast«, sagte Dr. Nez und schmunzelte.

»Na ja, derzeit ist das Thema Brandschutz ja in aller Munde«, entgegnete Anders. »Chief Ranger Shelton arbeitet wohl gerade an einem Lehrfilm, in dem noch einmal deutlich erklärt wird, dass selbst das Löschen eines eher kleinen Brandes wie etwa des Franchitti-Feuers gewaltige Kosten verursacht. Er hofft darauf, dass die, denen man einfach nicht beibringen kann, die unberührte Natur um ihrer selbst willen respektvoll zu behandeln, dann im Brandschutz eine wirksame Maßnahme zur Vermeidung von Steuererhöhungen sehen.«

»Kein schlechter Ansatz«, gab Dr. Nez zurück. »Denn als Anthropologe weiß ich, dass der Mensch eher zu eigennützigem Verhalten neigt als zu Altruismus.«

Anders, der an seinen Vater denken musste, schwieg.

Die nächsten Stunden verbrachten sie mit dem Versuch, die Nutzung des Geländes einzuschätzen. Währenddessen lauschten sie den Gesprächen auf ihrem privaten UniLink-Kanal. Bei den vermeintlichen Knochen, die Anders' Vater entdeckt hatte, handelte es sich um Gräten – und zwar jede Menge davon. Anders wusste genau, dass sein Vater einige Proben mitnehmen würde – da mochte er noch so sehr behaupten, nichts liege ihm ferner! Na ja, da bliebe also nur zu hoffen, dass diese Gräten für die Baumkatzen nicht heilig waren oder so etwas.

Virgil Iwamoto hatte einige Regionen gefunden, in denen Steinsplitter die Vermutung gestatteten, dort würden die Baumkatzen ihre Steinwerkzeuge fertigen. Angesichts dieser ›Werkstätten‹ steigerte er sich in eine beinahe schon unvernünftige Aufregung hinein.

»Das beweist eindeutig, dass die Baumkatzen nicht einfach nur nach Bedarf hier und dort einen Steinsplitter abschlagen. Diese Funde hier zeigen, dass es bei ihnen möglicherweise sogar Spezialisten gibt – vielleicht ältere 'Katzen, die nicht mehr selbst auf die Jagd gehen. Und so leisten sie weiterhin ihren Beitrag zur Gesellschaft.«

»Wenn es *eine* Sorte Spezialisten gibt«, setzte Dr. Nez hinzu, »dann gibt es ja möglicherweise auch noch weitere. Weber vielleicht? Wir wissen ja schon, dass sie Netze knüpfen. Eventuell entdecken wir ja auch noch Spuren einer Art Weberei.«

»In der Nähe des Wagens habe ich Spitzenweiden gesehen«, warf Dr. Emberly nun ein. »Wir sollten schauen, ob dort vielleicht eine Weberei eingerichtet wurde. Natürlich ist es ebenso gut möglich, dass die 'Katzen ihre Rohstoffe zur weiteren Verarbeitung abtransportieren.«

»Trotzdem erscheint es mir sinnvoll, dort nachzusehen«, meinte Dr. Nez. »Danke für die Information. Anders und ich schauen uns das mal an.«

Er stellte sein UniLink wieder auf Empfang um und legte die Stirn in Falten. »Spitzenweiden. Warum beunruhigt mich das so? Na ja, wir sollten sie uns wirklich erst einmal anschauen.«

Im SFD-Handbuch, das ihm Stephanie geliehen hatte, hatte sich Anders ein wenig über die einheimischen Pflanzen informiert. Es war sozusagen reine Notwehr gewesen: Bei seinem Ausflug mit Stephanie, Karl, Jessica und Toby hatte er feststellen müssen, dass selbst Jessica, die nun wirklich noch nicht lange auf Sphinx lebte, mehr über dessen Pflanzenwelt wusste als er.

»Spitzenweiden wachsen vornehmlich in der Nähe von Wasserläufen oder in Sumpfland«, zitierte er nun. »Sie sind buschig und eher niederwüchsig – zumindest für Sphinxverhältnisse, heißt das. Hier scheinen ja die meisten Pflanzen zu Riesenwuchs zu neigen. Auf jeden Fall ist diese Pflanze besonders interessant, weil ihre durchbrochenen Blätter zum Fangen von Insekten dienen.«

Dr. Nez machte sich auf den Weg.

»Wasserläufe und Sumpfland«, wiederholte er. »Grünflächen auf einem Planeten, auf dem derzeit eine Dürreperiode herrscht. Fischgräten …«

Nun rannte Dr. Nez, so schnell er konnte. Anders, der bereits bemerkt hatte, das offenkundig Eile geboten war – auch wenn er immer noch nicht wusste, weswegen –, lief ihm hinterher. Von allen Expeditionsteilnehmern waren sie dem Flugwagen am nächsten – das war vermutlich auch ein Grund dafür, weswegen Dr. Nez nicht sofort Unterstützung herbeirief. Ein anderer Grund, das wusste Anders instinktiv, war sein Vater selbst. Dr. Bradford A. Whittaker war gerade im Begriff, bedeutende Entdeckungen zu machen. Dabei wollte er zweifellos durch nichts und niemanden gestört werden – es sei denn vielleicht, es stünde eine ausgewachsene Katastrophe bevor.

Sie erreichten das Gebiet, in dem der Boden so bemerkenswert federte. Er war über und über mit den Pflanzen bedeckt, die Dr. Emberly vorerst ›Mattenportulak‹ getauft hatte. Bildete sich Anders das nur ein, oder versanken seine Füße während des Laufens wirklich ein wenig im Boden?

Als sie den Fluglaster schließlich erreichten, sahen sie, dass eine Katastrophe nicht nur unmittelbar bevorstand, sondern bereits ihren Anfang genommen hatte. Der Wagen war in den Boden eingesunken – so tief, dass die Unterkanten der Türen bereits nicht mehr zu sehen waren. Anders konnte zuschauen, wie der Schlick immer weiter an der Bordwand hochzukriechen schien.

»Er hat den Wagen auf Sumpfland abgestellt«, sagte Dr. Nez so scharf, dass der ganze Satz ebenso gut ein einziges Schimpfwort hätte sein können. *»Auf Sumpfland!«*

Er aktivierte sein UniLink. »Wir haben ein Problem. Der Wagen versinkt. Anscheinend sind wir auf einem Feuchtgebiet gelandet. Dr. Whittaker, mir scheint, Sie sollten Hilfe herbeirufen.«

Es dauerte etwas zu lange, bis Dr. Whittakers Stimme zu hören war. »Versinkt? Wie tief?«

Anders konnte sich genau vorstellen, was seinem Vater gerade durch den Kopf ging. Vielleicht könnten sie den Wagen doch noch selbst herausholen. Wenn sie jetzt um Hilfe riefen, würden der Forstdienst und Dr. Hobbard unweigerlich erfahren, dass sie es mit den Regeln ... nicht ganz so genau genommen hatten.

»Über den unteren Teil der Türen hinaus«, versetzte Dr. Nez. »Das bedeutet, der gesamte schwerere Teil des Fahrzeugs ist bereits vollständig eingesunken. Ich weiß, dass wir ein Seil dabeihaben, aber mit nur sieben Personen einen Flugwagen aus einem Sumpf herausziehen ... das ist ein bisschen viel verlangt.«

»Steigen Sie ein und schauen Sie, ob sich der Antrieb starten lässt!«, fauchte Dr. Whittaker. »Wir sind in ein paar Minuten bei Ihnen.«

Dr. Nez verdrehte die Augen. »Wenn *ich* jetzt Hilfe herbeirufe, kann mich das meinen Job kosten, Anders. Aber wenn *du* ...«

Er ließ den Satz unbeendet. Es war keine Frage gewesen, auch keine Bitte. Vorsichtig ging er näher an den Fluglaster heran.

Anders blickte Dr. Nez hinterher und aktivierte währenddessen sein UniLink; fieberhaft suchte er nach einer Möglichkeit, nicht einer ausdrücklichen Anweisung seines Vaters zuwiderzuhandeln, aber trotzdem Hilfe herbeizuholen. Auf jeden Fall jedoch musste er Dr. Nez recht geben: Es war schlichtweg unmöglich, den Fluglaster einfach aus dem Sumpf herauszuziehen – nicht mit nur sieben Personen ... darunter einer alten Dame.

Stephanie!, dachte er dann. *Ich rufe Stephanie an und sage ihr, was los ist. Dann kann* sie *den SFD rufen. Selbst wenn der erst so spät hier eintrifft, dass der Wagen nicht mehr gerettet werden kann, brauchen wir ja immer noch jemanden, der uns hier abholt.*

Einen halben Blick auf Dr. Nez gerichtet, der gerade einen recht robusten Ast zu einer Brechstange umfunktionierte, um die Tür aufzuhebeln, wies Anders das UniLink an, eine Verbindung zu Stephanie Harrington herzustellen.

»Verbindung fehlgeschlagen«, antwortete das Gerät beinahe augenblicklich. »Zugriff auf das planetare Netz nicht möglich.«

»Hä?« Anders versuchte es erneut; dieses Mal gab er die Verbindungsdaten von Hand ein. Dieser Versuch führte zum gleichen Ergebnis. Er versuchte es anders. »Verbinde mich mit der SFD-Zentrale.«

»Verbindung fehlgeschlagen«, lautete die Antwort. »Zugriff auf das planetare Netz nicht möglich.«

Aufgeregtes Stimmengewirr verriet Anders, dass die anderen kamen. Als er aufblickte, sah er, dass sein Dad und Virgil Iwamoto die Führung übernommen hatten; Kesia Guyen und Dr. Emberly lagen nicht weit hinter ihnen. Dacey Emberly, in der Hand immer noch einen Skizzenblock, blickte sich besorgt um.

»Haben Sie die Tür aufbekommen?«, verlangte sein Dad zu wissen, kaum dass er am halb versunkenen Fluglaster angekommen war.

»Die elektronische Verriegelung reagiert nicht«, antwortete Dr. Nez, und vor Anstrengung zitterte seine Stimme. »Der Sensor ist wohl blockiert. Und von Hand öffnen lässt sich die Tür nur von innen.«

Er erkundigte sich nicht, ob Dr. Whittaker schon Hilfe herbeigerufen habe. Anders fragte sich, wie viel Dr. Nez wohl von seinen eigenen Versuchen, das UniLink zu nutzen, mitbekommen hatte.

»So bekommen Sie die auch mit Gewalt nicht auf«, schätzte der Angesprochene die Gesamtsituation ein. »Anders, schau rasch, ob du irgendwo einen Stein oder etwas ähnlich Hartes findest. Vielleicht können wir eine Scheibe einschlagen.«

»Ich habe einen Geologenhammer dabei«, sagte Virgil.

Anders trat einige Schritte zurück, um den anderen Platz zu machen. Dr. Emberly hatte nun ebenfalls ihr UniLink gezogen. Anscheinend hatte sie die Gesamtsituation ebenfalls erfasst und fürchtete Dr. Whittakers Zorn nicht. Anders war sehr erleichtert – bis er sah, wie sich auf dem markant geschnittenen Gesicht der Xenobotanikerin Erstaunen und Verwirrung abzeichneten und sie einen Befehl mit der Hand eingab.

»Klappt's nicht?«, fragte er leise. »Bei mir auch nicht. Schon komisch. Eigentlich müsste es doch gehen! Dad hat extra für die Expedition funkelnagelneue Modelle bestellt.«

Hinter ihnen war das charakteristische Knacken berstenden Crystoplasts zu hören.

»Geschafft!«, jubelte Virgil.

Anders blickte sich um. Virgil hatte ein Loch in eine der großen Frontscheiben geschlagen und erweiterte die Öffnung nun durch gezielte Hammerschläge.

»Bradford!«, rief Dr. Emberly. Es war ein unverkennbares Zeichen, wie ernst ihr die Lage erschien, dass sie auf jegliche Formalitäten verzichtete. Bei der Arbeit bestand Dr. Whittaker stets darauf, mit Namen und Titel angesprochen zu werden. »Mein UniLink funktioniert nicht.«

»Meines auch nicht«, ergänzte Kesia Guyen. Sie klang peinlich berührt – als fürchte sie, für einen Verstoß gegen die strikte Kontaktsperre angebrüllt zu werden.

Dr. Whittaker legte die Stirn in Falten. »Dann benutzen wir eben das Com im Wagen. Sind Sie schon durchgekommen, Virgil?«

Iwamoto trat einen Schritt zurück. »Das Loch sollte jetzt groß genug sein.«

»Gut. Lassen Sie mich durch. Ich rufe Hilfe herbei. Ich bin mir sicher ...«

Wessen sich sein Dad sicher war, sagte er nicht mehr, aber Anders wäre bereit gewesen, seinen gesamten von seine Großeltern eingerichteten Ausbildungsfonds darauf zu verwetten, dass er versucht hatte, eine unschöne Situation in ein besonders positives Licht zu rücken. (Seine Mutter hatte ihm immer wieder erklärt, wie wichtig es sei, nicht nur das Richtige zu tun, sondern vor allem immer im richtigen Licht dazustehen.)

Nun war Bradford Whittaker alles andere als schmächtig. Als er sein Körpergewicht auf den Bug des Fluglasters stemmte, geschah genau das, was sie alle eigentlich hätten vorhersehen müssen: Der Bug versank im Untergrund, und das binnen Sekunden. Ehe Whittaker ganz vom Flugwagen steigen konnte, verschwand auch die Frontscheibe – noch über das frisch geschlagene Loch hinaus.

»In Sümpfen«, erklärte Dr. Emberly eisig, »gibt es neben

Wasser und aufgeweichtem Erdreich häufig auch noch Luftblasen. Als plötzlich ein derart hohes Gewicht auf dem Wagen gelastet hat, muss der Bug genau so etwas erwischt haben. Vorsichtig …«

Die Vorwärts- und Abwärtsbewegung des Wagens war fast zum Stillstand gekommen, kaum dass Whittakers Gewicht nicht mehr auf ihm lastete. Aber nun sank der Laster langsam weiter – und mit ihm auch das Com. Niemand würde damit Hilfe herbeirufen können.

»Virgil, geben Sie mir den Hammer!«, forderte Dr. Nez den Anthropologen auf. »Wir müssen eine der Heckscheiben einschlagen – wir sollten unbedingt einen Teil der Ausrüstung retten und ein paar Lebensmittel. Es könnte eine Weile dauern, bis Hilfe eintrifft.«

Virgil nickte, doch entschied er sich, selbst mit aller Kraft auf die Heckscheibe des Wagens einzuschlagen. Die Worte, die er dabei im Rhythmus der Schläge ausstieß, verrieten deutlich, warum er das unschuldige Stück Crystoplast mit derartiger Gewalt attackierte.

»Peony … Rose … wird … sich … Sorgen … machen«, sagte er. »Hat schon jemand versucht, sie über UniLink zu erreichen?«

Jeder hatte es versucht, sogar die alte Dacey Emberly, die beim Pfostenbaum zurückgeblieben war. Dass sämtliche UniLinks ausgefallen waren, stellte ein Rätsel dar, mit dem man sich auf jeden Fall noch befassen müsste – später. Jetzt mussten sie erst einmal so viele Lebensmittel wie möglich retten.

Whittaker hatte auf die harte Tour herausfinden müssen, dass sein beachtliches Gewicht in derlei Situationen nicht gerade von Vorteil war. Dr. Nez trat an den Wagen heran und schob Virgil zur Seite.

»Ich gehe rein«, sagte er. »Ich bin kleiner als Sie. Geben Sie mir mal einen Schubs!«

Kesia Guyen bahnte sich den Weg zum Fahrzeug.

»Ich bin noch kleiner«, erklärte sie; die Anspannung in ihrer Stimme war unverkennbar.

Dr. Nez hatte den Kopf bereits durch das Loch in der Crystoplastscheibe gesteckt, doch während er sich tiefer in den Wagen schob, war seine Stimme deutlich zu verstehen. »Nur von der Körperlänge. Wer von uns beiden leichter ist, darüber können wir uns später immer noch streiten. Aber Virgil und Sie, Sie beide haben doch jemanden, der zu Hause auf Sie wartet ...«

»Das ist doch völlig egal«, fiel ihm Kesia ins Wort. Sie schrie fast, doch dann brach ihre Stimme. »Wir brauchen doch hier keine Zelte oder so was! Das Risiko lohnt einfach nicht!«

»Wirklich?« So rasch er konnte, reichte Dr. Nez ein Paket nach dem anderen heraus. »Wie lange wird es wohl dauern, bis Hilfe hier eintrifft? Wir brauchen zumindest einen Wasseraufbereiter und ein Medikit. Daceys Medikamente ...«

Anders hatte sich in die kurze Menschenkette eingereiht, die ein Paket nach dem anderen auf deutlich festeren Boden schaffte. Auch Dacey hatte sich zu ihnen gesellt. Jetzt sagte sie: »Ich glaube, der Wagen versinkt jetzt noch schneller!« Ihre Stimme klang älter und brüchiger als je zuvor. »Langston, du musst da raus!«

Virgil Iwamoto war offenkundig der gleichen Ansicht, denn als Langston Nez das nächste Mal ein Paket aus der Öffnung in der Heckscheibe reichte, packte er ihn an beiden Handgelenken.

»Helft mir mal, ihn festzuhalten!«, schrie Virgil.

»Der Wagen versinkt!«, schrie Dacey schrill. »Bei allen Sternen, er versinkt!«

Whittaker drängte sich nach vorn und versetzte Kesia Guyen dabei einen so heftigen Stoß, dass sie beinahe auf ihrem ausladenden Hinterteil gelandet wäre. Gemeinsam mit Virgil hielt er Dr. Nez fest. Viel Platz hatten die beiden Männer nicht, doch gemeinsam zerrten sie mit aller Kraft an Langstons Armen. Gleichzeitig jedoch schien der Sumpf nun erst zu keuchen, dann zu schlucken: Er sog den riesigen Fluglaster ein, als wäre er nur ein winziges Insekt.

Vor Entsetzen stand Anders wie angewurzelt da, als sein Dad und Virgil durch den Sog nach vorn gerissen wurden: Beide Männer fielen auf die Knie und mühten sich nach Kräften, weiterhin den Mann festzuhalten, der soeben lebendig begraben worden war.

Hinter ihm schluchzte jemand – dem Klang nach musste es Kesia sein. Anders sprang vor und begann, im Schlamm zu graben und zu buddeln wie ein Hund. Im hohen Bogen schleuderte er einen klebrig-nassen Klumpen nach dem anderen hinter sich, um den erbarmungslosen Sauggriff des Sumpfes zu brechen. Auf der anderen Seite von Dad und Virgil, die immer noch Langstons Arme umklammert hielten, folgte, wie Anders aus dem Augenwinkel sah, jetzt auch Calida Emberly seinem Beispiel. Innerhalb von Sekunden war ihr silbergraues Haar schlammverklebt. Schließlich packte auch Kesia Guyen mit an; sie schluchzte immer noch.

Wasser durchweichte Anders' Ärmel; es roch nach vermoderten Pflanzen. Sand und Kiesel im Schlamm schienen es darauf anzulegen, ihm die Haut von den Handknochen zu schmirgeln, doch Anders grub weiter. Bildete er sich das nur ein, oder saugte der Sumpf jetzt nicht mehr ganz so heftig wie zuvor?

Langsam, entsetzlich langsam, schien erst Dad, dann auch Virgil das Gewicht mehr auf die Fersen zu verlagern. Einen furchtbaren Moment lang war sich Anders sicher, das bedeute, die beiden hätten Nez nicht mehr festhalten können. Er grub noch hektischer als zuvor; Schlamm und Dreck spritzten ihm ins Gesicht. Auch wenn die beiden Erwachsenen aufgegeben hatten: *Er* würde es nicht tun! Notfalls würde er sich bis zum Kern dieses ganzen verdammten Planeten graben, um Dr. Nez aus diesem entsetzlichen Grab zu befreien.

Als er spürte, dass seine Arme allmählich erlahmten, rief er sich bewusst Erinnerungen an Dr. Nez ins Gedächtnis – nein: *Langston!* Hier ging es einfach nur um den Menschen Langston! Er erinnerte sich, wie freundlich er stets zu Anders gewesen war – nicht nur während dieser Reise, sondern seine ganze Assistenzzeit lang. Sie würden ihn nicht einfach hier zurücklassen – als namenlosen Leichnam im Schlamm einer fremden Welt. Nein, das würden sie nicht tun! Niemals!

Dann keuchte Virgil auf: »Er kommt raus! Wir haben ihn!«

Dr. Whittaker sagte nichts, sondern grunzte nur vor Anstrengung. Er versuchte, sein Körpergewicht so zu verlagern, dass er seine ganze Kraft und Körperlänge dazu nutzen konnte, den verschütteten Mann aus dem gierigen Schlund des Sumpflandes zu ziehen. Indem er aufsprang, entriss er mit diesem Aufwärtsruck einen schlammtriefenden Langston Nez seinem feuchten Grab. Wie ein Leichnam lag er da, umflutet von rettendem Licht und lebensspendender Atemluft.

»Atmet er?«, fragte Dacey.

Vor Erschöpfung waren Dad und Virgil auf die Knie gefallen. Anders wollte zu Langston Nez – halb rollte er sich herum, halb kroch er auf ihn zu. Er wischte sich die Hände am Hosenboden ab und befreite Mund und Nase des jungen Wissenschaftlers von Schlamm. Dann legte er kurz das Ohr an die Lippen des Mannes. ›Lebensrettende Sofortmaßnahmen‹ hatte er gerade erst im letzten Semester absolviert; nun ging er der Reihe nach alle Routineschritte durch.

»Ja, er atmet«, bestätigte er. Der Boden unter ihnen bebte. »Aber wir müssen hier weg, sonst hätten wir genauso gut gleich alle in den Wagen klettern können!«

»Du und ich, wir beide tragen Langston«, entschied Dr. Emberly. »Mutter, hilf Kesia dabei, alle Lebensmittel einzusammeln, die noch nicht auf festem Boden liegen. Virgil und Bradford werden wahrscheinlich schon genug damit zu tun haben, sich überhaupt zu bewegen.«

Anders gehorchte. Dr. Emberly war etwa so groß wie er selbst. Während sie nach Langstons Füßen griff, richtete Anders den schlammbedeckten Oberkörper des Mannes auf. Der Bewusstlose mochte ja nicht übermäßig kräftig sein, doch so schlammbedeckt und völlig durchweicht war er erstaunlich schwer.

Dr. Emberly griff nach den Steuerung von Dr. Nez' Kontragraveinheit.

»Die ist hin«, sagte sie. »Das ist ein ganz einfaches Basismodell. Für Tauchgänge im Schlamm nicht gedacht.«

Sie streifte ihr eigenes Gerät ab und legte es Dr. Nez an, dann stellte sie die gewünschte Stufe ein. »Los! Jetzt sollte er leicht genug sein, dass ihn ein Einzelner tragen kann. Ich komme auch so ans Ufer.«

Wieder gehorchte Anders. Er erinnerte sich, wie er sich bei seinen Versuchen gefühlt hatte, sich in der 1,35-fachen Schwerkraft von Sphinx ohne Kontragrav zu bewegen; deswegen konnte er die Frau für ihre Zähigkeit nur bewundern.

Schließlich hatten sie alle es dorthin geschafft, was ihnen als das rettende Ufer schien; auch die behelfsmäßig zusammengetragene Ausrüstung war in Sicherheit. In der Nähe der Spitzenweiden hatte Kesia eine Süßwasserquelle entdeckt und trinkbares Wasser geholt. Damit reinigte Anders sorgfältig Langstons Mund und Nase; dabei drehte er ihn hin und wieder zur Seite und klopfte ihm vorsichtig auf den Rücken. Anders hoffte, ihn auf diese Weise Schlamm abhusten zu lassen, der möglicherweise in die Lunge eingedrungen war. Dr. Nez' Herz schlug regelmäßig, und er atmete auch. Aber der Atem ging rau und war nur sehr flach.

Irgendwo hinter sich hörte Anders jemand etwas von Sauerstoffmangel und Hirnschaden murmeln, doch er war nicht bereit aufzugeben. Dr. Emberly holte sich ihren Kontragravgürtel zurück und half dann dabei, das behelfsmäßige Lager aufzubauen. Dacey Emberly kam zu Anders herüber.

»Ich werde Langston jetzt meinen Gürtel anlegen«, sagte sie leise. »Aber erzählt das bloß nicht Calida. Die macht sich dann nur unnötig Sorgen. Mein Herz ist wirklich nicht mehr, was es einmal war, aber wenn ich einfach nur in der Gegend herumsitze und gar nichts tue, komme ich bestimmt klar. Der arme Mann sollte jetzt nicht auch noch gegen die Schwerkraft ankämpfen müssen!«

Anders rang sich ein Lächeln ab. Er wusste nicht, wann er das letzte Mal derart müde gewesen war. Aus irgendeinem Grund erschien vor seinem geistigen Auge immer wieder Stephanie Harrington. Nachdem sie im Gewitter mit ihrem Drachen abgestürzt war, hatte sie Löwenherz vor dem Hexapuma gerettet – und zwar nicht etwa bevor, sondern *nachdem* sie sich den Arm gebrochen, das Knie verletzt und mehrere Rippen angeknackst hatte. Wenn Stephanie zu derartigen Dingen in der Lage war, würde er jetzt auch nicht schlappmachen. Schließlich hatte er bislang ja bloß ein bisschen Matsch geschaufelt.

Der Gedanke belebte ihn. Also brachte er Dr. Nez in eine leidlich bequeme Ruheposition und bat Dacey Emberly, ihren Patienten im Blick zu behalten. Dann wollte er mithelfen, das Lager aufzuschlagen. Dabei traf er auf seinen Vater, der sich, frisch umgezogen, gerade ein heftiges Wortgefecht mit Dr. Emberly lieferte.

»Sie übertreiben maßlos. Ja, wir haben derzeit keine Möglichkeit, Kontakt mit der Außenwelt aufzunehmen. Ja, man erwartet uns erst morgen zurück – für die heutige Nacht wollten wir ja ohnehin ein Lager aufschlagen. Aber früher oder später wird jemand nach uns suchen.«

»Und wo?«, lautete Dr. Emberlys eisige Reaktion. »Bei diversen Pfostenbaumhainen im Norden – nicht hier! Ich meine mich zu erinnern, dass Sie zu erwähnen ›vergessen‹ haben, dass Sie *hier* vorbeischauen wollten!«

Einen kurzen Moment lang schwieg sein Dad nur, dann sagte er: »Wenn sie uns dort nicht finden, werden sie nach dem Flugwagen suchen. Die Notbake wird sie geradewegs zu uns führen.«

Anders war erschöpft und völlig fertig ... und stinksauer. Sein Dad hatte sich doch wahrhaftig die Zeit genommen, sich umzuziehen und in mehr oder minder präsentablen Zustand zu bringen, während die anderen versuchten, Langston zu helfen! Die arme alte Dacey beispielsweise saß möglichst reglos an dessen Seite, damit ihre Kontragraveinheit die Leiden des Verletzten wenigstens ein bisschen lindern könnte. Das alles zusammen ließ Anders die Beherrschung verlieren. Er vergaß alles, was ihm seine Eltern jemals zum Thema ›nie die Eltern in der Öffentlichkeit in eine peinliche Situation bringen‹ beigebracht hatten ... und explodierte.

»Notbake? Was denn für eine *Notbake?* Wir sind doch nicht abgestürzt! Du hast den Wagen feinsäuberlich am Rand eines Sumpfs gelandet. Und darin ist er dann versunken. Es hat keinen Aufprall gegeben, keinen plötzlichen Stoß – nichts, was die Notbake aktiviert hätte. Niemand wird uns finden, weil niemand weiß, wo man nach uns suchen muss – und das ist alles allein deine Schuld!«

9

»Was meinst du mit ›verschwunden‹?«, fragte Stephanie aufgebracht und mit erhobener Stimme.

Karl runzelte die Stirn. »Genau das, was das Wort bedeutet, Steph. Du weißt doch auch, dass Frank und Ainsley eng mit Onkel Scott befreundet sind. Na ja, die sind gestern bei ihm vorbeigekommen, um ihn über einen seiner Patienten auf dem Laufenden zu halten – einen Wanderer, der ausgerutscht ist und sich ein Bein gebrochen hat.«

Was interessiert mich denn so ein blöder Wanderer?, dachte Stephanie. *Was ist mit Anders? Wo ist er?*

»Und dann hat Frank gesagt: ›Ich wünschte, wir könnten jeden, der die Stadt verlässt, dazu bringen, einen Peilsender mitzunehmen. Chief Ranger Shelton hat das zwar noch nicht offiziell bekannt gegeben, aber die Fremdsystem-Anthropologen sind verschwunden.‹ Als er das gesagt hat, bin ich gerade reingekommen. Ich meine, das muss doch das Team sein, zu dem auch Anders gehört – und irgendwie mag ich den Kerl. Also habe ich mich umgehört, ob Anders das Team seines Dads auch dieses Mal wieder begleitet hat. Ja, hat er.«

Die schwache Hoffnung, die Stephanie tief im Herzen gehegt hatte, zerplatzte wie eine Seifenblase. »Weiter?«

»Dann habe ich mir alle Details angesehen, die man mir verraten wollte. Aber ich musste denen schwören, dass ich niemandem außer dir davon erzähle. Ich glaube«, Karl grinste, »die wissen ganz genau, dass du mich umbringst, wenn ich dir davon nichts erzähle.«

Stephanie verdrehte die Augen. »Jetzt red schon weiter, sonst bring ich dich erst um und denke mir dann etwas noch viel Gemeineres aus!«

»Okay. Also die Kurzfassung: Vor vier Tagen hat Dr. Whittaker offiziell ins Protokoll aufnehmen lassen, dass seine Mitarbeiter und er, darunter auch Anders und eine ältere Dame – diese Zeichnerin, Dacey Emberly –, eine Exkursion zu Pfostenbaumhainen nördlich von Twin Forks unternehmen würden. Soweit das bislang bekannt ist, werden diese Haine nicht von Baumkatzen genutzt. Das Team wollte bei seinen Untersuchungen einen möglichst großen Bereich abdecken, um allgemeine Daten zu sammeln – als Grundlage für Vergleiche mit den Pfostenbäumen, die 'Katzen für ihre Siedlungen nutzen.

Die Exkursion sollte zwei Tage dauern – also sollten sie am Abend des zweiten Tages wieder zu ihrem Stützpunkt zurückgekehrt sein. An besagten Abend haben Peony Rose Iwamoto und John Qin, die Ehepartner von zwei Team, bei Dr. Hobbard angerufen, um sich zu erkundigen, ob sie möglicherweise wisse, wo sich sich Dr. Whittaker und sein Team aufhielten. Anscheinend hatten sie schon versucht, das Team über Com zu erreichen, sie aber nicht erwischt. Die beiden waren zwar ein bisschen beunruhigt, aber noch nicht besorgt oder gar in Panik. Schließlich wissen sie ja nicht, wie lückenlos das Com-Netz von Sphinx ist.«

»Es nervt mich wirklich«, warf Stephanie ein und bemühte sich, völlig normal zu klingen, »dass Leute aus anderen Systemen immer davon ausgehen, dass Siedler auf Kolonieplaneten primitive Wilde sein müssten und die Kolonie selbst technisch das Letzte.«

»Jou, kenn ich. Na ja, Dr. Hobbard hat sie dann ein bisschen beruhigt, sich aber trotzdem sofort an Chief Ranger Shelton gewandt. Sie ist gleich bis ganz nach oben in der SFD-Hierarchie gegangen, weil sie nicht wollte, dass Medienvertreter davon Wind bekommen und den Forstdienst in ein schlechtes Licht rücken.«

»Nett von ihr«, meinte Stephanie. Aber selbst die gute Meinung, die sie mittlerweile von Dr. Hobbard besaß, reichte nicht aus, die düstere Vorahnung zu vertreiben, die sie beschlich. »Sie sind also schon nach nur zwei Tagen vermisst gemeldet worden, aber inzwischen sind sie *vier* Tage weg? Was ist denn noch passiert?«

Karl hob die Hand, alle vier Finger gestreckt; dann klappte er zwei wieder herunter. »Okay. Wir sind also jetzt am Ende von Tag zwei. Chief Ranger Shelton war wohl nicht sonderlich beunruhigt, aber es hat ihm auch nicht gepasst, dass die Anthropologen nicht an ihre UniLinks gegangen sind. Also ist er selbst zu dem Pfostenbaumhain hinübergeflogen, den sie als letzten aufsuchen wollten. Aber da waren sie nicht, und es gab auch keinerlei Anzeichen dafür, dass sie jemals dort gewesen sind.

Der Chief konnte natürlich keine Suchtrupps ausschicken, ohne das Ganze an die große Glocke zu hängen. Die von Dr. Whittaker angegebenen Exkursionsgebiete liegen zwar in verschiedenen ökologischen Zonen, nur herrschte dort überall gerade Nacht. Gleich Suchtrupps zu mobilisieren hätte genau die Sorte Fragen aufgeworfen, die Dr. Hobbard eigentlich gern vermeiden wollte.«

Stephanie wollte schon protestieren – immerhin ging es hier um *Anders!* –, doch sie zwang sich dazu, die Lage sachlich und vernünftig zu betrachten.

»Dann hat der Chief es wohl für möglich gehalten, dass die Anthropologen noch einmal zu einem der anderen Haine zurückgekehrt sind, oder so?«, sagte sie. »Hatten sie denn Campingausrüstung dabei?«

»Hatten sie. Für eine Nacht im Außeneinsatz wollten sie tatsächlich ein Lager aufschlagen, statt wieder zu ihrem Stützpunkt zurückzukehren.« Karl klappte auch den dritten Finger ab. »An Tag drei hat der Chief Ranger ein paar Ranger, auf deren Verschwiegenheit er sich verlassen kann, darum gebeten, sich die Exkursionsgebiete einmal genauer anzuschauen. Genau das ist auch passiert. Wieder gab es keinerlei Anzeichen, dass die Anthropologen jemals dort gewesen sind – in *keinem einzigen* der Haine. Wenn sieben Personen ein Gebiet begutachten, hinterlassen sie zwangsläufig Spuren, die einem geschulten Auge nicht entgehen können – selbst Wissenschaftler, die ganz bewusst versuchen, so wenig Schaden wie möglich anzurichten.«

»Wird vermutet, dass der Flugwagen des Teams abgestürzt ist?«, fraget Stephanie, nur um sich selbst gleich die Antwort zu geben. »Nein. Das kann ja nicht sein. Wenn der Wagen abgestürzt ist, wäre sofort die Notbake aktiviert worden. Ich wette, selbst Jessicas alte Mühle ist mit einer Notbake ausgestattet – und das ist wirklich ein *ganz* altes Ding.«

Karl nickte. »Danach habe ich aber auch sofort gefragt. Frank meint, derzeit gingen sie davon aus, dass der Wagen *nicht* abgestürzt wäre. Sie vermuten, dass das Team sehr wohl gezielt und ohne Probleme aufgesetzt hat. Aber dann ist etwas passiert, was dafür gesorgt hat, dass der Wagen nicht wieder starten konnte.«

»Was könnte denn dafür sorgen, dass nicht nur der Wagen nicht mehr funktioniert, sondern auch noch dessen Com ausfällt?«, protestierte Stephanie. »Und was ist überhaupt mit deren UniLinks?«

Karl grinste zwar, doch er wirkte sehr müde dabei. »Eines Tages bekommst du noch die Sherlock-Holmes-Ehrennadel – das waren Franks Worte, als ich ihm genau die gleichen Fragen gestellt habe. Niemand weiß, was mit dem Com des Wagens passiert sein könnte – auch wenn spekuliert wurde, die gesamte Elektronik des Wagens könnte ausgefallen sein. Aber wenigstens kennen wir jetzt die Lösung des UniLink-Rätsels.«

»Ach?«

»Peony Rose und John Qin verwenden die gleichen UniLinks wie Dr. Whittakers Team. Natürlich hat sich der Chief Ranger die Geräte sofort angesehen. Dabei hat sich dann herausgestellt, dass sie in einem anderen System gefertigt wurden. Solange die nur auf das lokale Com-Netzwerk zugreifen sollen, gibt es kein Problem. Aber auf größere Distanzen sind sie nicht ausgelegt. Leicht vereinfacht ausgedrückt, können die mit den entsprechenden Programmen der Fernmeldesatelliten nichts anfangen. Dr. Whittakers Team hatte wohl schon mal ein paar Probleme, aber weil es meistens nur darum ging, mit anderen Teammitgliedern zu sprechen – die eben auch vor Ort waren – oder mit Leuten vom SFD oder mit Dr. Hobbard, haben sie diese Probleme immer irgendwie umgehen können.«

»Lass mich raten ...«, sagte Stephanie. »Die Anthropologen haben sich wahrscheinlich gedacht, das Problem liege gar nicht an ihren UniLinks, sondern in dem primitiven System dieser hübschen primitiven Koloniewelt, oder?«

Karl seufzte reumütig. »Ich habe zwar nicht gefragt, aber ich möchte wetten, dass du recht hast. Das würde auch gleich erklären, warum die beiden Angehörigen der Mitarbeiter es nicht komisch gefunden haben, das Team nicht erreichen zu können. Die beiden kannten das mit den Verbindungsausfällen ja schon.«

»Wenn die nur ein bisschen länger hier gewesen wären«, meinte Stephanie, »hätten die kapiert, dass was nicht stimmt. Vor allem nachdem Anders jetzt schon ein paarmal was mit uns unternommen hat ... Es hätte doch schon gereicht, wenn er bloß ein einziges Mal seinen Vater nicht über Com erreicht hätte. Dann hätten wir ihm sagen können, dass das nicht normal ist ...«

»Irina sagt immer, am meisten Zeit würde man mit den Worten ›hätte, könnte, sollte, müsste‹ vergeuden«, fiel ihr Karl ins Wort. »Auf jeden Fall ist Dr. Whittaker zusammen mit seinen Mitarbeitern auf eine Exkursion gegangen – und dann ist etwas passiert. Es ist unwahrscheinlich, dass er ein anderes Ziel angesteuert hat als die Gebiete, die auch offiziell vermerkt wurden – er wird ja wohl nicht so dämlich sein, es sich mit dem ganzen SFD zu verscherzen, indem er ... was weiß ich: auf die Suche nach Löwenherz' Clan geht, oder? Deswegen konzentriert sich die Suche derzeit auf die Region nördlich von Twin Forks – bis hinauf zu den Ausläufern der Copperwalls.«

Stephanie, die sich bereits als Teil der Suchmannschaft sah, rief schon die entsprechende Karte auf ihrem UniLink auf.

»Leicht wird die Suche nicht«, sagte sie und hielt das UniLink so, dass auch Karl die Karte einsehen konnte. »Da oben gibt's ganz schön ungemütliches Gelände.«

»Jou«, pflichtete ihr Karl bei. »Genau deswegen haben die Anthropologen diese Region ja auch ausgesucht. Da gibt es so viele steile Berge und tiefe Schluchten – und den Riesenfluss da –, dass es auf relativ kleinem Raum bemerkenswert viele voneinander völlig isolierte Ökosysteme gibt. Aber da stellt sich gleich noch ein weiteres Problem: Auf der Karte sieht das zwar so aus, als wären das nur ein paar hundert Quadratkilometer, aber dank all der Hänge und Schluchten müssen sich die Suchtrupps in Wahrheit mit einem Gebiet herumschlagen, das doppelt oder sogar dreimal so groß ist.«

»Und mit einem Fluss«, setzte Stephanie hinzu. »Breit und sehr reißend. Die werden mit dem Wagen doch wohl nicht im Fluss gelandet sein, oder?«

Karls Gesicht verfinsterte sich. »Ich glaube, so etwas bekäme nicht einmal ein noch so zerstreuter Professor hin – aber wenn doch, dann war's das. Dann sind die weg, und niemand wird sie je wiederfinden – nicht in einer Million Jahre.«

Klettert-flink schmeckte die Schärfe von Sorge und Furcht in Todesrachen-Verderbs Geistesleuchten. Je länger Licht-im-Schatten sprach, desto stärker wurden diese Empfindungen. Wieder verspürte er die mittlerweile gewohnte Frustration, weil keines der Mundlaute des Zwei-Beins ihm auch nur einen Hinweis darauf gab, wo das Problem lag. Ein- oder zweimal hörte er die Lautfolge ›An-ders‹ – diese, so vermutete Klettert-flink, bezog sich auf das blonde, junge Männchen, an dem sein Zwei-Bein so interessiert war. Doch da sein Zwei-Bein diese Lautfolge in letzter Zeit so häufig verwendete, war sich Klettert-flink nicht sicher, ob Gebleichtes-Fell wirklich etwas mit dem Problem zu tun hatte.

Während er noch versuchte herauszufinden, was denn eigentlich nicht stimmte, kam Todesrachen-Verderbs neueste Freundin zu ihr und Licht-im-Schatten herüber. Klettert-flink hatte ihr den Namen ›Windgetrieben‹ gegeben – zum einen, weil sie sich flink wie der Wind bewegte, zum anderen, weil ihr Geistesleuchten hin und wieder unerwartet stark werden konnte wie eine unvermittelte Bö. Das Mädchen mit dem stets windzerzausten Fell hatte Todesrachen-Verderb in letzter Zeit recht häufig besucht. Gleiches galt auch für ein etwas älteres Zwei-Bein-Weibchen, das wohl Windgetriebens Mutter war, da war sich Klettert-flink fast sicher.

Auch wenn Windgetrieben das Geistesleuchten anderer nicht zu lesen vermochte, spürte sie offenkundig doch deutlich, welche Spannung in der Luft lag. Sie stellte eine Frage. Zur Antwort stießen Todesrachen-Verderb und Licht-im-Schatten zahlreiche Mundlaute aus – und zwar gleichzeitig. Klettert-flink fragte sich, ob ein solches Laut-Durcheinander nicht zwangsweise zu Verwirrung führen musste. Doch ganz egal, was hier gesprochen wurde, eines wurde immer deutlicher: Wo auch immer das Problem liegen mochte, es hatte auf jeden Fall mit Gebleichtes-Fell zu tun. Während Windgetrieben den Erklärungen lauschte, legte sich über Todesrachen-Verderbs Geistesleuchten ein äußerst beunruhigender Schatten echter Furcht.

Klettert-flink war sich sicher, dass dieses Gefühl mit etwas Fassbarem zu tun hatte, nicht mit den Gefühlsschwankungen, die Todesrachen-Verderb jedes Mal erfassten, wenn das junge Zwei-Bein-Männchen in ihrer Nähe war. Außerdem waren Licht-im-Schatten und Windgetrieben ebenfalls besorgt.

Klettert-flink war nicht überrascht, als sich Todesrachen-Verderb an ihn wandte. Die meisten ihrer Mundlaute waren gänzlich unverständlich, doch zwei erkannte er wieder: ›Los!‹ und ›An-ders‹. Zusammen mit der Not, die er in ihrem Geistesleuchten schmeckte, war das alles, was er zu wissen brauchte.

Sie würden wegen dieses ›An-ders-Problems‹ etwas unternehmen, und sein Zwei-Bein wollte, dass er mitkäme.

»Bliek!«, erwiderte Klettert-flink und eilte schon in Richtung von Licht-im-Schattens Flugwagen. »Bliek! Bliek!«

Die Tage seit jener unglückseligen Landung erschienen Anders wie eine ununterbrochene Folge von Notfällen. Nachdem die Mannschaft erst einmal akzeptiert hatte, dass sie frühestens in zwei oder drei Tagen gerettet würden – wenn überhaupt! –, begannen zunächst die wechselseitigen Schuldzuweisungen.

Anders wusste, dass sein eigener Wutausbruch das Ganze überhaupt erst ausgelöst hatte. Deswegen fühlte er sich mitschuldig, als sein Vater die Wucht des Angriffs dämpfte, indem er seinerseits Schuldige suchte.

»Wieso«, fragte er im typischen Mündliche-Prüfungs-Tonfall, »funktionieren denn unsere UniLinks nicht?«

Sein finsterer Blick galt allen Anwesenden gleichermaßen, doch vor allem Virgil Iwamoto fühlte sich angesprochen. Als jüngster Neuzugang zum Team war er für einen Großteil der Ausrüstung verantwortlich.

»Ein paar Probleme hatten wir schon vorher bemerkt«, setzte er zögerlich an, »aber sie schienen nicht sonderlich wichtig, weil wir ja schließlich immer noch das Com im Wagen hatten.«

Damit hatte er eindeutig das Falsche gesagt. Sein Chef war seit fast zwanzig Jahren mit einer Politikerin verheiratet. Daher wusste er, dass sich Untergebene durch zur Schau gestelltes Missfallen deutlich leichter an der Kandare halten ließen als durch Zorn. Er ignorierte den Aspekt des versunkenen Wagens und konzentrierte sich ganz auf die UniLinks.

»Sie hätten sich sofort mit dem Problem befassen oder die Geräte austauschen lassen sollen, gleich als das erste Problem aufgetaucht ist!«, erklärte er so kategorisch, dass Widerspruch ausgeschlossen war. Und weswegen auch widersprechen? Er hatte ja recht.

Dann kam die Frage, wo sie ihr Lager aufschlagen sollten. Sie befanden sich nicht weit genug oben in den Copperwalls, dass schon mit Gipfelbären zu rechnen wäre. Aber die höchst anpassungsfähigen Hexapumas durfte man nicht einfach ignorieren – vor allem, da dem Team als ›Waffen‹ lediglich kleine, eigentlich als Werkzeuge gedachte Vibroklingen zur Verfügung standen … von einem einzelnen Betäubungsgewehr einmal abgesehen, und für das gab es auch nur ein einziges Magazin Munition. Also mussten sie sich in die Bäume zurückziehen. Das wiederum bedeutete, zumindest für Dr. Whittaker, dass sie sich einen Ort suchen mussten, von dem aus sie das kostbare, noch genauer zu untersuchende Baumkatzenlager auf keinen Fall kontaminieren oder anderweitig beschädigen würden.

Wieder war jeglicher Widerspruch schlichtweg zwecklos. Natürlich stand schon jetzt fest: Wenn sie erst einmal hier entdeckt würden, müsste Dr. Whittaker mit Engelszungen auf die verschiedensten Leute einreden, damit diese Expedition auch weiterhin das Wohlwollen des SFD genösse. Jeglicher Schaden am Baumkatzenlager würde alles nur noch weiter verkomplizieren.

Kostbare Zeit ging dabei verloren, das gesamte Gelände gründlich abzusuchen. Doch schließlich fanden sie einen kleinen Hain Gelber Felsenbäume, der anscheinend nicht von den Baumkatzen genutzt worden war. Doch das Gebot des Xenoanthropologen, das eigentliche 'Katzenlager dürfe keinesfalls kontaminiert werden, erschwerte es deutlich, ein Lager aufzuschlagen. Während Pfostenbäume wegen ihres dichten Netzwerks aus Ästen und Zweigen und der Stämme, die als Vermehrungsknoten dienten, geradezu ideal waren, um darin ein Baumhaus zu bauen, wie es Kesia in ihrer ungezwungen-respektlosen Art ausdrückte, waren die Felsenbäume mit ihren kerzengeraden Stämmen dazu sehr viel weniger geeignet.

Letztendlich jedoch entdeckten sie einen Hag deutlich jüngerer Bäume, deren unterste Äste noch relativ bodennah waren – in ›nur‹ rund acht Metern Höhe. Wenigstens waren die Felsenbäume, die diesen Namen ihrer extremen Härte und der hohen Dichte ihres Holzes verdankten, robust genug, dass selbst ein sehr junges Exemplar beachtliche Lasten zu tragen vermochte.

Ihre Ausrüstung dorthin zu schaffen und in der entsprechenden Höhe ihre Zelte aufzuschlagen führte gleich zum nächsten Problem.

»Ich habe mir gerade meine Kontragraveinheit angeschaut«, erklärte Virgil. »Die ist deutlich stärker entladen, als sie das eigentlich sein sollte.«

Er klang noch zögerlicher als zuvor. Anders konnte es ihm nicht verdenken, denn sein Chef schien fest entschlossen, Virgil die Schuld für wirklich alles zuzuschieben, was auch nur im Entferntesten mit der Ausrüstung zu tun hatte. Er hatte ihn bereits dafür getadelt, nicht mehr Lebensmittel eingepackt zu haben, als für ihre ursprünglich geplante Zwei-Tages-Exkursion benötigt wurden ... und dafür, dass die Kiste, in der sich Dr. Whittakers Lieblingstee und einige andere Luxusgüter befanden, nicht zu denjenigen gehörte, die noch auf den letzten Drücker aus dem versinkenden Fluglaster geborgen worden waren.

Der Reihe nach überprüften auch alle anderen ihre Kontragraveinheiten. Bei allen lag der Aufladezustand niedriger als erwartet – bei manchen mehr, bei anderen weniger deutlich. Dr. Whittakers Kontragravgürtel kam dem zu erwartenden Wert noch am nächsten. Aus irgendeinem Grund schien er zu glauben, das belege deutlich, er habe als Einziger alles richtig gemacht.

»Vielleicht haben Sie das Gerät beschädigt«, setzte er an. »Bei dieser ganzen Herumspringerei im Sumpf ...«

»Der Grund für unser Problem ist doch offensichtlich«, fiel ihm Dr. Emberly scharf ins Wort. »Bei normalem Gebrauch halten die Geräte etwa dreiunddreißig Stunden. Aber wir haben sie dazu genutzt, uns die ganze Zeit über die Last zu erleichtern. Also haben wir mehr Energie verbraucht. Normalerweise wäre das völlig unerheblich gewesen, schließlich hätte der Fluglaster sie automatisch nachgeladen. Aber den Flugwagen haben wir ja nun nicht mehr.«

Und da Dad vor allem nur dasteht und alle anderen herumkommandiert, setzte Anders in Gedanken gehässig hinzu, *statt anzupacken wie alle anderen auch, hat er natürlich längst nicht so viel Energie verbraucht.*

Das Display auf Anders' Gerät meldete etwa den gleichen Verbrauch wie bei Virgil. Er versuchte, in Gedanken umzurechnen, was das bedeutete, aber den genauen Umrechnungsfaktor kannte er nicht. Er erinnerte sich, dass bei Minimalleistung, bei der die Schwerkraft um etwa fünfundzwanzig Prozent vermindert wurde, ein Kontragrav ungefähr achtundvierzig Stunden durchhielt. Da sie die Geräte aber ohnehin schon auf höhere Leistung eingestellt hatten – die Schwerkraft auf Sphinx lag ja ungefähr um ein Drittel oberhalb des T-Standards –, verbrauchten sie natürlich auch mehr Energie, um auf das gleiche subjektive Eigengewicht zu kommen. Deswegen hielten die Geräte hier bei normaler Last ungefähr sechsunddreißig Stunden.

Und während der letzten Stunden, verfolgte Anders den Gedanken weiter, *haben wir die Energie fröhlich genutzt, als könne sie uns niemals ausgehen. Aber so ist das ja nun einmal nicht …*

»Haben wir Energiezellen dabei?«, fragte Kesia besorgt.

»Ein paar«, erwiderte Virgil. »Aber nicht einmal ansatzweise genug, um weiterzumachen wie bisher – wenn wir nicht innerhalb kürzester Zeit ganz ohne dastehen wollen.«

»Also müssen wir den Gebrauch ab sofort deutlich einschränken«, entschied Dr. Emberly und veränderte dabei schon die Einstellung ihres eigenen Geräts. »Wir haben Leitern dabei, also benutzen wir sie auch. Alle, die kräftig und gesund genug sind, sollten zusehen, mit Minimalleistung zurechtzukommen.«

»Dr. Emberly«, meldete sich Anders zu Wort, »Sie haben gerade gesund gesagt. Wie ich sehe, war Ihre Mutter so freundlich, ihr Gerät Dr. Nez zur Verfügung zu stellen. So kann das aber unmöglich weitergehen, sonst haben wir bald nicht mehr nur einen Patienten, sondern zwei.«

Sobald die erste Plattform angelegt und das erste Zelt aufgerichtet gewesen waren, hatte man Dr. Nez in Sicherheit gebracht; Dacey Emberly übernahm die Rolle der Krankenpflegerin und blieb an seiner Seite. Anfänglich fertigte sie auf ihrem Skizzenblock noch ein paar Zeichnungen an, doch als Anders wenig später erneut nach oben auf die Plattform gestiegen war, hatte er gesehen, dass die alte Dame nun fast reglos dasaß und nur hin und wieder nach Langston Nez schaute.

»Ich muss Anders recht geben«, meinte Kesia Guyen. »Dacey ist schon ein bisschen blau um die Lippen. Hat sie Herzprobleme?«

»Ja«, bestätigte Dr. Emberly, und zwischen ihren Augenbrauen zeichnete sich eine steile Falte ab. »Nicht so schlimm, dass sie diese Exkursion lieber gelassen hätte, aber unter anderem deswegen nimmt sie regelmäßig Medikamente. Besteht denn gar keine Chance, dass wir Langstons Gerät doch wieder ans Laufen bekommen?«

»Ich kann's mir ja mal ansehen«, sagte Kesia. »John ist richtig gut im Reparieren von Kleingeräten, und ein bisschen habe ich mir bestimmt schon davon abgeschaut. Aber allzu viel Hoffnung will ich hier niemandem machen! Die Geräte, die wir dabeihaben, sind eigentlich nicht dafür gedacht, sie nicht nur erst im Matsch zu versenken, sondern den Matsch dann auch noch durchtrocknen zu lassen.«

Sie brauchten fast den gesamten Rest des Tages, ihr Lager aufzuschlagen. Das Abendessen fiel recht spärlich aus, aber wenigstens hatten sie kein Problem mit der Trinkwasserversorgung. Der Sumpf, der ihren Flugwagen verschluckt hatte, versorgte sie mit so viel Süßwasser, wie sie sich nur wünschen konnten, und der Wasseraufbereiter, den Virgil für die Expedition angeschafft hatte, arbeitete effizient und mit minimalem Energiebedarf. Dieses Gerät war nicht für Luxus-Campingausflüge gedacht, sondern für echte Notsituationen.

Wäre Anders nicht derart erschöpft gewesen, hätte er vermutlich nur sehr schlecht geschlafen. Schließlich hatte er für die Nacht seinen Kontragrav abgeschaltet, um Energie zu sparen. Als er am nächsten Morgen wieder erwachte, fühlte er sich zwar nicht gerade frisch und munter, aber doch deutlich besser. Sie hatten sich darauf geeinigt, dass jeder, der sich oder anderes durch die Gegend bewegen musste, sein Kontragrav auf minimale Leistung einstellen durfte. Also brauchte sich Anders tagsüber nur mit einer um fünfzehn Prozent höheren gefühlten Schwerkraft herumzuschlagen. Nach einer Nacht mit um *fünfunddreißig* Prozent gesteigerter Schwerkraft fühlte er sich beinahe, als könnte er fliegen.

»Ich habe hier ein Handbuch«, erklärte er und wedelte mit seinem Lesegerät. »Stephanie hat mir auch ein paar Artikel ihrer Mutter mitgegeben. Ich dachte mir, ich könnte vielleicht schauen, ob ich irgendwo etwas Essbares finde.«

Dr. Emberly wirkte interessiert. »Stammt dieses Handbuch vom Forstdienst? Ich hatte schon überlegt, mich danach zu erkundigen – einfach aus Interesse. Falls du eine Assistentin an deiner Seite duldest, wäre ich gern dabei.«

»Ist es denn wirklich nötig, schon auf Nahrungssuche zu gehen?«, grollte sein Vater.

Stämmig, wie er nun einmal war, wirkte er verständlicherweise nicht gerade glücklich darüber, nun mit einem erhöhten Eigengewicht zurechtkommen zu müssen. Anders hätte schwören können, seinen Vater schon mehr als einmal dabei ertappt zu haben, den Kontragrav über das vereinbarte Minimum hinaus einzustellen. Nur nach beherztem, um nicht zu sagen: *vehementem* Einspruch seitens Dr. Emberly waren zwei der zusätzlichen Energiezellen an Dr. Nez und Dacey gegangen.

Wundersamerweise war es Kesia tatsächlich gelungen, das beschädigte Gerät wieder ans Laufen zu bringen. Allerdings brachte es nur gerade noch die Mindestleistung auf – und verbrauchte dabei übermäßig viel Energie. Also hatte man sich einen Zeitplan zurechtgelegt, nach dem Dacey und Dr. Nez ihre Kontragravs tauschten, sodass jeder der beiden zumindest zeitweise ›normale‹ Schwerkraft genießen konnte.

Dr. Nez hatte das Bewusstsein noch nicht wiedererlangt; er atmete immer noch schwer. Da niemand aus dem Team eine medizinische Ausbildung besaß, die über einen Erste-Hilfe-Kurs hinausging, war nicht festzustellen, wo das eigentliche Problem lag.

Vermutlich hat er doch Matsch eingeatmet, dachte Anders. *Und das Zeug sorgt jetzt für eine Entzündung in seiner Lunge, oder so was in der Art. Er kann sich wohl glücklich schätzen, dass man uns alle vor der Überfahrt hierher mit Antibiotika und Breitbandimpfungen gegen Viren regelrecht vollgepumpt hat. Derzeit dürfte er noch gegen Infektionen immun sein. Nur: Dacey sorgt zwar dafür, dass Langstons Lippen nicht völlig austrocknen, aber wir schaffen es nicht, ihm mehr als immer nur ein paar Tropfen Wasser einzuflößen; also dürfte er nach und nach dehydrieren.*

»Ob es wirklich schon nötig ist, auf Nahrungssuche zu gehen?«, wiederholte Dr. Emberly die beinahe schon im Brustton der Entrüstung vorgetragene Frage Dr. Whittakers, um sie gleich selbst zu beantworten. Nicht zum ersten Mal war Anders froh darüber, dass es im Team wenigstens eine Person gab, die sich nicht durch seinen Vater einschüchtern ließ. »Ja, das ist es! Ich weiß, dass Sie auf eine baldige Rettung hoffen, aber ich versichere Ihnen: Derartiger Optimismus ist unrealistisch. Vor heute Abend wird man uns noch nicht einmal *vermissen.* Frühestens morgen früh wird man überhaupt eine Suche einleiten – und dann wird man lediglich herausfinden, dass wir nicht dort sind, wo man uns erwartet.«

Anders' Dad blickte sie müde an – vielleicht war das sein misslungener Versuch, ihr so etwas wie Reue vorzuspielen. Mittlerweile traute Anders seinem Vater nicht mehr ganz – vor allem, was dessen wahre Absichten betraf. Die nächsten Worte seines Dads ließen sein Misstrauen noch anwachsen.

»Ich verstehe. Da wir keine zusätzlichen Nahrungsmittelvorräte haben ...«, Dad nutzte eine kurze Kunstpause dazu, Virgil erneut einen erbosten Blick zuzuwerfen, »müssen wir uns wohl auf das Schlimmste vorbereiten. Aber da einige von uns weder über ein Handbuch des SFD verfügen noch Erfahrungen auf dem Gebiet der Xenobiologie besitzen, können wir ja vielleicht einfach genau die Arbeit weitermachen, für die wir eigentlich hierhergekommen sind.«

»Sie meinen, das Baumkatzenrevier erkunden?« Kesia klang überrascht.

»Warum denn nicht?«, gab Dr. Whittaker zurück. »Sie sind zwar Linguistin, aber auch Sie beherrschen die Grundlagen der Feldforschung. Sie können Bild- und Tonaufzeichnungen anfertigen. Das Beste daran: Wenn wir Leitern verwenden oder die Aufzeichnungen auf dem Waldboden selbst anfertigen, sparen unsere Kontragravs auch noch Energie.«

»Na ja ...« Dr. Emberly zögerte. »Unrecht haben Sie nicht. Wir können nicht zulassen, dass sich hier jemand vergiftet, indem er einheimische Pflanzen oder Pflanzenteile isst, die nicht mit dem menschlichen Stoffwechsel kompatibel sind. Also übernehmen Anders und ich die Nahrungsbeschaffung.«

So erstaunlich es ihm auch schien: Bei ihrer Suche nach Essbarem erfuhren sie sogar eine ganze Menge über Baumkatzen. Die 'Katzen, die dieses Lager hier eingerichtet hatten, waren zwar nicht gerade echte ›Farmer‹ gewesen, aber es gab zumindest Anzeichen dafür, dass sie das Wachstum von Pflanzen, die sie in der einen oder anderen Weise nutzten, in der Nähe ihrer Siedlung aktiv begünstigten: Einer ihrer ersten Funde entpuppte sich als Fastlattichfeld – auf dem die Pflanzen allerdings gerade erst nachwuchsen und noch recht klein waren.

»Wahrscheinlich haben sie es abgeerntet, bevor sie fortgezogen sind«, bemerkte Dr. Emberly, während sie vorsichtig die essbaren Blattspitzen abtrennte. »Aber die Wurzeln haben sie stehen lassen, um das Nachwachsen zu fördern. Genauso machen wir das auch.«

Nicht allzu weit davon entfernt fanden sie ein paar Fastkiefern. Genauere Betrachtung durch das Fernglas verriet ihnen, dass recht knapp unter den Wipfeln einige Zapfen schon fast reif waren. Nach kurzem Überlegen entschied Dr. Emberly, dass es akzeptabel sei, zumindest einen ihrer Kontragravs etwas über Gebühr zu belasten, um ein paar der daumengroßen Nüsse zu ernten. Da das untere Drittel dieser Bäume immer völlig astfrei war, kam reines Klettern schlichtweg nicht in Frage.

»Die zusätzlichen Kalorien werden wir gut brauchen können«, erklärte sie Anders. »Geh du hoch! Du bist wendiger als ich. Nimm aber nur die Schoten, die schon dunkelrotbraun geworden sind. Lass sie einfach fallen – ich sammle sie dann auf.«

Anders stimmte zu, ohne ihr – oder auch nur sich selbst – einzugestehen, wie gut es sich anfühlte, wieder ein wenig leichter zu sein. Doch nachdem er erst einmal zu den untersten Ästen hinaufgeschwebt war, stellte er den Kontragrav pflichtschuldigst wieder auf minimale Leistung und behielt diese während der Ernteaktion bei. Die Überlegung, dass Knochenbrüche für sie noch hinderlicher wären als eine leere Energiezelle, brachte ihn jedoch dazu, das Gerät für den Abstieg wieder auf normale Schwerkraft umzustellen.

Das Handbuch des SFD erwies sich nicht nur im Hinblick auf Pflanzen als sehr nützlich: Sie erfuhren daraus auch, welche einheimischen Tiere für den Menschen essbar waren. Die Anthropologen waren natürlich nicht für eine richtige Jagd ausgerüstet, aber Dr. Emberly wusste, wie man eine Fischreuse improvisierte.

»Mit Spitzenweide sollte das gehen«, erklärte sie und zeigte Anders, welche Teile der Pflanze er abschneiden sollte. »Aber ich rechne nicht damit, irgendetwas zu erwischen. Die Baumkatzen werden dieses Gebiet vermutlich schon überfischt haben. Es sollte mich nicht überraschen, wenn das einer der Gründe für ihr Weiterziehen wäre. In einem Jahr mit normaleren Niederschlagsmengen wäre der Sumpf durch den Regen mit weiterem Wasser gespeist worden, aber jetzt ist er ganz auf das Grundwasser angewiesen – wie viel auch immer davon noch vorhanden sein mag. Allzu viele Spuren von Fastottern oder Fastbibern haben wir ja noch nicht entdeckt. Es ist gut möglich, dass die Fastbiber vor langer Zeit dafür gesorgt haben, dass dieses Feuchtgebiet hier überhaupt erst entstanden ist.«

Wäre ihre Lage im Ganzen nicht so verzweifelt, hätte Anders diesen Ausflug durchaus genossen. Doch als sie zum Lager zurückkehrten, schwer beladen mit den Früchten ihrer Arbeit, fanden sie dort nicht nur Andres' Vater vor, der mit geradezu diebischer Freude einige Steinwerkzeuge und zerbrochene Körbe betrachtete, sondern auch Dr. Nez in seinem Schlafsack. Er atmete schwer, jeden Atemzug begleitete ein ungesundes Pfeifen. Anders war sich sicher, dass das alles andere als gut war.

Und ich will, dass alles wieder gut wird, dachte er und ballte verzweifelt die Hände zu Fäusten. *Ich will, dass alles wieder gut wird.*

Man hatte Stephanie, Karl und Jessica gestattet, sich an der Suche nach Dr. Whittaker und seinem Team zu beteiligen –

aber nur, wenn sie wirklich niemandem von der ganzen Sache erzählten.

»Ich behalt's für mich«, sagte Jessica und hob die Hand in einer uralten, zeitlosen Geste, die ihren Ursprung wohl in Gerichtssälen aus unvordenklicher Zeit besaß. »Aber ich muss zugeben, dass mir nicht einleuchtet, warum das notwendig sein soll. Als ich noch im Tasmania-System gelebt habe, ist dort mal in den Ausläufern einer großen Bergkette ein kleines Mädchen verschwunden. Da hat dann nicht nur die örtliche Polizei Suchtrupps ausgeschickt: Es gab ganz viele Freiwillige, die geholfen haben. Letztendlich wurde das Mädchen dann auch von einem dieser Freiwilligen gefunden – von meinem Vater ...«

Chief Ranger Shelton lächelte ihr müde zu. »In den weitaus meisten Fällen wäre es auch nur vernünftig, Freiwillige hinzuzuziehen. Aber hier liegen die Dinge ein wenig anders.«

Er hob die Hand, alle Finger ausgestreckt, und setzte dazu an, verschiedene Punkte daran abzuzählen.

Ach, daher *hat Karl das!,* dachte Stephanie und verkniff sich gerade noch ein unangemessenes Kichern. Es war auch nichts weiter als eine Folge der Anspannung wie die Magenkrämpfe, die sie plagten.

»Zunächst einmal stecken wir mitten in der Flammenzeit«, erklärte Shelton. »Bei dieser Trockenheit ist die Brandgefahr noch größer als sonst. Stephanie und Karl wissen schon, dass die meisten Waldbrände letztendlich auf menschliches Fehlverhalten zurückgehen – zumindest auf anderen Welten ist das unweigerlich so. Hier auf Sphinx leben dafür einfach noch nicht genug Menschen, aber je mehr Menschen durch die Gegend streifen, desto wahrscheinlicher ist es, dass jemand dabei unvorsichtig wird. Und sosehr uns auch daran gelegen ist, Dr. Whittaker und seine Leute zu finden: Wir wollen auch nicht dafür verantwortlich sein, dass potenzielle Brandherde kreuz und quer durch die Landschaft ziehen.

Zweitens denken nicht alle so positiv über die vermissten Personen, auch wenn wir vom SFD diese auswärtigen Wissenschaftler herzlich willkommen geheißen haben und auch wirklich daran interessiert sind, zu erfahren, zu welchen Schlussfolgerungen sie kommen. Aber viele andere hier auf Sphinx halten sie für Eindringlinge. Schlimmer noch: Dr. Hobbard hat mir erzählt, nicht einmal unter den Intellektuellen im Sternenkönigreich würde in dieser Hinsicht Einigkeit herrschen. Manche seien alles andere als erfreut darüber, dass man Fremdweltlerspezialisten zurate ziehe – ganz egal, wie sorgfältig sie im Vorfeld ausgewählt wurden.

Drittens ... und ich muss zugeben, dass dahinter vor allem Eigennutz steht: Wenn allgemein bekannt wird, dass es diesen Leuten gelungen ist, sich derart leicht der Aufsicht durch den SFD zu entziehen, wird uns das jede Menge Kritik einbringen. Der SFD erfreut sich schon jetzt nicht gerade uneingeschränkter Beliebtheit. Wir sind viel zu sehr damit beschäftigt, den Leuten auf Sphinx zu erzählen, was sie alles nicht tun dürfen. Wir beschützen Bodenschätze und andere Rohstoffe, von denen die meisten Kolonisten gern annehmen würden, sie stünden unbegrenzt zur Verfügung. Es wäre den Leuten ein Fest, auf diese Weise einen weiteren Grund dafür zu erhalten, unsere Arbeit zu kritisieren.

Und viertens«, Sheltons Miene verfinsterte sich, »steht da immer noch die Frage im Raum, warum Dr. Whittaker und seine Leute anscheinend nicht einmal ihr erstes Exkursionsziel erreicht haben. Hat sich dieser Unfall schon ereignet, bevor sie dort eintreffen konnten, oder hatten sie in Wahrheit etwas völlig anderes im Sinn? Derzeit gehen wir davon aus, dass ihnen der Unfall gleich zu Anfang ihres Ausflugs dazwischengekommen ist. Eine andere Möglichkeit wäre, dass sie die Reihenfolge, in der sie ihre Ziele ansteuern wollten, geändert haben – aus einem bestimmten, dem Team sehr einleuchtenden Grund. Aber sie haben eben vergessen, uns davon in Kenntnis zu setzen, oder es erschien ihnen einfach nicht erforderlich. Schließlich hatten sie ja die offizielle Genehmigung, sämtliche der aufgelisteten Orte anzusteuern. Wie dem auch sei: Wenn es so war, haben sie auf jeden Fall einen anderen Kurs gewählt als ursprünglich angegeben – und auf dem Weg zu einem ihrer Ziele ist es dann zu diesem Unfall gekommen.«

Karl nickte. »Das erklärt dann auch, warum sie bislang noch nicht gefunden wurden. Dafür ist das betreffende Gebiet einfach zu groß.«

»Ganz genau«, bestätigte der Chief Ranger. Erneut wandte er sich an Jessica. »Beantwortet das deine Frage, warum wir nicht weitere Hilfe hinzuziehen?«

Sie nickte ernst. »Ich versprech's: Ich erzähle niemandem davon, nicht einmal meinen Eltern. Ich habe Mom gesagt, dass ich Stephanie und Karl bei einem ihrer offiziellen SFD-Rundgänge als Ranger auf Probe begleite. Das kommt der Wahrheit doch eigentlich recht nahe, oder?«

»Ja, stimmt.« Der Chief Ranger deutete auf einen Abschnitt der Holokarte, die einen Teil des Tisches ausfüllte. »Dorthin werden wir euch schicken. Schaut euch aus der Luft so viel von dem Gelände an, wie ihr hinbekommt – aber gelandet wird nur, wenn es einen wirklich triftigen Grund dafür gibt! Dr. Whittakers Team ist mit einem großen Fluglaster aufgebrochen, groß genug für reichlich Exkursionsteilnehmer und Ausrüstung. Wenigstens müssen wir nicht nach den Überresten eines Ultraleichtfliegers suchen! Meldet euch, wenn ihr irgendetwas findet, was man sich genauer anschauen sollte – was also eures Erachtens eine Landung rechtfertigen würde. Viel Glück!«

»Wir werden unser Bestes geben«, versprach Stephanie und war schon unterwegs zu Karls Flugwagen.

Sie hatten sich für Karls Wagen entschieden, also hatte er sich bereits in den Pilotensessel gesetzt. Stephanie nahm den Beifahrersitz, während sich Jessica hinter Karl auf die Rückbank setzte.

»So kann ich diese Seite übernehmen, während du steuerst. Schade, dass die uns nicht irgendeinen richtig guten Multifunktionsscanner oder so mitgegeben haben.«

»Scans übernehmen die Satelliten ohnehin schon«, erwiderte Stephanie. »Bislang wurden weder unerwartet heiße Regionen noch anderes gefunden, was auf einen Absturz schließen lässt. In gewisser Weise können wir also von Glück reden, dass gerade Flammenzeit ist: Deswegen wurden dem SFD ja zusätzliche Satellitenmesszeiten zugestanden.«

Löwenherz hockte sich in Stephanies Schoß, Echthand und Handpfoten auf die Polsterung der Wagentür gestützt. Auch er blickte in die Tiefe. Ausnahmsweise hatte er nicht einmal bliekend darum gebeten, ihm das Seitenfenster zu öffnen.

Wahrscheinlich weiß er schon längst, dass es diesmal um etwas anderes geht als nur darum, sich den Wind durchs Fell streichen zu lassen, dachte Stephanie. *Ich frage mich, ob er nur aus dem Fenster schaut, weil er das sonst auch immer macht, oder ob er ganz genau weiß, dass wir nach Anders und dessen Dad und all den anderen suchen. Auf jeden Fall bin ich froh, ihn dabeizuhaben.*

Ebenso froh über seine Anwesenheit war sie, als die Suche bei Sonnenuntergang vorerst eingestellt wurde. Verzweiflung, so schwarz wie die hereinbrechende Nacht, packte sie. Kletterflink stellte sich auf die Hinterpfoten und streichelte ihr mit seiner Echthand über die Wange; dann sprang er auf den Rücksitz, legte Jessica den Schweif um den Hals und berührte mit der Nase sanft ihre Wange. Da Karl immer noch den Flugwagen steuerte, beschränkte sich der 'Kater darauf, ihm kurz auf die Schulter zu klopfen; dann kehrte er wieder auf Stephanies Schoß zurück.

»Du glaubst doch nicht, dass die alle tot sind, oder?«, drang Jessicas Stimme aus dem hinteren Teil des Flugwagens. »Ich kann mir einfach nicht vorstellen, dass ein solcher Unfall völlig spurlos ablaufen kann.«

Es sei denn, sie wären in einen Fluss gestürzt, dachte Stephanie. *Oder jemand hätte den Wagen sabotiert. Chief Ranger Shelton hat ja selbst gesagt, dass nicht alle über Dr. Whittakers Anwesenheit auf Sphinx erfreut sind – aber würde wirklich jemand so weit gehen?*

Früher wären ihr derartige Gedanken niemals gekommen. Damals hatte sie auch noch nicht von Dr. Ubel gewusst, die sich an Arvin Erhardts Flugwagen zu schaffen gemacht hatte – einfach nur, um einen unliebsamen Zeugen aus dem Weg zu räumen. Und damals hatte Stephanie auch noch nicht Tennessee Bolgeo mit einer Waffe in Schach halten müssen und dabei genau gewusst, dass sie ihn erschießen würde, wenn er ihrem Ultimatum nicht gefolgt wäre. Damals hatte sie noch nicht gesehen, was Bolgeo Lebewesen anzutun bereit gewesen war, die er immerhin für intelligent hielt.

»Morgen wollen sie die Suche ausdehnen«, erklärte Karl in beruhigendem Ton. »Unser nächstens Zielgebiet kennen wir schon: die Schlucht, die wir heute gesehen haben. Heute konnten wir ja nicht landen, weil das zu lange gedauert hätte.«

Der nächste Morgen aber stellte alle vor ganz andere Herausforderungen.

10

Als sich der zweite Tag ihres unfreiwilligen Exils dem Ende zuneigte, hatte Anders das Gefühl, die anderen Expeditionsteilnehmer rechneten mit einer baldigen Rettung. Er wusste, dass das viel zu optimistisch war – erst am Abend würde man sie überhaupt vermissen. Vielleicht aber war ja doch Virgils und Kesias Hoffnung berechtigt, dass ihre Ehepartner sich umgehend an die zuständigen Stellen wenden würden.

Anders war auch bewusst, dass er selbst seinen Teil zu ihrer Rettung beigetragen hatte. Nachdem er Dr. Emberly dabei geholfen hatte, die Fischreusen zu überprüfen und erneut Essbares zusammenzutragen, hatte er sie gebeten, ihn zu entschuldigen.

»Nicht, dass mich das nicht interessieren würde, Dr. Emberly«, hatte er gesagt und dabei die vier mehr als nur sonderbar aussehenden Fische betrachtet, die sie in den Reusen gefunden hatten. Nur gut, dass das SFD-Handbuch ihnen versicherte, diese Spezies sei essbar, denn allein das Äußere ihres Fangs hätte Anders daran zweifeln lassen. »Aber ich habe ein paar Ideen, wie man uns möglicherweise leichter finden könnte.«

»Anders, nenn mich doch einfach Calida – und duz mich«, schlug sie vor. »Nachdem wir alle hier gestrandet sind, finde ich es geradezu lächerlich, weiterhin akademische Titel zu verwenden.«

»Das würde meinem Vater nicht passen«, gab Anders zurück. »Aber wenn Sie einverstanden sind, würde ich Sie ab jetzt Doktor Calida nennen.«

»Abgemacht«, sagte sie. »Und was für Ideen sind dir so durch der Kopf gegangen?«

Anders hatte ihr seine Pläne erklärt, und Dr. Calida war ganz und gar einverstanden gewesen. »Aber sei bloß vorsichtig da oben in den Bäumen!«

Anders ging davon aus, durch dieses Gespräch mit Dr. Calida in hinreichendem Maße um Erlaubnis gefragt zu haben – und so vermied er das Gespräch mit seinem Vater. Anders als Dr. Calida fing sich bei Dr. Whittaker jeder Untergebene, der es wagte, ihn anders als mit Name und Titel anzusprechen, unweigerlich einen vernichtenden Blick ein. Er verhielt sich auch ansonsten reichlich seltsam. Nicht nur, dass er weiterhin auf der Einhaltung der akademischen Hierarchie bestand: Er setzte auch seine Forschung vor Ort fort, als sei nichts anderes auf der Welt von Bedeutung.

Als Anders ihn darauf angesprochen hatte – natürlich unter vier Augen, schließlich wollte er seinen Vater nicht in eine peinliche Situation bringen –, hatte sein Dad ihn in einer Art und Weise angelächelt, die Anders nur als nachsichtig hätte beschreiben können. Er hatte sogar schon damit gerechnet, gleich würde ihm sein Vater den Kopf tätscheln.

»Spiel du nur weiter Abenteuerurlaub«, hatte er so gelassen erklärt, dass sich Anders schon fragte, ob sein Vater sich vielleicht einbilde, sie wären im Urlaub und ihre Berghütte ganz in der Nähe. »Ich bin zum Arbeiten hier, und die anderen auch. Wir haben schon eine ganze Menge entdeckt. Dr. Emberly hat bereits faszinierende Aufzeichnungen angefertigt, die vermuten lassen, dass sich die Baumkatzen gerade in der Übergangsphase von einer Jäger-und-Sammler-Kultur zur Sesshaftigkeit mit beginnender Landwirtschaft befinden. Wären wir nicht in unserer aktuellen Situation, hätten wir das wohl kaum erfahren. Selbst wenn wir nur ein paar Wochen auf die offizielle Genehmigung gewartet hätten, dieses Lager zu untersuchen, hätte sich ein Großteil der Spuren schon zu sehr verändert – zum Beispiel dieses Fastlattichfeld. Die Pflanzen wären immer weiter gewachsen, und wir hätten keine Indizien mehr dafür gefunden, dass sie zuvor von den Baumkatzen aktiv genutzt worden sind.«

Anders wusste, dass er zu seinem Vater nicht durchdringen würde. Also verfolgte er seinen eigenen Plan weiter. Allerdings war ihm durchaus bewusst, dass sein Vorhaben etwas von einem Abenteuerroman hatte – was Anders zugegebenermaßen ein wenig peinlich war. Vorsichtige Versuche hatten ihm gezeigt, dass jemand mit so wenig Körpergewicht wie er den Sumpf relativ gefahrlos zu Fuß überqueren konnte – solange er nicht auf eine der Stellen trat, an denen der alles verschluckende Morast nur von einer hauchdünnen Vegetationsschicht überzogen war. Dr. Calida hatte ihm erklärt, unter normaleren Umständen wäre eine Überquerung des Sumpflandes längst nicht so einfach.

»Ich vermute«, hatte sie gesagt, »dass dieses Sumpfland den Baumkatzen nicht nur Trinkwasser und dazu eine ganze Reihe nützlicher Pflanzen und frischen Fisch beschert hat. Wahrscheinlich haben die ’Katzen ihn auch als natürlichen Burggraben genutzt: Ein schwereres Tier – zum Beispiel ein Hexapuma – würde sich zweimal überlegen, ob es wirklich diesen Sumpf durchqueren will. Die Gefahr, darin zu versinken, wäre einfach zu groß.«

Nachdem Anders noch einmal sein SFD-Handbuch zurate gezogen hatte, um keinesfalls den Kontakt mit Giftpflanzen oder Ähnlichem zu riskieren, schnitt er am Rand des Sumpfgebiets reichlich Pflanzenteile aus dem Unterholz heraus und stapelte sie säuberlich auf. Dann markierte er mit all den Ästen und Zweigen vorsichtig die Stelle im Sumpf, an der ihr Fluglaster versunken war, mit einem großen X. Dabei achtete er bei jedem seiner Schritte sorgsam darauf, wohin er trat. Trotzdem waren seine Schuhe – die einzigen, die er auf die Expedition mitgenommen hatte – innerhalb kürzester Zeit völlig durchweicht, und endlich hatte er auch einen Grund, sich darüber zu freuen, Extrasocken mitgenommen zu haben.

Er empfand es auch als sehr tröstlich, dass Dacey Emberly ihn von ihrem Lager hoch oben im Baum im Auge behielt. Die Malerin mochte sich ihres Alters wegen bei den Aktivitäten deutlich zurückhalten, aber sämtliche Expeditionsteilnehmer waren ihr schon zu tiefstem Dank verpflichtet. Nicht nur, dass sie unablässig den immer noch bewusstlosen Langston Nez versorgte; sie kümmerte sich auch um die Töpfe auf dem Campingkocher. Denn frische Lebensmittel ließen sich nicht annähernd so rasch zubereiten wie die Camping-Fertiggerichte, die Anders bislang gewohnt war. Außerdem hatte sie die Rolle des Ausgucks und des Wächters übernommen: Auf den Luftverkehr in dieser Region brauchte sie nicht zu achten, denn der war bedauernswert spärlich, aber dafür hielt sie Ausschau nach Gefahren, die sich dem Lager über den Waldboden zu nähern vermochten.

»Über Sphinx weiß ich ja nicht viel«, hatte Dacey erklärt, »aber ich ziehe doch nicht all die Jahre mit einer Xenobiologin durch die Gegend, ohne wenigstens zu lernen, dass Wasser *immer* Tiere anzieht. Und auch wenn diese Region für ein Sumpfgebiet bemerkenswert trocken ist, gibt's hier doch reichlich Trinkwasser.«

Als Anders die Sorge äußerte, sein improvisiertes X könne ein anderes Fahrzeug dazu verleiten, hier ebenfalls zu landen und dann zu versinken, hatte Dacey leise gelacht.

»Mach dir darum mal keine Sorgen. Ich habe hier schon Waldratten beobachtet – und sogar ein paar noch kleinere Biester, von denen Calida meint, sie wären möglicherweise bislang noch nicht in den offiziellen zoologischen Werken verzeichnet. Ich habe sogar Zeichnungen von ihnen angefertigt.«

Dann wurde sie ernsthafter. »Ehrlich, ich werde ganz bestimmt nichts übersehen, was so groß ist wie ein Flugwagen. Wenn hier wirklich einer auftaucht, dann werde ich so laut brüllen, dass man auf uns aufmerksam wird – und dann sorge ich auch dafür, dass der Wagen woanders landet.«

Das große X auszulegen – und das auch noch bei einer um fünfzehn Prozent gesteigerten Schwerkraft – hatte Anders so angestrengt, dass er den nächsten Teil seines Plans erst am dritten Tag in die Tat umsetzte. Nachdem er auch an diesem Tag erst Dr. Calida bei der Nahrungsbeschaffung geholfen hatte und dann Dacey dabei zur Hand gegangen war, den immer noch bewusstlosen Langston Nez zu waschen, machte sich Anders daran, langsam und vorsichtig in den Wipfel eines der höchsten Pfostenbäume der Gegend zu klettern.

Über diesen Teil des Plans hatte er sich mit seinem Vater gestritten – nicht, weil sich Dr. Whittaker sorgte, Anders könne in die Tiefe stürzen, sondern weil er Angst hatte, das Baumkatzenhabitat könnte in irgendeiner Weise kontaminiert werden. Letztendlich hatte Anders die Diskussion doch für sich entschieden, aber nur, indem er versprochen hatte, die Signalgebung, die sein Plan nun einmal erforderte, werde nicht von Dauer sein. Also musste er sogar den Mast für die Flagge, die er hissen wollte, nach dort oben schleppen – was nicht nur das zu tragende Gesamtgewicht erhöhte, sondern den Aufstieg sehr erschweren würde. Wenigstens würde die ›Flagge‹ selbst nicht allzu schwer sein.

Bei einem Großteil dessen, was Langston Nez aus dem versinkenden Flugwagen noch hatte retten können, handelte es sich um Ausrüstungsgegenstände, nicht etwa Privatbesitz der verschiedenen Expeditionsteilnehmer. Dr. Whittaker hatte sich immer noch nicht damit abgefunden, dass auch die Tasche mit seiner ganz persönlichen Habe auf den Grund des Sumpfs gesunken war. Aber wenigstens die Tasche mit der Kleidung für Anders und Vater Whittaker hatte Langston noch retten können. Der arme Virgil hingegen hatte wirklich überhaupt keine Kleidung zum Wechseln dabei, aber zum Glück konnte Anders ihm aushelfen. Von Emberlys beiden Taschen mit Bekleidung war keine gerettet worden. Langston hatte mehr Wert darauf gelegt, den kleinen Beutel mit Daceys Medikamenten, in dem sich auch ihre Malutensilien und ihre Kamera befunden hatten, zu bergen; dieser war unter den ersten Dingen gewesen war, die er überhaupt aus dem Wagen geholt hatte.

Also bedienten sich nun alle drei Frauen an Kesia Guyens recht auffallender Garderobe. Glücklicherweise besaß Kesia eine recht üppige Figur: Obwohl ihre Kleider bei den beiden Emberlys recht weit fiel, passten sie wenigstens. Nun bot Kesias Tasche auch alles das, was Anders für seinen Ausflug in den Baumwipfel benötigte.

»Nur gut, dass ich so auf Schals stehe«, sagte sie und zog gleich ein halbes Dutzend Tücher heraus. »Und dass die sich zusammengerollt so schön klein machen – deswegen habe ich in meiner Reisetasche immer einen ganzen Vorrat davon.« Sie grinste ihn an. »Nichts verändert das gesamte Erscheinungsbild mehr als ein Schal, selbst wenn die Garderobenauswahl ansonsten eher spärlich ausfällt. Ich wette, deine Mama weiß das auch.«

Bevor Anders seinen Aufstieg zur Spitze des Pfostenbaums begann, hatte er sich einige dieser Schals unter das Hemd gestopft; den Flaggenmast, geschnitzt aus einem Spitzenweidenschößling, hatte er sich auf den Rücken gebunden. Nun hing er an ihm herab und verlängerte wie ein Schwanz optisch sein Rückgrat.

Beim Klettern sah Anders Anzeichen dafür, dass auch in diesem Baum bereits Baumkatzen herumgeklettert waren. An sich war der Aufstieg gar nicht so schwer, nur an einer Stelle wäre Anders beinahe nicht weitergekommen: Dort war vor offenkundig schon langer Zeit ein größerer Ast abgebrochen, und so hatte Anders keinerlei Möglichkeit, sich mit den Händen festzuhalten oder mit den Füßen abzustützen. Aber auch hier wusste er sich zu helfen: Mit einer Vibroklinge schlug er Kerben in den Stamm, die ihm das Weiterklettern ermöglichten.

Mehr als einmal während seines Aufstiegs wünschte sich Anders, er könnte einfach die Kontragraveinheit einschalten. Damit hätte er sein Ziel viel schneller erreicht – und sollte er den Halt verlieren, würde sich ein Sturz deutlich weniger drastisch auswirken. Doch er tat es nicht. Er trauerte ja jetzt schon um die Energie, die er bei der Ernte der Fastkiefernschoten mit Dr. Calida verschwendet hatte. Dacey bewachte den kleinen Stapel Energiezellen, doch selbst nachdem sämtliche Kontragravs auf Minimalleistung eingestellt waren, schrumpfte dieser Stapel zusehends zusammen.

Bald wird einer von uns ganz ohne Kontragrav auskommen müssen, ging es Anders durch den Kopf. *Langston oder Dacey scheiden natürlich aus. Wieso bloß rechne ich damit, dass Dad Gründe finden wird, weswegen unmöglich* er *das sein kann? Wahrscheinlich wird sich Virgil freiwillig melden. Er macht sich immer noch Vorwürfe wegen der Probleme mit den UniLinks – ganz schön blöd, eigentlich, schließlich ist Dad daran mindestens ebenso schuld wie er. Vielleicht wird Dad ja andeuten, ich wäre kein echtes Expeditionsmitglied, also könnte* ich *doch prima ohne auskommen. Und vielleicht hätte er damit sogar recht.*

Im Wipfel des Pfostenbaums stellte sich Anders auf den letzten Ast, der ihn trug, und machte sich dann daran, die Schals an dem dünneren Ende seines behelfsmäßigen Flaggenmastes zu knoten. Sie würden wie lange, leuchtend bunte Wimpel im Wind flattern. Dann band er den Flaggenmast mit mehreren kurzen Schnüren, die er mit den Zähnen festhielt, am Stamm fest. Das hatte er schon geprobt, allerdings deutlich bodennäher. Anders hatte nicht damit gerechnet, dass der Wind hier oben derart stark sein würde: Mit aller Macht schien er Anders den Spitzenbaummast aus den Händen reißen zu wollen.

Die behelfsmäßigen Wimpel knatterten im Wind; einer traf Anders an der Wange wie eine Peitsche. Endlich aber war es geschafft und der Mast befestigt. Die Schals, von denen die meisten mindestens einen Meter lang waren, bauschten sich auf und flatterten im Wind – ein trotziges, widernatürliches Farbenspiel, das sich vor dem Himmel von Sphinx abhob.

Eine Weile blieb Anders noch im Wipfel des Pfostenbaums stehen: Er blickte sich um, hoffte allen Wahrscheinlichkeiten zum Trotz darauf, doch irgendwo einen Flugwagen zu erspähen, den er herbeiwinken könnte. Aber der Himmel blieb leer. Erneut bedauerte Anders die rigide Vorgehensweise des SFD, die nicht nur die Nutzung gewisser Areale untersagte, sondern auch die des dortigen Luftraums.

Schließlich kletterte Anders langsam und vorsichtig wieder hinab. Am Abend aßen sie eine interessante Mischung aus dem, was Dr. Calida an Essbarem in der Gegend aufgetrieben hatte, und den letzten Resten ihrer Vorräte. Dabei wurden Spekulationen laut, wann sie wohl entdeckt würden.

»Morgen, ganz bestimmt«, erklärte Dr. Whittaker. »Gestern Abend haben wir uns wider Erwarten nicht zurückgemeldet. Gewiss wurde schon heute nach uns gesucht. Eigentlich bin ich erstaunt, dass man uns noch nicht gefunden hat.«

Es klang missbilligend, als müsse der SFD ihn selbst bei einer Suchaktion, die sich auf einen ganzen Planeten erstreckte, gefälligst sofort finden. Niemand erinnerte Dr. Whittaker daran, dass der SFD keine Ahnung hatte, wo er überhaupt suchen müsste ... Doch ein Blick in die Gesichter der anderen reichte:

Anders war zweifellos nicht der Einzige, der diese Kleinigkeit nicht vergessen hatte.

Trotz Dr. Whittakers im Brustton der Überzeugung vorgetragenen Behauptungen verging auch der vierte Tag, den sie gestrandet verbrachten, ohne dass sie gefunden wurden. Am fünften Tag war die allgemeine Stimmung auf dem Tiefpunkt angelangt.

Am dritten Tag hatte Kesia Guyen ihren Teil dazu beigetragen, die Frage zu lösen, wer denn nun ein Anrecht darauf hatte, die immer spärlicher werdenden Energiezellen für den Kontragravgürtel zu nutzen: Sie erklärte kategorisch, sie werde keinen Schlag mehr dazu beitragen, die Überreste dieser Baumkatzensiedlung zu erkunden.

»Ich habe durchaus Erfahrung in der Feldforschung«, erklärte sie. »Aber mein Fachgebiet ist und bleibt nun einmal die Linguistik. Ich bin es leid, auf Bäumen herumzuklettern! Ich weiß, dass ich mir bei einem Sturz ganz furchtbar den Hintern ruinieren werde – oder gar noch etwas, das deutlich weniger gut gepolstert ist. Ich setze mich nach oben zu Dacey und werde meinen Gürtel deaktiviert lassen – es sei denn, ich muss mich ganz unbedingt bewegen.«

Mit einer gewissen Beklommenheit sah Anders, wie sich Dr. Whittaker aufplusterte wie ein Schiffskommandant angesichts einer Meuterei. Dr. Whittaker: Wann immer sich sein Vater in Anders' Augen danebenbenahm, brachte Anders es nicht fertig, ihn als seinen Dad zu sehen und nannte ihn selbst in Gedanken so, wie sein Vater sich aus hierarchischen Gründen angesprochen wissen wollte.

Langston Nez hustete. Das hatte ihr Patient in letzter Zeit häufiger getan. Was er abhustete, sah alles andere als gut aus:

ein zähflüssiger, schlammfarbener Schleim. Anders versuchte sich selbst einzureden, es wäre ein gutes Zeichen, dass das Zeug endlich rauskäme ... aber so recht überzeugend fand er das nicht. Allzu hoch war Langstons Fieber nicht – und eine derart moderate Reaktion konnte, das wusste Anders, selbst schon durch eine leichte Allergie hervorgerufen werden. Trotzdem waren Langstons Wangen eingefallen, und seine Augen, die er gelegentlich öffnete, allerdings ohne seine Umgebung tatsächlich wahrzunehmen, lagen tief in ihren Höhlen.

»Vielleicht«, gab Dr. Whittaker zurück, »ist das sogar eine gute Idee, Kesia. Dacey hat drei Aufgaben gleichzeitig erfüllt. Wenn Sie beide zusammenarbeiten, gelingt es Ihnen ja vielleicht, Langston etwas mehr Flüssigkeit einzuflößen. Für das Überleben ist die Wasserversorgung ungleich wichtiger als Nahrung.«

Dr. Calida setzte ihre Forschungen fort, doch da auf diese Weise eben auch die dringend benötigten Lebensmittel aufgetrieben wurden, schlug niemand vor, sie könnte ihre Arbeit ja ebenfalls einstellen. Anders hatte sich selbst zu ihrem Assistenten ernannt, doch um seinen Teil zum Energiesparen beizutragen, schlief er mit abgeschaltetem Kontragrav (oder versuchte es zumindest). Es gab auch kein Herumschweben mehr, um Nüsse oder Saatschoten zu ernten.

Das Frühstück fiel an diesem Morgen karg aus: Kleine Portionen eines fischartigen ... Etwas, serviert mit einem sehr geschmacksintensiven Pilz. Besagter Pilz roch zwar alles andere als gut, schmeckte allerdings angenehm butterig. Marjorie Harrington hatte in ihren Dateien angemerkt, diese Pilzart sei sehr proteinreich, allerdings endete der Eintrag mit einer weiteren Anmerkung: ›Solange es uns nicht gelingt, eine deutlich weniger geruchsintensive Variante zu züchten, die trotzdem den gleichen Nährwert aufweist, wird dieser Pilz vermutlich, ähnlich wie die als ›Stinkfrucht‹ bekannte Durian von Alterde, nur von Gourmets geschätzt werden.‹

Anders, der sich redlich mühen musste, seine Portion herunterzuwürgen, musste ihr recht geben.

Bei den nächsten improvisierten Mahlzeiten würde es nur noch eklektische Mischungen verschiedenster Pflanzen geben; es sei denn, der neue Aufstellungsort der Reusen erwiese sich als Glücksgriff. Als sie sich für das Mittagsmahl erneut versammelten, fanden sie einen vor Wut schäumenden Dr. Whittaker vor.

»Ich verstehe einfach nicht«, klagte er, »warum niemand auf die Idee gekommen ist, hier nach uns zu suchen! Ranger Jedrusinski wird sich doch gewiss daran erinnern, uns diesen Ort gezeigt zu haben. Inzwischen ... wir werden immerhin schon seit fünf Tagen vermisst!«

»Drei«, formte Kesia lautlos mit den Lippen. Mittlerweile wurde sie immer aufsässiger.

Trotz ihrer unablässigen Witze darüber, wie begeistert John von ihrer neuen, deutlich schlankeren Figur sein würde, war doch offenkundig, dass sich Kesia sorgte, wie er ihr Verschwinden wohl aufnähme. Anscheinend hätte es John Qin in der Geschäftswelt niemals so weit gebracht, wenn er nicht eine sehr genaue Vorstellung davon hätte, was ihm und den seinen zustand.

Virgils Lage war noch schlimmer: Im Gegensatz zu Kesia, die einen wohlhabenden Ehemann hatte und es sich daher vielleicht leisten konnte, Dr. Whittaker zu trotzen, spürte Virgil seine Abhängigkeit vom Wohlwollen des angesehenen Xenoanthropologen wie eine Last. Bald würde er sich auch noch um ein Baby kümmern müssen: Das hier war eindeutig nicht der richtige Zeitpunkt, sich eine neue Arbeitsstelle zu suchen.

Selbst nachdem die hereinbrechende Dunkelheit sie von

weiteren Untersuchungen des Geländes abhielt, arbeitete Virgil weiter, katalogisierte Artefakte oder Bildaufzeichnungen. Möglich wurde das durch die Energiesparlampen, mit denen sie erfreulicherweise reichlich ausgestattet waren. Peony Rose erwähnte Virgil nur selten, doch Anders hatte gesehen, dass er ihr Bild auf seinem UniLink aufrief, wann immer er sich unbeobachtet wähnte.

Ich habe Dacey und Kesia miteinander reden hören. Das erste Trimester einer Schwangerschaft ist am gefährlichsten. Die morgendliche Übelkeit zeigt, dass sich der Körper umstellt, aber heißt das wie Dacey meinte, manchmal auch, dass der Körper Schwierigkeiten habe und kurz davor stehe, das Baby abzustoßen. Das muss Virgil doch auch wissen. Wahrscheinlich ist er schon ganz krank vor Sorge.

Nun, da Dr. Whittaker seine Tirade gegen den SFD im Allgemeinen und Ranger Jedrusinski im Besonderen fortsetzte, beobachtete Anders Kesia und wusste, dass sie sich gleich ernsthaft in Schwierigkeiten bringen würde. Das konnte er nicht zulassen. *Sie* hatte deutlich mehr als Dad dafür gesorgt, dass sie alle sich hier leidlich wohlfühlen konnten. *Sie* hatte Langstons Kontragrav wieder ans Laufen gebracht. *Sie* erzählte abends noch Geschichten, wenn sie alle zwar schon völlig erschöpft waren, aber vor dem Einschlafen noch etwas brauchten, um auch die Seele zu nähren, nicht nur den Körper. Nun half sie Dacey dabei, sich um Langston zu kümmern, wusch ihn und flößte ihm mit unendlicher Geduld tropfenweise Wasser ein.

Anders konnte nicht zulassen, dass Kesia ausspräche, was ihre Chancen auf eine akademische Karriere für alle Zeiten ruinieren würde – oder schlimmer noch: wodurch sie eine Situation schuf, die letztendlich seinen Vater vor eine Untersuchungskommission brächte, die sich mit den Rechten seiner Mitarbeiter zu befassen hätte. Damit wäre keinem der beiden geholfen. Was Hierarchien betraf, waren manche Akademiker ähnlich empfindlich wie Angehörige des Militärs – aber die Spielregeln waren dabei deutlich weniger klar formuliert.

»Dad«, sagte Anders rasch und verhinderte so, dass Kesia sich um Kopf und Kragen redete, »du täuschst dich, und das weißt du auch. Ich war schließlich an dem Tag auch dabei, vergiss das nicht! Ranger Jedrusinski hat uns Dutzende von Orten gezeigt, die auf die eine oder andere Weise mit Baumkatzen zusammenhängen.«

»Ja, aber das hier war der einzige echte Fundort. Wenn Jedrusinski ihr Wichtelhirn einmal für etwas anderes nutzen würde als nur für Regeln und Vorschriften, würde sie sich gewiss an dieses deutlich wichtigere Gebiet erinnern und die Suchmannschaften entsprechend in genau diese Region schicken.«

»Sie würde sich auch daran erinnern«, versetzte Anders, die Hände in die Hüften gestützt und das Kinn trotzig emporgereckt, »dass das hier der einzige von all den gerade erwähnten Orten ist, den aufzusuchen man dir ausdrücklich *untersagt* hat. Wäre Ranger Jedrusinski nicht so direkt und aufrichtig, hätte sie vermutlich längst begriffen, dass du einer solchen Versuchung unmöglich widerstehen konntest. Aber ich vermute, wenn der SFD sich schließlich wieder an den Ausflug erinnert und dann an allen Orten nach uns sucht, auf die wir freundlicherweise aufmerksam gemacht wurden, wird das hier der letzte von allen sein, den sie ansteuern, einfach weil sie nicht im Traum auf die Idee kommen würden, dass du ihr Vertrauen derart missbrauchen könntest.«

Das war zu viel gewesen. Anders wusste es. Trotz der anderen Erwachsenen, die sie im Kreis umstanden, trat Dad tatsächlich einen Schritt auf Anders zu und hob die Hand, um ihn zu schlagen – und Dad hatte gegen seinen Sohn die Hand nicht mehr erhoben, seit Anders alt genug gewesen war, Worte zu verstehen. Irgendetwas war gerade in Dad zerbrochen – und damit verschwand auch die letzte Tünche zivilisierten Verhaltens.

Hinter Dad trat nun auch Virgil vorsichtig einen Schritt vor; ganz offensichtlich war er bereit, notfalls einzuschreiten. Anders schüttelte den Kopf, um Virgil aufzuhalten. Machte er das hier nicht gerade, um ihn und Kesia zu beschützen?

»Dad«, setzte Anders an und suchte verzweifelt nach Worten, die seinen Vater davon abhalten würden, etwas unfassbar Dummes zu tun – zugleich aber war er nicht bereit, von seiner Position abzurücken. »Dad ... es tut mir leid, aber ...«

»Anders, ich bin deinen Ungehorsam jetzt endgültig leid!«

Unerbittlich kam Dr. Whittaker auf Anders zu. Bewegte er sich wirklich in Zeitlupe? Entsetzt starrte Anders ihm entgegen. Er wusste genau, wie sich diese fleischige Hand anfühlen würde, noch verstärkt durch den zusätzlichen Schwung, den die erhöhte Schwerkraft von Sphinx einem Fausthieb oder einer Ohrfeige verlieh.

Dieser Gedanke weckte Anders' Selbsterhaltungstrieb. Seine Hand zuckte zum Kontragravgürtel. Er aktivierte das Gerät gerade lange genug, um dem Schlag auszuweichen. Dr. Whittakers Hand fuhr ins Nichts. Der Schwung seiner Bewegung ließ ihn stolpern und lang hinschlagen. Anders rannte los; noch immer war er widernatürlich leicht.

Dr. Whittaker wuchtete sich wieder auf die Beine, und sein Zorn verwandelte sich in Verwirrung. »Anders ... ich ... Anders, komm sofort zurück!«

Doch Anders war bereits fort.

Kurz vor Sonnenaufgang wurde Stephanie von ihrem Vater geweckt; Gleiches galt für Jessica, die mit in ihrem Zimmer schlief.

»Steph, raus aus den Federn! Die Suche wurde abgesagt, aber du wirst immer noch gebraucht – jetzt sogar mehr denn je.«

»Was? Abgesagt?!«

»Der SFD wird dir gleich mehr Details verraten, als ich erfahren habe«, erklärte er, drückte sie einmal kurz und eilte dann schon wieder zur Tür. »Ein Blitzschlag in den Ausläufern nördlich von hier hat zu einem Großbrand geführt, der immer weiter um sich greift. Ich wecke gleich auch Karl. Deine Mom hat euch etwas zu essen hingestellt. Sie selbst ist schon aufgebrochen. Sie will ein paar Versuchspflanzen retten, die in Gefahr sind, falls das Feuer nach Westen zieht. Und ich muss in meine Praxis in der Stadt. Sämtliche Verletzten werden zu mir gebracht, weil es bislang danach aussieht, als würde Twin Forks selbst nicht in Mitleidenschaft gezogen.«

»Okay, Dad. Danke!«

Stephanie hatte sich schon aus dem Bett gerollt und streifte nun die Kleidung über. Jessica tat es ihr gleich. Schneller, als Stephanie für möglich gehalten hatte, waren beide schon unten.

Karl war nur wenige Momente später bei ihnen.

»Packt das Zeug ein«, sagte er und deutete auf die Proteinriegel und das Obst, die Marjorie Harrington ihnen hingelegt hatte. »Ich hole den Wagen. Essen können wir auch unterwegs.«

Bald darauf erreichten Stephanie, Karl und Jessica die SFD-Station in Twin Forks und eilten hinein. Obwohl das Feuer noch hunderte von Kilometern weit entfernt war, lag auch schon über der Stadt eine schwere Rauchdecke, die den Sonnenschein in ein eigentümliches, künstlich wirkendes Zwielicht verwandelte. Schwach lag der charakteristische, nicht unangenehme Geruch brennenden Holzes in der Luft.

In der Station angekommen, sahen sie, dass der größte Besprechungsraum bereits zur Einsatzzentrale für Kräfte umfunktioniert worden war, die zur Feuerbekämpfung eingesetzt würden. Das Kommando für alle Sofortmaßnahmen führte Frank Lethbridge.

Er war bereits vor Ort und im Einsatz gewesen. Trotz offenkundiger Reinigungsaktion danach waren die Anzeichen dafür nicht zu übersehen: Schmutz und Ruß klebte unter seinen Fingernägeln und in den Falten seines Gesichts, und er roch nach Rauch. Als die drei eintraten, sprach er gerade mit einer jungen Frau in SFD-Uniform – Assistant Ranger Geraldine Irgendwie. Stephanie war ihr schon einige Male begegnet, kannte sie aber nicht allzu gut.

»Schauen Sie sich die Freiwilligen an, die sich frisch gemeldet haben, und schätzen Sie deren Belastbarkeit ein«, wies Lethbridge sie gerade an. »Aber vergessen Sie nicht: Auch die, die sich nicht für die aktive Feuerbekämpfung eignen, können uns nützlich sein! Wir brauchen Leute, die Mitarbeiter und Freiwillige zu den verschiedenen Brandherden fliegen oder sie dort abholen. Wir brauchen Leute, die unsere Pflegestationen in den gesicherten Zonen bemannen! Oh, und jemand muss auch mit einem Laster zum Lagerhaus fahren und weitere Notausrüstungen holen – die mit Schutzanzug, Notunterkunft und einer Pulaski. Es sollten auch ein paar Kanisterrucksäcke und Brenner dazugehören, aber passen Sie auf, wem Sie die aushändigen – vor allem natürlich die Brenner! Oh, und falls Sie jemanden finden, der Erfahrung mit schwereren Fahrzeugen hat, schicken Sie den sofort zu Smitty! Der koordiniert die Wasserabwürfe.«

Geraldine hastete hinaus; im Vorbeigehen nickte sie den drei jungen Leuten knapp zu.

Wie so oft in Krisenfällen, war kaum jemand in der Leitstelle anzutreffen: Von Lethbridge abgesehen, war die Station jetzt leer.

Zur Begrüßung nickte ihnen der Ranger müde zu. »Danke, dass ihr so rasch gekommen seid. Ich hab schon eine Aufgabe für euch.«

Er deutete auf eine Holokarte. »Hier befindet sich der derzeit gefährlichste Brandherd. Das Feuer zieht nach Nordwesten, und je stärker der Wind wird, desto schneller wird es. Eingeschlagen ist der Blitz zwar in einem Forstdienstdistrikt, aber wenn das Feuer weiter in diese Richtung zieht, bedroht es schon bald Hayestown und die Painter-Siedlung und dazu noch ein paar kleinere Güter. Wir hoffen, dass wir die Seitenarme des Weeping River als Ausgangspunkt für eine Brandschneise nutzen können.

Von euch möchte ich jetzt, dass ihr nach Süden fliegt. Von dort wurde ein zweiter Blitzschlag gemeldet. Hitze und Rauchentwicklung des Hauptfeuers sind mittlerweile so stark, dass wir nichts mehr darüber aussagen können, wie sich dieses zweite Feuer ausbreitet. Aber es sieht ganz danach aus, als würde der Wind von Nordwesten nach Süden drehen.«

Stephanie runzelte die Stirn. »Sie haben uns doch wohl nicht mitten in der Nacht herbestellt, nur um uns dann in eine völlig andere Richtung zu schicken als die, in der wir gebraucht werden, oder? Wenn das so ist, bitte ich um die Erlaubnis, die Suche nach den vermissten Xenoanthropologen fortsetzen zu dürfen!«

Sie wusste, dass das unhöflich war, aber das Essen, das Mom ihr hingestellt hatte, hatte Stephanie den Magen gefüllt, mehr nicht, gestärkt hatte es sie nicht. Denn in ihr tobte die Sorge um Anders wie ein Sturm, und der Hitzkopf, der sie nun einmal war, lauerte gleich unter der dünnen Schicht Gleichmut, mit der sie ihr Temperament ansonsten zu zügeln verstand.

Lethbridge schüttelte den Kopf. »Stephanie, das hier ist doch keine Arbeitsbeschaffungsmaßnahme! Karl und du, ihr beide habt schon unter Beweis gestellt, dass ihr wohlüberlegt und methodisch vorgeht und, so notwendig, Eigeninitiative entwickelt. Hier vor Ort haben wir derzeit reichlich kräftige Helfer. Wir brauchen jetzt Leute, die sich den allgemeinen Zustand der betreffenden Gebiete anschauen und dann einschätzen, wie ernst die Lage wirklich ist. Normalerweise würde ich dafür ein paar Ranger abstellen, aber da sich das Hauptfeuer besiedelten Gebieten nähert, melden sich genug Freiwillige – und dann werden die Ranger gebraucht, um die Freiwilligen einzuweisen und die Einsätze zu koordinieren.«

»Und den Job können wir eben *nicht* übernehmen«, setzte Karl den Gedanken fort. »Niemand würde uns ernst nehmen, oder, Frank? Ranger Lethbridge, meine ich natürlich ...«

»Genau«, bestätigte Lethbridge. »Aber *wir* nehmen euch sehr wohl ernst. Bekommt ihr das hin?« Er grinste erschöpft. »Und das mit ›Frank‹ ist völlig okay, solange wir unter uns sind.«

Stephanie nickte bedächtig. »Aber die Xenoanthropologen ... Gestern noch war ihr Verschwinden eine Krise, eine menschliche Katastrophe mit möglicherweise politischen Auswirkungen. Und heute ist das Team einfach vergessen?«

Frank warf einen Blick auf das Holo-Abbild des Waldbrandes. Regelmäßig von den Satelliten auf den neuesten Stand gebracht, war es eine Echtzeitkarte. Derzeit lagen die verschiedenen Brandherde unter Wolken aus dickem, weißgrauem Rauch, der von der Unterseite in zornig-rote Glut getaucht wurde. Seit der Ausbildung wusste Stephanie, dass diese Glut rasch zu den Baumwipfeln aufsteigen konnte. Wenn es dann auch noch windig war, konnte sich ein Wald- zu einem Wipfelbrand auswachsen: Wipfelbrände sprangen von Baumkrone zu

Baumkrone auch über Grenzen hinweg, über von Menschen gezielt angelegte Brandschneisen etwa und sogar über natürliche Barrieren wie Flüsse.

Der Blick auf das Bildmaterial ließ Frank anscheinend zu dem Schluss kommen, er habe noch genug Zeit, den Rangers auf Probe und deren Freundin die Lage ein wenig genauer zu erläutern.

»Ihr seid nicht die Einzigen, die sich Sorgen machen – uns geht es doch nicht anders. Gestern Abend haben die Ehepartner von zweien der Expeditionsteilnehmer Chief Ranger Shelton in seinem Büro aufgesucht und verlangt, dass eine umfassende Suchaktion eingeleitet wird. Die Frau hat geweint und sah richtig krank vor Sorge aus. Der Mann hingegen hat uns mit rechtlichen Schritten gedroht. Nur dank Dr. Hobbards Überredungskünsten haben sie die Geschichte noch nicht an die Medien gegeben.«

Frank kniff die Augen zusammen, und Stephanie vermutete, dass er diese unerfreuliche Szene persönlich miterlebt hatte.

»Aber zu diesem Zeitpunkt wussten wir eben schon, dass sich der am Abend gemeldete Brand auswachsen würde. Deswegen hat der Chief Ranger entschieden, der Suche nach den vermissten Xenoanthropologen sei vorerst eine geringere Priorität einzuräumen. Ich hoffe wirklich, dass Dr. Whittaker und sein Team noch leben. Dem Himmel sei Dank ist das vermutliche Absturzgebiet recht weit von den Regionen entfernt, die jetzt vom Feuer bedroht werden. Im Prinzip sind sie da also sicherer als wir hier. Im Augenblick sind viele Quadratkilometer Waldgebiet gefährdet. Das allein ist schon schlimm genug, aber wenn das Feuer noch mehr außer Kontrolle gerät, steht das Leben von Hunderten auf dem Spiel! Das gegen die sieben vermissten Personen aufzurechnen, mag zwar kaltherzig klingen, aber es ist dennoch zwingend.«

Er hielt inne und deutete dann in Richtung des Feuers. »Werden Sie jetzt Ihre Befehle befolgen, Rangeranwärterin Harrington? Oder ziehen Sie es vor, vom Dienst freigestellt zu werden?«

Stephanie hörte das Blut in ihren Ohren rauschen. Sie kämpfte gegen den Impuls an, ihre geliebte Dienstmarke aus der Tasche zu ziehen und auf den Tisch zu knallen. Doch diese grandiose Geste wäre in Wahrheit alles andere als grandios. Das wäre nichts anderes als ein kindlicher Wutausbruch, der nicht zu einer jungen Frau passte, die sich des mit dieser Dienstmarke einhergehenden Vertrauens auch würdig erweisen wollte – immerhin hatte Chief Ranger Shelton den neuen Rang eines Rangers auf Probe oder Rangeranwärters eigens für Karl und sie beim SFD eingeführt.

Stephanie rang sich ein Lächeln ab, von dem sie hoffte, es verberge hinreichend ihren inneren Aufruhr. Dann sagte sie: »Das Feuer im Süden muss unbedingt begutachtet werden. Bekommen wir auch für Jessica eine Notausrüstung?«

Frank Lethbridges Gesicht erhellte ein schiefes Grinsen: Es verriet deutlich, wie sehr er gefürchtet hatte, Stephanie würde ihren Willen durchsetzen wollen – und sie hatte einen starken Willen.

»Auf jeden Fall! Meldet euch, sobald ihr wisst, wie weit sich das Südfeuer schon ausgebreitet hat. Ihr habt Zugriff auf die Daten, die hier eintreffen. Also werdet ihr auch mitbekommen, wenn wir dringend ein Update benötigen. Ansonsten seid ihr in euren Entscheidungen ganz frei. Wie ich schon sagte: Wir brauchen Leute mit Eigeninitiative.«

Als sie die Ausrüstung für Jessica abholten, wurden ihnen auch Kanisterrucksäcke ausgehändigt, die bereits mit einem Gemisch aus Wasser und brandhemmenden Chemikalien gefüllt waren.

»Ich gebe euch auch zwei Brenner mit«, erklärte Geraldine. »Ihr wisst, wie man damit umgeht?«

Karl nickte. »Wir wurden daran ausgebildet.«

»Klar. Nur … wenn ihr die wirklich benutzen müsst, seid vorsichtig, ja?«

»Keine Sorge.« Karl grinste sie an. »Wir haben nicht die Absicht, den nächsten Großbrand als ›Zivonik/Harrington-Feuer‹ in die Geschichte eingehen zu lassen.«

Als sie wieder im Flugwagen saßen, schlug Stephanie vor, schon während des Fluges die Schutzanzüge anzulegen.

»Wenn wir die wirklich brauchen«, erklärte sie, »wollen wir sicher nicht noch Zeit dadurch verlieren, dass wir uns erst einmal umziehen müssen.«

Sofort aktivierte Karl den Autopiloten des Flugwagens. Schließlich hatten sie den Luftraum für sich allein, hier oben über dem Blätterdach eines Waldes, der noch nichts von der Gefahr ahnte, in der seine Fauna und Flora schwebten. Schnell hatte Karl den Schutzanzug übergestreift. Während Stephanie es ihm gleichtat, warf sie einen Blick in den Fond des Wagens, um zu schauen, ob Jessica vielleicht Hilfe benötigte. Ihre Freundin schien keinerlei Probleme zu haben. Aber Stephanie ertappte sich dabei, wie sie neidvoll bemerkte, dass der Schutzanzug Jessicas weibliche Reize wunderbar betonte.

Bei mir, dachte sie, *lässt das verdammte Ding einfach alles verschwinden, was ich überhaupt aufzubieten habe!*

Löwenherz bliekte – belustigt, wie Stephanie meinte.

Jessica, die gerade mit den Knöchelverschlüssen beschäftigt war, blickte auf: »Und was machen wir mit Löwenherz, wenn wir rausmüssen?«

Stephanie strich dem Baumkater über das dichte graue Rückenfell und versuchte, sich ihre Besorgnis nicht anmerken zu lassen.

»Ich werde ihn wohl davon überzeugen müssen, lieber im Wagen zu bleiben. Aber letztendlich ist das allein seine Entscheidung. Er ist kein Haustier und auch kein Kleinkind. Er ist eine eigenständige Persönlichkeit – und er ist erwachsen. Das respektiere ich, also muss ich ihm auch gestatten, seine eigenen Entscheidungen zu treffen.«

»Und wenn er dem Feuer zu nah kommt? *Wir* haben Anzüge, Schutzbrillen und Atemmasken, und er?«

»Mach dir keine Sorgen, Löwenherz ist ziemlich gut darin, Gefahren aus dem Weg zu gehen«, entgegnete Stephanie und fuhr dann fort: »Bei unserer Ausbildung haben Karl und ich auch den Umgang mit den Einmann-Schutzzelten gelernt.« Sie wedelte mit einem kleinen Päckchen, nicht viel größer als ein zusammengefaltetes Hemd. »Schon mal so was gesehen?«

»Nein. Das soll ein Schutzzelt sein, etwas so Kleines?«

»Das besteht aus sehr leichtem Thermoisolierstoff, der sich ziemlich dicht zusammenpressen lässt. Genau wie unsere Schutzanzüge ist auch das Zeug feuerbeständig und hält Strahlungswärme ab. Okay … stell dir folgende Situation vor: Wir sind gerade draußen und schauen uns eine Flammenzunge an, um abzuschätzen, wie viel Gefahr von ihr ausgeht.«

»Okay.«

»Und dann, während du noch zehn Meter von der Flammenzunge entfernt bist, dreht plötzlich der Wind – das passiert in der Nähe eines Feuers ganz leicht, weil die Hitze des Feuers für eigene Windbewegungen sorgt. Und dann merkst du, dass hinter dir *noch* eine Flammenzunge ist – zu breit, als dass du da einfach durchlaufen könntest, nicht einmal in deinem Schutzanzug. Damit ist dir der Rückweg abgeschnitten. Stell dir vor, die Flammen kommen immer näher. Dann reißt du das Päckchen auf und ziehst an dieser Strippe hier. Das Ding entfaltet sich zu einem kleinen Zelt. Du kriechst rein und versiegelst es von innen. Die Flammen rasen einfach über dich hinweg. Dir wird da drinnen vielleicht ein bisschen warm, aber verbrennen wirst du nicht. Und wenn die Flammen dann weitergezogen sind, krabbelst du wieder raus und kannst dich in Sicherheit bringen.«

»Und wenn die Flammen *nicht* weiterziehen?«, fragte Jessica besorgt. »Bleibe ich dann einfach im Zelt und lasse mich garkochen?«

Karl lachte leise. »Falls du dein Zelt nicht gerade auf einem Riesenstapel Unterholz oder mitten in einem Wäldchen aufgeschlagen hast, wird das Feuer auf jeden Fall weiterziehen. Feuer wirken riesig, vor allem wenn man sie auf Franks Holokarte sieht. Aber jedes Feuer ist auf mindestens vier Faktoren angewiesen. Ohne die kann es einfach nicht existieren, nicht wahr, Steph?«

Pflichtschuldig rezitierte Stephanie: »Sauerstoff, Brennstoff, Wärme und eine sich selbst erhaltende chemische Reaktion. Eliminiert man auch nur einen dieser Faktoren, erlischt das Feuer. Deswegen spricht man auch vom Brandtetraeder. Leichter merken lässt sich aber das Verbrennungsdreieck: Sauerstoff, Brennstoff, Wärme.«

»Bei dieser hübschen kleinen Gutenachtgeschichte, die du dir gerade aus den Fingern gesogen hast«, sagte Jessica, »war ich also clever genug, mein Zelt nicht gerade mitten in einem Brennstoffvorrat aufzuschlagen. Draußen an der frischen Luft lässt sich der Sauerstoff natürlich nicht eliminieren, und Hitze dürfte es bei einem Brand auch immer reichlich geben – aber wenn das Feuer den Brennstoff aufgebraucht hat, kann es nicht mehr weiterbrennen, richtig?«

»Richtig«, bestätigte Stephanie. »Und noch etwas: Wir als deine Teamkameraden werden natürlich alles tun, um dir zu helfen. Der Kanisterrucksack enthält Wasser, dem verschiedene brandhemmende Chemikalien beigemischt wurden. Das Wasser sorgt dann auch gleich dafür, dass die Hitze vor Ort vermindert wird. Damit würden wir dann das Gebiet unmittelbar um dein Schutzzelt herum besprühen.«

»Also sind diese Rucksäcke hier eigentlich nichts anderes als der Feuerlöscher, den wir zu Hause in der Küche haben?«

»Im Prinzip ja. Aber die Pumpvorrichtung hier ist deutlich leistungsstärker, und die verwendeten Chemikalien sind eigens auf Brände mit uneingeschränkter Sauerstoffzufuhr zugeschnitten. Das ist anders als bei sogenannten Strukturbränden, bei denen die Struktur – also beispielsweise ein Gebäude – das Feuer zumindest eine Zeitlang noch eindämmen kann. Außerdem lassen sich die Rucksäcke leicht nachfüllen, während so ein Haushaltsfeuerlöscher meist für den einmaligen Gebrauch gedacht ist.«

Jessica nickte. »Du hast mir das alles erklärt, nachdem ich gefragt habe, wie Löwenherz mit so einem Feuer umgeht. Hast du ihm etwa beigebracht, wie man ein solches … Einmann-Schutzzelt benutzt?«

»Haben wir«, gab Stephanie zurück. »Leicht war das nicht, weil Baumkatzen von Natur aus vor jedem Feuer zurückweichen, aber Löwenherz ist wirklich gescheit. Nachdem er ein paarmal zugesehen hat, wie man so etwas benutzt, hat er dann wohl begriffen, wie nützlich so ein Zelt beizeiten sein kann.«

»Das erinnert mich an etwas …«, sagte Jessica. »Ich wollte dich schon die ganze Zeit fragen, was es mit diesem anderen Ding auf sich hat, das man uns gegeben hat, dem Brenner. Für mich sieht das aus, als würde man von euch erwarten, möglicherweise selbst einen Brand zu *legen*. Das wäre doch völlig verrückt!«

»Ja, das sollte man meinen«, pflichtete ihr Stephanie bei,

»aber Feuer mit Feuer zu bekämpfen ist eine uralte Technik. Hin und wieder kann die immer noch nützlich sein. Erinnerst du dich, dass ich eben gesagt habe, für einen Brand braucht man eben immer auch Brennstoff?«

»Klar.«

»Na ja, wenn man einem Feuer das nötige Brennmaterial nimmt, kann man auf diese Weise verhindern, dass sich der Brand in eine bestimmte Richtung weiter ausbreitet. Manchmal legt man dann große Wundstreifen an – von Hand oder, wenn die Zeit dafür reicht, auch mit schwerem Gerät. Man entfernt alle Bäume und Sträucher und das ganze Unterholz, sodass nichts mehr übrig bleibt als nackter Boden. Wenn das Feuer diese Schneise erreicht, kommt es nicht mehr weiter. Wenn ein Brand nicht zu heftig ist, kann man schon mit dem Stiefelabsatz einen solchen Wundstreifen ziehen – vorausgesetzt, man trägt wirklich alles Brennbare vollständig ab.«

»Aber es gibt Fälle«, übernahm Karl, »wo es einfach schneller geht, Brennbares abzufackeln, bevor das eigentliche Feuer eintrifft. Das klappt prima mit sogenannten leichten Brennstoffen – Gräser, Laub und Nadeln, bereits getrockneter Windbruch, du weißt schon. Dann muss man nur dafür sorgen, dass ringsherum ein ordentlicher Wundstreifen gezogen wurde, und dann verbrennt man das Terrain von innen nach außen. Wenn dann das Hauptfeuer eintrifft, findet es keine saftige Wiese und andere schöne Nährstoffe mehr vor, sondern nur noch nacktes Erdreich – eine Brandschneise.«

Jessica erschauerte. »Klingt trotzdem furchtbar, eine Wiese auf diese Weise in Wüste zu verwandeln!«

»Das würde das Feuer ohnehin tun«, entgegnete Stephanie. »Durch die Brandschneise aber ist dann wenigstens der Wald auf der anderen Seite deiner Wiese gerettet.«

»Heutzutage«, ergänzte Karl, »nutzt man diese Technik, um

eine Schutzzone zu schaffen. Genau das war ja angeblich auch das Ziel von Franchitti, diesem Idioten, als er vor ein paar Wochen das Feuer gelegt hat.«

Er warf einen Blick auf den Navigationsschirm und nahm einige Feineinstellungen vor.

»Wir nähern uns allmählich der Südseite des Brandes. Ich gehe jetzt unter das Blätterdach. Schluss mit Reden, jetzt wird beobachtet.«

Stephanie nickte und blickte aufmerksam aus dem Fenster. Löwenherz auf ihren Schoß betrachtete ebenfalls konzentriert die Landschaft, die unter ihnen hinwegzog.

Stephanie versuchte sich darauf zu konzentrieren, die Ausmaße der zweiten Flammenzunge zu vermerken. Währenddessen nagte an ihr das Gefühl, sie ließe Dr. Whittakers Wissenschaftlerteam im Stich, und unterlief ihre Konzentrationsbemühungen. Nein, sie sollte jetzt nicht hier sein. Sie sollte unterwegs sein und nach ihnen suchen, nein, nach Anders suchen. Denn eigentlich ging es nur um ihn.

Verstand genug zu haben, um allein der Pflicht und dem eigenen Pflichtgefühl zu gehorchen, war hin und wieder ein echtes Handicap.

11

Klettert-flink saß auf Todesrachen-Verderbs Schoß und beobachtete mit der Faszination des Schreckens, wie das Feuer ganze Bäume verschlang – und das nur wenige Körperlängen von ihm entfernt. Er wusste, dass die Zwei-Beine, die mit ihm im Flugwagen saßen, die ganze Zeit über wachsam geblieben waren. Ihre Gewissheit, dass ihnen das Feuer nichts anhaben konnte und sie jederzeit fliehen könnten, sollte das Feuer noch wilder werden, war das Einzige, was ihn nicht in Panik geraten ließ, während jede Faser seines Körpers von ihm verlangte zu flüchten.

Auch die Leute nutzten das Feuer, aber dieses Wissen brachte sie nicht dazu, sorglos zu werden und sich sicher zu sein, dass sie es jederzeit beherrschten. Feuer war lebendig; es besaß Stimmungen, die man zu deuten verstehen musste. Große Vorsicht war geboten, wenn man damit umging. Sobald ihre Jungen krabbeln konnten, wurde ihnen eines beigebracht: Landete ein Feuerfunken im Fell, war das Schlimmste, panisch davonzurennen: Der dabei erzeugte Wind entfachte das Feuer nur noch. Stattdessen sollten sie möglichst nackte Erde suchen, sich zu Boden werfen und hin und her wälzen. So würde das Feuer erstickt, bevor es sich ausbreiten könnte. Glücklicherweise sorgten die natürlichen Öle im Fell der Leute dafür, dass es eher schwelte als brannte. Dadurch blieb genug Zeit für derlei Maßnahmen.

Die Flammen, die im Wald unter dem Flugwagen wüteten, würden sich nicht so leicht löschen lassen, nein, wirklich nicht. Klettert-flink bemerkte, dass er jetzt viel angespannter war als am Tag von Linksgestreifts und Rechtsgestreifts Rettung. Damals war sofortiges Handeln nötig gewesen, Zeit für Besorgnis oder gar Angst war nicht geblieben.

Vielleicht war es gerade dieser Gedanke, der Klettert-flink dazu bewog, mit seinem Denken und Fühlen die Umgebung zu erkunden. Er hatte keine Ahnung, wo er sich befand, verglichen mit Orten, an denen sich Leute aufhielten. Denn wenn der Flugwagen so über die Wipfel der Bäume hinwegraste, nahm das Klettert-flink die Orientierung. Er glaubte nicht, dem Lager seines eigenen Clans, des Clans vom Hellen Wasser, sonderlich nahe zu sein. Er fand auch nirgends ein Echo von Singt-wahrhaftigs Geistesstimme. Doch er stellte fest, dass Todesrachen-Verderb, die seinen Clan auch als den ihren ansah, unzweifelhaft besorgt war.

Nein: *noch* besorgter, korrigierte er sich innerlich. Schon seit sein Zwei-Bein an diesem Morgen erwacht war, hatte er bei ihr nichts als widersprüchlichste emotionale Regungen geschmeckt, und das Durcheinander ihrer Gefühle war sogar noch gewachsen. Äußerlich war sie immer noch die ruhige, vernünftige Person, der zu vertrauen und die zu lieben er gelernt hatte. Darunter jedoch bildeten die Gefühle einen Strudel, der gieriger alles mit sich riss, als das Feuer unten im Wald alles verzehrte. Klettert-flink hoffte, dass der Gefühlsstrudel dennoch nicht auch so zerstörerisch wäre.

Sein ganzes Leben lang hatte man Klettert-flink immer wieder erklärt, er besitze eine sehr starke Geistesstimme. Nachdem er sich an Todesrachen-Verderb gebunden hatte, war sie sogar noch stärker geworden. Nun, als er mit seinen Gedanken das umliegende Gelände auf der Suche nach jemandem in Not durchkämmte, entdeckte er mehr, als er erwartet hatte: Es waren keine Stimmen, die ihm aktiv etwas zuriefen. Vielmehr belauschte er ein recht nachdrücklich geführtes Gespräch.

Bewegt euch! Die Kundschafter berichten, dass das Feuer naht!

Schafft die Jungen fort!

Helft dem Alten!

Nein!. En Gefühl heftigen Protests. *Nichts wird verloren sein, wenn meine Gebeine sich schon eine Spanne vor ihrer Zeit mit dem Boden vereinigen. Helft stattdessen Breiter-Schweif!*

Das und mehr erreichte Klettert-flink, denn die Sprache der Leute beschränkte sich nicht auf den schlichten Kommunikationsweg, den Klettert-flink allmählich in den Mundlauten der Zwei-Beine wähnte. Wortlose Bilder förderten das Verständnis. Klettert-flink sah einen Clan; er vermutete, dass sie neu in diesem Revier waren. Er sah, wie sie sich für die Flucht versammelten, und zugleich wussten sie, dass sie möglicherweise nicht schnell genug sein würden, den immer näher rückenden Flammen noch zu entrinnen.

Klettert-flink sah die Berichte ihrer Kundschafter und reimte sich daraus zusammen, dass die Leute jenes Feuer bislang nicht für eine ernst zu nehmende Bedrohung gehalten hatten, weil hier ein Seitenarm eines sehr viel breiteren Flusses eine natürliche Barriere bildete.

Also hatte kein Grund zur Eile bestanden, auch wenn der Clan immerhin schon Vorbereitungen getroffen hatte, sich im Falle einer Gefahr doch zurückzuziehen.

Da dieser Clan aber erst seit sehr kurzer Zeit in dem neuen Revier lebte, hatte er bislang noch keine Gelegenheit gehabt, sich mit der gesamten Länge des Seitenarms zu befassen, der sie vor dem Feuer schützen sollte. Und sie hatten auch nicht darüber nachgedacht, dass das Netzholz, das sie über den Fluss geführt hatte, auch das Feuer hierhertragen würde.

Kaum merklich schüttelte Klettert-flink den Kopf, als helfe ihm diese Bewegung, die Informationsflut zu verarbeiten. Er hatte nun das Gleiche gesehen wie die Kundschafter dieses bislang unbekannten Clans, und er wusste ebenso wie sie, in welcher Gefahr sich die Clanmitglieder befanden. Diese Erkenntnis ging einher mit einer zweiten, nämlich der, um welchen

Clan es sich handelte. Dort unten befand sich der Clan vom Wassergrund, für den Rechtsgestreift und Linksgestreift gerade auf Erkundung gegangen waren, als jenes andere Feuer sie eingeholt hatte. Klettert-flink tastete nach dem Geistesleuchten seiner Freunde, fand sie jedoch nirgends.

Waren sie tot? Oder nur außerhalb der Reichweite selbst seiner doch recht kräftigen Geistesstimme? Als junge Kundschafter, bestens vertraut mit der vom Feuer ausgehenden Bedrohung, hatte man sie ja vielleicht mit einer ganz besonders gefährlichen Aufgabe betraut.

All das war Klettert-flink während nur weniger Atemzüge bewusst geworden. Nun überlegte er, wie er Todesrachen-Verderb am besten auf diese Situation aufmerksam machen konnte. Er hatte gesehen, dass in den Flugwagen diverse Dinge eingeladen worden waren, mit denen sich Flammen bekämpfen ließen. Diese Dinge mochten schon ausreichen, jene neue Flammenwand so weit aufzuhalten, dass dem Clan vom Wassergrund die Flucht gelänge.

Er musste sein Zwei-Bein zu dem gefährdeten Clan führen. Er hoffte, dieser Herausforderung gewachsen zu sein ... und er hoffte, dass sie noch rechtzeitig eintreffen würden.

Stephanie konzentrierte sich ganz auf das Südfeuer und die Position von dessen westlicher Flammenzunge, um die SFD-Karte zu updaten. Wenn sie sich nicht voll und ganz dieser Aufgabe widmete, schweiften ihre Gedanken sofort ab, und sie fragte sich unweigerlich, was wohl mit Anders geschehen sein mochte. Wohin waren die Xenoanthropologen nur verschwunden? Sie wollte nicht über die Möglichkeit nachdenken, dass der SFD und Dr. Hobbard erneut – so wie bei Tennessee Bolgeo – auf Hochstapler hereingefallen wären.

Aber das war unmöglich, und diese Gewissheit verdankte sie Löwenherz. Der 'Kater hatte Bolgeo nie gemocht, selbst dann nicht, wenn der vorgebliche Wissenschaftler die Liebenswürdigkeit in Person spielte. Auf Dr. Whittaker und dessen Mitarbeiter hingegen hatte Löwenherz völlig ruhig und offen reagiert. Und während der Zeit, die sie gemeinsam verbracht hatten, war Stephanie zu dem Schluss gekommen, zumindest Anders könnte Löwenherz sogar richtig gut leiden. Und er hatte weder Dr. Whittaker noch einen von dessen Mitarbeitern angefaucht.

Erst jetzt begriff Stephanie, wie sehr sie inzwischen auf das Urteilsvermögen des Baumkaters vertraute. Mittlerweile hätte sie beinahe alles gegeben, sich an irgendetwas zu erinnern, bei dem Löwenherz Zorn oder Missbilligung gezeigt hatte, doch da war nichts. Und das bedeutete …

Plötzlich verlagerte Löwenherz, der immer noch auf ihrem Schoß saß, mit einem Ruck sein Gewicht und stellte sich auf das hinterste Beinpaar. Gelenkig, wie er war, drehte er sich so, dass er Stephanie geradewegs in die Augen blicken konnte. Als er ihre ganze Aufmerksamkeit besaß, deutete er nachdrücklich in Richtung des Feuers.

»Bliek«, sagte er. Dann, noch nachdrücklicher: »Bliek!«

»Löwenherz will wohl, dass wir am Rand des Feuers entlangfliegen. Aber das tun wir schon die ganze Zeit … vielleicht möchte er, dass wir schneller werden.«

Jessica beugte sich von der Rückbank aus nach vorn; sie war offenkundig fasziniert. »Hat er so etwas auch gemacht, als ihr kürzlich die anderen beiden Baumkatzen gerettet habt?«

Karl erhöhte das Tempo des Flugwagens und nickte. »So ziemlich. Aber damals wollte er, dass wir den Kurs ändern. Was er wohl dieses Mal möchte?«

Löwenherz hatte den Kopf zur Seite gedreht und spähte nun

aufmerksam durch die Frontscheibe des Wagens, die Handpfote fest gegen die Instrumententafel gestützt.

Stephanie zuckte mit den Schultern. »Ich habe keine Ahnung, aber gerade nach dem letzten Mal wäre es wohl idiotisch von uns, ihn nicht ernst zu nehmen.«

Ihr UniLink meldete einen eingehenden Anruf. Stephanie scheute sich, Löwenherz auch nur das geringste bisschen ihrer Aufmerksamkeit zu entziehen. Der Anruf stammte auch nicht von ihren Eltern, die hatten schließlich ihren eigenen Klingelton, und dennoch warf sie einen Blick auf das Display.

»Chet Pontier!«, sagte sie erstaunt, als sie den Namen las. »Was will Chet denn?«

»Vielleicht hat er sich mit Christine gestritten und möchte jetzt mit dir ausgehen«, schlug Jessica spitzbübisch vor. »Na los, geh schon ran!«

Stephanie errötete und blickte kurz zu Karl hinüber – ohne zu wissen, warum sie das eigentlich tat. Dann nahm sie das Gespräch an.

»Stephanie hier.«

Chets Holoabbild erschien über dem winzigen Bildschirm. »Hi, Steph! Hör mal, ich weiß ja nicht, ob du das gerade verfolgst, aber das Feuer im Norden ist so schlimm geworden, dass man noch weitere Freiwillige sucht. Christine und ich sind auf jeden Fall schon alt genug, und Toby will's wenigstens versuchen. Gesagt haben die ›mindestens fünfzehn‹, und ihm fehlen nur noch ein paar Monate. Und jetzt hatten wir uns gefragt, ob du uns vielleicht einen Tipp geben kannst, an wen wir uns wenden sollen, damit nicht unsere ganze Hilfe letztendlich darin besteht, dass wir irgendwo Punsch ausschenken.«

Stephanie dachte nach. »Wurde mehr als eine Anmeldestelle genannt?«

»Ja, Notausrüstungen werden jetzt sogar schon in der Innenstadt von Twin Forks verteilt.«

»Dann verschwendet bloß keine Zeit damit, zur Forstdienstzentrale zu gehen«, sagte Stephanie. »Als wir heute ganz früh da waren, war man dort schon völlig überlastet. Wahrscheinlich seid ihr am allgemeinen Rekrutierungsposten in Twin Fork besser bedient. Da werden die wohl auch eher ein Auge zudrücken, was Tobys Alter angeht.«

»Danke.« Das winzige Holo von Stephanies UniCom war nicht gerade detailreich, trotzdem sah Stephanie, dass er verlegen wirkte ... Oder eher peinlich berührt?

»Wir alle finden ganz toll, was du und Karl während des letzten Feuers geleistet habt«, sagte Chet schließlich. »Deswegen wollten wir dich um Rat fragen. Vielleicht sehen wir uns ja an der einen oder anderen Brandschneise.«

Stephanie wollte Chet noch ermahnen, dass ein Waldbrand eindeutig nicht der richtige Ort war, sich an Heldentaten zu versuchen, doch Löwenherz rutschte auf ihrem Schoß unruhig hin und her. Also beschränkte sie sich auf ein »Viel Glück! Und seid vorsichtig!« und schaltete das Gerät ab.

Da sie nun mit deutlich höherer Geschwindigkeit flogen, waren ihnen gewiss hier und dort Einzelheiten entgangen. Doch dafür hatten sie jetzt auch die vorderste Spitze der Flammenzunge erreicht, der sie schon seit einiger Zeit gefolgt waren. Sonderlich rasch zog das Feuer nicht weiter. Der Hauptwind drückte es jetzt mehr nach Westen, damit war der Zug nach Süden fast gestoppt.

Stephanie war nicht besonders überrascht, als Löwenherz nun nach Westen deutete, damit sie eine bislang brandfreie Zone ansteuerten. Das Entscheidende war hier das Wort ›bislang‹: Wenn der Wind auffrischte, würde es in dem Areal rasch noch deutlich gefährlicher werden als an ihrer derzeitigen Position.

»Löwenherz möchte, dass wir diese Insel da vorn ansteuern«, erklärte Stephanie. »Laut der SFD-Karte sollte diese Region relativ ungefährlich sein, zumindest vorerst. Der Makara bietet uns da eine natürliche Brandschneise.«

»Wenn wir Schwierigkeiten bekommen, kann ich den Wagen ja jederzeit wieder hochziehen«, gab Karl zurück und änderte den Kurs; dabei hielt er angemessenen Abstand zur Flammenwand. »Aber irgendetwas müssen wir versuchen. Löwenherz ist richtig aufgeregt!«

»Wir sollten uns das in jedem Fall ansehen«, drängte Jessica. »Wie du schon sagst: Hochziehen können wir ja immer noch. Das Feuer hier geht durchs Unterholz und erfasst vielleicht noch die untersten Äste. Bis hinauf in die Baumkronen hat es sich noch nicht gefressen – anders als bei dem Brand im Norden.«

Nachdem Karl den Kurs geändert hatte, entspannte sich Löwenherz sichtlich, doch er nahm nicht wieder auf Stephanies Schoß Platz. Stattdessen blickte er weiterhin konzentriert durch die Frontscheibe des Flugwagens und forderte mit knappen Echthandbewegungen kleine Kurskorrekturen. Auf diese Weise dirigierte er sie zu der Insel, die sie von oben schon ausgemacht hatten.

Stephanie betrachtete das unter ihnen liegende Gelände und entdeckte doch noch etwas Beängstigendes.

»Verdammt, schaut euch die Ostspitze der Insel an! Seht ihr den Pfostenbaum, der vom anderen Ufer bis auf die Insel führt?«

»Da, wo der Seitenarm so schmal ist?«, fragte Jessica nach.

»Genau.« Dann sprach Stephanie gleich sechsmal hintereinander ein Wort aus, das sie eigentlich überhaupt nicht benutzen sollte. »Bei der aktuellen Windrichtung läuft das Feuer auf den Pfostenbaum zu, und er ist die Brücke zur Insel für alle Tiere und dann auch für die Flammen.«

»Ja, die große Schwachstelle des Pfostenbaums«, meinte

Karl. »Genau, wie es die Forschungsergebnisse deiner Mom zeigen: Schön, dass diese Spezies erkrankte Abschnitte vom Stoffwechsel des Restgeflechts abtrennen kann, aber bei Feuer kann sie es nicht. Statt auf natürliche Weise eine Schutzschneise zu erzeugen, hilft der Pfostenbaum so, das Feuer auch noch auszubreiten. Er ist machtlos gegen die Flammen.«

Keine Frage: Das Feuer würde diese natürliche Brücke früher oder später erreichen. Trotz der großen Entfernung zum eigentlichen Brandgeschehen hing bereits schwerer Rauch in der Luft. Karl musste sich weitgehend auf das Navigationssystem des Flugwagens verlassen, um nicht gegen einen Baum zu prallen. Es war beunruhigend für seine Passagiere, dass er während des Steuerns unablässig das Head-up-Display betrachtete und fast gar nicht mehr aus dem Fenster blickte.

Stephanie beugte sich noch weiter vor. Als ob sie so mehr erkennen könnte! Eigentlich ziemlich dämlich von ihr, doch dann stellte sie fest, dass Jessica unwillkürlich genau das Gleiche tat.

Gelegentlich huschten Schatten durch den Rauch, wahrscheinlich waren es die auf Sphinx heimischen Fasthirsche. Ein anderes Mal – und sie konnte den Anblick kaum ertragen – sah sie, wie sich zwei Fastotter über den Waldboden schleppten. Perfekt auf das Leben im Wasser abgestimmt, war es eine Qual für sie, über Land den Makara zu erreichen.

»Schaut, die Tiere wissen, dass das Gebiet hier nicht mehr lange sicher ist, und flüchten«, sagte Jessica mit belegter Stimme. »Ich wünschte, wir könnten sie mitnehmen.«

»Sie würden bloß in Panik geraten«, gab Karl zurück, doch auch er klang kläglich.

Als Löwenherz laut bliekte und die Echthand ausstreckte, glaubte Stephanie zunächst, er deute auf einen weiteren Fastotter, der sich, ganz seltsam, in einen Baum gerettet hatte.

Nein, erkannte sie dann, *das ist kein Fastotter.*

»Eine Baumkatze!«, japste sie und gestikulierte hektisch. Ihr war nicht einmal bewusst, dass sie exakt Löwenherz' Bewegungen nachahmte. Als nun auch Jessica und Karl in die angegebene Richtung blickten, bewegten sich gleich mehrere schattenhafte Gestalten im Rauch. »Nein, das ist nicht nur *eine* Baumkatze, das sind mindestens vier! Die müssen zu einem Clan gehören, der hier versucht, dem Feuer zu entkommen!«

Karl ließ den Wagen in der Luft auf der Stelle schweben, damit sie erst einmal in Ruhe die Lage abschätzen konnten. »Steph, ein ganzer Baumkatzenclan passt einfach nicht in den Wagen – sogar dann nicht, wenn wir selbst aussteigen und zu Fuß gehen! Einen ganzen Clan können wir unmöglich retten.«

»Doch, können wir«, versetzte Stephanie beinahe schon aufsässig. »Wir müssen nur das Feuer aufhalten.«

Anders hatte gerade die Flucht angetreten, als er hinter sich Dr. Calidas Frage hörte: »Riecht noch jemand hier Rauch?«

Irgendetwas in ihrer Stimme stoppte Anders mitten in der Bewegung. Er machte kehrt und ging langsam zu den anderen zurück. Sein Dad starrte mit offenem Mund die eigenen Hände an, als könnte er selbst nicht glauben, was er gerade hatte tun wollen; auch alle anderen standen wie angewurzelt am Schauplatz der Auseinandersetzung. Dann drehte sich Dacey zu dem kleinen Campingkocher um, auf dem sie bislang alle warmen Mahlzeiten zubereitet hatten.

»Daher kommt es nicht«, sagte sie und sog prüfend die Luft ein. »Aber ich glaube, du hast recht, Calli! Ich rieche auch Rauch – irgendwo brennt Holz.«

Auch Anders schnüffelte jetzt. Das charakteristische Aroma

brennenden Holzes war unverkennbar. Erst machte sein Herz einen Sprung. Vielleicht kam sie jemand retten! Doch dann holte ihn mit schmerzhafter Heftigkeit die Realität ein: Kein Retter würde etwas anzünden – nicht in dieser trockenen Jahreszeit. Für den Rauchgeruch musste es einen anderen Grund geben.

Eine kurze Überprüfung ihres Lagers im Baum ergab, das keines ihrer Geräte der Grund dafür war. Anders erbot sich freiwillig, zum Wipfel hinaufzusteigen und zu schauen, ob er von dort aus etwas erkennen könnte. Bemerkenswert rasch meinten alle, das wäre wohl eine gute Idee.

Was Dad da gerade eben beinahe getan hätte, müssen wir jetzt erst einmal vergessen, dachte Anders, während er keuchend den Baum emporkletterte. *Zumindest vorerst. Aber ich weiß nicht, ob ich das jemals* wirklich *vergessen kann ... oder will. Ich weiß nicht, ob ich ihm das jemals vergeben kann.*

Trotz Kontragraveinheit auf Energiesparmodus fiel ihm ohne den langen ›Schweif‹ seines behelfsmäßigen Flaggenmastes der Aufstieg viel leichter. Anders fragte sich, ob er sich vielleicht endlich an die höhere Schwerkraft gewöhnte – oder ob er wenigstens die dafür erforderlichen Reflexe entwickelte. Er musste an Karl Zivoniks breite Schultern und dessen beachtliche Muskelpakete denken. Karl war im Ganzen bemerkenswert gut gebaut, vor allem für sein Alter.

Ob ich mich wohl auch so entwickeln würde, wenn ich hierbliebe? Oder muss man dafür wirklich von Anfang an in einer solchen Umgebung aufwachsen?

Anders wusste, dass er sich mit Gedankenspielen wie diesem von dem leichten, aber unverkennbaren Zittern seiner Muskeln ablenkte – und von seiner Angst, kaum dass er wieder unten wäre, würde sich sein Vater erneut auf ihn stürzen. Er riss sich zusammen und prüfte voll konzentriert jeden Halt im

Baum dreimal: Ein Sturz aus dieser Höhe hätte vermutlich tödliche Folgen. Endlich war er hoch genug, um den Kopf durch die dicht belaubten obersten Äste zu stecken. Was er zu sehen bekam, war ein jämmerlicher Lohn für all die Anstrengungen: Während ihm kühler Wind über das Gesicht strich und den Schweiß trocknete, sah er, dass gen Osten in der Ferne eine weißlich graue Rauchsäule aufstieg.

Erst erschien ihm das Rauchfähnchen recht bescheiden. Doch verarbeitete sein Verstand die Größenordnungen, um die es ging … und Anders begriff, dass die dort aufwallenden Rauchwolken gewaltig waren. Unter ihrer grauen Oberfläche konnte er nun einen orangerot glühenden Schimmer ausmachen. Erst jetzt fiel ihm sein Hochleistungsfernglas ein. Damit konnte er deutlich mehr Details ausmachen: Was er im Osten sah, war nur einer von zwei Brandherden; im Norden loderte ein noch deutlich größeres Feuer.

Obwohl Anders hörte, dass ihm von unten Fragen zugerufen wurden, antwortete er nicht. Er war zu hoch oben; unten verstünde niemand seine Antwort – und ein zweites Mal würde er gewiss nicht nach hier oben klettern! Das Feuer im Norden mochte zwar größer sein, war aber für die Gestrandeten trotzdem keine Gefahr. Also konzentrierte sich Anders erneut auf den Brandherd im Osten.

Anfangs hatte er den Eindruck gehabt, die Rauchwolken würden senkrecht aufsteigen. Nun jedoch begriff er, was diese optische Täuschung bewirkt hatte: die gewaltige Größe der Wolken und ihre Position relativ zu ihm. Nachdem er sie etwas genauer betrachtet hatte, konnte er sogar Mutmaßungen zur Windrichtung anstellen.

Er schluckte schwer. Es gab keinen Zweifel mehr. Auch wenn der Brandherd noch ein gutes Stück weit entfernt war, würde das Feuer letztendlich in ihre Richtung ziehen. Der Wind kam zwar vor allem aus südlicher Richtung, aber es gab noch eine zweite Luftströmung, die das Feuer langsam, aber stetig nach Westen schob.

»Ich komme runter«, rief Anders, »wartet!«

Im Camp angekommen, schilderte er, was er gesehen hatte. »Vorerst sind wir hier noch in Sicherheit«, endete sein Bericht. »Aber wir sollten uns darauf vorbereiten, dieses Gebiet zu evakuieren.«

Wie erwartet, führte seine Schilderung zu einer heftigen Debatte. Virgil wurde angewiesen, ebenfalls den Baum zu erklettern, da Dr. Whittaker der Ansicht war, die Pläne des Teams könnten doch nicht ausschließlich auf den Beobachtungen eines Kindes basieren. Es tat weh, diese Worte aus dem Mund seines Vaters zu hören, selbst wenn Anders eine solche Bemerkung verdient hätte: Denn er hatte weder Entfernungen abschätzen noch eine Prognose abgeben können, wie rasch die Flammenfront in ihre Richtung zog.

Nach seinem Ausflug zum Blätterdach hatte Virgil kaum neue Informationen beizutragen, aber er war ebenso wie Anders der Meinung, sie sollten das Lager notfalls evakuieren.

Beim Wort ›notfalls‹ blickte er kurz zum nach wie vor bewusstlosen Langston Nez hinüber. An diesem Morgen hatte der Patient ein bisschen ... Anders wusste nicht, was es besser traf: ›besser ausgesehen‹ oder doch ›kräftiger gewirkt‹. Auf jeden Fall waren Dacey und Kesia einer Meinung: Langston schluckte jetzt schon deutlich bereitwilliger, und seine Blase hatte auch wieder ihre Funktion aufgenommen. Kesia berichtete fröhlich, sie habe ihm aus einigen Funden in ihrem anscheinend unerschöpflichen Kleiderfundus eine Art ›Windel‹ improvisiert.

Doch dass Langston mittlerweile wieder schlucken und pieseln konnte, hieß noch lange nicht, dass er transportfähig wäre. Ein Evakuierungsplan hätte zu berücksichtigen, dass sie ihn würden tragen müssen. Dafür bräuchten sie dann wohl den Rest ihres mittlerweile fast aufgebrauchten Vorrats an Energiezellen für die Kontragraveinheiten.

Schlimmer noch wurde es dadurch, dass Dr. Whittaker nicht bereit war, seine kostbaren Artefakte zurückzulassen. Dr. Calida sagte ihm rundheraus, dass Baumkatzen ja nicht gerade vom Aussterben bedroht seien und sich ähnliche Funde auch in der Zukunft machen lassen sollten: Das Maß, mit dem Dr. Whittaker an ein paar Steinen und Korbüberresten hing, grenzte schon ans Fanatische.

»Verstehen Sie das denn nicht?«, fragte er drängend und umschloss mit seiner großer Hand eine ganz besonders fein gearbeitete Feuersteinspitze. »Das Verhalten des SFD nach diesem Ubel-Desaster zeigt doch, dass sie nur allzu bereit sind, die Kultur der Baumkatzen mit Materialien aus unserer eigenen Kultur zu kontaminieren. *Diese Proben hier* stammen von gänzlich unkontaminierten Vertretern der Spezies – und sie wurden ohne Wissen der Baumkatzen zusammengetragen! In der Geschichte der Anthropologie hat es immer wieder Beispiele dafür gegeben, dass ein Volk, das gerade im Fokus der Wissenschaft stand, den Forschern bereitwillig alles erzählte, was diese hören und glauben wollten. So wurde dann der Wert der gesamten Studien letztendlich zunichtegemacht!«

»Bradford«, sagte Dr. Calida so leise, dass Anders wusste, was los war: Sie zweifelte die geistige Gesundheit seines Vaters an. »Ich glaube nicht, dass wir uns in einer vergleichbaren Situation befinden. Diese Baumkatzen werden wohl kaum neue Techniken ersinnen, einfach nur weil sie wissen, dass Sie sich für deren Kultur interessieren! Und selbst wenn ... na ja, eine derartige Anpassungsbereitschaft und -fähigkeit wäre dann wohl auch ein unbestreitbarer Beleg für Intelligenz.«

»Genau!«, meldete sich Kesia zu Wort. »Wenn eines dieser

kleinen Pelzkerlchen plötzlich mit ein paar Energiezellen für unsere Kontragravs auftauchen würde, wäre ich erfreut, selbst wenn die Zellen bloß aus Blättern und Beeren bestünden.«

»Solange sie nur funktionieren«, pflichtete ihr Virgil grinsend bei, doch als er Dr. Whittakers strafenden Blick sah, musste er heftig schlucken. »Ich meine, wir wollen doch keine Cargo-Kult-Situation schaffen, in der die Eingeborenen mit vor Ort verfügbaren Mitteln Abbilder irgendwelcher High-Tech-Geräte wie Flugzeuge oder Ähnliches anfertigen, weil sie glauben, auf diese Weise kämen auch ihnen die Segnungen der Technologie zugute.«

Diese Antwort schien Dr. Whittaker zu befriedigen.

»Funktionslose Nachahmungen wären natürlich tatsächlich eine interessante Möglichkeit«, sagte er. »Es wurden schon mehrere Anzeichen dafür erwähnt, dass Baumkatzen gerade den Ackerbau für sich entdecken. In einem Artikel hat Dr. Hobbard angedeutet, diese Entwicklung sei möglicherweise erst *nach* der Landung der ersten Menschen auf Sphinx erfolgt. Das würde bedeuten, dass die Baumkatzen allein durch Beobachtung ihnen bislang fremder Verhaltensweisen hinzulernen.«

»Na«, versetzte Kesia in beinahe aufsässigem Ton, »ich glaub nicht, dass die sich das Bearbeiten von Steinen von Sphinxsiedlern abgeschaut haben. Zumindest die Speerspitzen können wir dann wohl zurücklassen. Ich für meinen Teil schleppe keine sinnlosen Steine mit mir herum, wenn alles mindestens fünfzehn Prozent schwerer ist als ohnehin schon.«

Angesichts derart offener Meuterei war Dr. Whittaker so verdutzt, dass Anders das Wort an sich reißen konnte.

»Weit kommen wir nicht – nicht, solange wir Langston tragen müssen. Ich würde vorschlagen, wir gehen zurück zu dem Sumpf – das gibt es wenigstens Wasser. Sicher, wirklich viel ist das nicht, aber Feuer und Wasser passen ja nun einmal nicht so recht zusammen.«

»In den Sumpf?«, wiederholte Dr. Whittaker spöttisch. »Damit wir dann genauso versinken wie unser Wagen?«

»Während Anders und ich Nahrung gesucht haben«, erklärte Dr. Calida, »haben wir im Sumpf einige stabile Regionen gefunden – man könnte von Inseln sprechen. Es gibt dort mindestens eine, die groß genug ist für uns alle.«

Alle schwiegen, als über diese Möglichkeit nachgedacht wurde. Schließlich meldete sich Dacey zu Wort.

»Da ist noch etwas anderes, was wir berücksichtigen müssen«, sagte sie. »Der Rauch. Selbst wenn uns das Feuer nicht erreicht, wird der Rauch früher oder später zu uns vordringen. Und Langston hat schon jetzt Atemschwierigkeiten. Selbst wenn wir ihm aus irgendetwas eine Art Atemmaske improvisieren, wird er mit verschlechterter Luftqualität nicht gut zurechtkommen.«

»Rauch steigt nach oben«, dachte Anders laut nach, »also wäre unser Baumhaus in dieser Hinsicht ungünstig. Wenn wir in den Sumpf gehen, sind wir unmittelbar am Boden, und das Feuer sollte um uns herumziehen. Wir bräuchten ihn und alles andere, von mir aus auch Dads Artefakte, nur vielleicht hundert Meter zu schleppen.«

Virgil nickte. »Das gefällt mir. Wir beide sind die Einzigen, die das Feuer gesehen haben. Ich muss zugeben, dass mir der Gedanke nicht behagt, auf einem Baum zu hocken und darauf zu hoffen, dass das Feuer nicht in unsere Richtung zieht.«

Dr. Whittaker nickte. Die Handfläche, auf der immer noch das Stück Feuerstein lag, schloss sich.

»Also gut. Mir gefällt der Gedanke zwar nicht, uns auf ebenen Boden zu flüchten, der jederzeit unter uns nachgeben kann, aber mit ein wenig Glück müssen wir ja nicht allzu lange dort bleiben. Vielleicht kommt der SFD ja irgendwann mal in die Hufe und macht seinen Job.«

Anders wandte sich ab und verkniff sich ein Seufzen. Der SFD *machte* seinen Job! Anders zweifelte keine Minute daran, dass in diesem Moment zahllose Mitarbeiter des Sphinxianischen Forstdienstes ihr Leben dabei riskierten, das Wipfelfeuer einzudämmen, das im Norden tobte. Und er zweifelte keinen Moment daran, dass der SFD im Augenblick keine Zeit hatte, sich um sieben vermisste Personen zu kümmern, wenn das Leben so vieler anderer Menschen auf dem Spiel stand.

»Das Feuer aufhalten?«, wiederholte Karl. »Wir haben doch überhaupt nicht die nötige Ausrüstung, um einen Waldbrand zu löschen.«

»Aufhalten«, wiederholte Stephanie, »nicht löschen.«

»Stephanie«, mischte sich nun auch Jessica ein, »meinst du nicht, es wäre besser, das dem SFD zu melden?«

Ärgerlich schüttelte Stephanie den Kopf. »Nein. Erinnert ihr euch noch, was die gesagt haben, als ich wissen wollte, ob die Suche nach Anders und seinen Leuten weitergeht? Sie hätten jetzt schon zu wenig Leute. Der SFD an sich ist ja wirklich eine großartige Organisation, aber nun schau dir doch mal die Karte an, Jess! Das Feuer im Norden wurde mittlerweile offiziell als Wipfelbrand eingestuft. Jedes Mal, wenn man vor Ort meint, es wäre eingedämmt, kommen die Flammen irgendwo doch wieder über die Schneise. Hayestown und die Painter-Siedlung sind mittlerweile in ernster Gefahr. Was meinst du wohl, wie man dort reagiert, wenn der SFD plötzlich ein Brandbekämpfungsteam mit den Worten ›Tut uns leid, aber wir müssen jetzt erst ein paar Baumkatzen retten!‹ abziehen würde?«

Jessica kniff die Lippen zusammen. »Okay, kapiert. Aber

meinst du denn wirklich, wir drei allein können irgendetwas ausrichten?«

»Oh ja«, gab Stephanie zurück. »Und vielleicht sind wir auch gar nicht nur zu dritt. Karl, wir müssen rausbekommen, wo sich der Brandherd relativ zur Baumkatzenkolonie befindet. Kannst du uns von hier wegbringen?«

Karl nickte, doch als sich der Flugwagen wieder in Bewegung setzte, bliekte Löwenherz laut und hämmerte mit der Echthand und beiden Handpfoten gegen die Frontscheibe.

Stephanie hatte gerade ihr UniLink für einen Anruf nutzen wollen und suchte nun seinen Blick. Löwenherz legte bedächtig die Echthand an den Türverschluss. Seit der Baumkater gelernt hatte, wie sich die Türen eines Flugwagens öffnen ließen, sicherten Karl und Stephanie sie routinemäßig mit der Zentralverriegelung. Stephanie runzelte die Stirn. Sie wollte nicht, dass Löwenherz nach dort draußen ginge, aber ...

»Karl«, sagte sie, »bitte entsichere die Beifahrertür, damit Löwenherz aussteigen kann. Ich glaube, er will näher an die anderen 'Katzen heran. Vielleicht kann er ihnen ja erklären, dass wir uns nach Kräften bemühen, ihnen zu helfen, und ihnen sagen, sie bräuchten keine Angst zu haben.«

Karl biss sich auf die Unterlippe. »Steph, ich habe das gerade noch einmal überprüft: Das Feuer ist östlich von uns definitiv bereits übergesprungen. Da draußen wird es für ihn gefährlich.«

Stephanie zersprang fast das Herz. Es fühlte sich an, als hätte jemand es mit beiden Händen gepackt und würde es nun auswringen wie ein nasses Tuch. Dann blickte sie erneut Löwenherz an.

»Das ist gefährlich da draußen«, sagte sie. »Bist du dir sicher?«

Löwenherz bliekte und berührte erneut den Türverschluss.

»Lass ihn raus!«, entschied Stephanie. »Er ist eine eigenständige und eigenverantwortliche Person. Also sollte er auch Gelegenheit haben, seine eigenen Entscheidungen zu treffen ...«

Tränen stiegen ihr in die Augen, während sie die Tür öffnete, damit die Baumkatze – *ihre* Baumkatze, egal was die anderen sagten, *ihr* bester Freund – aussteigen konnte. Rauchgeschwängerte Luft ließ sie alle husten. Löwenherz nieste.

»Sei vorsichtig!«, sagte Stephanie. »Bitte sei vorsichtig!«

Die Baumkatze nickte, als hätte sie jedes Wort verstanden. Dann richtete sie sich auf und vollführte die ›Warten!‹-Geste.

»Er möchte, dass wir warten«, erklärte Stephanie. »Also wird er nicht weit fortlaufen.«

Erleichterung überkam Stephanie, als Löwenherz zu den 'Katzen hinübereilte, die nicht allzu weit entfernt in den Zweigen kauerten und sie unruhig beobachteten.

Hinter sich glaubte Stephanie ein Schniefen gehört zu haben – als unterdrückte Jessica nur mit Mühe ein Schluchzen.

Nur gut, dass ich das UniLink auch blind bedienen kann, dachte Stephanie kläglich, nachdem sie mit tränenden Augen die gewünschte Verbindung hergestellt hatte.

»Chet«, sagte sie dann, »wo seid ihr jetzt?«

»Wir haben gerade unsere Ausrüstung erhalten«, erklärte er. »Gleich werden wir mit meinem Wagen zur Schneise fliegen. Zumindest Christine und ich gehen nach da draußen. Toby hat man gesagt, er solle in der Schutzzone bleiben und die anderen mit Getränken versorgen.«

»Echt, haben sie, menno!«, hörte Stephanie im Hintergrund Tobys Stimme.

»Hört mal«, sagte Stephanie. »Ich hätte da ein Angebot für euch. Aber das ist viel gefährlicher, also denkt bitte erst einmal gründlich darüber nach.«

»Ich bin ganz Ohr«, erwiderte Chet. Stephanie war sich fast

sicher, dass er sein UniLink jetzt schräg hielt, damit auch Christine und Toby alles mitbekämen.

»Vor ungefähr fünf Minuten haben wir herausgefunden, dass hier ein Baumkatzenclan vor dem Südfeuer flüchtet. Wir wollen ihnen dabei helfen, hier wegzukommen, denn für mich sieht's ganz so aus, als wären sie allein nicht schnell genug. Würdet ihr vorbeikommen und mithelfen? Bringt die Ausrüstung mit, die man an euch ausgegeben hat – vor allem alle Kanisterrucksäcke und alle Einmann-Schutzzelte. Habt ihr Schutzanzüge bekommen?«

»Den Schutzanzug haben wir alle gekriegt«, antwortete Chet. »Aber für Toby war das auch schon alles.«

»Wird trotzdem reichen. Damit kann man arbeiten«, gab Stephanie zurück. »Könnt ihr vorbeikommen? Und könnt ihr vielleicht in all der Aufregung vergessen, sonst jemandem von eurem neuen Einsatz zu erzählen?«

Chets Gesichtsausdruck verriet Stephanie, wie bewusst ihm war, dass sie ohne Rückendeckung durch ihre Vorgesetzten handelte.

»Bist du dir da sicher?«, fragte er nach.

»Ja«, versetzte Stephanie sofort. Sie erinnerte sich an eine Nacht, die mittlerweile schon drei Jahre zurücklag. Damals hatte sie sich in ein Gewitter hineingewagt, obwohl sie genau gewusst hatte, dass ihre Eltern das nicht gutheißen würden. »Manchmal ist es einfach besser, nicht zu fragen. Dann kann einem auch niemand etwas verbieten.«

Kurz hörte sie Stimmengewirr, dann war Chet wieder am UniLink. »Wir kommen! Christine besteht zwar darauf, ihren Eltern eine Nachricht zukommen zu lassen, aber die wird dann mit Verzögerung übermittelt. Das passiert erst, wenn Christine bis Mitternacht nicht nach Hause kommt und die Übertragung vorher deaktiviert. Ist das okay für dich?«

»Klar«, bestätigte Stephanie. »Egal was passiert: Es ist auf jeden Fall vor Einbruch der Dunkelheit vorbei.«

Selbst am Waldboden war der Rauch dicht. Doch droben im Baum, den Klettert-flink hinauf war, um sich zu den dort zusammengekauerten Leuten zu gesellen, war der Rauch erstickend.

Wie Klettert-flink sah, waren es zwar keine Neugeborenen, aber noch Junge – nicht viel älter als eine Spanne. Da er wusste, wie man beim Clan vom Hellen Wasser vorging, wenn alle flüchten mussten, vermutete er, die Jungen wären dem Hauptteil ihres Clans vorausgeschickt worden. Vermutlich hielt man sie für zu jung, um ihren Teil dazu beizutragen, die Älteren zu unterstützen, für zu unerfahren, sodass sie eine Gefahr nicht nur für sich selbst, sondern auch für andere waren.

Das Verhalten, das sie jetzt an den Tag legten, bestätigte beide Vermutungen. Während die Jungen misstrauisch zum Flugwagen hinüberspähten, kuschelten sie sich in dem erstickenden Rauch eng aneinander und blinzelten ihn aus ihren grünen Augen an, als wäre er ein Todesrachen oder ein Schneejäger.

Geht nach unten, näher zum Boden!, wies Klettert-flink sie an. *Dort ist die Luft noch nicht so verraucht. Was treibt ihr überhaupt hier oben? Eure Eltern haben euch doch bestimmt beigebracht, was man bei einem Feuer macht!*

Er wusste, dass der schroffe Unterton in seiner Geistesstimme nicht sehr nett war, doch die Anspannung und Sorge in Todesrachen-Verderbs Geistesleuchten forderte nun einmal ihren Tribut. Drei der Jungen gehorchten, doch das vierte – ein wirklich niedliches Weibchen, das ihren Schweif so stolz trug, als sei jeder völlig vernarrt in sie – blickte ihn aus ihren großen Augen an.

Du bist Klettert-flink, sagte sie und machte sich erst nach kurzem Zögern ebenfalls an den Abstieg – und diese Pause zeigte überdeutlich, dass sie nur hinunterkletterte, weil sie selbst das wollte, nicht etwa, weil man es ihr befohlen hatte. *Mein Vater sagt, du bist eine Schande für alle Leute.*

Kleine-Zeugin! Eines der jungen Männchen meldete sich zu Wort, und seiner Geistesstimme war anzumerken, wie peinlich ihm die Situation war. *Unsere Mutter sagt, dass Klettert-flink ein Held ist. Und* du *hast keinerlei Manieren!*

Zur Antwort wedelte die kleine Freche, denn das war die, die den Namen Kleine-Zeugin trug, nur mit dem Schweif und trippelte von dannen. Ihr Name erklärte so einiges: Höchstwahrscheinlich versprach Kleine-Zeugin – ähnlich wie Klettert-flinks eigene Schwester, Singt-wahrhaftig – bereits in diesem zarten Alter, beizeiten eine sehr starke Geistesstimme zu entwickeln. Vielleicht würde sie eines Tages sogar zu einer Sagen-Künderin aufsteigen. In manchen Clans, vor allem, wenn deren Sagen-Künderinnen sehr von sich selbst eingenommen waren, spielten sich manche Jungen schon auf, wenn sie auch nur halbwegs vielversprechend wirkten.

Und ob sie nun eine starke Geistesstimme hatte oder nicht: Kleine-Zeugin war auf jeden Fall ein niedliches Ding ... und wusste das ganz genau.

Ich bin Springer, stellte sich das junge Männchen schüchtern vor. *Wir sind erst in diesen Baum geklettert, als wir das Flugding gehört haben. Es hat sich angefühlt, als käme da einer von den Leuten, aber irgendwie doch nicht. Wir wussten nicht, was wir tun sollten.*

Klettert-flink strich sich über die Schnurrhaare. *Seid ihr dem Rest eures Clans weit voraus?*

Nicht besonders. Springers Antwort klang besorgt. *Der größte Teil des Clans hat das Lager noch nicht verlassen. Das Feuer hat uns überrascht. Die Älteren und die ganz Jungen können nicht so rasch lau-*

fen. Ich wollte zurückbleiben und helfen, aber man hat uns gesagt, wir würden ihr Fortkommen nur weiter verlangsamen. Wir sind hierhergelaufen, um zu sehen, ob die Netzholzbrücke über den Fluss noch steht.

Leider nicht, beantwortete Klettert-flink die Frage. *Für uns hat es so ausgesehen, als nutze das Feuer sie mittlerweile.*

Und was kann unser Clan dann tun?, fragte Springer. *Das Feuer könnte diese ganze Insel verspeisen.*

Ich werde zu deinem Clan laufen, versicherte ihm Klettert-flink, *und alles tun, was ich kann, um zu helfen. Auch mein Zwei-Bein wird euch helfen, verlass dich darauf. Vielleicht wird dein Clan doch noch gerettet. Und jetzt lauf zurück zu ihnen. Los!*

Gern hätte er sie dazu bewogen, in den Flugwagen zu steigen, aber er wusste: Mindestens Kleine-Zeugin würde sich dagegen sträuben, und sie hatten keine Zeit zu verschwenden. Die Bilder, die er von Springer aufgefangen hatte, verrieten ihm, dass es wirklich nicht weit bis zum Hauptlager des Clans war.

Klettert-flink wandte sich von den vier Jungen ab und rannte dann, so rasch er konnte, zurück zum Flugwagen. Darin war die Luft viel klarer und schmeckte süßer als Muttermilch, doch noch während er gierig seine Lungen damit füllte, machte er sich schon daran, erneut eine Richtung anzuzeigen. Dieses Mal wies er dorthin, wo der Clan vom Wassergrund gegen die Zeit und das immer näher rückende Feuer kämpfte.

12

Mit Löwenherz als Führer fanden sie den in Gefahr geratenen Clan viel schneller, als ihnen das im Alleingang je gelungen wäre. Baumkatzen und auch deren Lager verschmolzen nun einmal nahezu perfekt mit der Umgebung.

Stephanie hatte Löwenherz schon in dessen Zuhause besucht und wusste, worauf sie achten musste. Wenn Baumkatzen ein Lager einrichteten, nahmen sie dabei viel weniger Einfluss auf ihre Umwelt, als das bei Menschen der Fall war. Aber hier wie da wurden neben Schlafplätzen auch Lager für Lebensmittel angelegt.

Während sich Stephanie den Pfostenbaumhain anschaute, zu dem Löwenherz sie gelotst hatte, ging ihr durch den Kopf, dass diese Region unter anderen Umständen gewiss ein sehr schönes Revier für Baumkatzen abgegeben hatte. Die Ostgrenze bildete ein Fluss, der irgendwo im Inland der Insel entspringen musste, während im Süden der südliche Nebenarm des Makara verlief. Der Pfostenbaumhain selbst wirkte sehr gesund und robust. Doch nun, wo Rauch zwischen den massigen Stämmen und Ästen hindurchquoll, das Tageslicht verschluckte und das fahle Glühen des nahenden Feuers wie ein zorniger Ersatz für den vom Rauch verschluckten Sonnenschein wirkte, erschien Stephanie das Gelände verstörend.

Zugleich blickte sie auf nichts als Chaos hinab – und begriff, dass das Chaos erst durch das Eintreffen des Flugwagens ausgelöst worden war.

Löwenherz blickte herrisch und tippte mit der Echthand gegen die Wagentür. Dieses Mal öffnete Stephanie ihm, ohne zu zögern. Wenn es ihm nicht gelänge, die 'Katzen zu beruhigen, würde ihre Anwesenheit hier eher schaden als nutzen.

»Wir warten hier«, sagte Stephanie zu ihm, »geh nur!«

Was auch immer Löwenherz zu den dort versammelten Baumkatzen sagte: Es wurde nicht mit ungeteilter Begeisterung aufgenommen. Einige der Männchen zischten und fauchten. Sie machten zwar nicht gerade die Sorte Buckel, die man von terranischen Katzen kannte – dafür war ihr Körperbau mit den sechs Gliedmaßen doch zu unterschiedlich. Aber das dadurch übermittelte Signal war eindeutig das gleiche.

Was Löwenherz dann ›sagte‹, schien auch nicht gerade zur Entschärfung der Lage beizutragen. Auf der Rückbank ›übersetzte‹ Jessica in einem bemerkenswert überzeugenden Klischee-Hinterwäldler-Akzent die Reaktion der hiesigen Baumkatzen:

»Hau ab! Leute wie dich brauchen wir hier nicht, Fremder! Wir kommen bestens allein zurecht, klar?«

Trotz der allgemeinen Anspannung musste Stephanie kichern. Auch Karls Mundwinkel zuckten, aber er lachte nicht.

»Das Feuer ist über den Pfostenbaum im Osten auf die Insel übergeschlagen«, sagte er und klang beunruhigt genug, um seine Reaktion zu erklären. »Bislang hat der Wind die Flammen noch nicht in die Wipfel getragen, aber wenn das passiert, hat der ganze Clan keine Chance mehr zur Flucht.«

Stephanie nickte. »Also werden wir jetzt unser Bestes geben, das Feuer aufzuhalten – und zu verhindern, dass die Kronen in Brand geraten. Der Bach da vorn ist zu schmal, der wird das Feuer höchstens kurz aufhalten, aber er liefert uns wenigstens Wasser. Außerdem ist das ein guter Platz, eine Schneise zu ziehen.«

»Stimmt«, pflichtete Karl ihr bei. »Den Wagen stellen wir am Westufer ab. Das ist schließlich bloß ein Passagierfahrzeug – und noch dazu extrem leicht. Bäume fällen können wir damit nicht. Ich stelle mein UniLink so ein, dass es dem SFD automatische Updates schickt.«

»Merken die denn dann nicht, dass wir hiergeblieben sind?«

Karl grinste. »Na ja, ich lüge die zwar nicht direkt an, aber ich programmiere das UniLink so, dass es für die Zentrale wirken muss, als würden wir uns das Ausmaß dieser Flammenzunge genau ansehen. Ich gehe davon aus, dass unsere Daten von einem automatisierten Kartierungsprogramm ausgewertet werden, solange wir sie nicht mit ›dringend‹ kennzeichnen. Der SFD hat doch vor Ort gar nicht genug Leute, um die Daten von Hand auszuwerten.«

»Stimmt. Direkt gelogen ist das nicht«, bestätigte Stephanie. »Legen wir los.«

Während Karl und sie einen Plan schmiedeten, hatte sie aus dem Augenwinkel mitbekommen, dass Jessica auf der Rückbank ein Gespräch über UniLink führte, ehe sie sich an ihre beiden Freunde im Flugwagen wandte.

»Ich habe gerade Chet angerufen und ihm unsere aktuelle Position durchgegeben. Es gibt ein paar gute Neuigkeiten: Weil er sich schon gedacht hat, dass man ihn vielleicht für den Shuttle-Service einteilen würde, ist er gleich mit einem der älteren Laster seiner Familie nach Twin Forks geflogen. Auch der ist zwar nicht groß genug, um damit Bäume zu fällen, aber wenn wir es schaffen, das Vertrauen der Baumkatzen zu gewinnen, sollte er den ganzen Haufen auf einen Schlag hier rausbringen können.«

»Die diplomatischen Verhandlungen dazu«, sagte Stephanie, stieg aus dem Wagen und blickte beunruhigt zu Löwenherz hinüber, der sich gerade ein Fauch- und Zischgefecht mit einigen stämmigen Männchen lieferte, »muss dann wohl ganz allein Löwenherz übernehmen.«

Hoffen wir einfach darauf, dachte sie, während sie die Ausrüstung aus dem Laderaum holte, *dass er das hier in den Griff bekommt, ohne Gewalt anwenden zu müssen.*

Im Gegensatz zu den meisten anderen Menschen wusste Stephanie Harrington sehr genau, wie gefährlich Baumkatzen werden konnten: Sie selbst, angeschlagen oder nicht, hatte es erlebt, damals, als sie abgestürzt war. Der Blutgeruch ihrer Verletzungen hatte wahrscheinlich den Hexapuma angelockt, auf den sich dann Löwenherz' Clan wie eine Flutwelle gestürzt hatte, um ihn und sie vor der Bestie zu schützen. Stephanie hatte den Kadaver gesehen und später gehört, wie Frank und Ainsley mit hörbarem Respekt über dessen völlig zerlegten und zerfetzten Zustand gesprochen hatten.

Sollten diese Baumkatzen hier beschließen, sich auf Löwenherz zu stürzen, hätte er keinerlei Chance – nicht gegen derart viele, und schon gar nicht, wo er doch schließlich verkrüppelt war. Stephanie hatte zwar eine Handfeuerwaffe dabei, aber konnte sie wirklich auf eine Gruppe Baumkatzen schießen? Selbst wenn es darum ginge, Löwenherz zu retten? Sie wusste es nicht ... und hoffte inständig, es auch niemals herausfinden zu müssen.

Stephanie verdrängte den Gedanken und schnallte sich den Kanisterrucksack auf den Rücken.

Vergleichbare Behältnisse wurden schon seit der Frühzeit mechanischer Brandbekämpfung genutzt. Dieses Modell jedoch war seinen Vorgängern gegenüber zumindest in einer Hinsicht weit überlegen: War ein einfacher Wasserkanister erschöpft, war es auch vorbei mit dessen Nützlichkeit. Dieser jedoch war mit einer kleinen Pumpe ausgestattet. War er leer, ließ er sich, verfügbares Wasser vorausgesetzt, leicht nachfüllen: Man brauchte nur den Ansaugschlauch ins Wasser zu halten. Zur Ausrüstung gehörten auch Tabletten, die für die brandhemmenden Zusätze sorgten.

Nachdem Stephanie ihren Rucksack zurechtgerückt hatte, half sie Jessica dabei, den ihren anzulegen.

»Weißt du noch, was wir dir über das Verbrennungsdreieck erzählt haben?«, fragte Stephanie.

Jessica nickte und blieb dicht bei Stephanie, als diese sich dem Flusslauf näherte.

»Klar. Feuer braucht Hitze, Sauerstoff und Brennstoff, sonst erlischt es.«

»Genau.« Stephanie hob ihre Pulaski. »Und da kommt dieses Gerät ins Spiel. Du hilfst deiner Mom doch viel im Garten, also nutz jetzt alles, was du schon gelernt hast.« Sie hatten den Bachlauf erreicht, und Stephanie zeigte ihr, was es zu tun galt. »Schneid all die kleinen Büsche und das Wurzelwerk weg – die würde das Feuer als ersten Brennstoff nutzen. Wenn irgendetwas zu robust ist, um es wegzuhauen, schalt die Vibroklinge ein. Mit der Hacke verbreiterst du die Schneise dann auf die nötige Breite. Dabei muss auch abgefallenes Laub am Boden weg. Wenn die freigelegte Fläche groß genug ist, aktivierst du den Rucksack und sorgst dafür, dass der Boden ordentlich durchgeweicht wird. Und bespritz auch die Baumstämme – am besten, du fängst ganz unten an und gehst dann so hoch, wie du eben kommst.«

Sofort machte sich Jessica an die Arbeit. Ihre Arbeitstechnik entsprach zwar nicht ganz dem, was beim SFD üblich war, aber es reichte voll und ganz aus – und sie war wirklich schnell.

»Ich glaube, ich kapier, was das soll«, drang ihre Stimme in kurzen, abgehackten Sätzen aus dem schutzanzugseigenen Funkgerät. »Erst sorgen wir dafür, dass das Feuer keine Nahrung mehr findet, und dann befeuchten wir das Gelände, um es abzukühlen.«

»Genau«, bestätigte Stephanie, die einige Meter weiter stromaufwärts arbeitete. »Die Chemikalien, die dem Wasser beigemischt sind, halten das Feuer zusätzlich davon ab, auf Brennbares überzugreifen. Wenn uns die Zeit bleibt, sollten wir versuchen, das Gelände auf beiden Seiten des Wasserlaufs freizuräumen, aber vorerst muss eine Seite ausreichen.«

»Aber was ist mit den Baumstämmen?«, fragte Jessica nach. »Die sind doch auch Brennstoff, oder nicht?«

Nun beteiligte sich auch Karl am Gespräch. »Wir schneiden das sogenannte leicht entflammbare Material weg. Das brennt sehr schnell. Baumstämme selbst sind schwer entflammbar. Es dauert viel länger, bis ein Feuer einen Stamm richtig erfasst hat. Klar, wenn das erst einmal passiert, hat man ein echtes Problem, aber wenn wir verhindern können, dass die Flammen auf die Baumstämme selbst übergreifen ...«

»Das ist ein bisschen wie beim Anzünden eines Lagerfeuers«, griff Jessica den Gedanken auf. »Man kann nicht einfach nur ein brennendes Streichholz an einen Holzscheit halten und erwarten, dass es gleich lustig lodert. Erst braucht man Zunder oder so etwas in der Art, dann ein paar kleine Zweige ...«

Ihre Zusammenarbeit klappte wunderbar. Wäre da nicht das gewaltige Feuer gewesen, das von Minute zu Minute näher kam, hätte das Ganze vielleicht sogar richtig Spaß gemacht. Stephanie hing noch diesem Gedanken nach und schnitt dabei gerade eine ganze Hand voll Schösslinge herunter, als Chets Stimme an ihr Ohr drang. Vorsorglich hatte Stephanie vorhin ihr UniLink mit dem Signalsystem ihres Schutzanzugs gekoppelt.

»Wir sind fast da«, meldete er. »Wir sehen schon Karls Wagen. Sollen wir direkt daneben landen?«

»Ja«, bestätigte Stephanie. »Habt ihr schon die Schutzanzüge an?«

»Allesamt«, versicherte ihr Chet.

»Ich komme rüber und zeige euch, wo ihr gebraucht werdet. Aber passt auf: Die Baumkatzen sind sehr beunruhigt. Ich weiß nicht, ob Löwenherz ihnen schon hat klarmachen können, dass wir auf ihrer Seite sind. Also ist es wohl am besten, wenn ihr euch denen gar nicht erst nähert.«

»Kapiert!«, bestätigte Chet. »Wir landen jetzt.«

Stephanie wusste, dass auch Karl und Jessica Chets Anruf mitbekommen hatten. Also raffte sie die frisch abgeschnittenen Schösslinge zusammen, beförderte sie aus der freigeräumten Zone und rannte dann wortlos zu den Neuankömmlingen hinüber.

Ein Stück weiter vor sich sah sie Löwenherz und die anderen Baumkatzen. Anscheinend hatte sich noch nichts getan. Oder doch?

Das Dröhnen des landenden Fluglasters ließ alle aufblicken. Stephanie fürchtete, diese unerwartete Störung könnte eine ohnehin schon delikate Situation aus dem Gleichgewicht geraten lassen, und lief eilig auf das Fahrzeug zu.

Löwenherz, dachte sie, *wenn ich dich doch nur fragen könnte, was hier vor sich geht ...!*

Geh weg, sagte das stämmige Männchen, das sich selbst als Nasenbeißer vorgestellt und den Namen mit einigen kurzen, aber sehr lebhaften Bildern unterlegt hatte, die eindeutig zeigten, wie es zu diesem Namen gekommen war.

Klettert-flink zweifelte nicht daran, dass es zumindest einen Schneejäger gab, der sich niemals wieder in die Nähe der Leute wagen würde – ganz egal, wie jung und unerfahren er seinerzeit auch gewesen war. Und erst recht würde er niemals wieder den Fehler machen, zu glauben, die Leute wären als Hauptgericht bestens geeignet.

Doch so bewundernswert Nasenbeißers Wildheit auch sein mochte, wenn es darum ging, sich und die Seinen zu verteidigen: Hier und jetzt war diese Wildheit nicht nur fehl am Platz, sondern schlichtweg töricht.

Wir sind hier, um euch zu helfen, erklärte Klettert-flink. *Ist das hier nicht der Clan vom Wassergrund?*

Doch, grollte Nasenbeißer.

Und warum seid ihr dann so feindselig? Klettert-flink versuchte nicht einmal, seine Verwirrung zu verbergen. *Rechtsgestreift und Linksgestreift haben euch doch gewiss berichtet, wie mein Zwei-Bein und dessen Freund sie aus der brennenden Grünnadel gerettet haben. Wo sind die beiden denn? Hat man sie fortgeschickt, so wie die Jungen, denen ich begegnet bin – Springer, Kleine-Zeugin und deren Wurfgeschwister?*

Nein, lautete die Antwort, unterlegt von einem Fauchen und Zischen. *Aber das wäre zweifellos besser gewesen. Die Zwillinge wurden ausgeschickt, den Weg zurück zu unserem letzten Revier zu erkunden. Sie sollten herausfinden, ob wir ungehindert dorthin zurückkehren können. Sie waren sehr begierig, ihre Torheiten aus der Vergangenheit wieder wettzumachen.*

Würde der Rauch es nicht unmöglich machen, den Geruch seines Gegenübers aufzunehmen: Klettert-flink war sich sicher, Nasenbeißer würde wie Gebrochener-Zahn riechen, der Älteste seines eigenen Clans vom Hellen Wasser: engstirnig! Zumindest Gebrochenem-Zahn musste man auf den Kopf springen, damit er wenigstens hin und wieder begriff, dass eine Veränderung auch ihr Gutes haben konnte.

Doch leider ähnelte die Mehrheit der Leute in ihrer allgemeinen Einstellung eher Gebrochener-Zahn oder Nasenbeißer als ihm, Fängt-gewandt oder gar seiner eigenen Schwester Singt-wahrhaftig. Die Leute waren zwar durchaus anpassungsfähig, aber grundsätzlich galten Veränderungen nicht als wünschenswert. Genau deswegen waren die Leute den Zwei-Beinen ja auch stets aus dem Weg gegangen, obwohl sie diese fremde

Lebensform schon von Anfang an bemerkt hatten – schon seit deren erste glitzernde Eier vom Himmel gekommen waren und die Welt für alle Zeiten verändert hatten.

Ja, hätten die Zwei-Beine Klettert-flink nicht entdeckt – hätte er sich nicht entdecken *lassen*, wie manche der Leute einander immer noch empört zuzischten – würden die Leute vielleicht noch heute versuchen, sich vor dem Unausweichlichen zu verstecken. Denn die Zwei-Beine hatten hier nicht nur kurzfristig eine Ruhepause eingelegt, als wären sie exotische Zugvögel auf der Durchreise. In diesem Fall wäre, wenn sie wieder fortgeflogen wären, nichts von ihnen zurückgeblieben als eine schimmernde Feder und eine Geschichte, die eine Sagen-Künderin an trägen Winterabenden zum Besten gäbe. Nein, die Zwei-Beine waren gekommen, um zu bleiben – und sie breiteten sich aus wie Fächerohren nach einem Regenguss.

Zwei von Nasenbeißers Clangenossen – vermutlich Wurfgeschwister, denn sie waren ähnlich robust gebaut wie er – waren einige Schritte vorgetreten, um ihn in ihre Mitte zu nehmen. Nun standen sie zwischen Klettert-flink und den verängstigten Angehörigen des Clans vom Wassergrund.

Hinter sich spürte Klettert-flink, dass Todesrachen-Verderb, Licht-im-Schatten und Windgetrieben aus dem Flugwagen gestiegen waren und aus dessen hinterem Teil verschiedene Geräte holten. Leise redete Todesrachen-Verderb dabei auf Windgetrieben ein. Klettert-flink spürte ihr Geistesleuchten: ruhig und gleichmäßig, aus irgendeinem Grunde noch heller als das alles verschlingende Feuer. Zugleich spürte er, wie sehr sie darauf vertraute, dass er mit diesen dummen Mitgliedern des Clans vom Wassergrund fertigwürde.

Klettert-flink richtete seine Geistesstimme an alle, die bereit waren, ihm zuzuhören.

Wir sind hier, um euch zu helfen. Dieses Feuer ist größer, als euch bewusst ist. Es wurde geboren, als ein Blitz die Berge im Osten berührt hat. Doch nun hat der Wind es hergetragen. Zwei-Beine versuchen bereits, das Feuer aufzuhalten – das könnt ihr mir nun glauben oder auch nicht. Aber wenn ihr das hier überlebt, könnt ihr ja mit anderen sprechen, die das Handeln der Zwei-Beine bezeugen werden. Mein Zwei-Bein und die anderen – und auch ich selbst – sind hierhergekommen, um zu schauen, wohin das Feuer zieht. Ich habe die Stimmen einiger von euch wahrgenommen und uns hergebracht. Wo wir nun schon einmal hier sind, werden wir nicht einfach wieder unverrichteter Dinge gehen. Wir wollen euch auf jeden Fall genug Zeit verschaffen, dass euer ganzer Clan fliehen kann. Und ich schlage vor, dass ihr das so bald wie möglich tut. Ihr solltet darauf hoffen, dass das Feuer euch nicht so weit folgt, dass der Fluss eure einzige Hoffnung wird.

Vom anderen Ufer des schmalen Wasserlaufs her war Lärm wahrzunehmen. Klettert-flink blickte sich um und stellte fest, dass Todesrachen-Verderb und ihre Freunde Werkzeuge dazu nutzen, nahe des schmalen Flusses eine breite Schneise zu errichten. Offenkundig hofften sie, das Feuer so zu verlangsamen.

Versuchen sie, das Feuer aufzuhalten?, fragte eine neue Stimme. Sie gehörte zu einem weiteren Männchen. Er sandte keinen Namen mit seiner Frage, doch er übermittelte deutlich das Gefühl, er sei mit den Zwillingen verwandt.

Ja. Sie räumen das gefährliche Unterholz fort. Klettert-flink kam zu dem Schluss, ein Hauch Sarkasmus sei durchaus angemessen. *Eine Vorsichtsmaßnahme, die dieser Clan gewiss auch zu ergreifen beabsichtigt hatte – sobald es keinen Spaß mehr macht, die Nüsse des Spätsommers zu ernten.*

Das allgemeine Gefühl peinlicher Berührtheit verriet ihm, dass er mit dieser Beschreibung der Wahrheit erschreckend nahe gekommen war: Einige Angehörige des Clans hatten tatsächlich gemeint, angesichts der allgegenwärtigen Brandgefahr sei es notwendig, dieses neue Lager zu beschützen. Zweifellos hatten sie vergessen, wie gefährlich ausgetrocknetes Unterholz werden konnte, nachdem sie so lange in jenem Feuchtgebiet gelebt hatten, das er in ihren Geistesbildern sah.

Wenn die hier nichts anderes tun, als Unterholz fortzuräumen, versetzte Nasenbeißer mit unverminderter Feindseligkeit, *warum setzen die dann Duftmarken? Schau doch nur, wie die jedes Stück freigeräumten Waldbodens vollpinkeln! Sie markieren ihr Revier ja wie ein läufiger Todesrachen.*

Klettert-flink lachte laut auf – und erstickte dabei fast an dem allgegenwärtigen Rauch.

Sie setzen keine Duftmarken! Das sind Behältnisse, mit denen man Wasser tragen kann – so wie wir Kürbisflaschen und abgedichtete Körbe nutzen. Die Zwei-Beine versuchen, den Boden so mit Wasser zu durchtränken, dass das Feuer darauf nicht überleben kann. Sie wissen ebenso gut wie wir, dass Feuer und Wasser keine Freunde sind.

In der Ferne hörte Klettert-flink das Geräusch eines nahenden Flugwagens. Zweifellos hatte Todesrachen-Verderb Hilfe herbeigerufen. Die Zwei-Beine beherrschten zwar keine Geistessprache, aber Klettert-flink hatte mittlerweile begriffen, dass sie mit manchen ihrer Werkzeuge in der Lage waren, ihre Mundlaute auch über gewaltige Entfernungen hinweg zu übertragen.

Die ersten Angehörigen des Clans vom Wassergrund wichen ängstlich zurück; Panik hing gleißend hell in der Luft. Klettert-flink fing Bildbruchstücke auf, während die Leute furchtsam murmelten. Die Geschichte von Spricht-unaufrichtig und wie er viele der Leute entführt und gefangen gehalten hatte, war auch bis zu diesem Clan vorgedrungen. Anscheinend waren mehrere Clanmitglieder fest davon überzeugt, alle Zwei-Beine wären gleich.

Im Laufschritt entfernte sich Todesrachen-Verderb vom

Wasserlauf und rannte dem Flugwagen entgegen, der jetzt zur Landung ansetzte. Klettert-flink wusste: Ihm blieben nur noch wenige Atemzüge, bevor die Ängstlichsten flüchten würden – und dadurch in genau die Gefahr gerieten, vor der er sie bewahren wollte.

Das sind weitere Helfer, erklärte er rasch. *Die Zwei-Beine wissen, dass es viele Hände voll Helfer braucht, um ein Feuer aufzuhalten. Werdet ihr jetzt die Zeit nutzen, die sie euch verschaffen, oder verhaltet ihr euch weiter wie Neugeborene, die vor Angst zittern, wenn der Schatten einer Todesschwinge den Mond verdeckt?*

Fast schon bevor der Flugwagen aufgesetzt hatte, sprangen drei weitere Zwei-Beine heraus. Klettert-flink erkannte sie: Sie gehörten zu der Gruppe, mit der sein Zwei-Bein gern durch die Lüfte flog. Er freute sich, sie zu sehen, und ließ die Leute an seiner Freude teilhaben. Zugleich schickte er ihnen ein Bild, wie diese Jungen sich vom Wind tragen ließen wie Vögel.

Hatte er mit diesem Bild das Schicksal herausgefordert? Klettert-flink wusste nicht recht, ob er an derlei Dinge überhaupt glaubte; doch genau in diesem Moment trug der Wind seinen Teil zu diesem Wettstreit der Willenskräfte bei.

Die Grenze, die Todesrachen-Verderb und ihre Freunde gezogen hatten, um das heranrückende Feuer aufzuhalten, verlief parallel zu einer Seite des Netzholzhains, den der Clan vom Wassergrund zu seinem neuen Lager bestimmt hatte. Auf einer anderen Seite des Hains lag eine breite Wiese, dicht bestanden mit Sommergräsern, die sich mit dem Kommen der kühleren Nächte und in der Trockenheit der letzten Tage goldbraun verfärbt hatten.

Klettert-flink zweifelte nicht daran, dass der Clan diesen Netzholzhain gerade wegen dieser Wiese ausgewählt hatte. Nicht nur, dass sich mit dem Gras prächtig Winternester auspolstern ließen: Das Stoppelfeld würde Höhlenhuscher und andere Bodenbewohner auf Nahrungssuche anziehen, und das wiederum würde die Jagd erleichtern. Zu guter Letzt würde sich das offene Gelände auch gut überwachen lassen während der kältesten Tage, in denen der Hunger große Raubtiere dazu bewegen mochte, sogar höhere Risiken einzugehen als sonst.

Schon jetzt waren am Rand der Wiese die ersten Anzeichen einer Ernte zu erkennen. Die Leute aßen einige Pflanzen tatsächlich, auch wenn ihre Zähne nicht sonderlich gut dafür geeignet waren, Pflanzenteile wie diese zu zerschneiden. Für einen Großteil der Ernte wurden scharfkantige Steine benötigt, und die Arbeit war anstrengend und dauerte lange. Am Rand der Wiese waren die Gräser auf Körperlänge gekürzt – den Schweif nicht mitgerechnet. Das war eindeutig nicht genug, um dem Feuer dort Einhalt zu gebieten.

Wieder sah Klettert-flink, wie emsig die Zwei-Beine Unterholz und heruntergestürzte Äste forträumten und den Boden ›vollpinkelten‹ … und in dem Augenblick trieb ein Windstoß einen glühenden kleinen Zweig quer über den schmalen Fluss und fachte zugleich die Glut zu offenen Flammen an. Der lodernde Zweig landete so sanft am Rand der Wiese, als hätte man ihn behutsam dort abgelegt. Und dann entfalteten sich, wie eine frisch erblühende exotische Blume, zahllose züngelnde Flammen.

Todesrachen-Verderb rief eine Warnung, dann rannte sie geradewegs auf die nun lodernde Wiese zu.

Dr. Calida und Anders hatten die Aufgabe übernommen, einen Pfad zu einer stabilen Insel inmitten des Sumpfgebiets zu markieren. Währenddessen ließen Virgil und Kesia die wichtigste Ausrüstung aus ihrem Lager im Baum auf den Waldboden hinab, damit sie schon bald in das neue Lager geschafft werden könnte. Dacey Emberly bereitete Langston Nez darauf vor, ebenfalls in Sicherheit gebracht zu werden; vorsichtig wuchtete sie ihn auf eine Trage und band ihn dann behelfsmäßig daran fest.

Nur Dr. Whittaker setzte andere Prioritäten. Als Anders vorsichtig andeutete, ein Lagerplatz sei doch vielleicht etwas wichtiger als die Untersuchung weiterer Artefakte, schüttelte Dr. Whittaker nur mitleidig den Kopf. Er schien völlig vergessen zu haben, wie kurz er davorgestanden hatte, seinen Sohn zu schlagen. Anders fragte sich, ob sein Vater wohl gerade den Verstand verlor.

»Mein Junge«, sagte sein Dad sanft, »hast du uns nicht die ganze Zeit über unablässig versichert, dass wir jetzt jeden Moment gerettet werden?«

Anders hatte nichts dergleichen getan, aber hier und jetzt erschien ihm nicht der rechte Zeitpunkt, dieses Thema anzusprechen. Er kletterte zu ihrem Lager hinauf und überprüfte noch einmal die Knoten an Langstons Trage: Sie waren sehr kräftig, wenngleich vielleicht arg aufwändig – sie entstammten dem, was Dacey als ihre ›Makramee-Phase‹ bezeichnete. Mit Daceys und Virgils Hilfe machte sich Anders daran, die Trage vorsichtig auf den Waldboden hinabzulassen.

Während Anders jeden seiner Muskeln so sehr anspannte, dass er schon glaubte, sie würden reißen, hörte er seinen Vater unablässig weiterreden. Anscheinend machte er sich keinerlei Sorgen um das Wohlbefinden des Mannes, der ihm seit Jahren der wichtigste Assistent war.

»Erinnerst du dich noch, worüber wir auf der Fahrt hierher gesprochen haben? Es wurde bereits eindeutig belegt, dass die Baumkatzen Werkzeuge nutzen. Aber das allein reicht den engstirnigen Plutokraten mit Einfluss im Sternenkönigreich nicht als Beweis, dass Baumkatzen intelligent sind. Wirklich überzeugend wird für sie erst der Beleg sein, dass die Baumkatzen auch Kunstwerke erschaffen, eine Religion besitzen und sich mit philosophischen Fragen auseinandersetzen.«

Während Dr. Whittaker weitersprach, wedelte er mit einem seiner jüngsten Funde: den Scherben einer kleinen Kürbisflaschenkelle. Ihre Formgebung war zweckdienlich, dennoch ließen sich auf der Außenseite Zeichnungen von langen Pfostenbaumblättern erkennen. Sehr realistisch fächerten sie sich von einem Zweig aus, der an der Unterkante der Kelle begann.

Anders war zwar der Ansicht, dieses Kunstwerk besitze sehr viel Ähnlichkeit mit seinen ersten kindlichen Zeichnungen. Er musste allerdings einräumen, dass die Bilder eindeutig etwas darstellten und keineswegs nur zufällige Kratzmuster sein konnten.

Langston war jetzt fast auf den Boden heruntergelassen. Kesia griff nach der Trage, damit sie nicht mehr so heftig hin und her pendelte.

»Das Wunderbarste an diesem Fund«, fuhr Dr. Whittaker fort, während er die Scherben schützend in ein Stück Stoff wickelte, das Anders als eines seiner eigenen Hemden wiedererkannte, »ist zweifellos, dass niemand behaupten kann, es wäre in irgendeiner Weise durch Menschen beeinflusst. Das macht es zu einer wahrlich wegweisenden Entdeckung!«

Nun war Langston auf dem Boden angekommen. Anders kreiste ein wenig mit den verspannten Schultern, dann machte er sich an den Abstieg, um den anderen beim Tragen zu helfen.

»Anders!«, fauchte Dr. Whittaker. »Könntest du nicht wenigstens ein bisschen mit anpacken? Nimm doch eines dieser Pakete mit hinunter, mit leeren Händen muss man doch nun wirklich nicht herumlaufen!«

»Tut mir leid, Dad«, gab Anders zurück, ohne innezuhalten, »aber wenn du auf diesen Leitern auch nur ansatzweise so häufig herumgeklettert wärest wie ich, wüsstest du, dass man dafür beide Hände frei haben muss.«

Er erreichte den Waldboden und ging mit hängenden Schultern zu Kesia hinüber.

Sehr leise sagte sie: »Denk nicht zu schlecht über deinen Dad. Er macht gerade das durch, was Psychologen als Affektverlagerung bezeichnen. Bei meiner Großmutter war das ganz ähnlich, als mein Großvater völlig unerwartet bei einem Absturz ums Leben gekommen ist. Sie ist einfach nicht damit zurechtgekommen, dass so etwas Entsetzliches ohne jegliche Vorwarnung geschehen kann. Plötzlich gab es in ihrem Leben nichts Wichtigeres als das Wohlergehen ihres Pelzknäuels von Haustier. Dr. Whittaker wird mit diesem ... öhm, zwangsneurotischen Verhalten aufhören, wenn wir zu unserem Stützpunkt zurückgekehrt sind. Derzeit ist er einfach viel zu sehr damit beschäftigt, sich selbst einzureden, dass das Ganze hier letztendlich auch sein Gutes haben wird.«

Anders beugte sich zur Trage hinunter, um sie anzuheben. Wie es sich gehörte, hob er das Gewicht aus den Knien heraus an, um den Rücken zu schonen. Als er Kesia antwortete, brachte er die Worte vor Anstrengung nur stoßweise heraus.

»Das kann ja sein, aber es wäre mir einfach lieber, wenn er endlich eingestehen würde, dass er richtig Sch ...« Aus Respekt vor Kesia zögerte er – nicht dass er von ihr nicht schon ungleich Schlimmeres gehört hatte.

»Dass das hier hauptsächlich seine Schuld ist?« Kesia stieß einen Grunzlaut aus, als sie das andere Ende der Trage anhob. »Dass er gewissenlos und unverantwortlich gehandelt hat? Glaub's mir: Niemand wird zulassen, dass er das *je* wieder vergisst.«

Anders fragte sich, ob das eine Prognose gewesen war oder eine Drohung – vielleicht von beidem etwas. Einen winzigen

Moment lang war er froh darüber. Dann begriff er, was das zu bedeuten hatte: Wenn Dr. Whittaker in Ungnade fiele, würde er dieses Forschungsprojekt verlieren. Diese Vorstellung gefiel Anders nun überhaupt nicht, denn dann würden sein Vater und er Sphinx und die Baumkatzen verlassen müssen – und Stephanie, die ihm allmählich zur Freundin wurde, und Karl und Jessica …

Schlimmer noch: Auch wenn Tennessee Bolgeo in Wahrheit kein Wissenschaftler gewesen war, hatte Anders doch mehr als einmal gehört, wie er als Dr. Bolgeo bezeichnet worden war. Und so wäre es dann das zweite Mal, dass Wissenschaftler aus anderen Systemen weit hinter den Erwartungen des Sternenkönigreichs zurückblieben. Was würde das für die Baumkatzen bedeuten? Zumindest würde es zu einer gewaltigen Verzögerung der Anerkennung ihres Status als intelligente Lebensformen führen.

Anders und Kesia waren jetzt allein – vom nach wie vor bewusstlosen Langston Nez einmal abgesehen. Während sie langsam dem Pfad folgten, den Dr. Calida und Anders markiert hatten, sagte Anders leise: »Kesia, ich weiß, dass mein Vater sich wie das letzte Ozonloch benommen hat, aber … Ihnen ist schon klar, was passiert, wenn das an die große Glocke gehängt wird, oder? Dann ist das ganze Projekt gestorben. Dr. Calida ist Xenobiologin mit einem gewissen Interesse an Anthropologie, aber das Projekt könnte sie unmöglich eigenständig übernehmen. Virgil und Sie brauchen die Forschungsergebnisse dieser Expedition, um Ihren Abschluss zu bauen. Und Langston …«

Kesia, die hinter ihm ging und sich ebenso wie er mit dem Gewicht der Krankentrage abmühen musste, schwieg lange. Dann fragte sie: »Du meinst jetzt aber nicht, dass wir Dr. Whittaker verteidigen müssen, oder?«

»Ich meine nur«, gab Anders zurück, »dass er sich zwar wie

ein egozentrischer Idiot benommen hat – aber das war, wie Sie ja selbst sagen, dieses Affektverlagerungs-Dingsbums. Die Baumkatzen hat er nicht eine Minute lang aus den Augen verloren.«

»Nö. Nur uns Menschen.«

»Trotzdem: Denken Sie wenigstens darüber nach, ja?«

»Mach ich.«

Die gesamte Ausrüstung des versunkenen Fluglasters auf festen Boden hinüberzuretten war schon anstrengend genug gewesen, doch der Rückweg war dreimal anstrengender. Gut, sie hatten jetzt weniger zu schleppen: Die letzte Energiezelle hatte Dacey bekommen, die Lebensmittelvorräte waren aufgebraucht. Nur waren sie alle nach den Tagen des Überlebenskampfes völlig erschöpft.

Der Brandgeruch hatte nicht weiter zugenommen – oder aber sie alle hatten sich inzwischen daran gewöhnt. Vielleicht hatte man den Waldbrand bereits eingedämmt oder gelöscht. Anders glaubte nicht, noch genug Kraft zu haben, erneut bis zu den Baumkronen hinaufzuklettern – zumindest nicht, bis er etwas gegessen hätte ... und vielleicht ein bisschen geschlafen.

Er griff nach seinem Hochleistungsfernglas und spähte zu den Baumkronen empor, versuchte die von ihm selbst aufgezogene Flagge auszumachen. Doch dann fiel ihm ein Stück tiefer eine Bewegung ins Auge.

Er sah diese Bewegung nur für einen kurzen Moment, doch vor dem Blätterhintergrund hatten sich zwei Schatten abgezeichnet: zwei Baumkatzen, cremefarben-graue Männchen. Eben noch waren sie da gewesen, gleich darauf aber verschwunden. Seltsamerweise hatte Anders das Gefühl, trotz der gewaltigen Entfernung hätten sie ihm genau in die Augen geblickt. Nein, das war doch sicher unmöglich!

Einen kurzen Moment lang überlegte Anders, ob er den

anderen davon erzählen sollte, entschied sich aber dagegen. Was würde es ihm bringen? Sein Vater würde ihn einen Lügner schimpfen ... oder noch schlimmer: Er könnte darauf bestehen, dass sie alle zurückgingen, um nachzuschauen, ob die Baumkatzen immer noch dort wären.

Anders' Beine schmerzten; das Gleiche galt für seinen Nacken und seine Schultern ... und seinen Rücken. Letztendlich gab es jetzt nur noch eines, was er wollte: sich auf den Schlafsack legen und ausruhen, selbst wenn die zusätzliche Schwerkraft ihn dabei unangenehm niederdrückte.

Anders schloss die Augen. Aber er dämmerte nicht langsam ins Vergessen des Schlafes hinüber, nein, er stürzte hinein wie von einer Klippe.

Stephanie war erleichtert, dass Chet, Christine und Toby eingetroffen waren. Gleichzeitig wusste sie jedoch, dass sie alle sich hier einen aussichtslosen Kampf mit dem Feuer lieferten. Unsicherheit und Schuldgefühle überkamen sie. Was wäre passiert, wenn sie sich hier nicht eingemischt hätten? Hätten die Baumkatzen die Lage allein in den Griff bekommen? Hatte die Anwesenheit von Menschen sie von ihren üblichen Verhaltensweisen abgehalten?

Sie erinnerte sich, wie sie vor vielen Jahren, noch auf Meyerdahl, einmal ein Eichhörnchinettenbaby nach Hause mitgenommen hatte, weil sie dachte, die Elterntiere hätten das Kleine hilflos zurückgelassen. Sie erinnerte sich noch sehr gut daran, wie ihr Vater ihr das Kleine abgenommen und es dann sehr besorgt angeschaut hatte.

»Steph, ein Jungtier darf man niemals anfassen und schon gar nicht mitnehmen. Wahrscheinlich waren die Eltern ganz in der Nähe und wollten schon helfen. Das Kleine hier ...«

Mehr hatte er nicht gesagt, doch Stephanie hatte seinem Gesichtsausdruck entnehmen können, dass er fürchtete, gerade mit ihrem gut gemeinten Eingreifen habe sie das Schicksal des Tieres besiegelt. Und das wäre auch so gewesen, wenn ihr Vater nicht Tierarzt wäre: Weil er ohnehin gerade zu Hause war, hatte er sich um das Kleine kümmern können. Aber diese Erfahrung hatte Stephanie ein für alle Mal davon kuriert, Wildtiere adoptieren zu wollen. Bevor sie Meyerdahl verließen, hatte Stephanie für sämtliche ihrer Haustiere ein neues Zuhause gesucht, weil sie wusste, wie grausam es gewesen wäre, sie auf einen fremden Planeten zu verschleppen, bloß weil *sie* die Tiere lieb hatte.

War das hier eine Neuauflage des Eichhörnchinetten-Zwischenfalls? Hatte sie durch ihre Arroganz diesen Baumkatzenclan zum Tode verurteilt?

Mit aller Gewalt durchtrennte Stephanie die Wurzel eines großen Strauchs; sie machte sich nicht einmal die Mühe, die Vibroklinge zu aktivieren. Als ihr dann bewusst wurde, dass sie nur Energie verschwendete, die sie sich lieber für andere Dinge aufheben sollte … dass sie sich von ihrem Jähzorn beherrschen ließ, jener wild tanzenden Flamme, die sich ebenso in ihr Herz hineinfraß, wie das Feuer gerade die Büsche am anderen Ufer des schmalen Flusses verschlang … Stephanie wünschte, Löwenherz könnte jetzt seinen beruhigenden Einfluss auf sie nehmen.

Als sie erneut zu ihm hinüberblickte, erinnerte sie sich daran, dass ja eigentlich *er* sie hergelotst hatte. Also musste er gedacht haben, sie könnten sehr wohl etwas ausrichten. Stephanie wollte sich gerade wieder ihrem Abschnitt der Brandschneise zuwenden, als sie sah, dass der Wind einen glühenden Zweig über den schmalen Fluss trieb und ihn dann am Rand der dahinterliegenden Wiese landen ließ.

»Karl!«, rief Stephanie. »Die Schneise wurde gerade durchbrochen. Ich kümmere mich drum!«

Sie packte ihre Pulaski und stürmte zwischen den Stämmen der Pfostenbäume entlang, geradewegs auf den Brandherd auf der Wiese zu. Die ursprüngliche Beladung ihres Kanisterrucksacks war schon lange aufgebraucht, doch sie hatte schon mehrmals den Ansaugschlauch genutzt, und so hatte sie immer noch Wasser dabei. Trotzdem verteilte der Wind die Flammen im trockenen Gras schneller, als Stephanie sie erreichen konnte.

»Steph«, rief Karl sie über das Funkgerät des Schutzanzugs, »das bekommen wir nicht mehr gelöscht! Hast du den Brenner dabei?«

»Ja.«

»Vielleicht reicht der Platz hier für ein Gegenfeuer! Das ist zwar riskant, aber wir müssen's trotzdem versuchen. Wenn das Feuer erst einmal die ganze Wiese erfasst hat, kommt es auch an die Bäume heran, und dann ...«

Er ließ den Satz unbeendet – vielleicht weil ihm gerade wieder eingefallen war, dass jeder, der diese Frequenz benutzte, seine Worte mitbekam. Doch Stephanie wusste auch so, was er hatte sagen wollen. Wenn diese wechselhaften Winde das Feuer in Richtung der Bäume trieben, würde es unmöglich werden, die Baumkatzen zu retten. Vielleicht würden sie sogar nicht einmal sich selbst noch retten können.

Nach wenigen Schritten hatte Stephanie den Rand der Wiese erreicht. Irgendwo in ihrem Hinterkopf speicherte sie ab, dass einige Meter des hohen Grases bereits auf Stoppelhöhe heruntergeschnitten waren. Das mochte das Feuer zumindest verlangsamen, wenn es nicht gerade vom Wind angetrieben würde. Aber darauf verlassen durfte man sich nicht – vor allem, weil das Gras eben nur *geschnitten* war, nicht bis zum nackten Boden abgetragen.

Als sie in das deutlich höhere Wiesengras hineinlief, verwünschte Stephanie erneut, dass sie so klein war. An einigen Stellen reichten ihr die hohen Halme bis zum Hals. Es war richtig schwierig, überhaupt voranzukommen. Doch sie hörte das Knistern, mit dem das Feuer an den trockenen Halmen leckte, und wusste daher genau, in welche Richtung sie sich halten musste.

Wieder hörte sie Karls Stimme. »Steph, wir sind jetzt tief genug drin. Wenn wir noch tiefer in die Wiese vordringen, kommen wir bloß dem Feuer zu nah und werden auch noch Nahrung für die Flammen. Bereit?«

Sie blickte zur Seite und sah, dass Karl vielleicht drei Meter neben ihr stand.

»Bereit. Ich leg jetzt los.«

Im Prinzip waren die Brenner, die der SFD verwendete, nichts anderes als eine Spritzflasche, gefüllt mit einer sehr leicht brennbaren Flüssigkeit, an der Spitze versehen mit einem Feuerzeug. Stephanie drückte auf den Knopf, der den Hals der Spritzflasche ein wenig weiter ausfuhr, damit sie das Feuer nicht unmittelbar neben ihren Füßen entzündete. Während sie sich einzureden versuchte, alles wäre nur eine weitere Übungseinheit, bei der in Wahrheit nichts passieren könnte, zog sie mit der Flüssigkeit vorsichtig eine gerade Linie und zündete sie dann.

Brennstoff, Hitze, Sauerstoff, dachte sie und fachte die Flammen so an, dass sie nicht auf sie zuliefen, sondern sich in die entgegengesetzte Richtung ausbreiteten, geradewegs dem bereits lodernden Brand entgegen. Als das Gegenfeuer ebenfalls gut loderte, befestigte sie den Brenner wieder am Gürtel und griff nach der Pulaski. Mit deren Hacke kratzte sie das Gras hinter dem Gegenbrand weg. Sollte der Wind tatsächlich einen Richtungswechsel beschließen, würden die Flammen an der Brandschneise nur noch nackten Boden vorfinden.

Rechts von ihr hatte auch Karl eine neue Schneise gelegt. Dann bemerkte sie, dass auch zu ihrer Linken jemand Gras ausriss – jemand, der ein ganzes Stück kleiner war als sie.

»To…«, setzte sie schon an, verschluckte dann den Rest, denn so klein war Toby nun auch wieder nicht. Neben ihr arbeitete auch kein Mensch: Es war eine Baumkatze – eine bemerkenswert große Baumkatze. Aus irgendeinem Grund war sich Stephanie sicher, dass es genau die Baumkatze war, die sich Löwenherz unmittelbar nach ihrer Ankunft in den Weg gestellt hatte. Zu deren Linken sah sie eine weitere 'Katz, die ebenfalls nach Leibeskräften Gräser ausgrub und nichts als nackten, nicht entzündbaren Boden hinterließ.

Wow!, dachte Stephanie. *Schade, dass Dr. Whittaker und Dr. Hobbard jetzt nicht hier sind. Die wären vielleicht begeistert!*

Sie verkniff sich ein Lachen. Vermutlich könnten diejenigen, denen die Vorstellung intelligenter Baumkatzen zuwider war, immer noch argumentieren, gezielte Brandbekämpfung sei kein eindeutiger Beweis für Intelligenz. Wahrscheinlich würden sie von Instinktsteuerung reden – oder von Verhaltensnachahmung. Wenn das nichts hülfe, würden sie es mit einem Trick versuchen: Jeder, der behauptete, es sei ein Zeichen von Intelligenz, wenn Baumkatzen auf ein Feuer *zuliefen*, statt die Flucht anzutreten, solle bitte einmal seinen Geisteszustand überprüfen lassen!

Zeit verwandelte sich in eine unablässige Folge von Bewegungen, als sich Stephanie ganz darauf konzentrierte, dem Feuer eine Barriere entgegenzusetzen. Hin und wieder stellte das eine oder andere menschliche Mitglied ihres Teams eine Frage, doch das Gebot der Stunde lautete: Benutze deinen Verstand und zeige Eigeninitiative.

Im Osten, am anderen Bachufer, breitete sich das Feuer weiter aus.

Lange können wir hier nicht mehr bleiben, dachte Stephanie. *Ich hoffe wirklich, Löwenherz bringt die Baumkatzen dazu, sich von uns fortschaffen zu lassen.*

Sie blickte zur Seite: Unterstützt von einigen Baumkatzen, hatten Jessica, Toby, Christine und Chet ganze Arbeit geleistet und ihre Seite des Flusses bereits weitgehend gesichert. Stephanie wusste nur zu gut, dass es nur eines weiteren glühenden Asts oder ein paar vom Wind herübergetragener brennender Blätter bedurfte, um auch diese so hart errungene Brandschneise wieder zu verlieren.

Schon jetzt gerieten die knochentrockenen Blätter einiger Bäume in Brand. Soeben ging eine bereits abgestorbene Fastkiefer in einer spektakulären Brandsäule in Flammen auf.

Kerzeneffekt, schoss es Stephanie durch den Kopf. *So hieß das in den Einführungskursen. Seltsam, aber der Anblick ist richtig schön …*

Sie wollte sich gerade wieder ihrer Arbeit widmen, als die Flammen, die an der Fastkiefer emporliefen, plötzlich aufloderten und noch viel heißer brannten als zuvor. Vermutlich hatten sie einen harzgefüllten Hohlraum erreicht. Mit lautem Knacken riss explosionsartig der Stamm auf; glühende Splitter stoben in alle Richtungen. Dann stürzte der ganze brennende Baum um … geradewegs auf Jessica zu.

Ein schriller Schrei drang aus Stephanies Ohrhörer, gefolgt von entsetztem Stimmengewirr – in dem Jessicas Stimme auffällig fehlte.

13

Mit Befriedigung stellte Klettert-flink fest, dass Nasenbeißer und dessen Clangenossen immerhin vernünftig genug waren, ihren Teil zu dem Versuch beizutragen, den Wiesenbrand einzudämmen. Sollte sich das Feuer nämlich weiter ausbreiten, würde sich die Frage gar nicht mehr stellen, ob die Leute die Hilfe der Zwei-Beine nun annehmen würden oder es vorzögen, auf der brennenden Insel selbst nach einer sicheren Zuflucht zu suchen. Das Feuer, das sich an völlig vertrockneten Gräsern und leicht entzündlichem Gebüsch satt gefressen hätte, wäre dann bereit, sich auch das Laub des vielverzweigten Netzholzhains einzuverleiben.

Klettert-flink sehnte sich nach Todesrachen-Verderbs Nähe. Dennoch schloss er sich nicht ihr und ihren Helfern an, sondern widmete seine Aufmerksamkeit ganz den Angehörigen des Clans vom Wassergrund, die noch schwankten, ob sie nun fliehen oder doch die ihnen angebotene Hilfe annehmen sollten. Unter jenen Unentschlossenen waren mehrere Mütter mit ihren Jungen – manche davon noch Neugeborene –, die sich ängstlich an sie schmiegten. Bei einer konventionellen Flucht wären sie am stärksten gefährdet, und so sprach Klettert-flink sie unmittelbar an.

Ich schwöre euch, sagte er, *dass Todesrachen-Verderb schon oft das Revier unseres Clans besucht hat, und jedes Mal hat sie Sorge und Achtung gezeigt. Natürlich ist sie noch jung, und so spielt sie auch gern mit unseren Jungen …*

Er teilte eine Erinnerung an sein Zwei-Bein mit ihnen: Dank eines ihrer Geräte, dem kleinen Ding, das es ihr ermöglichte, manchmal beinahe schon zu fliegen, schwebte sie von einem Ast in der Höhe sanft auf den Waldboden hinab, auf ihren breit ausgestreckten Armen mehrere Jungtiere. Begeistert kichernd landeten sie gemeinsam im Gras, so sanft wie eine Blütenschwinge auf einem Blatt.

Die Jungen des Clans vom Wassergrund waren wie verzaubert: Einen winzigen Moment lang vergaßen sie ihre Furcht, sowohl die vor dem Feuer als auch die vor den Fremden. In ihrem Geistesleuchten hörte Klettert-flink, dass sie am liebsten ›Ich auch! Ich auch!‹ gerufen hätten. Er wünschte, er könnte Todesrachen-Verderb kurz herbeirufen, damit auch die anderen die Wärme ihres Geistesleuchtens genießen könnten, doch dafür reichte die Zeit nicht.

Ihnen blieb sogar noch weniger Zeit, als er geschätzt hatte: Plötzlich war die Luft mit dem Aroma brennenden Grünnadelharzes geschwängert. Zweifellos hatte sich in einem bereits abgestorbenen Baum ein Hohlraum damit gefüllt. Die Entdeckung einer solchen Harzansammlung war für die Leute immer etwas ganz Besonderes, denn wenn man dieses Harz vorsichtig erwärmte, konnte man damit einen Korb so abdichten, dass sich damit sogar Wasser tragen ließ.

Dem aromatischen Geruch folgte ein Knall – so laut, dass alle unwillkürlich die Ohren anlegten: Der Brand hatte die gesamte Harzmasse überhitzt, sodass sie schlagartig und zur Gänze Feuer fing und förmlich platzte. Die Spitze des Baumes verwandelte sich in eine Wolke aus Funken und lodernden Splittern, die wie Sternschnuppen dem Boden entgegenwirbelten. Dann schwankte der Stamm des Baumes und stürzte dem Bachlauf entgegen.

Klettert-flink wusste, dass er nicht der Einzige war, der in diesem Augenblick einen Warnruf ausstieß, doch so schnell das Auge und der Gedanke auch sein mochten: Die brennende Grünnadel war schneller. So dünn und schmal, wie sie inmitten ihrer Artgenossen erschienen war, so riesig war sie, als sie lodernd umstürzte: ein Schrecken aus glimmenden oder brennenden Äste und Zweigen, der im Fallen das Geäst der unmittelbaren Nachbarn streifte – zu beiden Seiten des Bachlaufs.

Zwei-Beine und Leute gleichermaßen versuchten, der Bedrohung auszuweichen. Zweien von ihnen gelang es nicht: einem der Leute und Windgetrieben. Noch während sie beide unter der brennenden Grünnadel verschwanden, erfuhr Klettert-flink fast alles über den verlorenen Clangenossen, was es zu wissen gab: Hektisch durchzuckten zahllose Erinnerungen das Geistesleuchten der anderen Leute.

Grundwühler hieß er, ein geduldiger Bursche, um fünf Ringe auf dem Schweif älter als Klettert-flink selbst. Eine Gefährtin oder einen Gefährten hatte er nie gefunden. Er war stets ein sehr geschätzter Clangenosse gewesen – zunächst als junger Kundschafter, dann, als er seine Aufmerksamkeit nicht mehr dem Jagdwild widmete, als Pflanzer. Er hatte zu den wenigen im äußerst konservativen Clan gehört, die es nicht für das sinnvollste Vorgehen hielten, den Zwei-Beinen aus dem Weg zu gehen. Tatsächlich war er von deren immer weiter wachsenden Lagern regelrecht fasziniert gewesen und hatte die Sagen-Künderin unablässig darum gebeten, ihm mehr Bilder davon zu zeigen.

Das alles erfuhr Klettert-flink in dem kurzen Augenblick, den er brauchte, um alle Muskeln anzuspannen und in Richtung des brennenden Baumes zu rennen. Klettert-flink hatte Todesrachen-Verderbs ersten Schrecken und ihr Entsetzen gespürt. Er wusste: Sein Zwei-Bein würde erst glauben, dass ihre Freundin tatsächlich tot wäre, wenn sie ihren verbrannten Leichnam mit eigenen Augen gesehen hätte. Todesrachen-Verderbs Geistesleuchten war von einer Entschlossenheit durchzogen, die aufkommende Trauer im Keim erstickte. Sie neigte einfach nicht dazu, zu klagen, wenn noch die Chance bestand, etwas zu unternehmen.

Und das galt, wie Klettert-flink sah, auch für ihre Freunde. Gerade eben noch hatten sie sich vor dem umstürzenden Baum in Sicherheit gebracht, doch nun liefen sie schon darauf zu. Mit grimmiger Entschlossenheit schwangen die beiden älteren Zwei-Beine ihr Schneidezeug, entfernten zügig die äußersten, besonders leicht brennbaren Schichten des Stammes. Der Jüngste der Jungen stand derweil hüfttief im Fluss und leitete immer weiter Wasser in einen jener Beutel, mit denen die Zwei-Beine zuvor ihr Revier ›markiert‹ hatten. Immer weiter durchweichte er das Ufergelände und verhinderte, dass sich die Flammen noch mehr ausbreiteten.

Im Geistesleuchten von Licht-im-Schatten herrschte Aufruhr, die Dunkelheit darin schien über das Licht triumphieren zu wollen. Er schien das Verhalten seines jüngeren Artgenossen für eine gute Idee zu halten. Denn sobald er dem Gewässer nahe genug gekommen war, tat er am anderen Ufer genau das Gleiche. Währenddessen eilten die Leute, die den Zwei-Beinen helfen wollten, geschäftig hin und her, erstickten all die Funken und die glühenden Splitter mit Erdreich, die den Zwei-Beinen bislang entgangen waren. Inmitten des stechenden, alles durchdringenden Aromas brennender Grünnadeln nahm Klettert-flink jetzt auch den Geruch angesengten Fells und brennender Haut wahr.

Mit einem Mal bemerkte er, dass sich Funken auch in sein Fell eingenistet hatten, doch es bedurfte mehr als nur einiger Funken, um den Pelz eines Lebenden zu entzünden. Klettert-flink sprang zu Todesrachen-Verderb hinüber. Mit der für sie so typischen Entschlossenheit vertraute sie ganz auf die Zuverlässigkeit jener zusätzlichen Haut, die sie übergestreift hatte, um sich zumindest vor den schlimmsten Flammen zu schützen. Und so trat sie geradewegs in das Feuer hinein, um den brennenden Stamm zu erreichen.

Schon seit langem wusste Klettert-flink, dass Todesrachen-Verderb sehr stark war, kräftiger noch als viele andere Zwei-Beine, die deutlich größer waren als sie. Viele Zwei-Beine nutzten Geräte, die es ihnen erleichterten, sich zu bewegen; Klettert-flink hatte gesehen, wie viel langsamer ihre Bewegungen wurden, wenn diese Geräte nicht zur Verfügung standen. Manche Zwei-Beine – so wie Licht-im-Schatten – kamen oft auch ohne derartige Hilfsmittel aus, aber in solchen Fällen war ihnen die Anstrengung sofort anzumerken. Bei Todesrachen-Verderb war das anders: Sie war kräftig genug, sich mit ebenso viel Anmut zu bewegen wie die Leute, auch ohne jegliche Hilfsmittel. Aber sie war nun einmal ein Zwei-Bein, und deswegen hatte sie meist Gerätschaften welcher Art auch immer dabei.

Sie packte den brennenden Grünnadelstamm und brüllte Mundlaute. Das Einzige, was Klettert-flink verstand, war ›Karl‹, doch schon bald war klar, was sie gemeint hatte. Das junge Männchen richtete den Strahl seines Wasserbeutels geradewegs auf den Teil des Stammes bei Todesrachen-Verderb. Währenddessen löste sie das Leichter-Mach-Ding vom Schutzanzug, befestigte es an dem Baumstamm und umwickelte den Stammabschnitt mit einem jener nicht brennbaren Tücher, die sich zu Schutznestern entfalten ließen.

Dann setzte Todesrachen-Verderb all ihre Kraft ein, um den Stamm anzuheben. Jetzt konnte, was darunter gefangen war, ob nun lebendig oder tot, geborgen werden. Licht-im-Schatten, der offenkundig begriff, was sie vorhatte, rannte zu ihr und half dabei. Weil er noch kräftiger war als sie und breite, muskulöse Schultern hatte, vermochte er wirklich etwas auszurichten, und die wilde Düsternis, die sein Geistesleuchten beherrschte, schien ihm zusätzlich Kraft zu verleihen.

Licht-im-Schatten stemmte den Baumstamm so hoch, dass Todesrachen-Verderb ihn nicht mehr erreichte. Sie verließ sich darauf, dass ihr Vertrauter das ganze Gewicht allein halten könne, und ein Bein im Wasser, das andere am Ufer, ging sie Schritt für Schritt den Stamm entlang. Sie tastete dabei nach den beiden, die die Grünnadel unter sich begraben hatte.

Endlich eine Aufgabe, bei der Klettert-flink ihr helfen konnte! Er hatte versucht, das verwirrende Durcheinander verschiedenster Geistesstimmen zu durchdringen, hatte gezielt nach Stimmen gesucht, die nur undeutlich und schwach waren … wenn es sie überhaupt noch gab. Eine oder zwei Spuren hatte er tatsächlich entdeckt. Er folgte ihnen, so wie er auf der Jagd die Witterung eines Borkenkauers aufgenommen hätte, watete in das Wasser hinein und schloss sich seinem Zwei-Bein bei der Suche an.

Fast gleichzeitig berührten ihre Hände die glatte Oberfläche von Windgetriebens Schutzanzug. Gemeinsam zogen sie mit all ihrer Kraft daran, versuchten die schlaffe, reglose Gestalt zu befreien. Mit der einen Hand hielt Todesrachen-Verderb die Schutzhaut ihrer Freundin fest, mit ihrem schnell beißenden Messer in der anderen Hand durchtrennte sie hastig die Zweige und Äste, die sich in Windgetriebens Schutzanzug verfingen. Klettert-flink mochte ja eine Echthand fehlen, aber fünf voll funktionstüchtige Gliedmaßen hatte er noch. Mit den oberen drei packte auch er Windgetriebens Anzug, und mit den beiden Echtpfoten stemmte er sich, so fest er konnte, gegen den Grünnadelstamm.

Er fragte sich, warum es ihnen so schwerfiel, Windgetrieben zu befreien. Gewiss, sie hatte einen anderen Körperbau als Todesrachen-Verderb, mehr rundliche Polster hier und dort, und der Baum war geradewegs auf sie herabgestürzt. Also musste man wohl annehmen, dass selbst das wirklich robuste Material ihres Schutzanzugs eingerissen war und sich an Ästen verfangen hatte. Aber irgendwie erschien Klettert-flink ihre ganze Körperform völlig falsch: so, als wehre sie sich dagegen, befreit zu werden.

Gemeinsam gelang es ihnen schließlich doch, Todesrachen-Verderbs Vertraute unter der Grünnadel hervorzuziehen und an Land zu schaffen, an die rauchgeschwängerte Luft.

Unbewusst hatte Klettert-flink bereits wahrgenommen, dass das Brandaroma in unmittelbarer Nähe dem Geruch nassen Holzes gewichen war. Doch er hatte sich so sehr auf seine Aufgabe ausgerichtet, das Geistesleuchten der beiden Eingeschlossenen zu finden und sich daran festzuhalten, dass er seine Umgebung gar nicht beachtet hatte. Nun, als er sie wieder wahrnahm, stellte er fest, dass zwei der jungen Flieger immer weiter Wasser auf die umgestürzte Grünnadel spritzten. Jetzt hing dieses Wasser wie feiner Nebel in der Luft. Hätte Klettert-flink es nicht besser gewusst, hätte er es für dicht niedergehenden Nieselregen gehalten.

Die Verunglückte war kaum frei, da ließ Licht-im-Schatten den immer noch schwelenden Stamm fallen und hastete zu Windgetrieben hinüber. Klettert-flink war froh: Anscheinend war sie so vernünftig gewesen, geradewegs ins Wasser zu springen, als sie kein Entkommen vor dem umstürzenden Baum mehr gesehen hatte. Sie hatte sich bewusst für das Risiko entschieden, *möglicherweise* zu ertrinken, statt *ganz gewiss* zu verbrennen. Nun war sie klatschnass und deshalb ungewohnt schwer.

Kurz fragte sich Klettert-flink, warum Windgetrieben – anders als Todesrachen-Verderb – nicht auch auf ihre Schutzhaut vertraut hatte. Lag es daran, dass sie weniger Erfahrung besaß? Hatte die Angst ihre Sinne vernebelt?

Und dann dachte er an Grundwühler. Es fühlte sich für ihn an, als wäre auch er befreit, aber wo war er?

Klettert-flink wollte gerade nach Grundwühler suchen, als

ihn ein Aufschrei Todesrachen-Verderbs begreifen ließ, warum sich Windgetrieben nur so schwer hatte bewegen lassen. Während Licht-im-Schatten Todesrachen-Verderb dabei half, Windgetrieben vorsichtig anzuheben, wurde auf einmal auch klar, warum ihre Körperform plötzlich so seltsam unförmig für ein Zwei-Bein-Weibchen gewesen war: Ungeachtet der Gefahr, in die sie sich selbst dadurch brachte, hatte Windgetrieben die Vorderseite ihres Schutzanzugs aufgerissen, damit auch Grundwühler, den sie über Wasser gehalten hatte, vor den Flammen geschützt wäre.

Aber hatte dieses Opfer ausgereicht?

Nachdem Licht-im-Schatten die beiden Verletzten vor Feuer und Wasser gleichermaßen in Sicherheit gebracht hatte, riss Todesrachen-Verderb Windgetriebens Schutzanzug ganz auf. Die zahllosen Risse und Löcher im Gewebe zeigten deutlich, dass der Anzug in diesem Zustand keinerlei Schutz mehr bot. Schon bald lag Windgetrieben schlaff auf dem schlammigen Bachufer, den Arm schützend um Grundwühler gelegt.

Todesrachen-Verderb betastete die beiden in einer Art und Weise, die Klettert-flink sehr an Heiler erinnerte, wenn er Verletzte versorgte. Sie hob den Kopf und stieß einige Mundlaute aus, in denen Klettert-flink zumindest zwei Namen erkannte: Den ihrer Vertrauten und den, den sie ihm selbst gegeben hatte.

»Löwenherz … Jessica … Löwenherz!«

Klettert-flink verstand nur deshalb, worauf es sein Zwei-Bein anlegte, weil auch für ihn nur eines zu tun infrage kam. Er war sich sicher, dass Windgetrieben und Grundwühler noch lebten – aber das bedeutete ja nicht, dass sie nicht doch vielleicht unrettbar verletzt waren … oder in einer Art und Weise Schaden genommen hatten, die ihnen jegliches Denken verwehrte. Nacheinander berührte Klettert-flink die beiden, um zu ertasten, ob ihnen neben dem Leben auch noch das Selbst geblieben war. Als er das erfahren hatte, blickte er Todesrachen-Verderb in die angsterfüllten Augen und nickte. Auch über ihre geheimnisvolle Verbindung versicherte er ihr, dass beide noch lebten.

Dabei verspürte er wieder jene unerträgliche Frustration, dass er sie nicht noch viel mehr wissen lassen konnte.

Klettert-flink wünschte, er könnte Todesrachen-Verderb sagen, dass er das Geistesleuchten von Windgetrieben und das von Grundwühler gespürt hatte – schwach zwar, aber unverkennbar vorhanden. Beide waren bei Bewusstsein, doch beide waren in Körpern gefangen, die zu schwach waren, um sich anderen mitzuteilen. Von ganzem Herzen wünschte Klettert-flink, er könnte Todesrachen-Verderb auch noch das andere wissen lassen, was er soeben gefühlt hatte – das, was bislang noch niemand aus dem Clan vom Wassergrund spürte, dessen war er sich sicher: Das Geistesleuchten der beiden hatte sich miteinander verflochten. Im Angesicht des Todes, gefangen zwischen Feuer und Wasser, hatten sie miteinander irgendwie und jenseits aller Vernunft einen Grund gefunden, mit aller Kraft gemeinsam um ihr Leben zu kämpfen.

»Bliek!«, sagte Klettert-flink und nickte bestätigend. »Bliek! Bliek!«

Dann wandte er sich um und bedeutete den anderen, dass es Zeit sei, sich zurückzuziehen. Würde der Clan vom Wassergrund wohl begreifen, dass die Schlacht verloren war?

Was Klettert-flink sah, während er auf die beiden Flugwagen zusprang, stimmte ihn tief im Herzen froh. Sämtliche Angehörigen des Clans, die nicht die Zwei-Beine beim Kampf gegen das Feuer unterstützt hatten – die Weibchen mit ihren Jungen, die Älteren, die Verkrüppelten – warteten bereits auf der offenen Ladefläche des Fluglasters.

Als die Zwei-Beine nahten – Licht-im-Schatten und das größere der beiden anderen jungen Männchen trugen Windgetrieben, die immer noch Grundwühler in Armen hielt – streckte ihnen jeder Clanangehörige die Hände entgegen. Ohne Worte erboten sie sich, die Verwundeten zu versorgen und zu trösten. Ohne Worte drückten sie damit aus, dass sie den Zwei-Beinen vertrauten: Sie alle würden in Sicherheit gebracht werden.

Stephanie wusste aus eigener Erfahrung, wie viel Beistand und Trost Baumkatzen spenden konnten. So nahm sie gern die Einladung an, die beiden Verwundeten auf der Ladefläche des Flugwagens mitreisen zu lassen. Sie stieg als Erste ein und wies Chet und Karl an, Jessica so hinzulegen, dass sie ihren Kopf auf Stephanies Schoß betten konnte. Die Baumkatzen, darunter zweifellos auch Verwandte der ’Katz, die Jessica gerettet hatte, kümmerten sich um ihren Clangenossen. Als auch noch die Männchen, die bislang an der Brandschneise geholfen hatten, eingestiegen waren und sich so zu den Weibchen, den Jungen und den Gebrechlichen gesellten, wurde es auf der Ladefläche des Wagens doch recht eng.

»Wohin jetzt?«, fragte Chet, während er zum Pilotensitz des Flugwagens eilte. »Ich meine, die Baumkatzen haben ja wohl unser Angebot angenommen, sie mitzunehmen – aber wohin bringen wir sie denn?«

»Erst einmal hier fort«, entschied Karl pragmatisch vom Steuer seines eigenen Wagens aus. »Das Feuer breitet sich von Südosten her aus. Also geht’s nach Westen. Steph, lass mich wissen, wenn die Baumkatzen irgendwie unruhig werden oder sonst irgendetwas passiert, ja?«

»Okay«, gab Stephanie ein wenig geistesabwesend zurück.

Toby hatte das erweiterte Erste-Hilfe-Set aus Karls Wagen

geholt, bevor er sich zu ihm in die Kabine gesetzt hatte. Christine flog mit Chet. Nun konzentrierte sich Stephanie ganz darauf, herauszufinden, was mit Jessica los war. Das Mädchen atmete rasselnd – zweifellos weil von dem Moment an, in dem sie den Schutzanzug geöffnet hatte, um die Baumkatze zu retten, viel Rauch in ihre Lungen gedrungen war. Wahrscheinlich hatte sie im Bach auch noch Wasser eingeatmet.

Mit einer Hand betastete Stephanie Jessicas Haut und war entsetzt, wie kalt sie sich anfühlte.

»Okay«, murmelte sie. »Unterkühlung. Wenn sich die Baumkatzen an sie ankuscheln, dürfte sie das aufwärmen ... Schauen wir mal, was ich in der Zwischenzeit für ihre Atmung tun kann.«

In dem Medikit befand sich eine Sauerstoffmaske – Richard Harrington hatte sie nach der Rettung von Rechtsgestreift und Linksgestreift extra dazugepackt. Er hatte darauf bestanden, denn wenn Stephanie und Karl schon bis in die Brandzone selbst vordringen mussten, sollten sie wenigstens auf das Schlimmste vorbereitet sein.

»Vielleicht brauchst *du selbst* sie ja nicht«, hatte er gesagt, als Stephanie eingewandt hatte, weder sie noch Karl seien derart zip, dass sie jemals ihre Schutzmasken vergessen könnten. »Aber es ist gut möglich, dass jemand anders nicht so viel Glück hat.«

Stephanie legte ihrer Freundin die Maske an und stellte einen niedrigen Sauerstoffdruck ein. Dann achtete sie genau auf die ersten Anzeichen eines Hustenanfalls: Das wäre ein deutliches Indiz für Wasser in der Lunge. Doch nach den ersten Atemzügen schien sich Jessica sichtlich zu entspannen. Ihre Augenlider flatterten.

»Ganz ruhig«, murmelte Stephanie und fragte sich, ob die raunenden Summlaute der Baumkatzen vielleicht genau das

Gleiche bedeuteten. »Du bist in Sicherheit – und die 'Katz auch! Wir lassen das Feuer so schnell wie möglich hinter uns.«

Zu schnell, wie es schien. Als Stephanie hörte, dass Löwenherz mit einem Blieken ihre Aufmerksamkeit einforderte, blickte sie auf. Die Baumkatzen, die sich auf der Ladefläche von Chets Fluglaster dicht an dicht drängten, wurden unruhiger. Einige spähten sogar schon über den Rand hinweg auf den Waldboden hinab, als würden sie einen Sprung ernstlich in Erwägung ziehen.

»Mach ein bisschen langsamer, Chet!«, sagte Stephanie über ihr UniLink. »Anscheinend sind nicht alle 'Katzen so auf Geschwindigkeit versessen wie Löwenherz. Ich glaube, ein paar unserer Passagiere werden gerade luftkrank.«

Sofort drosselte Chet das Tempo. »Wie sieht's mit der Höhe aus?«

»Die scheint ihnen nicht so viel auszumachen«, gab Stephanie zurück. »Vielleicht, weil sie in den Bäumen leben. Aber wir sollten vielleicht doch besser unterhalb der Baumkronen bleiben.«

»Wenn wir so langsam bleiben und nicht weiter aufsteigen, werden wir aber nicht allzu weit kommen«, warf Christine ein.

»Solange wir schneller sind als das Feuer«, gab Stephanie zurück, »und auch den Rauch weit genug hinter uns lassen, sollte alles in Ordnung sein.«

Sie lauschte den aktuellen Berichten, die über UniLink eintrafen. Der SFD meldete, das Feuer im Norden sei zwar noch längst nicht eingedämmt, aber in eine andere Richtung umgeleitet worden. Hayestown war also nicht mehr gefährdet. Durch Wasserabwürfe hatte man den Wipfelbrand zumindest in einigen Bereichen auf ein konventionelles Feuer reduzieren können. Es hieß, momentan würden einige Teams nach Süden geschickt, weil das dortige Feuer nach wie vor in den Bergen wüte. Das hieß, an beiden Fronten war die Schlacht noch lange nicht gewonnen. Zudem hatte man erneut Freiwillige angeworben, um diejenigen abzulösen, die schon seit Sonnenaufgang im Einsatz waren.

»Wie viel Uhr ist es denn?«, erkundigte sich Christine, beantwortete die Frage aber gleich selbst. »Ach, erst früher Nachmittag! Das kann ich ja kaum glauben. Ob uns schon jemand vermisst?«

»Schau auf deinem UniLink nach«, gab Chet pragmatisch zurück. »Wenn nicht schon unzählige Nachrichten deiner Mutter eingegangen sind, wohl nicht.«

»Keine Nachrichten. Wenn uns bislang niemand vermisst hat, dann geht man wohl davon aus, dass wir in ein anderes Gebiet abkommandiert wurden.«

»Wurden wir ja auch«, lachte Toby leise. »Wir gehören jetzt zum Team der Ranger auf Probe. Sagt mal, ihr beide«, wandte er sich dann an Stephanie und Karl, »meint ihr, wir könnten uns auch qualifizieren?«

Karls Antwort fiel sehr trocken aus. »Entweder das, oder Steph und ich sind ganz schnell unseren Job los. Der SFD ist zwar keine Militärorganisation, aber wir haben die Vorschriften zumindest ... sehr kreativ ausgelegt. Wahrscheinlich macht sich um uns bislang nur deswegen keiner Sorgen, weil es so viel anderes gibt, worum man sich kümmern muss.«

»Aus den Augen, aus dem Sinn«, bestätigte Stephanie. »Aber die automatisch zu versendenden Nachrichten, die du eingerichtet hast, waren auf jeden Fall eine gute Idee, Karl.«

»Danke. Wie geht's Jessica?«

»Kommt allmählich zu sich. Sie atmet schon viel ruhiger. Da wir zumindest den schlimmsten Rauch hinter uns haben, nehme ich ihr jetzt die Maske ab.«

»Und was ist mit dem Baumkater?«, fragte Toby.

»Ich glaube, dem geht's auch ganz gut. Ich meine, die anderen Baumkatzen drängen sich zwar dicht an ihn, aber sie scheinen mir nicht übermäßig besorgt. Ich habe gesehen, dass sein Fell hier und dort ein bisschen angesengt ist, aber ich glaube, Jessica hat ihn in Sicherheit gebracht, bevor allzu viel passieren konnte.«

»Das war wirklich mutig von ihr«, kommentierte Christine, und die Bewunderung in ihrer Stimme war unverkennbar. »Ich weiß nicht, ob ich das auch hinbekommen hätte. Klar, mir hat's natürlich nichts ausgemacht, so nah an das Feuer ranzugehen, weil ich wusste, dass der Schutzanzug die größte Hitze und auch den Rauch abhalten würde. Aber einen Schutzanzug zu öffnen, während man mitten in den Flammen steht …«

Jessica hatte sie offenkundig verstanden. Noch bevor sie die Augen öffnete, sagte sie sehr leise: »Mutig oder echt dämlich …«

Sie hustete mehrmals. Stephanie drückte ihr kurz die Hand, dann führte sie die Finger der Freundin an deren Wange, damit sie die Sauerstoffmaske ertasten konnte.

»Du solltest deine Stimme jetzt nicht überanstrengen. Wenn du schlecht Luft bekommen solltest, nimm einfach einen Zug hiervon.«

»Okay. Kann Ohnefurcht auch was davon haben?«

»Ohnefurcht?« Stephanie hatte es kaum ausgesprochen, da wusste sie schon, dass Jessica die Baumkatze meinte. »Klar. Nimm du erst einmal einen Zug, dann schaue ich, ob er auch davon will.«

Da Richard Harrington gewusst hatte, dass Löwenherz wohl auch dann an Stephanies Seite bleiben würde, wenn sie zu einem Brandbekämpfungseinsatz ausrückte, hatte er ihr gezeigt, wie der Sauerstoffstrom für Baumkatzen einzustellen war. Genau daran hielt sich Stephanie nun und war froh darüber, eine alte Weisheit beherzigt zu haben, an der schon so manches

Ozonloch gescheitert war: ›Vernunft ist, etwas zu tun, obwohl einem die Eltern dazu raten.‹ Dad hatte das Medikit noch um einige Medikamente erweitert, die erwiesenermaßen auch bei Baumkatzen wirkten – vor allem Schmerzmittel und Stimulanzien.

»Löwenherz«, sagte Stephanie nun und hielt ihrem Gefährten die Maske entgegen. »Könntest du Ohnefurcht zeigen, wie man so etwas benutzt?«

Sofort griff Löwenherz nach der Maske. Eines der Weibchen, es erschien Stephanie ein wenig älter, fauchte. Doch sofort legte ihr eine weitere Baumkatze eine Echthand auf den Rücken und hielt sie zurück, bevor sie eingreifen konnte.

Ist das seine Frau?, dachte Stephanie. *Oder seine Mutter? Ich kann ausgewachsene Baumkatzen schon von Jungen unterscheiden, aber es gibt noch so viel, wovon ich* nichts *weiß ...*

Der Sauerstoff schien Ohnefurcht gutzutun. Kurz untersuchte Löwenherz das durchnässte, verdreckte Fell. Hier und dort war es tatsächlich angesengt, doch nur an einer Stelle war die Haut tatsächlich schlimmer verbrannt: Auf einem schmalen Streifen, der sich von der linken Schulter bis zur Flanke erstreckte, warf sie unschöne Blasen.

Stephanie zog einer Schnellheilungsapplikator aus dem Medikit und sprühte den Wirkstoff über die Wunde. Unbehandelt verheilten Brandwunden am besten, wenn man sie stets sauber hielt und dafür sorgte, dass Luft an die Wunde kam. Aber Stephanie wollte unbedingt etwas gegen die Schmerzen unternehmen, die der 'Kater ganz offenkundig litt.

»Das hat sich Ohnefurcht zugezogen, als er mich in den Fluss gestoßen hat«, sagte Jessica leise. »Ich habe einen Augenblick zu lange gezögert, und dann bin ich gestolpert, irgendetwas ist mit meinem Knöchel passiert. Er hätte einfach davonlaufen können, aber er hat ...«

Tränen erstickten beinahe ihre Stimme. »Er wird doch wieder gesund, oder? Ich könnte es wirklich nicht ertragen, wenn ihm jetzt noch etwas zustoßen würde, meinetwegen ... nur weil er mir ...«

Stephanie riss die Augen auf. Hier war mehr als nur ein unbestimmtes Schuldgefühl oder Mitleid im Spiel. Sie erkannte in Jessicas Stimme einen Schmerz wieder, der ihr sehr vertraut war: Diesen Schmerz hatte sie gespürt, als sich Löwenherz auf den Hexapuma gestürzt hatte, um sie zu retten.

Sie blickte zu Löwenherz hinüber und fragte sich, ob er ihre Vermutung wohl bestätigen würde.

»Bliek«, sagte er und nickte. »Bliek!«

Löwenherz und ich. Scott und Fisher. Und jetzt Jessica und Ohnefurcht ...

Verwundert schüttelte Stephanie den Kopf, doch dann erinnerte sie sich daran, dass sie Jessicas Frage noch beantwortet musste.

»Das ist nur eine Verbrennung. Gegen die Schmerzen habe ich ihm schon etwas verabreicht, und seine Familie wärmt ihn gerade auf. Als Nächstes werden sie ihm wahrscheinlich das Fell putzen. Konzentrier du dich mal ganz darauf, selbst wieder auf den Damm zu kommen ... Ohnefurcht braucht dich ja schließlich auch.«

Ein Angstschrei riss Anders aus dem Schlaf.

Er setzte sich auf und fragte sich einen Sekundenbruchteil lang, wer auf seinem Brustkorb hockte ... doch dann fiel ihm wieder ein, dass es Sphinx selbst war, das auf ihm lastete. Buchstäblich das Gewicht dieser Welt: ganz Sphinx mit seiner Schwerkraft von 1,35 Gravos. Er aktivierte seine Kontragraveinheit auf niedrigster Stufe, um den Druck zu mindern. Daran, dass jemand in seiner Nähe vor Angst kreischte, änderte das nichts.

Es war Kesia, die in einem fort »Oh Gott, oh Gott, oh Gott ...« zeterte, ohne dabei Luft zu holen. Dann plapperte sie etwas in einer Sprache, die Anders noch nie gehört hatte. Die Leichtigkeit, mit der die fremdartigen Laute über Kesias Lippen kamen, ließ vermuten, dass es ihre Muttersprache war.

Er blickte zum Waldrand hinüber; zunächst vermutete er, das Feuer hätte ihren Zufluchtsort erreicht. Doch der Pfostenbaumhain schien noch intakt. Wenn überhaupt, hatte sich der Rauch sogar ein wenig verzogen.

Kesia deutete auf eine Stelle im Sumpf, wenige Meter von dem Inselchen entfernt, das ihnen als neue Lagerstätte diente. Dort entdeckte Anders einen kleinen Wirbel. Er erstarrte, dachte einen winzigen Moment lang, er schlafe noch und das hier wäre der schlimmste aller bisherigen Albträume. Doch dann musste er sich eingestehen, dass das, was er hier sah, real war.

Der Schlamm kroch auf sie zu! Und der Schlamm hatte Zähne – Zähne in einem Maul, aus dem ein Pfeifen zu hören war: ein unheimlicher Laut, leise und zart. Er passte überhaupt nicht zu dem entsetzlichen Anblick, der sich ihnen bot.

Nun vermischten sich andere Stimmen mit Kesias unverständlichem Geplapper. Offenkundig war er nicht der Einzige gewesen, der geschlafen hatte. Die körperliche Anstrengung der letzten Tage, dazu die unzureichende Ernährung – und der Rauch in der Luft: Sie allesamt schienen eingedöst zu sein. Wenn Kesia nicht zufälligerweise gerade erwacht wäre ...

Dann ging Anders auf, dass Kesia keineswegs zufällig erwacht war: Ein cremefarben-grauer Baumkater, zweifellos einer der beiden, die ihm zuvor aufgefallen waren, stand unmittelbar neben ihr. Er hatte Kesia eine Pfote vom obersten Pfotenpaar – eine der Echthände, wie man sagte – auf die

Schulter gelegt. Es wirkte, als hätte er sie gerade wach gerüttelt, während er mit der anderen Pfote in Richtung des Sumpfmonsters deutete.

Letzteres kam mit einer Geschwindigkeit auf sie zu, die Anders niemals für möglich gehalten hätte – nicht bei etwas, das anscheinend weder Beine, Tentakel oder Vergleichbares besaß. Trotz seiner Formlosigkeit – von den Zähnen abgesehen, die waren nur allzu deutlich erkennbar – musste es ein Organ besitzen, mit dem es Schall wahrnahm, denn Kesias Kreischen ließ es tatsächlich innehalten. Als zitternde Wellenbewegung stand es nun mitten im Sumpf.

Gedankenverloren? Ängstlich? Oder überlegte es nur, wo es zuerst zubeißen sollte?

Eine Antwort ist richtig. Mehrere Antworten sind richtig. Alle Antworten sind richtig, dachte Anders und geriet dabei in Hektik. Zumindest machte dieses Wesen keinerlei Anstalten, sich wieder zurückzuziehen, selbst wenn Kesias lautstarkes Gejammer es verwirrte.

Und wenn die Baumkatze schon das Risiko auf sich genommen hatte, sie zu warnen, dann war dieses … Etwas keinesfalls ungefährlich.

Das Risiko auf sich genommen, sie zu warnen … Anders war erstaunt. Während er auf die Beine kam, stellte er seinen Kontragrav auf maximale Kompensation der übergroßen Schwerkraft ein. Wenn sie dieses Ding hier nicht irgendwie loswürden, hätten sie schon bald deutlich drängendere Probleme, als mit einer um 1,35 Gravos gesteigerten Schwerkraft zurechtkommen zu müssen.

»Eine neue Spezies«, bemerkte Dr. Calida. Sie klang beinahe ebenso fasziniert und begeistert wie verängstigt. »Sieht ganz so aus, als wäre sie ideal auf das Überleben in Sumpfland angepasst. Vielleicht eine Amphibie?«

»Wir haben immer noch das Betäubungsgewehr«, sagte Virgil angespannt. »Mit einem kleinen Messer in der Hand möchte ich mich dem Ding nicht entgegenstellen – ganz egal, ob Stephanie Harrington so mit dem Hexapuma fertiggeworden ist. Haben wir einen guten Schützen unter uns?«

Er suchte den Blick seines Chefs, doch der schüttelte den Kopf. »Da wir eine Nacht in der freien Natur verbringen wollten, hat man uns gestattet, ein Betäubungsgewehr mitzunehmen, aber ich bin wahrlich kein Scharfschütze. Unser Hauptschutz hätte eigentlich aus einem Schallzaun bestehen sollen. Wie sich herausgestellt hat, lassen sich damit sogar Hexapumas abhalten.«

Dacey Emberly streckte eine Hand aus. »Geben Sie mir das Gewehr. Ich habe zwar seit Jahren nichts mehr erlegt, aber Callis Vater und ich sind früher viel auf die Jagd gegangen.«

Alle schauten verunsichert und angespannt zu, wie die ältere Dame sorgfältig zielte und dann mehrmals feuerte. Unverkennbar trafen die recht massigen Betäubungspfeile ihr Ziel ... schienen aber keinerlei Wirkung zu besitzen.

»Mir scheint«, bemerkte Dr. Calida voller wissenschaftlicher Neugier, »die Pfeile stecken in dem Pflanzenmaterial, das auf der Oberfläche dieser Lebensform wächst. Ob es sie wohl gezielt züchtet – als natürlichen Schutzpanzer?«

»So oder so«, versetzte Dacey, »komme ich da nicht durch – und das war der letzte Pfeil.«

»Das Ding scheint Kesias Schreie nicht sonderlich genossen zu haben«, überlegte Anders laut. »Wäre schon praktisch, wenn wir jetzt dieses Schallzaundingsbums hätten.«

Virgil sprang zu einer der Taschen hinüber. »Ich glaube ...« Triumphierend hob den Arm. »Ich hab's! Als wir uns in den Baum zurückgezogen haben, habe ich mir nicht die Mühe gemacht, den Zaun aufzustellen. Ich dachte ja, wir wären da oben geschützt genug. Das Ding sollte also noch ein bisschen Saft haben ...«

Anders beeilte sich, zu Virgil zu kommen, der jetzt sicher Hilfe gebrauchen konnte. Der Schallzaun bestand aus einer Reihe schmaler Stäbe, die über einen dünnen Draht miteinander verbunden waren, so dünn, dass er kaum zu sehen war.

»Ich habe keine Ahnung, wie die Dinger funktionieren«, räumte Virgil ein und drückte Anders einige der Stäbe in die Hand. »Ich habe mir die Gebrauchsanweisung ja nur kurz angeschaut, bevor ich meinte, der Zaun nütze uns nichts. Man muss die Stäbe in den Boden stecken, und zwar so, dass der Draht straff gespannt ist ...«

Kesia war verstummt, aber sie war nicht so verängstigt, dass sie nicht mithelfen konnte, die Stäbe aufzustellen. Während sich die drei mit dem Zaun abmühten, blickte Dacey ihre Tochter an.

»Calli, erinnerst du dich noch an diesen entsetzlichen Lagerfeuersong, mit dem du uns alle fast in den Wahnsinn getrieben hast, als du acht warst?«

Kurz stutzte Dr. Calida, dann grinste sie. Ohne ein weiteres Wort begann sie zu singen: »Oh, in der Höhle war ein Bär!«

›Bär‹ sang sie so laut, dass es beinahe schon ein Schrei war – und dabei in genau der Art und Weise schief und schrill, wie es Kinder einfach liebten, während es jedem Erwachsenen unerträgliche Zahnschmerzen bereitete.

»Und dicht davor ein Puma heult!«

Das Geräusch, das Dr. Calida daraufhin ausstieß, mochte vielleicht nicht allzu viel Ähnlichkeit mit dem Heulen eines real existierenden Pumas besitzen, aber es ließ das Sumpfwesen auf jeden Fall sichtlich erbeben.

Das Lied schien gar kein Ende zu nehmen. Immer mehr Wildtiere hatten ihren Auftritt: Eulen, Esel, Schrillschlangen,

Nebeldrachen … und zu jedem davon gehörte ein anderer unschöner Laut. Anders stellte fest, dass die Baumkatze in unverkennbarer Pein den Kopf schüttelte. Trotzdem steuerte sie ihren Teil dazu bei, indem sie den wüsten Gesang um einen Kontrapunkt aus schrillem Heulen ergänzte.

Den Schallzaun aufzustellen dauerte drei vollständige Durchgänge des Liedes. Beim ersten Mal hatten sie die Stäbe falsch aufgestellt, beim zweiten Mal war der dünne Draht zu straff gespannt. Endlich jedoch rief Virgil den anderen zu: »Einen Schritt zurück, bitte. Ich glaube, dieses Mal stimmt alles. Ich schalte das Ding jetzt ein.«

Als der Gesang verebbte, glitt das Schlammwesen wieder vorwärts. Einen entsetzlichen Augenblick lang glaubte Anders schon, der Schallzaun wäre kaputt. So öffnete er schon den Mund, um Dr. Calidas Lied wieder mit dem Bären beginnen zu lassen, als er sah, wie die Baumkatze die Ohren anlegte und in unverkennbarem Widerwillen die Nase rümpfte.

Die Reaktion des Sumpfwesens fiel deutlich drastischer aus: Es schrak zurück, und statt einer kaum merklichen Wellenbewegung an der Oberfläche des Sumpfes entstanden nun ausgewachsene Wellenberge. Dazwischen blitzte hin und wieder glatte, gummiartige Haut auf, die von einer dünnen Schlammschicht überzogen war. Das Untier zog sich mindestens fünfzehn Meter weit zurück und versank dann in einer Art kleinem Teich, auf dessen Oberfläche ein Pflanzenteppich wuchs.

Anders glaubte nicht, dass der Angreifer endgültig in die Flucht geschlagen wäre … und es schlug auch sonst niemand vor, man könne ja versuchen, ans Ufer des Sumpfes zu gelangen.

»Ist Ihnen aufgefallen, wohin sich diese Lebensform zurückgezogen hat?«, fragte Dr. Calida. »Genau dorthin, wo unser Flugwagen versunken ist. Schade, dass der Sumpfbewohner nicht an der Oberfläche bleiben konnte. Ich hätte gerne ein paar Bilder gemacht.«

Dr. Whittaker blickte sie gleichermaßen schockiert wie missbilligend an, doch Kesia grinste.

»Ich mach eine Zeichnung für dich, Schätzchen«, sagte Dacey und griff schon nach ihrem Zeichenblock.

»Wenigstens sind wir vorerst sicher«, meinte Virgil und wischte sich eine schlammverschmierte Hand am Oberschenkel ab. Einige Schlammstriemen überzogen bereits sein Gesicht. »Es scheint nicht näher zu kommen.«

»Aber unser Hauptproblem bleibt bestehen«, erwiderte Anders niedergeschlagen. Nun, nachdem die konkrete Notsituation vorerst gemeistert war, regelte er die Leistung seines Kontragravs wieder herunter und fühlte sich sogleich doppelt müde und erschöpft. Schließlich war ihm bis eben wenigstens kurzzeitig die erhöhte Schwerkraft erspart geblieben. »Die Energieversorgung. Wir sind nur so lange in Sicherheit, wie die Energiezelle durchhält.«

Er blickte zu der Baumkatze hinüber, die geduldig wartete. Sie hatte sich an Langston Nez gekuschelt. Es hatte so viel zu tun gegeben, dass bislang niemand sich zu dem unerwarteten Auftauchen der Baumkatze geäußert hatte. Anders allerdings erkannte im Blick aller anderen sein eigenes Erstaunen und seine eigene Ehrfurcht wieder. Dr. Whittaker hatte sogar kurz versucht, mit der 'Katz zu sprechen. Die einzige Reaktion auf seine höflichen einleitenden Worte war ein unzweifelhaft missbilligendes Fauchen gewesen.

Habe ich wirklich zwei *Baumkatzen gesehen? Und wenn ja: Wo ist die andere? Ist sie vielleicht Hilfe holen?* Anders unterdrückte ein Seufzen. Er war entschlossen, sich nicht von der Verzweiflung übermannen zu lassen, die er bei den anderen um sich greifen sah. Stattdessen hielt er den Blick fest auf die Ladeanzeige der

Schallzaunenergiezelle gerichtet. *Und selbst wenn: Könnte Hilfe denn überhaupt rechtzeitig eintreffen?*

Klettert-flink spürte, wie nach und nach jene neu geknüpfte, geheimnisvolle Verbindung zwischen Grundwühler und Windgetrieben in das Bewusstsein aller Clanmitglieder vordrang. Die Reaktionen fielen unterschiedlich aus. Klettert-flink fand, die Zustimmung überwiege. Ebenso wie Todesrachen-Verderb hatte auch Windgetrieben eine Charakterstärke bewiesen, die nicht von der Echthand zu weisen war.

Er dachte gerade noch darüber nach, welche Bedeutung das langfristig noch besitzen mochte, als er spürte, wie Unruhe einem Strudel gleich innerhalb kürzester Zeit den gesamten Clan erfasste. Ausdrücklich ausgeschlossen hatte man ihn nicht, allerdings dauerte es einen Augenblick, bis die Quelle des Gedankens auf die Idee kam, auch Klettert-flink daran teilhaben zu lassen.

Mein Sohn Linksgestreift kehrt von seinem Erkundungsgang zurück. Er ist sehr aufgeregt. Es hat etwas mit Zwei-Beinen zu tun, die sich in unserem alten Lager aufhalten.

Dem folgte unverkennbar entrüsteter Protest, warum bitte schön die jungen Leute nicht für sich selbst einstehen dürften.

Mit seiner Geistesstimme tastete Klettert-flink nach Linksgestreifts. Immerhin hatte er ihn recht gut kennengelernt in den Tagen, die die Zwillinge bei Todesrachen-Verderbs Clan verbracht hatten. Schon bald hatte er ihn gefunden und übermittelte ihm sofort ein deutliches Abbild des Clans vom Wassergrund, der auf der Ladefläche eines großen Fahrzeugs langsam durch die Luft flog.

Ach, das *versucht Mutter mir also zu sagen. Die Ältesten sollten wirklich lernen, Dinge in klarere Bilder zu fassen! Jetzt verstehe ich auch, warum sie mir ein Bild von sich geschickt hat, in dem sie sich fortbewegt, ohne dass sie sich dabei anstrengen müsse. Gut, dann weiß ich jetzt, woran ich bin und wo ihr seid. Ich bin bald da.*

Er verstummte zwar, sein erst recht schwaches Geistesleuchten aber wurde nun zunehmend stärker. Klettert-flink, der nun eine Vorstellung davon hatte, aus welcher Richtung Linksgestreift nahte, wandte sich an Todesrachen-Verderb.

»Bliek!«, sagte er und vollführte mit der Echthand eine Bewegung, als schiebe er den Steuerknüppel des Flugwagens in die entsprechende Richtung. Er fühlte die Begeisterung und die Belustigung seiner Gefährtin, dann hörte er, wie sie einige Mundlaute an Licht-im-Schatten richtete und ebenso an das andere Zwei-Bein, das am Steuer des größeren Flugwagens saß. Sofort änderten beide Wagen beinahe gleichzeitig die Richtung.

Praktisch!, räumte Nasenbeißer widerwillig ein. *Kannst du sie immer so rasch dazu bringen, dir zu gehorchen?*

Es hat ein wenig gedauert, erklärte Klettert-flink. *Aber nachdem ich mir sicher war, dass diese Mundlaute bei den Zwei-Beinen in etwa die gleiche Bedeutung haben wie unsere Geistesstimmen, wusste ich, dass wir einen Kompromiss bräuchten. Ihr Geistesleuchten ist stark, vielleicht sogar so stark wie das unserer Sagen-Künderinnen, aber im Großen und Ganzen stumm. Und ich bin nicht in der Lage, die Zwei-Bein-Laute nachzuahmen. Aber selbst wenn mir das gelänge, erscheinen mir die weitaus meisten davon beliebig. Selbst Namen sind schwierig: Der von dem männlichen Zwei-Bein am Steuer des kleineren Gefährts klingt fast genauso wie der Mundlaut, mit dem die Zwei-Beine anscheinend jemanden beschreiben, der keinerlei Fell mehr am Kopf hat. Das hat mich anfänglich sehr verwirrt, denn am Kopffell dieses Zwei-Beins gibt es doch nichts auszusetzen.*

Das schien Nasenbeißer zu interessieren. Vielleicht hätten sie sich weiter ausgetauscht, doch in diesem Augenblick kam

Linksgestreift von einem tief herabhängenden Ast aus angesaust und landete geschickt auf dem vorderen Teil des Fahrzeugs. Einige kurze Sprünge später stand er geradewegs zwischen seinen Clangenossen.

Mit halbem Ohr hörte Klettert-flink, wie Todesrachen-Verderb ihrem Vertrauten anscheinend erklärte, was gerade geschehen war. Denn er hatte, als Linksgestreift unmittelbar über seinem Kopf auf dem Fahrzeug gelandet war, einen Schreckensschrei ausgestoßen, der sogar noch durch die durchsichtigen Seiten- und Rückwände des vorderen Fahrzeugteils gedrungen war. Doch ein Großteil von Klettert-flinks Aufmerksamkeit galt dem gleichermaßen aufgeregten wie besorgten Linksgestreift.

Mein Bruder und ich sind wie gewünscht zu unserem alten Lager zurückgekehrt, um zu schauen, ob das Feuer es bereits erreicht hat. Obwohl die Flammen noch nicht angekommen waren, sah der Hain anders aus, als wir erwartet hatten. Wir waren davon ausgegangen, dass dort Bodenhuscher und andere Wesen Schutz vor dem Feuer suchen würden – in der Nähe des Wassers, auch wenn es in dieser trockenen Spanne nur wenig davon gibt. Aber vorgefunden haben wir dort mehr als zwei Hande voll Zwei-Beine.

Sie verhielten sich seltsam. Denn statt den Wald zu durchstreifen, wie sie es sonst zu tun pflegen, saßen sie mitten im Sumpf, ohne etwas zu tun.

Klettert-flink fragte sich, warum nacktes Entsetzen sämtliche Angehörigen des Clans vom Wassergrund erfasste, doch er wollte den Bericht nicht unterbrechen. Ginge es um etwas Wichtiges, würde Linksgestreift noch darauf eingehen.

Wir haben Anzeichen dafür gefunden, dass sie in den Zungenblättern gelagert haben. Glaubt mir oder nicht, aber seht, was wir sahen! Eines der Zwei-Beine war sehr schwach, und die anderen haben sich bewegt, als müssten sie schwere Lasten tragen. Auch ihr Geruch stimmte einfach nicht, als hätten sie schlechte Dinge gegessen. Wir hatten vermutet, dass die Gruppe Zwei-Beine, nachdem sie den Rauch gerochen hat, den Baum verlassen wollte, aber weil einer der Ihren verletzt ist, sind sie nicht weit gekommen. Offenbar wussten sie nichts von der Gefahr, sondern müssen sich gedacht haben, der Sumpf werde sie am besten vor dem Feuer schützen.

Wieder spürte Klettert-flink allgemeines Entsetzen.

Mein Bruder ist bei den Zwei-Beinen geblieben, um auf sie aufzupassen, während ich zurückgekommen bin, damit ihr entscheiden könnt, welchen Weg der Clan nun einschlagen soll. Ich hatte nicht darauf gehofft, derart rasch weitere Zwei-Beine zu finden, aber ich muss zugeben, dass ich mir genau das als Nächstes vorgenommen habe. Jene Gruppe Zwei-Beine im Wassergrund benötigt Hilfe.

Das sehe ich auch so!, bestätigte ein beleibtes, älteres Weibchen – Klettert-flink hatte mittlerweile erfahren, dass es Deutliche-Bilder war, die Sagen-Künderin des Clans vom Wassergrund. *Diese Zwei-Beine in den Flugdingern haben uns geholfen. Nun werden* wir *den anderen Zwei-Beinen helfen. Auf diese Weise stehen wir nicht mehr in ihrer Schuld und sie nicht in unserer. Wir müssen rasch handeln! Ich spüre gerade noch eine Spur von Rechtsgestreifts Geistesleuchten, und mir scheint Eile geboten!*

Klettert-flink war dankbar, aber dennoch verwirrt. *Ihr aus dem Clan vom Wassergrund reagiert, als drohe an eurem ehemaligen Lager Gefahr. Wie kann das sein?*

Es liegt nicht am Netzholz, erklärte Linksgestreift. *Es liegt am Sumpf. Darin haust ein Pfeifender Schlucker – ein gewaltiges Muttertier. In dieser trockenen Spanne hat sie noch keine Jungen zur Welt gebracht, also lebt sie derzeit allein dort. Wir wissen, wie man ihr aus dem Weg gehen kann, aber die Gruppe Zwei-Beine lagert mitten in ihrem bevorzugten Jagdrevier.*

14

Stephanie war ebenso überrascht wie alle anderen, als eine Baumkatze auf dem Dach des Fluglasters landete. Ihr nächster Sprung brachte sie mitten unter ihre Artgenossen auf die Ladefläche, wo man den 'Kater aus großen, grünen Augen anblickte. Da wusste Stephanie, dass er dem Clan nicht fremd war.

»Ich glaube, er berichtet ihnen irgendetwas«, sagte sie. »Ich weiß zwar nicht, was er ihnen erzählt, aber Löwenherz hört ihm sehr aufmerksam zu. Komisch ... Irgendwie kommt mir diese 'Katz bekannt vor. Karl, ich schicke dir über UniLink ein Bild von ihr.«

Fast augenblicklich kam Karls Antwort. »Ich habe zwar immer noch Schwierigkeiten, 'Katzen auseinanderzuhalten, aber ich glaube, das ist Linksgestreift. Seine Fellzeichnung ist sehr untypisch für Baumkatzen.«

Als Nächstes meldete sich Toby zu Wort. »Karl hat mir ein paar Bilder gezeigt, die er kürzlich aufgenommen hat. Ich glaube, er hat recht: Das ist dieselbe 'Katz.«

»Interessant«, gab Stephanie zurück. »Löwenherz hat sich gerade wieder mir zugewandt. Er bedeutet mir, wir sollten schneller werden. All die anderen 'Katzen haben sich schon zusammengekauert, also warten die wohl nur auf die Beschleunigung. Ach ja, und ein ziemlich fettes Weibchen mit Fluffelfell schaut mich grimmig an und deutet hierhin und dorthin. Ich glaube, sie hilft Klettert-flink bei der Navigation.«

»Werden schon irgendwelche Richtungsänderungen gefordert?«, fragte Chet. Stephanie sah, dass Christine ihre Stirn gegen die Heckscheibe der Fahrerkabine presste und völlig fasziniert die Passagiere anstarrte. Sie alle blickten nun in Flugrichtung, machten sich dabei so klein wie möglich: Sie duckten sich in den Windschatten der Lasterseitenwand.

»Weiter Richtung Süden«, sagte Stephanie. »Aber ich glaube, sie möchte, dass wir den Fluss wieder überqueren – Richtung Süden.«

»Richtung Süden«, wiederholte Christine. »So wie in: genau auf das Feuer zu?«

»So weit nach Westen ist das Feuer noch nicht gezogen«, beruhigte Karl sie. »Noch wären wir da in Sicherheit.«

Stephanie war sehr froh, das zu hören. Sie selbst würde zwar notfalls auch geradewegs in die Mitte des Feuers hineinfliegen, aber dürfte sie es wagen, einen ganzen Baumkatzenclan und ihre Freunde in Gefahr zu bringen?

»Ich behalte die 'Katzen im Auge und melde euch, wenn die unruhig werden«, sagte sie. »Ansonsten sollten wir unterhalb der Baumkronen bleiben und so schnell fliegen wie möglich. Jetzt wäre wirklich kein guter Zeitpunkt, von jemandem geortet zu werden, der eigentlich nur das Südfeuer im Auge behalten soll.«

»Geortet? Mit einer ganzen Wagenladung Baumkatzen im Gepäck?« Chet lachte laut auf. »Nein, das wäre wohl wirklich nicht gut! ... Karl, übernimm du die Führung. Aber denk dran: Mein Laster braucht ein bisschen mehr Platz als dein kleiner Stadtflitzer.«

»Kapiert«, gab Karl zurück. »Dann gib mal ordentlich Stoff!«

Anders hantierte gerade mit der Kochausrüstung herum, als die Sumpfsirene, wie Dr. Calida sie zu nennen vorhatte, zum nächsten Angriff schritt. Obwohl sich das Untier die ganze Zeit über in der Deckung der Seegräser und des trüben Wassers verborgen hatte, wurde Anders das Gefühl nicht los, dass es in dieser Zeit nicht nur in der Nähe geblieben war, sondern sie aufmerksam beobachtet hatte.

Das ist ein Raubtier, sicher nicht so intelligent wie eine Baumkatze, aber schlau genug, sich mit großem Geschick an seine Beute anzuschleichen ... sonst hätte es ja andauernd einen leeren Magen. Und dieses Ding da schleicht *sich an, da bin ich mir ganz sicher.*

Die Sumpfsirene aber hatte sich nicht nur angeschlichen, sondern dabei auch eine veritable Strategie verfolgt. Sie hatte offenkundig die Stäbe, die in regelmäßigen Abständen rings um den Hügel aufgestellt waren, als eigentliches Hindernis erkannt, um an ihre nächste Mahlzeit zu kommen (einschließlich einer wohlschmeckenden Baumkatze). Die Sirene tauchte ins trübe Wasser ab, umrundete den Hügel, verborgen unter schwimmenden Grasbüscheln ... So behielt sie die ganze Zeit über ihre Schallrezeptoren unter Wasser; das lästige schrille Sirren war auf diese Weise so weit gedämpft, dass es erträglich war.

Dann schlug sie zu. Mit einer Flosse versetzte sie einem der Stäbe gezielt einen Hieb. Hatte sie den Aufbau der Barriere beobachtet? Hatte sie vielleicht sogar begriffen, dass der Schallzaun nicht funktionierte, wenn die einzelnen Stäbe nicht fest genug verankert waren? Oder schlug sie einfach blindlings nach etwas Störendem, so wie ein Mensch unwillkürlich nach einer lästigen Fliege schlug? Die Antwort auf seine Frage würde Anders wohl nie erfahren.

Doch auch er war vorbereitet. Dass sich die Sumpfsirene in Bewegung gesetzt hatte, war ihm nicht verborgen geblieben: Das Gebiet, in das sie sich zuvor zurückgezogen hatte, wirkte plötzlich flacher. Die Bewegungen des Wassergrasteppichs dort hatten sich verändert: Er dümpelte nicht mehr auf gleichförmigen Wellen auf und ab, sondern schien in einen Strudel geraten.

Hektisch blickte Anders sich um und sah gerade noch, wie eine grasüberwucherte Flosse aus dem Wasser kam und nach dem Zaunstab schlug. Hätte Anders noch einen weiteren Beleg dafür gebraucht, dass das Gerät sofort seine Funktion eingestellt hatte, hätte ihm das Verhalten der Baumkatze weitergeholfen: Sie richtete augenblicklich die Ohren auf und fauchte lautstark.

Mit der flachen Hand schlug Anders auf den Topf, der in seinem Schoß lag. In der kurzen Atempause, die ihnen dank des Schallzauns vergönnt gewesen war, hatte er sich ein behelfsmäßiges Schlagzeug improvisiert – einschließlich einiger ›Becken‹ aus unterschiedlichsten Metallblechen und -platten. Nun bearbeitete er sein Schlagzeug mit einem Löffel, während er mit der freien Hand einen geschlossenen Behälter schüttelte, den er mit einer bunten Mischung aus Haken, Ösen und anderen beim Camping nützlichen Kleinigkeiten gefüllt hatte.

Der Lärm sorgte dafür, dass sich die Bewegungen der Sumpfsirene verlangsamten. Heiser stimmte Kesia wieder das Lied über den Bären an. Bald fielen alle anderen mit ein, und die kreative Kombination aus nur halb gelernten Liedertexten, schiefem Gesang und Schlagzeug ergab einen Höllenlärm. Doch entweder hatte sich die Sumpfsirene dieses Mal auf die Lage vorbereitet, oder sie war einfach zu hungrig, um derlei Kleinigkeiten noch zu beachten: Sie kam unaufhaltsam näher.

Ihre kleine Insel war von schwimmenden Soden aus Binsen und Gräsern umgeben, die (wie Dr. Whittaker auf die harte Tour herausgefunden hatte) den täuschenden Eindruck erweckten, der Boden dort wäre fest. Der immer noch bewusstlose Langston Nez war ein lebendes Mahnmal dafür, dass der Sumpf ebenso gefährlich sein konnte wie das pfeifende Ungetüm, das sich ihnen nun näherte, und trotzdem musste

Anders in diesem Moment gegen den Impuls ankämpfen, sein Heil doch in der Flucht zu suchen.

Er flüchtete nicht, sondern blieb. Der Hügel, auf dem sie ihr behelfsmäßiges Lager aufgeschlagen hatten, bot nicht gerade viel Bewegungsfreiheit. Trotzdem hatte sich die Gruppe in zwei Reihen aufgestellt. Vorne standen Anders selbst, Virgil, Kesia und Dr. Calida. Hinter ihnen hockten Dacey und die Baumkatze, um Langston Nez mit ihren Körpern zu schützen. Anders' Vater beugte sich ähnlich schützend über die wichtigsten seiner jüngst entdeckten Artefakte.

Wer konnte, hatte sich etwas gesucht, das sich als Waffe einsetzen ließ. Alle brüllten, sangen oder kreischten. Die Sumpfsirene war hin- und hergerissen: Wieder und wieder wuchtete sie sich aus dem Wasser heraus, nur um augenblicklich, wann immer jemand einen ganz besonders gemeinen Ton erwischte, wieder abzutauchen.

Dem Augenschein nach besaß auch die Sumpfsirene wie die meisten auf Sphinx einheimischen Wesen sechs Gliedmaßen. Diese Vermutung lag nahe, fand Anders, denn er hatte beobachtet, wie das Monster erst mit einem schildkrötenähnlichen Flossenpaar aus dem Wasser kam und sich dann aufzurichten schien: Ein zweites Flossenpaar kam zum Vorschein, während ein drittes, verborgen bleibendes das Riesentier wohl stützte.

Auch in anderer Hinsicht besaß die Sumpfsirene gewisse Ähnlichkeiten mit einer allerdings panzerlosen Schildkröte. Ihre Haut schien Nährboden für Pflanzenbewuchs – aber vielleicht klebten die Pflanzen ja auch nur auf ihrem Gummileib und waren nicht festgewachsen. Der lange Schildkrötenhals fehlte, und der Schädel war lang gestreckt, eiförmig und zahnbewehrt wie ein Haigebiss. Augen konnte Anders keine erkennen, aber oben auf dem Kopf saß ein Auswuchs in Art einer Krone oder, besser, eines Pilzes.

Die Sumpfsirene schnappte nach Virgil. Der Anthropologe schrak zurück und stolperte dabei rücklings über einen zusammengerollten Schlafsack mit Kissen und Unterdecke. Das brachte ihn auf eine Idee. Er griff sich die Schlafutensilien, rollte sie aus und warf alles drei der Sumpfsirene über den Kopf. Das Kopfkissen prallte harmlos ab und versank im Sumpf, doch Decke und Schlafsack landeten zielgenau.

Die Sumpfsirene warf sich hin und her; sie war offenkundig verwirrt.

»Ihr Sinnesapparat muss sich im Kopf befinden«, keuchte Dr. Calida. »Vielleicht diese komische Wucherung ... Möglicherweise ein natürliches Sonar? Oder Radar? Eine Kombination von beidem?«

Anders mochte Dr. Calida, ja, im Laufe der letzten Tage hatte er sie zu respektieren gelernt. Doch momentan hatte er Wissenschaftler, die an nichts als ihre Wissenschaft dachten, wirklich und wahrhaftig satt.

Virgil hatte sich da eben deutlich pragmatischer gezeigt und angelte bereits nach dem nächsten Bettzeug. Denn die Sumpfsirene warf den Kopf wild hin und her und würde schon bald Schlafsack und Decke entweder abgeschüttelt oder sie mit ihren scharfen Zähnen völlig zerfetzt haben. Anders blickte sich währenddessen nach einem Seil um.

Vielleicht gelingt es, dem Ding die Sicht zu nehmen ... ob es nun Augen oder andere Sinnesorgane dafür braucht! Ich weiß zwar nicht, ob wir es dadurch aufhalten können, aber es wird auf jeden Fall langsamer werden ...

Er fand ein Seil und versuchte sich zu erinnern, wie ein Laufknoten ging. Dacey war zu weit entfernt, sonst hätte er sie gebeten, den Knoten für ihn zu knüpfen.

Wie ging der Lernspruch für den Palstek noch mal?, dachte er hektisch. *Eine Schlange taucht aus dem Teich ... kriecht um den Baum ...*

Anders hatte sein improvisiertes Lasso halbwegs fertig, da brach ein Flugwagen durch das Blätterdach. Obwohl rußgeschwärzt, war sich Anders sicher, den Wagen zu kennen. Er hatte das wundersame Auftauchen möglicher Rettung kaum verarbeitet, als ein zweiter Wagen dem ersten folgte, ihn in einem Bogen umrundete und dann über der Lichtung in der Luft schwebte.

Ich halluziniere, dachte Anders völlig ruhig. *Das ist Karls Wagen, und dieser Laster da ist ... vollbeladen mit Baumkatzen ...*

Jetzt setzte sich Karls Wagen wieder in Bewegung, geradewegs auf sie zu. Im Vertrauen, dass Virgil und Kesia auch ohne ihn die Sumpfsirene noch eine Weile aufhalten könnten, winkte er dem Flugwagen mit beiden Händen zu. Dann hoffte er, Löwenherz' Geste für ›Halt!‹ richtig nachzuahmen. Doch ob Anders sich nun richtig erinnerte oder nicht: Karl begriff. Der Wagen blieb in der Luft stehen, und dann öffneten sich die Türen.

Gleichzeitig sprangen die Baumkatzen wie eine einzige unaufhaltsame Welle von der Ladefläche des Fluglasters, Stephanie Harrington mitten unter ihnen. Sie trug einen Schutzanzug zur Brandbekämpfung, allerdings ohne den zugehörigen Schutzhelm, und sie rannte, dass ihre kurzen Locken flogen. Im Laufen riss sie die Vorderseite ihres Anzugs auf, griff in Richtung Schulter und zog eine gefährlich aussehende Handfeuerwaffe.

Mittlerweile war die Sumpfsirene das störende Bettzeug losgeworden: Halb hatte sie es abgeschüttelt, halb zerfetzt. Allerdings hatte der Lärm der eintreffenden Fahrzeuge sie abgelenkt. Da sie keinen langen Schildkrötenhals hatte, musste sie sich herumwälzen, um zu sehen, was hinter ihr vorging.

»Sehr steife Bewegungen«, meinte Dr. Calida leise – vermutlich, wie Anders erst jetzt begriff, fertigte sie eine Aufzeichnung an. »Könnte die Sumpfsirene unter der Außenhaut gepanzert sein? Veränderung der Wucherungen am Kopf: Die relativ dichten Knoten entfalten sich und enthüllen mehrfarbige Knäuel.«

»Nicht hier herüberkommen!«, brüllte Anders zum Ufer des Sumpfgebietes und Stephanie hinüber. »Dad hat gedacht, es wäre eine Wiese, und hat unseren Wagen hier gelandet, aber das ist ein Sumpf! Wir hier stehen auf einigermaßen festem Grund, aber ...«

Er hatte nicht die Kraft, ihnen über die Entfernung hinweg zu erklären, dass er befürchtete, allein schon ein Überflug des Wagens könnte das Inselchen versinken lassen.

»Okay!«, rief Stephanie zurück. »Was ist das für ein Vieh?«

»Ich weiß nur«, versuchte Anders die Frage zu beantworten, bevor Dr. Calida noch in den Zoologenmodus umschalten und sich einmischen könnte, »dass es uns für essbar hält und keinen Lärm mag. Ach ... und Zähne hat's reichlich.«

»Sehe ich.« Stephanie hielt die Feuerwaffe, in ihren kleinen Händen ein riesiges Ding, nun so, als wolle sie einen Schuss abgeben. »Ich würde es ja versuchen, aber ...«

Jetzt mischte sich Virgil ein. »Ich habe zwar gehört, du schießt gut, aber wenn es dir nichts ausmacht ... ich meine, wir stehen sozusagen in der Schusslinie! Wenn du doch danebenschießt oder das Vieh sich duckt oder so ...«

Stephanie nickte. »Ich weiß.«

Sie schien nach einem möglichen Schusswinkel Ausschau zu halten, von dem aus sie feuern könnte, ohne jemanden zu gefährden. Aber der Sumpf umschloss sie von allen Seiten. Stephanie würde sich recht weit entfernen müssen – und hätte dann vielleicht immer noch kein freies Schussfeld.

Während Anders mit Stephanie sprach, sickerte die Erkenntnis in seinen Verstand, wer sie begleitete. Karl natürlich, und auch Toby. Den Fluglaster hatte Chet gesteuert; nun rannte auch er herbei, Hand in Hand mit Christine. Jessica war ebenfalls mit von der Partie, aber sie war noch oben auf der Ladefläche – ganz dicht bei ihr eine einzelne Baumkatze.

Die anderen Baumkatzen hingegen – dank der Narben und der fehlenden Echthand erkannte Anders Löwenherz sofort – stellten sich währenddessen am Ufer des Sumpfgebiets auf. Es waren wirklich viele, vermutlich ein ganzer Clan.

Hinter sich hörte Anders, wie sein Vater in der Ausrüstung wühlte, offenkundig, wie Anders peinlich berührt feststellen musste, auf der Suche nach dem besten ihrer Aufzeichnungsgeräte.

Genau in der Mitte dieser Aufreihung von Baumkatzen kauerte eine beleibte, braun-weiße Baumkatze mit auffallend flauschigem Fell. Obwohl sie eher watschelte, als sich anmutig zu bewegen, strahlte sie doch immense Würde aus – eine Würde, die jedem Anwesenden verriet, es mit einer bedeutenden Persönlichkeit zu tun zu haben.

Ohne dass sich diese Anführerin durch Gesten oder Laute bemerkbar gemacht hätte, stimmten alle ausgewachsenen Baumkatzen und auch einige Junge absolut gleichzeitig einen lautstarken Gesang an.

›Gesang‹ war das falsche Wort: Es klang nach klassischem Katzengejaule, das Anders nicht nur in den Ohren schmerzte, sondern ihm durch Mark und Bein ging. Er musste den Mund öffnen, um den Druck aufs Trommelfell zu vermindern. Hinter ihm fiel nun auch die Baumkatze, die sie vor der Sumpfsirene gewarnt hatte und die immer noch schützend neben Dr. Nez kauerte, mit einer schrillen Tonfolge in den Chor ein.

Es war ein absichtsvoll gewähltes und damit echtes Chorstück, offensichtlich genau auf die Hörempfindlichkeit der Sumpfsirene zugeschnitten: Es sollte beim Zielobjekt maximale Schmerzwirkung entfalten.

Allzu gut fühlt sich das auch für mich nicht an, dachte Anders. *Und trotzdem kommt es mir im Augenblick vor wie die schönste Musik, die ich jemals gehört habe!* Denn er durfte beobachten, wie sich die Sumpfsirene zusammenkrümmte, zurückwich und dann untertauchte.

Die befriedigte Reaktion der Baumkatzen verriet den Menschen auf dem kleinen Hügel mitten im Sumpf ohne jeden Zweifel, dass die Sumpfsirene fort war.

»Das«, sagte Dr. Calida beinahe schon wehmütig, »dürfte der Sirene eine Portion Kopfschmerzen bereitet haben, die sich gewaschen hat.« Dann hellte sich ihre Miene sichtlich auf. »Aber ich habe wenigstens ein paar Aufzeichnungen. Was für bemerkenswerte Wesen!«

Beim letzten Satz lächelte sie die Baumkatze an, die – nur für den Fall, dass die Menschen es immer noch nicht begriffen hatten – sich nun geradewegs auf das Ufer des Sumpfgebiets zubewegte.

Mit schwerfälligen Bewegungen bückte sich Anders, um Langstons Trage anzuheben, da fiel ihm etwas ein.

»Stephanie, unsere Kontragravs haben keinen Saft mehr. Können wir sie an deine drahtlose Energieversorgung koppeln?«

»Na klar!«, lautete die willkommene Antwort. »Nur zu!«

Und so konnten Anders und Virgil Langston Nez in jeder Hinsicht erleichtert zum Ufer hinübertragen. Stephanie kam ihnen entgegen, um ihnen zu helfen.

»Wo liegt denn das Problem?«, fragte sie.

»Wir vermuten, dass er Schlamm in den Lungen hat, aber mittlerweile ist er zusätzlich auch noch dehydriert, und gegessen hat er auch nicht. Wir haben es zwar geschafft, ihm ein bisschen Wasser einzuflößen, aber seit fünf Tagen nichts Nährstoffhaltiges.«

Stephanie nickte. »Schiebt ihn auf die Ladefläche des Fluglasters – gleich neben Jessica und Ohnefurcht. Das Medikit, das Dad uns mitgegeben hat, ist ziemlich gut ausgestattet. Zumindest wegen Dehydration brauchen wir uns dann keine Sorgen mehr zu machen. Und wir steuern direkt Twin Forks an und schaffen ihn zu einem Arzt.«

Karl kam zu ihnen. »Ich hab schon angerufen. Onkel Scott macht Notdienst in Twin Forks – für den Fall, dass wegen der Waldbrände Verletzte hereinkommen. Er hat gesagt, wenn wir Dr. Nez zu ihm bringen, lässt er alles andere stehen und liegen.«

»Großartig …« Anders spürte, dass ihm Tränen in die Augen stiegen, und wandte sich rasch ab, damit Karl und Stephanie es nicht mitbekämen. Er sah, wie Dr. Calida Dacey dabei half, auf den Rücksitz von Karls Flugwagen zu klettern. Bei ihr stand Kesia; ihre so hilfreiche kleine Reisetasche hing an ihrem Arm. Die Linguistin hatte den Kopf in den Nacken gelegt und spähte angestrengt an einem Pfostenbaum empor, in dem die Baumkatzen hockten. Offenkundig war die Gefahr vorüber, und so saßen sie ruhig auf den Ästen und beobachteten ihrerseits mit Interesse die Geschehnisse am Rand des Sumpfgebiets.

»Wo ist denn Dad?«, fragte Anders, obwohl er es bereits wusste.

Dr. Whittaker stand allein mitten auf der Insel im Sumpf, umringt von den Kisten, in die er seine Artefakte verpackt hatte. Nun, nachdem die Krise vorbei war, schien er nicht einmal zu bemerken, dass zahlreiche echte, lebende Baumkatzen in unmittelbarer Nähe waren.

Als Dad sah, dass Anders zu ihm hinüberblickte, bellte er: »Was ist denn jetzt? Hilfst du mir nun oder nicht? Jetzt, wo wir wieder Kontragravs haben, kannst du dich ja kaum noch herausreden!«

Kurz blickte Anders zu Virgil hinüber, dann rief er: »Wir kommen schon!«

»Wir helfen euch«, sagte Chet und schloss damit offenkundig sämtliche ihrer Retter ein.

»Genau«, setzte Stephanie hinzu. Irgendetwas in ihren braunen Augen verriet Anders, dass sie sich zumindest ansatzweise vorstellen konnte, was er in den letzten Tagen durchgemacht hatte – und ihn deswegen bemitleidete.

15

Anderthalb Tage waren seit der Rettung der Baumkatzen und des Whittakerteams vergangen. Wie versprochen, hatten Stephanie und ihre Freunde zuerst Langston Nez zu Scott MacDallan gebracht und sich dann bei der Zentrale gemeldet. Die Waldbrände waren nach wie vor nicht gelöscht, hier lag die volle Aufmerksamkeit der Verantwortlichen; für anderes blieb also keine Zeit. Tatsächlich gab es bislang nur eines, dessen sich Stephanie leidlich sicher war: Niemand hatte die Absicht, Karl und sie aus dem Dienst beim SFD zu entlassen.

Nun hatten sich die an den vergangenen Ereignissen besonders Interessierten auf dem Besitz Harrington eingefunden, um weitere Details zu erfahren und sich auszusprechen.

»Langston Nez ist dehydriert und leidet an den Folgen von Mangelernährung«, hatte Scott MacDallan erklärt, nachdem er, Fisher, Irina und Karl sich zu all denjenigen gesellt hatten, die bereits im großen Wohnzimmer der Harringtons saßen. »Aber alle Fremdstoffe in seiner Lunge haben wir entfernen können. Die Hochleistungsimmunisierung vor seiner Ankunft auf Sphinx hat eine Lungenentzündung verhindert. Wenn er das wünscht, sollte er innerhalb der nächsten Woche wieder an seinen Schreibtisch zurückkehren können. Und zu leichten körperlichen Tätigkeiten wäre er in zwei Wochen wieder in der Lage.«

Erleichtert seufzte Stephanie. Irgendwie hätte sich die Rettung von Dr. Whitaker und dessen Mitarbeitern für sie deutlich unrühmlicher angefühlt, wenn Dr. Nez letztendlich doch nicht durchgekommen wäre. Wäre es bei dieser Exkursion zu einem Todesfall gekommen, hätte Dr. Whittaker wohl kaum weiterhin offiziell Berater der Krone sein können.

Sie blickte zu Dr. Hobbard hinüber, die Dr. Emberly, Dacey Emberly und – das Beste von allem! – Anders mitgebracht hatte. Auch die anderen Expeditionsteilnehmer waren eingeladen gewesen, doch Kesia und Virgil zogen es vor, die freie Zeit mit ihren Ehepartnern zu verbringen. Und Dr. Whittaker …

»Dr. Hobbard«, fragte Stephanie, »was wird denn nun mit Dr. Whittaker? Wissen Sie schon Neues?«

Die Wissenschaftlerin blickte sehr nachdenklich drein. »Kurz bevor ich aufgebrochen bin, hatte ich noch eine kurze Besprechung mit Chief Ranger Shelton. Wir alle sind hier in einer ziemlich unerfreulichen Lage.«

Beinahe schon entschuldigend blickte sie zu den beiden Emberlys und zu Anders hinüber. »Darf ich ganz offen sein?«

»Aber bitte«, entschied Anders, bevor die beiden Erwachsenen etwas sagen konnten. »Sie können unmöglich schlechter über meinen Dad denken als ich selbst.«

Fast jedes Expeditionsmitglied hatte Anders ausgiebig dafür gelobt, die ganze Zeit über einen klaren Kopf behalten zu haben, nachdem praktisch jeder andere mehr oder minder die Nerven verloren hatte. Kesia Guyen hatte sogar behauptet, ohne Dr. Nez und ihn hätten sie alle ihr unfreiwilliges Abenteuer nicht überlebt.

Für jemanden, der als Held gefeiert wurde, wirkte Anders aber erstaunlich unglücklich. Er blickte sogar dermaßen betreten drein, dass Stephanie sich zusammenreißen musste, um nicht zu ihm hinüberzugehen und ihn in den Arm zu nehmen.

Beinahe wäre sie rot geworden. Was, wenn Anders das falsch verstünde – oder noch schlimmer: Was, wenn er es *richtig* verstünde? Und was sollte sie tun, wenn er sich nicht von ihr umarmen lassen wollte?

Löwenherz hingegen hatte derlei Bedenken nicht. Er war

einfach neben dem jungen Mann auf den Sitz gesprungen und hatte ihm tröstend den Unterarm getätschelt. Stephanie wusste, dass Löwenherz ihm dabei auch beruhigend zuraunte. Anders entspannte sich sichtlich.

Ganz eindeutig: Das war ein neuerlicher Beweis für die Interaktion von Baumkatzen und Menschen, und Dr. Hobbard schien einen Augenblick lang versucht, sich Notizen zu machen, statt etwas zu erklären, riss sich aber zusammen und sprach nach einer kaum merklichen Pause weiter.

»Unser erster Gedanke war natürlich, Dr. Whittaker die umgehende Abreise nahezulegen. Allerdings wurde um sein Team und ihn auf Sphinx derart viel Aufhebens gemacht, dass wir dann zumindest hätten eine Presseerklärung abgeben müssen. Aber käme die Wahrheit ans Licht, würde das dem Ansehen des Forstdienstes und der Landing University schaden. Wir könnten natürlich versuchen, die wahren Gründe zu vertuschen, aber es sind einfach zu viele Personen beteiligt. Die Wahrscheinlichkeit ist hoch, dass die Wahrheit letztendlich doch noch ans Licht kommt.«

»Meines Erachtens«, meinte Dr. Emberly, »dürften die Expeditionsteilnehmer über die Sache Stillschweigen bewahren wollen. Ich weiß, dass Kesia schon mit John gesprochen hat: Er ist bereit, von rechtlichen Schritten abzusehen, die er ursprünglich angedroht hatte. Peony Rose und Virgil sind viel zu sehr auf Dr. Whittaker angewiesen, um es auf Ärger anzulegen. Mutter und ich … Na ja, wir haben's ja überstanden, und mir wurde die Entdeckung einer neuen Spezies zugestanden. Schon jetzt kommt mir das Ganze allmählich wie ein großes, wunderbares Abenteuer vor!«

Sie lächelte zufrieden. Die von ihr vorgeschlagene, inoffizielle Bezeichnung ›sphinxianische Sumpfsirene‹ wurde bereits bei den – bislang noch wenigen – Fachleuten ganz selbstverständlich verwendet. Stephanie erinnerte sich noch bestens daran, wie großartig es sich angefühlt hatte, als der von ihr geprägte Begriff ›Baumkatze‹ allgemein akzeptiert worden war, und verstand Calida Emberlys Lächeln daher nur zu gut.

»Es ist gut zu wissen, dass die Medien von Ihnen nicht allzu viel erfahren werden«, gab Hobbard zurück. »Aber was nun Dr. Whittaker betrifft ... Als ideal ist sein Verhalten zweifellos nicht zu bezeichnen. Aber er hat nichts getan, was auf Sphinx einheimischen Lebensformen geschadet hätte. Kurzzeitig wurde in Erwägung gezogen, ihn dennoch zur Abreise aufzufordern und Dr. Nez die Leitung zu übertragen, aber er besitzt nun einmal nicht Dr. Whittakers wissenschaftlichen Ruf. Deswegen wurde ein Kompromiss vorgeschlagen: Es wird Dr. Whittaker gestattet, weiterhin auf Sphinx tätig zu bleiben, aber nur, wenn sein Team und er sich bereit erklären, einen Peilsender mit sich zu führen, wann immer sie ihren Stützpunkt verlassen.«

»Ich glaube, damit könnte ich leben«, gab Dr. Emberly zurück und blickte fragend ihre Mutter an.

Dacey nickte. »Solange man mich nicht ortet, während ich zu Hause bin, soll's mir recht sein. Ach was, nach allem, was wir da durchgemacht haben, finde ich es ganz praktisch, dass man mich jederzeit wiederfinden kann!«

Anders nickte zustimmend. »Ich glaube, mir war vorher überhaupt nicht klar, wie groß so ein Planet eigentlich ist. Das habe ich erst begriffen, als wir gestrandet sind und ich mich fragte, wie lange es wohl dauern würde, uns zu finden – selbst bei intensivsten Suchanstrengungen.«

Hobbard nickte. »Gut, dass es dir klar geworden ist! Es steht zu hoffen, dass die anderen aus deinem Team das ebenso sehen. Dann sollten wir jetzt gemeinsam überlegen, wie man die Ereignisse der letzten Tage so darstellen kann, dass wir dabei der Wahrheit nahe genug kommen, um nicht früher oder später doch noch aufzufliegen. Stephanie, wie viele deiner Freunde wissen, dass sich Dr. Whittakers Team zum Zeitpunkt der Rettung am falschen Ort aufgehalten hat?«

»Nur Karl und ich«, antwortete sie. »Anders hat es uns später erzählt.«

»Gut. Derzeit hatten wir an folgende Tarngeschichte gedacht: Dr. Whittaker und seine Mitarbeiter hatten ursprünglich die offiziell verzeichneten Orte aufsuchen wollen, haben sich aber auf dem Weg dorthin dafür entschieden, zu Vergleichszwecken erst noch einige Aufnahmen in dem bereits bekannten, aufgegebenen Baumkatzenterritorium anzufertigen. Dabei ist der Flugwagen im Sumpf versunken ... und der Rest ist ja dann allgemein bekannt.«

»Das sollte funktionieren«, pflichtete Dr. Emberly der Xenoanthropologin bei. »Eigentlich kommt das der Wahrheit ja auch ziemlich nahe. Wenn man's genau nimmt, wurde dabei doch nur ausgelassen, dass Dr. Whittaker in Wahrheit deutlich mehr vorhatte, als nur ein paar Aufnahmen anzufertigen. Wenn Sie beiläufig einfließen lassen, dass er dämlich genug war, den Wagen mitten in einem Sumpf zu landen, und wir nicht einmal die richtigen Programme auf unseren UniLinks hatten ... na ja, dann machen wir uns zwar zum Gespött für die Allgemeinheit, aber wir wirken wenigstens nicht anmaßend und arrogant.«

»Was beides auf Dad zutrifft«, setzte Anders hinzu. Er wandte sich an Dr. Hobbard. »Ich meine, wie wollen Sie denn damit umgehen?«

»Nun«, antwortete Hobbard, »indem wir euer Team um einige Mitglieder ergänzen. Wegen all der Brandwachen, die nach wie vor notwendig sind, fehlt es dem Forstdienst immer noch an Mitarbeitern. Aber ich könnte mir vorstellen, dass ein paar Rangeranwärter durchaus Interesse daran haben könnten, zumindest bei den ersten Einsätzen auszuhelfen.«

Stephanie spürte, dass ihr dieses Mal doch das Blut ins Gesicht schoss – aber vor Begeisterung. Mehrere Tage mit Anders verbringen? Anthropologen dabei beobachten, wie sie fremde Kulturen studierten? Auf einen Campingausflug nach dem anderen gehen?

»Ich bin sofort dabei!«, sagte sie.

»Ich auch«, meinte Karl. »Aber das muss ich natürlich noch zu Hause besprechen.«

Stephanie blickte zu ihren Eltern hinüber. »Öhm ... ich natürlich auch.«

Doch der Gesichtsausdruck ihrer Eltern ließ sie vermuten, dass Dr. Hobbard bereits mit ihnen gesprochen hatte und sie der Idee nicht abgeneigt waren.

»Calida, ich wollte Sie noch etwas zu dieser Sumpfsirene fragen«, fuhr Hobbard dann fort. »Was meinen Sie, warum die Baumkatzen in der Nähe einer solchen Gefahr ihr Lager angelegt haben? Dass sie von deren Existenz wussten, ist ja offenkundig.«

»Nun ja«, erwiderte die Angesprochene, »vermutlich hatten sie keine große Wahl – nicht, wenn sie die Vorteile ausnutzen wollten, die das Sumpfland nun einmal mit sich bringt, und das sind ja nun einige: nährstoffreicher Boden, auf dem die verschiedensten essbaren Pflanzen gedeihen, ein guter Fischbestand, reichlich Jagdtiere. Daher vermute ich, dass sie reine Sumpfareale vermeiden, also alle Areale, wo die Sumpfsirene haust.«

»Dennoch erscheint mir das sehr gefährlich«, warf Marjorie Harrington ein. »Das könnte so mancher als Beleg ansehen, dass die Baumkatzen eben *doch nicht* intelligent sind.«

»Ach, an sich nicht«, widersprach Emberly. »Die Baumkatzen besitzen ja nun offenkundig Methoden zur Vertreibung der Sumpfsirene. Denken Sie doch nur daran, welche gefährlichen Gebiete Menschen zu allen Zeiten besiedelt haben! Auf Alterde gab es große, auch für den Menschen gefährliche Raubfische namens Haie. Trotzdem wurden sie teilweise mit Fleischabfällen gezielt angelockt. Und dann sind Neugierige, geschützt von leichten Metallkäfigen, in die Tiefe getaucht, um Bilder von den Räubern zu machen.«

»Ich verstehe, was Sie meinen«, sagte Marjorie. »Selbst in diesen aufgeklärten modernen Zeiten gibt es immer noch Leute, die darauf bestehen, mit Pfeil und Bogen auf die Jagd zu gehen – einfach nur um des Nervenkitzels willen.«

»Und denken wir doch nur an die Risiken, die wir als Kolonisten auf Sphinx eingehen, was Feuer betrifft«, musste Stephanie einfach noch hinzusetzen. »Selbst wenn der SFD unablässig Warnungen ausgibt, entstehen immer noch viel zu viele Brände einfach aufgrund von Nachlässigkeit.«

»Wie ist denn eigentlich die Lage bei den Waldbränden?«, erkundigte sich Scott MacDallan.

Karl wollte schon antworten, als ein Klopfen an der Tür ihn daran hinderte. Jessica und ihre Mutter Naomi traten ein, begleitet von Ohnefurcht, der mittlerweile wieder recht gesund aussah. Dass Jessica und er eine Bindung zueinander eingegangen waren, hatte unter anderem auch dafür gesorgt, dass Stephanie und ihre Freunde vom SFD nicht allzu heftig ihrer eigenmächtigen Entscheidung wegen, den Baumkatzen zu helfen, kritisiert worden waren. Es war offenkundig, dass zumindest die Baumkatzen diese Entscheidung ganz und gar billigten.

Mehr noch: Dr. Emberly und Dr. Whittaker hatten Holo-Aufzeichnungen von den Baumkatzen angefertigt, als sie den im Sumpfland gestrandeten Menschen zu Hilfe gekommen waren und wie sie sich der Sumpfsirene entgegengestellt hatten. Diese Aufzeichnungen belegten deutlich, dass die Baumkatzen als

Gemeinschaft bereit waren, Menschen zu helfen. Das war grundsätzlich zu unterscheiden von dem Verhalten einzelner Baumkatzen wie Fisher oder Löwenherz, die sich ja auch als isolierte Exzentriker abtun ließen. Die Berichte über die jüngsten Ereignisse wirkten sich bereits auf die allgemeine Meinung zum Thema Baumkatzen aus. Wirklich Hartgesottene billigten Baumkatzen immer noch keine echte Intelligenz zu – schließlich hatten auf Alterde Berichte von der Rettung Schiffbrüchiger durch Delfine auch nicht dazu geführt, dass Fischereibetriebe auf Fangtechniken verzichteten, die möglicherweise (oder auch unbestritten) nachteilige Konsequenzen für Delfine nach sich zogen. Doch im Großen und Ganzen wurde die allgemeine Einstellung den kleinen, pelzigen Ureinwohnern von Sphinx gegenüber deutlich positiver.

Nachdem sich alle begrüßt hatten, sprudelten Jessica und ihre Mutter gleich die guten Neuigkeit heraus, die sie auf dem Weg gehört hatten.

»Jetzt ist es offiziell: Beide Feuer sind unter Kontrolle«, verkündete Jessica. »Hier und da gibt es zwar noch einzelne Brandherde, aber wenn jetzt nicht noch etwas Unerwartetes passiert, ist die Gefahr vorbei. Keine Siedlung und auch kein einziger Hof ist verloren, und der Sachschaden wurde als geringfügig eingestuft.«

Als der allgemeine Jubel wieder abgeebbt war, meinte Stephanie traurig: »Na ja, Schaden ist schon entstanden – und zwar richtig viel! Schließlich haben viele Tiere ihre Behausungen verloren.«

Sie musste daran denken, wie sie zu ihrem Vater gegangen waren, nachdem sie Dr. Nez bei Scott abgeliefert hatten. Richard Harrington war damit beschäftigt gewesen, sich um aus der Gefahrenzone gerettete Tiere zu kümmern, und sollte eigentlich einen Blick auf Ohnefurchts Wunden werfen. Jessica hatte darauf beharrt, ihre eigene Verletzung – Stephanie hatte ihren angeschwollenen Knöchel nur notdürftig verbunden – könne warten.

Während Scott sich in der für Menschen eingerichteten Notaufnahme sofort um Dr. Nez kümmern konnte, sah die Situation in der Tierklinik anders aus. Manche Tiere hatten Brandwunden davongetragen oder waren am Rauch fast erstickt; andere hatten sich in ihrer Panik selbst verletzt, und sie alle warteten auf Behandlung – in Tragekörben, Kisten und Käfigen. Besonders große Tiere standen in Käfigen draußen auf Transportanhängern. Die oberflächlichen Verbrennungen, die Ohnefurcht davongetragen hatte, hatte Dr. Richard für nicht bedrohlich gehalten, aber versprochen, er werde sich darum kümmern, sobald er Zeit für weniger schwere Fälle habe.

Neben der Klinik hatte Trudy Franchitti gesessen und geduldig gewartet. Rings um sie herum standen auf dem Boden kleinere und größere Transportbehälter für Kleintiere. Auf ihrem Schoß lag ein Fastotter so schlaff, als wäre er tot. Trudy hielt ihm eine Sauerstoffmaske vor die Schnauze. Stephanies erster Impuls war Abscheu Trudy gegenüber, weil sie so viele Tiere in Gefangenschaft hielt. Doch dann hatte sie einige Worte von Trudys Vater aufgeschnappt, der seine Tochter böse anfunkelte.

»... und du hast es trotzdem gemacht, obwohl ich gesagt habe, du sollst es lassen! Du hättest verletzt werden können!«

Trotzig hatte Trudy ihr Kinn vorgeschoben. Statt nur die Käfige zu sehen, registrierte Stephanie erst jetzt, wie rußverschmiert ihre Erzrivalin war. Ein paar kleinere Brandwunden hatte sie auch.

Trudy schrie zwar nicht, aber sie hob merklich die Stimme, als sie ihrem Vater antwortete. Stephanie verstand jedes Wort.

»Ich *bin* aber nicht verletzt worden! Ich konnte sie doch nicht einfach zurücklassen – da wären sie bei lebendigem Leib verbrannt oder erstickt! Trotzdem habe ich jetzt genug und will sie am liebsten alle loswerden – aber erst, wenn mir der Tierarzt versichert, dass man sie gefahrlos wieder ins Freie entlassen kann.«

»Na«, versetzte Mr. Franchitti und machte auf dem Absatz kehrt, »den kannst du dann aber von deinem Taschengeld bezahlen!«

Vielleicht war also Trudy gar nicht so schlimm wie immer gedacht. Vielleicht.

Während sie warteten, dass Dad sich Ohnefurcht anschaute, hatten Stephanie und ihre Freunde geholfen, wo sie nur konnten. Keiner von ihnen hatte Ahnung von Tiermedizin, aber helfende Hände, die Trinkwasser und Salben anreichten, wurden immer gebraucht. Irgendwann während sie Seite an Seite mit ihren Eltern gearbeitet und wie sie ihr Bestes gegeben hatte, war bei Stephanie die Erkenntnis gereift, beide wären zumindest nicht übermäßig sauer darüber, dass sie ein solches Risiko eingegangen war.

Genau darüber dachte Stephanie jetzt noch einmal nach, als sich die kleine Gesellschaft auf Besitz Harrington allmählich auflöste. Anders und sie blieben einige Schritte hinter der Gruppe, die schon auf Dr. Hobbards Wagen zuging.

»Du könntest hierbleiben«, schlug Stephanie vor. »Karl und Jessica bleiben doch auch. Und ich könnte dich dann morgen früh zurückbringen.«

Betrübt schüttelte Anders den Kopf. »Jetzt, wo der Stress vorbei ist, geht es Dad zwar besser, aber allzu lange möchte ich ihn nicht allein lassen. Du weißt ja nicht, wie ... Da draußen ist er mir richtig unheimlich geworden. Ich weiß immer noch nicht, was ich schreiben soll, damit Mom die Wahrheit erfährt. Sie muss wirklich alles wissen, nicht nur seine Sicht der Dinge … und auch nicht bloß die offizielle Version der Ereignisse.«

Stephanie nickte, dachte kurz über Risiken an sich nach … und stellte sie sich auf die Zehenspitzen – Anders war wirklich sehr groß – und küsste ihn. Zwar nur auf die Wange, aber es war ein Kuss, ein ganz echter. Es war das erste Mal, dass Stephanie jemanden küsste, der nicht zur engsten Familie gehörte.

Einen Moment lang schien Anders nichts als überrascht, dann lächelte er. Der Schatten, der seit seiner Rettung unablässig auf seinem Gesicht gelegen hatte, verschwand.

»Danke, Steph.« Er drückte ihr die Hand. »Weißt du, als wir da draußen waren … nachdem der Wagen versunken ist … da hätte ich mich am liebsten zusammengerollt und die Erwachsenen machen lassen. Immerhin haben sie das Ganze ja verbockt, weil keiner von ihnen gegen Dad aufgemuckt hat. Aber dann musste ich an dich denken – wie du Risiken eingegangen bist, für Löwenherz und überhaupt. Du hast dich nicht darum geschert, wer woran schuld ist oder warum. Du hast einfach gemacht, was richtig ist. Das hat mich wieder einmal daran erinnert, dass manchmal eben doch auch ein Einzelner einen Unterschied machen kann.«

Es war Stephanie zwar peinlich, derart gelobt zu werden, aber zugleich machte es sie auch richtig glücklich. »Das freut mich. Nach allem, was man so hört, hast du ja die ganze Truppe zusammengehalten und letztendlich die Lage gerettet.«

»Ach, das ist übertrieben! Wenn Langston nicht die Ausrüstung in Sicherheit gebracht hätte …« Anders beendete den Satz nicht und drückte ihr erneut die Hand. Es war Stephanie nicht entgangen, dass er sie die ganze Zeit über nicht losgelassen hatte. »Ich freue mich darauf, dich bald öfter zu sehen.«

Er hielt inne, und Stephanie wartete auf das unausweichliche ›und Karl auch‹. Stattdessen grinste er. »Viel öfter.«

Kurz drückte er sie an sich – es war beinahe schon eine Umarmung. Beinahe. Dann drehte er sich um und rannte mit dem für ihn so typischen Elan auf Dr. Hobbards Flugwagen zu.

Während Stephanie zum Haus zurückkehrte, wollte sie einen Blick auf das Display ihres Kontragravs werfen. Allerdings, wie so häufig, wenn sie daheim war, musste sie feststellen, dass sie das Gerät gar nicht bei sich hatte. Wie sonderbar. Aus unerfindlichen Gründen glaubte sie, geradezu zu schweben.

Klettert-flink kauerte auf einem der höchsten Äste seines Lieblingsgoldblatts. Schon vor geraumer Zeit waren die Zwei-Beine nach Hause geflogen oder hatten sich schlafen gelegt, doch Klettert-flink hatte ebenfalls Besuch. Ihre Anreise hatte lange gedauert, denn sie besaßen keine Fahrzeuge, die Entfernungen fraßen. Aber nun waren sie da.

Rechtsgestreift und Linksgestreift waren zusammen mit Deutliche-Bilder eingetroffen, der Sagen-Künderin des Clans vom Wassergrund. Kurz darauf hatten sich auch Zweigweber und Steinspitzer dazugesellt; die beiden hatten Singt-wahrhaftig begleitet. Seit jenem Tag, an dem sie den Clan vom Hellen Wasser dazu gebracht hatte, Klettert-flink und Todesrachen-Verderb zu retten, hatte Singt-wahrhaftig jeden Tag aufs Neue die Regel in Frage gestellt, alle Weibchen – und ganz besonders die hochgeachteten Sagen-Künderinnen – müssten immer dort bleiben, wo der Clan für ihre Sicherheit sorgen könnte.

Deutliche-Bilders Anwesenheit bei dieser Zusammenkunft verriet, dass Singt-wahrhaftigs Beispiel andere Weibchen inspirierte.

Schon während der vergangenen Tage hatten sich unter den Leuten Bilder der jüngsten Geschehnisse verbreitet. Mehrere

Clans, deren Lager sich in der Nähe der großen Brände befanden, versuchten bereits herauszufinden, ob die Feuer tatsächlich natürlichen Ursprungs gewesen waren, ob sie wirklich von Blitzeinschlägen in Goldblättern herrührten.

Alle sind sich einig, sagte Deutliche-Bilder, *dass die Zwei-Beine hart gearbeitet haben, um die Feuer aufzuhalten – und das auch schon, bevor die Winde gedreht haben und die Flammen einige ihrer Nester bedrohten. Dies – und auch, dass Todesrachen-Verderb und ihre junge Schar uns zu Hilfe gekommen sind – zeigt deutlich, dass die Zwei-Beine nicht allesamt so gefährlich sind, wie wir wegen des Schicksals des Clans der Wanderer im Mondlicht oder der Taten von Spricht-unaufrichtig geglaubt haben.*

Ja, bestätigte Steinspitzer. Er gehörte zu den Ältesten des Clans vom Hellen Wasser, war aber längst nicht so konservativ wie beispielsweise Gebrochener-Zahn, der nach wie vor den Tag beklagte, an dem Klettert-flink zum ersten Mal von Todesrachen-Verderb gesehen wurde. Auch Steinspitzer war sich immer noch nicht sicher, ob dieses junge Zwei-Bein und noch einige wenige andere vielleicht nur Ausnahmen in einer an sich durch und durch verkommenen Spezies waren. *Aber die Leute haben schon so manchen Waldbrand überstanden. Du sagst doch selbst, dass das Eintreffen der Zwei-Beine in ihren Flugdingern zu einer Panik geführt hat, die eure Flucht verzögerte.*

In scharfem Ton antwortete Deutliche-Bilder: *Wahrscheinlich hätten wir es ohnehin nicht mehr geschafft. Zumindest die Älteren und die Jüngsten – und so mollige Anführerinnen wie ich – hätten vermutlich nicht schnell genug rennen können, um dem Feuer noch zu entrinnen, nachdem die Grünnadel erst einmal über den Fluss gestürzt war. Ich bin froh, dass Klettert-flink unsere Not gehört und Helfer geholt hat, auch wenn es sonderbare Helfer waren.*

Es schloss sich ein Streitgespräch an, ob sich der Clan vom Wassergrund ein neues Lager suchen sollte, bis ihre Lieblingsjagdgründe in der Nähe des Sumpflandes sich wieder ein wenig erholt hätten. Der Netzholzhain, den sie für diese Zwecke ausgesucht hatten, war so weit abgebrannt, dass an eine Nutzung zumindest mehrere Spannen lang nicht zu denken war. Entsprechend wurden einige andere Gebiete mit reichlich Wasservorkommen genannt, die allesamt derzeit ungenutzt waren.

Der Meinungsaustausch zog sich lange hin: Erst wurde dieser Punkt abgewägt, dann jenem Grund gegenübergestellt und so weiter. Klettert-flink beteiligte sich daran, doch er achtete sorgsam darauf, seinen Standpunkt nicht übermäßig in den Vordergrund zu stellen. Seine Meinung galt vielen als entschieden zu radikal und allein schon deswegen verdächtig. Schließlich hatte er sich ja auch an ein Zwei-Bein gebunden! Aber auch wenn die Leute nicht bereit waren, bei wichtigen Dingen rasch die Meinung zu ändern, waren sie doch nicht so töricht, eine Flut selbst dann noch zu leugnen, wenn ihre Pfoten bereits nass waren.

Oder ein Feuer, dachte Klettert-flink belustigt, *wenn das Fell erst einmal angesengt ist.*

Trotzdem hatte er den Eindruck, dass die anderen immer noch nicht begriffen, was die Anwesenheit der Zwei-Beine für die Leute bedeutete.

Selbst heute noch, nachdem sie schon einige Gebiete als ungeeignet für ein neues Revier ansehen, weil sie den Nestern der Zwei-Beine zu nahe wären, scheinen sie nicht zu verstehen, dass unsere Welt ein wenig kleiner geworden ist. Denn wir müssen sie nun nicht nur mit unseresgleichen teilen, sondern auch mit Fremden.

Dann spähte Klettert-flink zwischen dem Laub hindurch zu den Sternen hinauf. Er dachte an die Dinge, die er gesehen hatte, und wie die Zwei-Beine anscheinend aus einer Welt jenseits des Himmels gekommen waren.

Aber vielleicht ist diese Welt in Wahrheit ja gar nicht kleiner geworden. Vielleicht ist meine eigene *Welt inzwischen einfach nur viel, viel größer.*

Glossar

Alterde – dritter Planet des Sol-Systems; Heimatwelt der Menschheit.

Ante Diaspora – die Zeit vor der Diaspora (*siehe* dort); abgekürzt A. D.; dabei wird in T-Jahren rückwärts gezählt, ausgehend vom Jahr 2103 christlicher Zeitrechnung, dem ersten Jahr der Diaspora. Damit ist beispielsweise das Jahr 2102 n. Chr. das T-Jahr 1 A. D.

Bänderlaub – Baumkatzenbezeichnung für die Spitzenweide.

Baumkatzen – einheimische vernunftbegabte Spezies des Planeten Sphinx. Sechsgliedrige, telempathische, auf Bäumen lebende Jäger mit einer Rumpflänge zwischen anderthalb bis zwei Metern (einschließlich Greifschwanz).

Baumkatzennamen – da Baumkatzen sich untereinander telempathisch verständigen, beschreiben die Namen der einzelnen Individuen charakteristische physische oder psychische Eigenschaften (z. B. Klettert-flink) oder charakterliche (Singt-wahrhaftig). Die Übertragungen in abstrakt-verbale Sprache (von den Baumkatzen als Mund-Laute bezeichnet) sind allerdings sehr unzureichend, da zahlreiche nonverbale Facetten verloren gehen. Auch ausgewählten Menschen geben Baumkatzen entsprechende Baumkatzennamen, die das Geistesleuchten der jeweiligen Person möglichst treffend beschreiben; als Beispiel seien Todesrachen-Verderb (für Stephanie Harrington) und Licht-im-Schatten (für Karl Zivonik) genannt. Selbstverständlich wissen die Menschen davon nichts.

Besitz Harrington – Anwesen der Freisassenfamilie Harrington auf Sphinx.

Bodenhuscher – Baumkatzenbezeichnung für kleine Beutetiere, die nicht in Bäumen leben.

Borkenkauer – Baumkatzenbezeichnung für Waldratten.

Chipmunk, sphinxianisches – auf Sphinx heimisches, sechsbeiniges Beuteltier; lebt in Höhlen und ist im Durchschnitt etwa so groß wie ein Chihuahua von Alterde. Chipmunks können sich durch praktisch jedes beliebige Material graben.

Dammbauer – Baumkatzenbezeichnung für Fastbiber.

Diaspora – Auszug der Menschheit von ihrem Heimatplaneten; der Aufbruch des ersten interstellaren Kolonistenschiffs im Jahre 2103 n. Chr. gilt als Zeitenwende und definiert dieses Jahr als Jahr 1 Post Diaspora (P. D.). Zur Einordnung: Stephanie Harrington wurde im Jahr 1507 P. D. geboren. (Eingehend dargestellt wird die Diaspora in: ›Das Universum Honor Harringtons‹ in: David Weber et al., *Die Siedler von Sphinx*, Lübbe-Taschenbuch 23 235.)

Doppelsternsystem von Manticore – Heimatsystem des Sternenkönigreichs von Manticore; besteht aus Manticore A (dem G0-Hauptstern des Systems) und Manticore B (dessen G2-Begleiter) sowie den Planeten Sphinx und Gryphon.

Eiltherapie (auch: **Schnellheilung**) – Sammelbegriff für verschiedene Behandlungsmethoden, die Heilungs- und Erholungsvorgänge vorantreiben. Generell lassen sich Genesungsprozesse damit auf das Vierfache beschleunigen; allerdings sind derartige Therapien bei Knochenbrüchen nur halb so effizient.

Eiskartoffel – für Menschen essbares sphinxianisches Knollengewächs, etwa doppelt so groß wie die terranische Kartoffel. Die Sprossknollen dieser winterwachsenden Pflanzenart schmecken allerdings deutlich nussiger.

Fastbiber – sphinxianisches Säugetier mit einer Rumpflänge von etwa fünfzig Zentimetern und sechs Gliedmaßen. Obwohl die Kolonisten die Spezies als Fast*biber* bezeichnet haben, besitzt das Tier deutlich mehr Ähnlichkeit mit einem Otter. Doch im Gegensatz zum terranischen Otter ist der Fastbiber ein eifriger Dammbauer. Verschiedene Unterarten dieser Spezies sind in praktisch sämtlichen Klimazonen von Sphinx heimisch, von den hocharktischen Regionen einmal abgesehen.

Fastkiefer – immergrüne Baumart mit harten und behaarten Schoten, die Zapfen ähneln, und rauer, tief zerfurchter Borke. Der Samen ist etwa erdnussgroß; er besitzt ein stark nussiges Aroma. Durch Pressen lässt sich aus den Samen Öl gewinnen. Ausgewachsene Fastkiefern werden durchschnittlich sechzig Meter hoch, das größte bislang bekannte Exemplar erreicht eine Höhe von sechsundsiebzig Metern. Nach den Kroneneichen sind die Fastkiefern die höchsten auf Sphinx heimischen Bäume. Bei ausgewachsenen Vertretern dieser Spezies ist das untere Drittel des Stammes astfrei. Baumkatzen nennen diese Baumart Grünnadel.

Fastlattich – auf Sphinx heimische Pflanzenart, die terranischen Gartenlatticharten ähnelt, insbesondere dem Kopfsalat.

Allerdings sind die Blattspreiten (Blattspreite = Teil des Oberblatts) vielfach durchbrochen und ähneln fein verwebten Streifen (*siehe* hier die Baumkatzenbezeichnung für diese Pflanze: Streifenblatt). Fastlattich ist für Menschen essbar und erfreut sich als Rohkost beachtlicher Beliebtheit; geschmacklich liegt er zwischen Kopfsalat und Frühlingszwiebeln.

Fastotter – sphinxianisches Säugetier, annähernd so groß wie eine Baumkatze. Auf den ersten Blick leicht mit dem sphinxianischen Fastbiber zu verwechseln, besitzen Fastotter Fleischfresserzähne ohne die charakteristischen Schneidezähne, die Fastbiber bei der Holzbearbeitung nutzen, was zur Namensgebung letztgenannter Tierart maßgeblich beigetragen hat. Fastotter bauen auch nicht wie Fastbiber Dämme, sind aber schnelle und bemerkenswert kräftige Schwimmer und geschickte Jäger.

Felsenbaum – sphinxianischer Laubbaum, so bezeichnet wegen der extremen Härte und Dichte des Holzes. Ein ausgewachsener Felsenbaum wird etwa dreizehn Meter hoch. Die leuchtend grünen Blätter sind lang und schwertförmig; im Herbst verfärben sie sich purpurn. Besonders auffällig an dieser Pflanzenart ist die völlig gerade Form der Stämme. Die häufigste Variante ist der Braune Felsenbaum, der diesen Namen seiner hellbraunen, recht rauen Rinde verdankt. Beinahe ebenso häufig findet sich der Gelbe Felsenbaum, wobei hier die goldgelbe Farbe des Schnittholzes Grund für die Namensgebung war. Verschiedene Arten der Felsenbäume finden sich in nahezu sämtlichen Klimazonen von Sphinx, ausgenommen Bergregionen.

Freisassen – *siehe* Kolonisierung von Manticore.

Geistesleuchten – Konzept der Baumkatzen für empathische Fähigkeiten und emotionale Aura; für Menschen nur schwer nachvollziehbar, für Baumkatzen ebenso selbstverständlich wie Geruch oder Aussehen. Bei den meisten Menschen ist das Geistesleuchten zwar sehr ausgeprägt, aber in sonderbarer Weise inaktiv, als würden die betreffenden Personen schlafwandeln.

Geistesstimme – Bezeichnung sphinxianischer Baumkatzen für ihre Form telepathischer und telempathischer Kommunikation; nicht mit dem Geistesleuchten zu verwechseln.

Gipfelbär – Allesfresser, vor allem in bergigen Regionen heimisch. Die Schulterhöhe beträgt gut einen Meter, die Körperlänge dieser Tiere mit drei Gliederpaaren kann zweieinhalb Meter überschreiten; ein Körpergewicht von fünfhundertfünfzig Kilogramm ist nicht ungewöhnlich. Gipfelbären zeigen kein ganz so ausgeprägtes Revierverhalten wie Hexapumas und sind auch nicht ausschließlich Fleischfresser, dennoch ist ihr Jagdtrieb beachtlich. Allgemein gelten Gipfelbären als die zweitgefährlichste Landtierart von Sphinx.

Goldblatt – Baumkatzenbezeichnung für die Kroneneiche.

Gravo – *siehe* Kps^2.

Grünnadel – Baumkatzenbezeichnung für die Fastkiefer.

Hexapuma – sechsbeiniges Raubtier, auf Sphinx heimisch. Hexapumas sind für ihre Körpermasse bemerkenswert schnell und zeigen ausgeprägtes Revierverhalten. Man unterscheidet verschiedene Unterarten dieser Spezies, die sich, abhängig von Jahreszeit und heimatlicher Klimazone, vor allem in der Fellzeichnung unterscheiden. Die größten Vertreter finden sich in den gemäßigten Zonen von Sphinx; ausgewachsene Exemplare können dort bis zu fünf Meter Gesamtlänge (einschließlich Schwanz) und ein Gewicht von annähernd achthundert Kilogramm erreichen – mehr als die meisten terranischen Pferde.

Höhlenhuscher – Baumkatzenbezeichnung für das sphinxianische Chipmunk.

Knollenstängel – Baumkatzenbezeichnung für Sellerie.

Kolonisierung von Manticore – historischer Hintergrund: 774 P. D. erwarb die Colony Ltd. die Rechte am Manticore-System. Kolonisten der Ersten Welle konnten, entsprechende finanzielle Mittel vorausgesetzt, nicht nur ihre Passage dorthin bezahlen, sondern Anteilseigner werden und somit Landstriche und/oder Schürfrechte auf den Planeten des Systems erwerben. Die Verfassung macht diese **Anteilseigner** zu Mitgliedern des Erbadels. Ein Großteil des Landes blieb jedoch vorerst unbeansprucht. (Spätere Kolonisten, die ebenfalls ihre Passage bezahlt hatten, erhielten bei ihrer Ankunft den Gegenwert der Kosten in Landbesitz und konnten zusätzliches Land erwerben. Viele dieser sogenannten **Zweiten Anteilseigner** stiegen zu Earls oder Herzögen auf.) Wer seine Passage nicht voll, sondern nur teilweise bezahlen konnte, erhielt bei der Ankunft Landanteile entsprechend der Teilzahlung, wurde jedoch nicht in den Adelsstand erhoben. Kolonisten dieser Gruppe werden als **Freisassen** des Königreichs bezeichnet. Den Hauptteil der Neuankömmlinge jedoch stellten sogenannte **Überschusslose**: Personen, die ihre Passage nicht bezahlen konnten und in vielen Fällen bei ihrer Ankunft auf Manticore ihre gesamte Habe am Leib trugen.

Kondoreule – nachtaktives, flugfähiges Raubtier, auf dem Planeten Sphinx heimisch. Der Körper einer ausgewachsenen Kondoreule misst bei einem Gesamtgewicht von fünfeinhalb bis sechseinhalb Kilo im Durchschnitt anderthalb Meter, die Flügelspannweite kann drei Meter überschreiten. Trotz des Namens, den die Siedler auf Sphinx dieser Tierart gegeben haben, handelt es sich bei der Kondoreule um ein Säugetier, dessen Haut von Flaum bedeckt ist, nicht von Federn. Kondoreulen haben ausgezeichnete Augen und können sogar ausgewachsene Baumkatzen schlagen (falls diese sich überraschen lassen). Es wurde schon von Kondoreulen berichtet, die sich auf noch größere Beutetiere spezialisiert haben; aus diesem Grund werden Kondoreulen sogar für den Menschen als gefährlich angesehen. Im Gegensatz zu den sphinxianischen ›Vögeln‹ besitzt die Kondoreule nur ein einziges Paar Flügel, dafür aber zwei kräftige Beinpaare, die jeweils mit scharfen Krallen bewehrt sind.

Kps^2, Kps Quadrat – Kilometer pro Sekundenquadrat: Einheit der Beschleunigung (= zeitliche Änderung der Geschwindigkeit). Die normale Erdbeschleunigung (1 *g* = 1 **Gravo**) beträgt 9,81 Mps^2 (Meter pro Sekundenquadrat).

Kroneneiche – Hartholz-Laubbaum mit bemerkenswerter Ähnlichkeit zu riesenhaften Eichen, aber mit größeren, pfeilförmigen Blättern. Im Verlauf eines planetaren Jahres verlieren diese Bäume ihr Laub zweimal: kurz nach Frühlingsende und dann noch einmal zum Ende der Herbstzeit. Das Sommer/Herbst-Laub verfärbt sich leuchtend rot-golden, ähnlich wie terranischer Ahorn, daher auch die entsprechende Baumkatzenbezeichnung für diese Spezies: Goldblatt. Das Frühjahr/Sommer-Laub verfärbt sich vor dem Laubfall nicht. Ausgewachsene

Kroneneichen werden im Durchschnitt achtzig Meter hoch; es wurden allerdings auch Exemplare von über hundert Metern Höhe gefunden.

Leute, die – Eigenbezeichnung der Baumkatzen.

Mandarapfel – auf Sphinx heimische Frucht von süßlich herbem Geschmack; der Name stammt daher, dass diese Frucht auf den ersten Blick einem hellgrünen, übergroßen terranischen Apfel gleicht, dessen dicke Schale sich ähnlich leicht abziehen lässt wie bei einer terranischen Mandarine.

Manticore – dritter Planet von Manticore A, dem G0-Hauptstern des Doppelsternsystems von Manticore. Der Planet Manticore ist der sternnähere bewohnbare Planet von Manticore A (der Bahnradius beträgt 11,4 Lichtminuten) und die Hauptwelt des Königreichs von Manticore. Auf Manticore entspricht die Schwerkraft mit 1,01 Gravos fast genau der von Alterde.

Mund-Laute – Baumkatzenbezeichnung für verbale Sprache der Menschen, die sie Zwei-Beine nennen.

Netzholz – Baumkatzenbezeichnung für Pfostenbäume.

Pfostenbaum – Laubbaumart, die sich über Sprossausläufer ihrer untersten Äste vermehrt. Jeder Ausläufer entwickelt sich zu einem eigenständigen Stamm, der seinerseits als Vermehrungsknoten fungiert. Auf diese Weise ergeben sich gewaltige Netzwerke über Zweige und Ausläufer miteinander verbundener Gewächse, die streng genommen alle eine einzige, gewaltig große Pflanze darstellen. Sämtliche Stämme wachsen bemerkenswert gerade, die dunkelgraue oder sogar schwarze Rinde der Pfostenbäume ist sehr rau. Die langen, vierfingrigen Blätter dieser Baumart verfärben sich vor dem Laubfall tiefrot. Im Durchschnitt erreichen Pfostenbäume eine Höhe von fünfunddreißig bis fünfundvierzig Metern.

Post Diaspora – Zählung der Jahre seit Beginn der Diaspora; wird P. D. abgekürzt. Das Jahr 2103 christlicher Zeitrechnung gilt als Jahr 1 der Diaspora. Damit gilt: 2103 n. Chr. = 1 P. D.

Purpurhorn – Baumkatzenbezeichnung für eine wuchernde, stachelbewehrte Buschart, die fast undurchdringlich und kaum auszurotten ist. Diese Pflanze trägt kleine Beeren von sehr bitterem Geschmack, die allerdings trotzdem unerlässlicher Bestandteil der Ernährung von Baumkatzen sind, denn nur auf diese Weise können die 'Katzen einige Spurenelemente aufnehmen, die für die vollständige Entwicklung ihrer telempathischen Fähigkeiten unerlässlich sind.

Sagen-Künderin – stets weibliche sphinxianische Baumkatze mit von Natur aus extrem ausgeprägtem Geistesleuchten einer ebensolchen Geistesstimme. Sie bewahrt die Geschichte und das Wissen der 'Katzen. Eine Sagen-Künderin ist zugleich eine Clanälteste, unabhängig von ihrem biologischen Alter. Sagen-Künderinnen können eine derart tiefe geistige Bindung mit jeder anderen 'Katz eingehen, dass sie deren Erfahrungen praktisch selbst durchleben. Weiterhin können Sagen-Künderinnen ihr Wissen präzise und in allen Einzelheiten wiedergeben und es so mit anderen 'Katzen teilen – oder an andere Sagen-Künderinnen weiterreichen.

Schneejäger – Baumkatzenbezeichnung für Gipfelbären.

Schnellheilung – *siehe* Eiltherapie.

Sphinx – Manticore A-IV; der vierte Planet von Manticore A, dem G0-Hauptstern des Doppelsternsystems von Manticore. Der Planet Sphinx ist der sternfernere der beiden bewohnbaren Planeten von Manticore A (der Bahnradius beträgt 21,15 Lichtminuten); die Schwerkraft auf Sphinx beträgt das 1,35-fache des Alterde-Standards.

Sphinxianischer Forstdienst – planetenweit tätiger Verband, dessen Aufgabe es ist, die Tier- und Pflanzenwelt ebenso zu beschützen wie die natürlichen Rohstoffe. Weiterhin erkundet der SFD bislang unerforschte Gebiete, sorgt für den Umweltschutz und fungiert in Naturschutzgebieten als Gesetzeshüter. Dabei ist der SFD der planetaren Regierung unterstellt, nicht der Krone. Der Forstdienst besteht aus einem sehr kleinen Stamm hauptberuflicher Ranger, die durch eine deutlich größere Anzahl in Teilzeit tätiger Freiwilliger unterstützt werden.

Spitzenweide – weidenähnliche Baumart, die vor allem in der Nähe von Wasserläufen oder in Sumpfgebieten wächst. Die gedrungene Spitzenweide erinnert häufig eher an Büsche als an Bäume; ihre Blätter sind auffallend lang, beinahe schon bandförmig, und weisen bemerkenswerte Lochmuster auf, die an geklöppelte Spitze erinnern und der Pflanze ihre Namen gegeben haben. In diesen Blattöffnungen verfangen sich Insekten, die der fleischfressenden Pflanze als zusätzliche Nahrungsquelle dienen.

Stacheldorn – Blütenstrauch mit dunkelgrünen, spatelförmigen Blättern; besetzt auf Sphinx in etwa die gleiche ökologische Nische wie auf Alterde Azalee oder Lorbeer; wird bis zu dreieinhalb Meter hoch. Die äußerst spitzen Dornen des Strauchs können bis zu zehn Zentimeter lang werden. Die Blüten, die fast jede nur erdenkliche Farbe annehmen, erinnern in ihrer Form an terranische Tulpen; von Alterde importierte Honigbienen produzieren aus den Pollen dieser Pflanzen wohlschmeckenden Honig.

Sternenkönigreich von Manticore – Sternnation, die aus den drei bewohnbaren Planeten des Doppelsternsystems von Manticore besteht: In Umlaufbahnen um die Hauptkomponente des Doppelsternsystems befinden sich Manticore (die Hauptwelt) und Sphinx, dazu kommt die Welt Gryphon, die einzige bewohnbare Welt der zweiten Komponente des Systems.

Streifenblatt – Baumkatzenbezeichnung für Fastlattich.

T-Jahr – terranisches Standardjahr; interstellar gültige Einheit der Zeitmessung. Ein T-Jahr entsprich exakt einem Jahr auf Alterde. Da das Sternenkönigreich von Manticore aus drei verschiedenen Planeten besteht, die jeweils ein eigenes lokales Jahr besitzen, nutzen die Manticoraner das T-Jahr als Grundlage jeglicher Datierung. Die Umlaufzeit des Planeten Manticore bestimmt das offizielle Jahr des Sternenkönigreichs, wird aber außerhalb rein offizieller Dokumente nur selten genutzt (außer von einer Hand voll echter Puristen).

T-Monat – terranischer Standardmonat, basiert auf dem T-Tag.

T-Standard – planetarische Messeinheiten von Alterde wie Länge des Tages oder Jahres, Schwerkraft etc. sind auch im 16. Jahrhundert P. D. noch immer grundlegend; sie werden als terranische Standardwerte bezeichnet.

T-Tag – terranischer Standardtag; interstellar gültige Grundlage jeglicher Zeitmessung.

T-Woche – terranische Standardwoche, basiert auf dem T-Tag.

Todesrachen – Baumkatzenbezeichnung für den Hexapuma.

Todesschwinge – Baumkatzenbezeichnung für die Kondoreule.

Überschusslose – *siehe* Kolonisierung von Manticore.

UniLink – dient als Uhr, Kommunikator, GPS-Navigator, Browser für das planetare Datennetz, Speichermedium und Notsignalgeber. Üblicherweise wird das Mehrzweckgerät am Handgelenk getragen; es gibt aber auch etwas größere, leistungsstärkere Varianten, die man in der Tasche trägt.

Waldratte – auf Sphinx heimisches Beuteltier, etwa ein Drittel so groß wie Baumkatzen. Diese kleinen, extrem flinken Tiere leben in Bäumen und ernähren sich hauptsächlich von Rinde und Blättern der Kroneneichen, siedeln bei Bedarf aber auch auf anderen Baumarten. Besonderes Interesse haben Waldratten an allen Formen bearbeiteten Holzes, wie beispielsweise Gartenmöbel oder Wandvertäfelungen. In großer Zahl können Waldratten Bäume vollständig abtöten, aber derart übergroße Populationen sind selten.

Weidengerste – auf Sphinx heimische Getreidesorte. Diese Unterart der Zittergräser mit langen Grannen an den Spelzen ist zwar für Menschen essbar, erfreut sich aber wegen ihres bitteren Geschmacks nicht gerade übermäßiger Beliebtheit. Das aus dem Korn gewonnene Mehl wird zum Backen verwendet oder dient als Grundlage für einen sättigenden Brei, der wie Haferbrei zubereitet wird.

Zungenblatt – Baumkatzenbezeichnung für den Felsenbaum.

Zwei-Beine – Baumkatzenbezeichnung für Menschen.

Personenverzeichnis

Bolgeo, Tennessee	Tierfänger der Firma Exoten-Haustier-Handel Ustinov, spezialisiert auf die illegale Beschaffung seltener Spezies; gab sich auf Sphinx als promovierter Xenoanthropologe der Liberty University im Chattanooga-System aus, um Baumkatzen zu fangen.
Bond, Ms.	Besitzerin einer Boutique in Twin Forks.
Breiter-Schweif	sphinxianischer Baumkater aus dem Clan vom Wassergrund.
Câmara, Frank	Einwohner von Sphinx; Mitglied im Drachenfliegerclub von Twin Forks.
Chang, Stan	Einwohner von Sphinx; Mitglied im Drachenfliegerclub von Twin Forks.
Deutliche-Bilder	sphinxianische Baumkatze; Sagen-Künderin des Clans vom Wassergrund.
Emberly, Dacey	Malerin, Expeditionszeichnerin und als solche Teilnehmerin an der anthropologischen Sphinx-Expedition der Kronkommission; Dr. Calida Emberlys Mutter.

Emberly, Dr. Calida (›Calli‹)	Xenobiologin und -botanikerin; Teilnehmerin an der anthropologischen Sphinx-Expedition der Kronkommission.
Erhardt, Arvin	Einwohner von Sphinx; Frachtpilot bei der Firma BioNeering; bei einem manipulierten Flugwagenabsturz ums Leben gekommen.
Fängt-gewandt	sphinxianischer Baumkater aus dem Clan vom Lachenden Fluss; Gefährte von Dr. Scott MacDallan.
Feind-des-Dunkels	*siehe* MacDallan, Dr. Scott.
Fisher	*siehe* Fängt-gewandt.
Flint, Eric	Einwohner von Sphinx; Besitzer des Red Letter Café in Twin Forks.
Franchitti, Frank	Einwohner von Sphinx; Trudy Franchittis älterer Bruder; Jordan Franchittis Sohn.
Franchitti, Jordan	einer der ersten Kolonisten auf Sphinx; Vater von Frank und Trudy.
Franchitti, Trudy	Einwohnerin von Sphinx; Jordan Franchittis Tochter und damit Frank Franchittis jüngere Schwester; wie Stephanie Harrington im Drachenfliegerclub von Twin Forks.
Gebleichtes-Fell	*siehe* Whittaker, Anders.

Gebrochener-Zahn	sphinxianischer Baumkater, ein Ältester des Clans vom Hellen Wasser.
Grundwühler	sphinxianischer Baumkater aus dem Clan vom Wassergrund.
Guyen, Kesia	Sprachwissenschaftlerin; Teilnehmerin an der anthropologischen Sphinx-Expedition der Kronkommission.
Harrington, Dr. Marjorie (›Marge‹)	Einwohnerin von Sphinx, von Meyerdahl dorthin eingewandert; Pflanzengenetikerin, Stephanie Harringtons Mutter.
Harrington, Dr. Richard	Einwohner auf Sphinx, von Meyerdahl dorthin eingewandert; auf Xeno-Medizin spezialisierter Veterinär; Stephanie Harringtons Vater; sein Baumkatzenname lautet Heiler.
Harrington, Stephanie (›Steph‹)	geboren auf Meyerdahl als Tochter von Marjorie und Richard Harrington; Einwohnerin von Sphinx; ihr Baumkatzenname lautet Todesrachen-Verderb.
Heiler	*siehe* Harrington, Dr. Richard.
Hobbard, Dr. Sanura	Einwohnerin von Sphinx; Xenoanthropologin mit Spezialgebiet nichtmenschliche Gesellschaftsformen; Leiterin des Instituts für Anthropologie der Landing University auf Manticore.

Iwamoto, Peony Rose	frischgebackene Ehefrau von Virgil Iwamoto; als solche Teilnehmerin an der anthropologischen Sphinx-Expedition der Kronkommission.
Iwamoto, Virgil	Anthropologe; spezialisiert auf Steinwerkzeuge und Experte in Feldforschungsmethodik; Teilnehmer der anthropologischen Sphinx-Expedition der Kronkommission.
Jedrusinski, Ainsley	Einwohnerin von Sphinx; Wildhüterin beim Sphinxianischen Forstdienst.
Kisaevna, Irina (geborene Zivonik)	Aleksandr Zivoniks jüngere Schwester, verwitwete Kisaevna; mittlerweile Scott MacDallans Ehefrau.
Kleine-Zeugin	sphinxianische Baumkatze aus dem Clan vom Wassergrund.
Klettert-flink	sphinxianischer Baumkater; Kundschafter des Clans vom Hellen Wasser; Bruder der Sagen-Künderin Singt-wahrhaftig; Gefährte von Stephanie Harrington.
Lethbridge, Frank	Einwohner von Sphinx; Ranger beim Sphinxianischen Forstdienst.
Licht-im-Schatten	*siehe* Zivonik, Karl.

Linksgestreift	sphinxianischer Baumkater vom Clan vom Wassergrund; Bruder von Rechtsgestreift.
Löwenherz	*siehe* Klettert-flink.
MacDallan, Dr. Scott	Einwohner von Sphinx; dort als Arzt tätig; Gefährte des Baumkaters Fisher; sein Baumkatzenname lautet Feind-des-Dunkels; Ehemann von Irina Kisaevna und damit angeheirateter Onkel von Karl Zivonik.
Mendick, Toby	Einwohner von Sphinx; Mitglied im Drachenfliegerclub von Twin Forks.
Morowitz, Becky	Einwohnerin von Sphinx; Mitglied im Drachenfliegerclub von Twin Forks.
Nasenbeißer	sphinxianischer Baumkater aus dem Clan vom Wassergrund.
Nez, Dr. Langston	Kulturanthropologe von der Urako University; Dr. Bradford A. Whittakers langjähriger Forschungsassistent; Teilnehmer an der anthropologischen Sphinx-Expedition der Kronkommission.
Ohnefurcht	*siehe* Grundwühler.
Painter	Siedlerfamilie auf Sphinx.

Pheriss, Buddy	Einwohner von Sphinx, frisch mit seiner Familie eingewandert; Vater von Jessica Pheriss und deren Geschwistern, verheiratet mit Naomi Pheriss.
Pheriss, Jessica (›Jess‹)	Einwohnerin von Sphinx, frisch eingewandert; eine der Töchter von Naomi und Buddy Pheriss; Mitglied im Drachenfliegerclub von Twin Forks.
Pheriss, Naomi	Einwohnerin von Sphinx, frisch mit ihrer Familie eingewandert; Mutter von Jessica und deren Geschwistern.
Pontier, Chet	Einwohner von Sphinx; Mitglied im Drachenfliegerclub von Twin Forks.
Qin, John	Ehemann von Kesia Guyen, einer der Teilnehmerinnen der Sphinx-Expedition der Kronkommission; erfolgreicher Geschäftsmann.
Rechtsgestreift	sphinxianischer Baumkater vom Clan vom Wassergrund; Bruder von Linksgestreift.
Sapristos, Mr.	Einwohner von Sphinx; Bürgermeister von Twin Forks; trainiert die Mitglieder des Drachenfliegerclubs in seiner Heimatgemeinde; mit Dr. Richard Harrington befreundet.

Schroeder, Christine	Einwohnerin von Sphinx; Mitglied im Drachenfliegerclub von Twin Forks.
Schwartz, Ms.	Flugscheinprüferin der ausstellenden Verwaltungsbehörde in Twin Forks.
Shelton, Gary	Einwohner von Sphinx; Chief Ranger beim Sphinxianischen Forstdienst.
Singt-wahrhaftig	sphinxianische Baumkatze; Sagen-Künderin des Clans vom Hellen Wasser; Klettert-flinks Schwester.
Smitty	Mitarbeiter des Sphinxianischen Forstdiensts in Twin Forks.
Spricht-unaufrichtig	*siehe* Bolgeo, Dr. Tennessee.
Springer	sphinxianischer Baumkater aus dem Clan vom Wassergrund.
Steinspitzer	sphinxianischer Baumkater aus dem Clan vom Hellen Wasser, der das Sagen über die Feuersteinschärfer des Clans hat.
Todesrachen-Verderb	*siehe* Harrington, Stephanie.
Ubel, Dr. Mariel	in der Forschung tätige Biologin von Manticore; versuchte einen Laborunfall auf Sphinx zu vertuschen, bei dem das gesamte Revier eines Baumkatzenclans vergiftet wurde; mittlerweile verstorben.

Uchida, Sumiko — Einwohnerin von Sphinx; durch die Seuche zur Vollwaise gewordene Tochter der Nachbarsfamilie der Zivoniks; bei einem Unfall ums Leben gekommen.

Wassertänzerin — sphinxianische Baumkatze aus dem Clan vom Hellen Wasser; Zweigwebers Gefährtin.

Whittaker, Ms. — Anders' Mutter und Ministerin im Kabinett von Urako im Kenichi-System.

Whittaker, Anders — Sohn von Dr. Bradford A. Whittaker.

Whittaker, Dr. Bradford A. — Xenoanthropologe und Fakultätsmitglied der Urako University im Kenichi-System; zum Leiter der Sphinx-Expedition der Kronkommission berufen.

Zivonik, Aleksandr — Einwohner von Sphinx seit der ersten Siedlungswelle; Ehemann von Evelina Zivonik.

Zivonik, Anastasia — Einwohnerin von Sphinx; Tochter von Aleksandr und Evelina Zivonik; eine von Karl Zivoniks kleinen Schwestern.

Zivonik, Evelina — Einwohnerin von Sphinx; Ehefrau von Aleksandr Zivonik, Mutter von Karl Zivonik und seinen zahlreichen Geschwistern.

Zivonik, Karl — einer der Söhne von Aleksandr und Evelina Zivonik;

Irina Kisaevnas Neffe; sein Baumkatzenname lautet Licht-im-Schatten.

Zivonik, Lev einer der Söhne von Aleksandr und Evelina Zivonik, Bruder von Karl Zivonik.

Zivonik, Nadia Tochter von Aleksandr und Evelina Zivonik; eine von Karl Zivoniks kleinen Schwestern.

Zweigweber sphinxianischer Baumkater; Jäger aus dem Clan vom Hellen Wasser; Wassertänzerins Gefährte.